ГАЙТО ГАЗДАНОВ

Вечер у Клэр
Призрак Александра Вольфа

ガイト・ガズダーノフ

クレールとの夕べ
アレクサンドル・ヴォルフの亡霊

望月恒子訳

МИНОТАВР

白水社

クレールとの夕べ
アレクサンドル・ヴォルフの亡霊

Гайто Газданов

Вечер у Клэр 1930

Призрак Александра Вольфа 1947–48

目次

＊作品に登場する地名、および作家ゆかりの地名を示していますが、作品中の表記に合わせ、ロシア語発音に基づく表記となっています。

クレールとの夕べ

Вечер у Клэр

クレールとの夕べ

これまでの私の人生は、私がまちがいなく
あなたと出会うための抵当だったのです。

A・S・プーシキン[1]

クレールは病気だった。ぼくは幾晩も彼女の枕元に座って過ごし、帰りは毎回必ず最終の地下鉄に乗り遅れて、レヌアール通りから当時ぼくが住んでいたサン・ミシェル広場の近くまで歩いて帰ることになった。旧陸軍士官学校《エコール・ミリテール》の厩舎の横を通ると、馬をつないだ鎖ががちゃがちゃ鳴る音が聞こえ、パリでは珍しい強烈な馬の臭いが漂ってきた。それから長く続く幅の狭いバビロンヌ通りを歩いていくと、通りが終わるところにある写真が飾られたウインドーから、傾いた平面ばかりで構成された有名作家の顔が、遠くの街灯のおぼろな光に照らされてぼくの方を見ていた。ヨーロッパ風の角縁めがねをかけた、すべてを知る眼が半ブロックほども追いかけてきた[2]――ぼくが黒くきらめく帯状のラスパイユ大通りを横切るまで。ぼくはとうとうホテルに近づく。ぼろ服をまとった忙《せわ》しげな老婆たちが弱々しい足取りでぼくを追い越す。セーヌ川の上にはたくさんの灯りが暗闇に沈みかけながら燃えていて、それを橋から眺めていると、まるで自分が港にいて、灯りをつけた外国船がたくさん浮かぶ海を見ているような気がしてくる。最後にもう一度振り返ってセーヌ川を見てから、自分の部屋に上がって横になると、ぼくはすぐに深い闇に沈んでいった。その闇の中では何か揺れる物体がうごめいていたが、時にそれらはぼくの眼に見慣れた形をとる暇もなく、実体のないまま消えていった。ぼくは夢の中でそれらの消失を惜しみ、想像するだけで理解できないそれらの悲しみに共感し、現《うつつ》ではけっして味わえない説明しがたい状況の中で、生きたり寝入ったりした。このことはきっとぼくを悲しませたはずだが、でも朝になると夢に見たことを忘れているので、前日の最後の思い出は、自分がまた地下鉄に乗り遅れたことになるのだった。夕方には、またクレールのところへ向かう。彼女の夫は数か月前にセイロンへ発ったので、ぼくたちは二人きりだった。ただメイドがいて、細い線で瘦せた中国人の絵が描いてある木製のトレーにお茶とクッキーを載せて運んでくるが、これは四十五歳くらいの女で、鼻めがねをかけているので使用人らしくなく、ずっと何か考え込んでいる——だからいつも砂糖入れやら砂糖挟みやら、小皿やら、スプーンやらを忘れてくるのだ——この女だけがぼくたちが二人きりでいるのを邪魔して、部屋に入ってきては、奥様《マダム》、何かご入り用のものはございませんか、と尋ねる。するとクレールは、何も頼まないとメイドが気を悪くするとなぜか思い込んでいるので、「ええ、旦那様《ムッシュー》の部屋から蓄音機とレコードを持ってきてくださいな」と言う——蓄音機なんかまるで必要ないのだけれど、それでメイドが出ていくとき、蓄音機は彼女が置いた場所に残されたままで、クレールは即座にそのことを忘れてしまう。メイドは一晩に五回くらい入ってきては出ていく。あるときぼくがクレールに、お宅のメイドは年齢のわりに元気で、足なんか本当に若者みたいに疲れ知らずだけど、それでも自分には彼女があまり正常だとは思えない――彼女は多動症か、老化のせいで、目立たないけれどまちがいなく知能が衰えているか、どちらかだろう――と言ってみると、クレールは遺憾そうにぼくを見て、いかにもロシア人ぽいそんな辛口の人物評、品がないから慎しみなさいと言った。クレールの意見では、そもそもぼくは、自分が昨日また左右別々のカフスボタンをつけてきたことを反省すべきだし、その前日には、手袋を彼女のベッドの上に置いていきなり肩をつかんできたけれど、あれじゃまるで、挨拶のときはいつも、手を握る代わりに肩を抱きますと言っているみたいなもので、あんな作法はない、もってのほかだ、もしぼくの基本的なエチケット違反を数え上げる気になったら、少なくとも――ここでクレールはちょっと考えて――五年はしゃべり続けることになる、と言った。こう言ったとき、彼女はまじめな顔をしていた――こんな小さなことが彼女を悩ませるのが残念で、許しを乞おうとしても、顔を背け、肩を震わせ、ハンカチを目元に当てるのだった――だが、とうとうぼくの方を向いたときには、笑っているのが見えた。それから彼女が言うには、メイドはまた新しい恋をしているが、相手の男は結婚を約束していたのに、いまではきっぱり拒絶している。だから彼女はあんなに思い悩んでいるというのだ。「何を思い悩むことがあるんです?」とぼくは尋ねた。「だって、相手は結婚を断ったんでしょう。そんな単純なことを理解するのに、時間がたくさん必要なものでしょうか?」「あなたはいつも、問題の立て方が直接的すぎるわ」とクレールは言った。「女性はそれじゃだめなの。あの人はくやしいから思い悩んでるのよ。それがわからない?」「恋は長く続いていたんですか?」「いいえ、二週間よ」とクレールは答えた。「おかしいな。だって、彼女が思い悩んでいるのはいつものことじゃありませんか」とぼくは指摘した。「一か月前もいまみたいに、さびしさに気もそぞろな様子でしたよ」「あら、あのときは別の恋をしていたの」とクレールは言った。「そりゃ、じつにわかりやすい」とぼくは言った。「すみませんでしたね。お宅のメイドが鼻めがねの下に女性版ドン・ファンの悲劇を隠しているなんて、知らなかったな。でも、こちらのドン・ファンは結婚歓迎派なんですね、結婚に否定的だった文学のドン・ファンと違って」だが、クレールはぼくの言葉を遮って、ある文句を感情豊かに唱えた。彼女が広告のポスターで見つけて、読みながら涙が出るほど笑った文句だった。

本物のサラマンダーを手に入れた果報者は
けっしてメーカーに見放されることはありません！[*3]

それから話題はドン・ファンに戻り、なぜかそこから苦行者のこと、長司祭アヴァクーム[*4]のことに移ったが、聖アントニウスの誘惑の話になったところで、クレールが、この種の話題をあまり好まないのを思い起こして、ぼくは話をやめた。彼女が好むのは別のテーマ——芝居とか音楽の話だった。だが何より好きなのは小話《アネクドート》で、ものすごくたくさんの小話を知っていた。彼女がぼくに話す小話はすこぶる辛辣で、それと同じ程度に慎みがなかった。そんなときの会話は独特で——まったく邪気のない言葉に二重の意味が潜んでいるような気がしてくる——クレールの眼がきらきらと輝きだす。だが笑うのをやめると、暗いやましげな目つきになり、細い眉をひそめる。でも、ぼくが近寄ろうとすると、そのとたんに「まあ、あなた、どうかなさったの」と怒った声でささやくので、ぼくはさっと離れる。すると彼女は微笑《ほほえ》むが、その笑みは明らかに「あら、なんて単純な人でしょう！」と言っている。ぼくは途切れた会話を再開して、いつもはまったく無関心なことを猛烈に罵倒しはじめる。いま味わったばかりの敗北の仕返しをするかのように、思いきり激しく、思いきり無礼な口調で。クレールは嘲《あざけ》る風情でぼくの主張にことごとく賛成する。あまりにあっさりと譲歩するので、ぼくの敗北がますます明らかになる。「あなたのお話、おもしろいわねぇ」と、彼女は笑いを隠しもせずに言うのだが、その笑いは、ぼくが言ったことにではなくて、やはりぼくの敗北に向けられていて、最後の軽蔑的な〈ねぇ〉が、ぼくの論証に何の意味も認めていないことを強調している。もはや手遅れとわかっているので、ぼくは自制して、またクレールに近づこうという誘惑をなんとか抑え込もうとする。無理やり他のことを考えようとしていると、ちょっと抑えたクレールの声が聞こえた。笑顔でなんだかつまらないことを語りかけてくるのに、ぼくは緊張して耳を傾けていたが、不意に相手がおもしろがっているだけだということに気づく。こんなときにぼくが何も理解していないことが、彼女にはおもしろいのだ。次の日、ぼくはあきらめの境地で彼女を訪ねる。彼女には近づかないぞと自分に誓い、昨日の屈辱的な時間が繰り返される恐れのないような話題を選ぶ。自分が見てきたいろんな悲しいできごとを話していると、クレールもしんみりと真顔になり、今度は彼女が自分の母親が死んだときのことを話しはじめるのだった。「ここに座って」と彼女はベッドを指差し、ぼくがすぐ脇に腰を下ろすと、ぼくの膝に頭をのせて、「そう、悲しいわね、私たちやっぱりとても不幸だわ」と言った。ぼくは話に耳を傾け、どんなに小さな動きも彼女の悲しみを汚しかねないので、身動きするのが怖かった。クレールは毛布を一方向に撫でたかと思えば、次に反対方向に撫でた。まるで悲しみがこの動作に費やされるみたいに、最初は無意識だった動作がしだいに自覚的になったが、とうとう小指の爪の縁《ふち》の皮を切り残していることに気づくと、鋏が置いてあるナイトテーブルに手を伸ばした。そこで彼女はまた長々と微笑んだ。長く続く思い出の流れをうまく捉えてそれをたどっていたら、その流れが思いもよらなかった、でもけっして悲しくはない考えで終わってしまったといったふうだった。そしてクレールは一瞬で暗くなった眼でぼくを見た。そっと彼女の頭を枕に移し、「すみません、クレール。タバコをコートのポケットに忘れてました」と言って、玄関に向かうと、彼女の低い笑い声が追いかけてきた。ぼくが部屋に戻ると、彼女は言った。

「驚いたわ。いつものようにタバコはズボンのポケットに入れてるものと思ってましたわ。習慣を変えたんですの？」

そして彼女はぼくの眼を見つめ、笑いながらぼくを憐れんでいた。ぼくがなぜ立ち上がって部屋を出ていったのか、彼女はよく理解していたのだ。おまけにぼくは不用意にも、すぐにズボンの後ろポケットからタバコ入れを引っぱり出したのだった。「ねえ」本当のことを白状しろというようにクレールは言った。「コートとズボンの違いは何ですの？」

「クレール、それは残酷ってものですよ」とぼくは答えた。

「あなた、なんだか変よ。蓄音機を回してくださいな。あなたの気晴らしになるでしょう」

その夜、クレールの住まいを出るとき、台所からメイドの声が聞こえた——震える小さな声だった。陽気な歌を悲しげに歌っていたので、ぼくは驚いた。

薔薇色のブラウスに
包まれた女
大輪の花のようにあざやかで
野の花のようにあどけない

メイドはこの歌詞にありったけのメランコリーとけだるい悲しみを込めていたので、歌詞が普通とは違うふうに聞こえ、〈大輪の花のようにあざやかで〉の部分も、メイドの老けた顔、鼻めがね、彼女の恋、いつも思い悩んでいる様子をすぐにぼくに思い起こさせた。ぼくはクレールにこの話をした。彼女はメイドの不幸に同情して――自分の身には起こるはずのない不幸なので、同情が彼女の個人的な思いや不安を誘うことはなかったのだ――この歌が大いに気に入ってしまった。

薔薇色のブラウスに
包まれた女

彼女はこの歌詞にきわめて多彩なニュアンスを付け加えた――問いかけるような、断定するような、勝ち誇ったような、あるいは嘲るような。ぼくは街角やカフェでこのモチーフを聞くたびに、落ち着かない気分になった。あるときぼくはクレールの家に着くと、この歌をけなしにかかり、この歌はあまりにフランス的で、低俗で、少しでも才能のある作曲家なら、この歌の軽薄なウィットに魅力を感じるはずはない、これこそまさにフランス人の心理がまじめさから縁遠い証拠であり、イミテーションの真珠が本物とまったく違うように、こんな芸術は真の芸術とは似ても似つかない、とまくしたてた。「ここにはいちばん肝心のものが欠けているんだ」いよいよ批判の種が尽きると、自分に腹を立ててぼくは言い放った。クレールは賛成するようにうなずいて、ぼくの手を取って言った。

「ここに欠けているのはひとつだけよ」

「それは何?」

彼女は笑って、歌った。

薔薇色のブラウスに
包まれた女

クレールの病気が治って、もうベッドではなく肘掛け椅子か寝椅子《シェーズ・ロング》で過ごすようになって数日がたち、気分も完全に良くなったとき、彼女は映画に行きたいから一緒に来てほしいと言った。映画の後、ぼくたちは一時間ほど夜のカフェで過ごした。クレールはひどくそっけない態度で、何度もぼくの話を遮った。ぼくが冗談を言っても、笑い声を自分で封じ込み、やむをえず微笑しながら、「うーん、冴えてないわね」と言った。どうやら自分の機嫌が悪かったので、他人もすべてに不満で苛立っているという思い込みがあったようだ。「あなた、今夜はどうしたの? いつもと違うわね」と、彼女は不審そうに言った——ぼくの振る舞いはまったく普段と変わらなかったのだが。ぼくは彼女を送っていった。雨が降っていた。ドアの前で別れの挨拶をして彼女の手に口づけしたとき、彼女は急に腹立たしそうに「さあ入って、お茶を飲んでくださいな」と言った——その怒った口調は、まるでぼくを追い払いたくて、「とっとと行ってちょうだい、あなたにうんざりしてるのがわからないの？」と言っているみたいだった。ぼくは入った。二人で黙ってお茶を飲んだ。ぼくはやりきれなくて、クレールに近づいて言った。

「クレール、ぼくに腹を立てないで。ぼくはあなたと会うのを十年間待っていたんですよ。しかも何もあなたに求めていませんし」ぼくは、こんなに長く待ったんだから、ごく普通の、ほんの少しの寛大さを乞う権利があるんじゃないかと付け加えたかった。だが、クレールの眼の色が灰色からほとんど黒に変わった。ぎょっとして見ると——あまりに長くこのことを待っていたので、期待もしなくなっていたのだ——クレールがぼくにぴったりと身を寄せてきて、きちんとボタンをかけたぼくのダブルのジャケットにその胸が触れた。彼女はぼくを抱きしめ、その顔が近づいてきた。彼女がカフェで食べたアイスクリームのひんやりした匂いが、ふとなぜか妙に強くぼくを刺激した。「あなた、本当にわからないの？……」とクレールは言った——そして彼女の身体を痙攣が走った。冷酷な眼、みだらな眼、そして笑う眼といくらでも変化できる能力をもったクレールのぼんやりした眼——彼女のかすんだ眼を、ぼくは長いこと自分の前に見ていた。そして彼女が寝入ったとき、壁の方を向いたぼくに、また以前の悲しみが襲ってきた。悲しみは空中に漂い、その透明な波がクレールの白い身体の上を、その脚や胸に沿って流れていた。悲しみは目に見えぬ息となって、クレールの口から流れ出ていた。ぼくはクレールの隣に横になっていたが、寝つけなかった。彼女の青白い顔から視線を逸らすと、クレールの部屋の壁紙の青色が突然明るくなって、色が奇妙に変化していることに気づいた。ぼくの閉じた眼の前に見えていた暗い青色は、何か解き明かされた秘密を表していると、ぼくはいつも感じてきた――そしてその解明も陰鬱で突発的で、まるですべてを言い切るのが間に合わずに凍りついてしまったかのようだった。あたかも誰かの呼吸の力がいきなり中断して死滅したみたいに――そしてその代わりに、暗い青色の背景が浮かんでくるのだった。いまやそれが明るい色に変わった。まるで呼吸の力は止まっておらず、暗い青色が明るくなって、光沢のない悲しい色調、奇妙にぼくの感情と合致した、まちがいなくクレールと関係のある色調を、思いがけなく自らの中に見いだしたようだった。部屋に置かれた二脚の肘掛け椅子に、腕の先を切り取られた明るい青色の亡霊が座っていた。同じ運命に襲われ、異なる過ちに対して同じ罰を受けた二人の人間みたいに、亡霊たちは互いに冷たい敵意を抱いていた。薄紫色をした壁紙の縁飾りは波状にくねって、未知の海で泳ぐ魚がたどる道標のようだった。開いた窓辺のそよぐカーテンを通して、遠くからの空気の流れがたえずこちらに向かってきたが、ぼくのところには届かなかった。その空気の流れはやはり明るい青色を帯びて、いつも雨のように降り注ぎ、雨と同じく止められない思い出の連なりを運んでいるのだ。だがそこでクレールが寝返りをうって目を覚まし、「あなた、寝ていないの？　お眠りなさいな。朝が辛いわよ」とつぶやいて、その眼の色がまた黒くなった。しかし、朦朧《もうろう》とさせる眠気に打ち勝てず、その言葉が終わるか終わらないかのうちに彼女はまた寝入った。両方の眉が上がったままだったので、まるで夢の中でいま自分の身に起きていることに驚いているようだった。彼女が事態に驚いているのは、なんだかじつに彼女らしかった。眠気、悲しみ、その他のどんなに強い感情の力に身を任せても、彼女は自分であり続けた。どんなに大きなショックも、この完璧な身体を部分的にすら変えることはできないし、この抵抗不可能な、最高の魅力を破壊することはできない、という気がした。クレールのこの魅力こそ、ぼくに人生の十年間を彼女の捜索に費やさせ、どこに行こうと、どんなときでも彼女を忘れないようにさせたのだ。しかし、どんな恋にも悲しみがあることをぼくは思い出した――もしも幸福な恋ならば、恋が成就して恋の終わりが近づくという悲しみがあり、報われぬ恋ならば、かなわぬことの悲しみ、一度も自分のものにならなかったものを失うという悲しみがあることを。ぼくは自分のものでもない富を思って嘆くのと同じように、かつてはクレールが他人のものであることを残念に思った。そしていまはパリの彼女のアパートで、彼女のベッドに横になり、その夜まで手に入らない、存在しないものと思っていた彼女の部屋の明るい青色の雲に包まれて――その雲は、みだらでせつないほど誘惑的な毛が三か所に生えたクレールの白い身体を取り巻いているのだ――いまのぼくは、これまでずっと憧れていたようには、もうクレールに憧れることはできないことを残念に思っていた。そして、ぼくがまた新たにクレールのイメージをつくり上げて、その新しいイメージが、この身体と毛と明るい青色の雲がぼくには手の届かないものであったように、別の意味でまたぼくの手の届かないものになるまでには、まだ多くの時間が必要だということを。

クレールのことを、彼女のもとで過ごした幾晩かのことを考えているうちに、ぼくはしだいにそれ以前にあったあらゆることを思い出しはじめた。そのすべてを理解して表現するのは不可能だということが、ぼくには辛かった。いろいろな考えや印象や感覚の総体が、想像力があとからつくり出したぼんやりした液状の鏡に映ったひと連なりの影のようにぼくの記憶の中に浮かび上がっているが、無限に連なるそれらを一度に把握して感じ取ることはどんなに努力してもぼくにはできないということが、この夜はいつにもまして明らかに感じられた。ぼくがこれまでに味わったなかで最もすばらしくて最も強烈な感覚は、音楽がもたらしてくれたものだった。しかし、魔法のようで一瞬しか続かない音楽の在り方は、ぼくがただいたずらにめざすものでしかない――そんなふうに生きることはぼくにはできないのだ。ぼくは非常にしばしばコンサートの最中に、それまで自分にはわからないと思っていたことを突然理解しはじめた。自分には味わう能力がないと思っていた奇妙な肉体的感覚を音楽が不意に目覚めさせてくれたのだが、オーケストラの最後の音が消えゆくにつれてこの感覚も消え、ぼくはまたおなじみの不明瞭さと不確実さの中にとり残されるのだった。ぼくには現実と仮想の中間の場所に不自然に身を置く状況をつくり出す病気があったが、それはつまり、ぼくの想像の所産と、この身に起きたできごとが喚起した本物の直接的感覚とを区別できないという病気だった。言うならば、精神的な触知の能力をもち合わせていなかったのだ。どんな物もぼくの眼には、正確な物理的輪郭をほとんど失っているように見えた。この不思議な欠陥のせいで、ぼくはごく下手な絵さえ描けなかったし、のちに中学に進んでからは、複雑な線でできた図がどうしても読みとれなかった、それらの線を組み合わせる目的ははっきりわかっていたのに。その一方でぼくの視覚的な記憶力は常にすぐれていたので、この明らかな矛盾にどう折り合いをつけたらいいのか、ぼくはいまでもわからないでいる。これが、のちにぼくを無力な夢想癖に追い込んだ多くの矛盾のなかで最初のものだった。これらの矛盾のせいでぼくの内に、抽象的な思念の本質を見抜くことができないという自覚が強まり、さらにその自覚が自信のなさを生みだした。だから、ぼくは非常に臆病だった。ぼくが子ども時代に生意気な子だと言われていたのは、たとえばぼくの母を含む何人かが理解していたとおり、まさにこの自信のなさを克服したいという強い願望のせいだった。のちにぼくはじつにいろんな種類の人間とつきあうことにすっかり慣れて、会話に関する一定の規則まで考え出し、それを滅多に破らなかった。その規則というのは、一見かなり複雑そうだが実際はとても単純な、どんな相手にも理解できる意見を何十通りか駆使することにあった。だが、ごく一般的で月並みな、これらの単純な考え方の本質は、いつだってぼくには無縁でおもしろくなかった。ただし、ぼくはちょっとした好奇心を抑えきれず、何人かの打ち明け話を引き出すという光栄に浴した。屈辱的でくだらない彼らの告白は、当然生じるはずの明瞭な嫌悪感を一度もぼくに引き起こさなかった。嫌悪感が顔を出して当然だったのに、そうならなかったのだ。激しい否定的感情はぼくとは無縁だったし、ぼくは外界のできごとにじつに無関心だったので、そんなことになったのだと思う。ぼくにとっては自分の秘められた内的生活こそが、比較できないほど大きな意義をもっていた。その内的生活はそれでも子ども時代には、それ以後よりは強く外側の世界と結びついていた。その後、内的生活はしだいにぼくから遠ざかっていった——そしてぼくが再び、まざまざと感じられる濃密な空気に満ちたあの暗い空間に身を置くためには、長い距離を歩かねばならなかった。人生経験が増えるにつれて、つまり視覚や味覚や判断の蓄えが増えるにつれて、その距離も増えていった。ぼくは時々、ひょっとしたらいつか自分に戻る可能性が失われるときが来るのではないかと考えて、ぞっとすることがあった。そんなときが来たら、ぼくは動物になってしまう——そう考えると必ずぼくの記憶の中に、ごみ溜めの残り物を喰いあさる犬の頭が浮かんでくる。ぼくは仮想と現実が接近することが自分の病気だと思っていたが、その危険がぼくから遠ざかることはけっしてなかった。ぼくはたまに精神的な熱病の発作に襲われて、自分の真の存在を感じられなくなった。耳の中に低い唸りと高く鳴る音が響きわたり、通りにいても歩くのが不意にとても難しくなる。その歩みの難しさときたら、驚いたぼくの頭の影が軽やかに滑っていく自分の想像した暗鬱な風景の中を、重い身体をかかえ濃密な空気に包まれて、なんとか前進しようとしているかのようだった。そんなときにぼくは記憶力を失った。だいたい記憶力はぼくの能力のなかで最も不完全なものだった——といっても、ぼくは本を数ページ丸ごと簡単に暗記できたが。記憶はぼくの思い出を透明なガラスでできた蜘蛛の巣ですっぽりと覆って、思い出がもつ奇蹟的な不動性を消滅させた。思考の記憶よりも感覚の記憶の方が、はるかに豊かで強烈だった。ぼくはけっして自分の最初の感覚にはたどり着けなかったので、それがどんなものかはわからなかった。ぼくが起こっていることを認識して、その原因を理解するようになったのは、六歳くらいのときだった。そして八歳のときには、何度も取り上げられながら結局は読んだ比較的大量の本のおかげで、考えたことを記述できるようになった。ぼくはその頃、虎狩りのハンターに関するかなり長い話を書き上げた。幼年時代のことでは、たったひとつのできごとを覚えている。ぼくは三歳で、両親はちょっと前に退去したばかりのペテルブルグに戻っていた。滞在はごく短期間、二週間ほどのはずだった。両親が泊まったのはカビネツカヤ通りにある祖母の広い住居、まさにぼくが生まれたところだった。住まいはアパートの四階にあり、窓は中庭に面していた。ぼくはひとりで客間にいて、料理女にもらったニンジンをぬいぐるみのうさぎに食べさせていたのを覚えている。不意に奇妙な音が中庭から聞こえてきて、ぼくの注意を惹いた。それは低い唸り声のようで、時々それを遮って非常に澄みきった甲高い金属音が長々と響いた。ぼくは窓に近づき、爪先立ちして見ようとしたが、うまくいかなかった。そこで大きな肘掛椅子を窓まで押していって、それによじ登り、そこから窓枠の台に上がった。眼下にはがらんとした中庭があって、二人の男が鋸を引いていたのが、いまでもまざまざと目に浮かぶ。彼らはまるでできの悪い金属製の機械仕掛けの人形みたいに、交互に前後に動いていた。時おり動きを止めて休息した。すると、急に止められた鋸が震える音が響いた。夢中で彼らを見ているうちに、ぼくはいつのまにか窓から身を乗り出していた。上半身全体が中庭の方にぶら下がっていた。鋸を引いていた二人がぼくに気づいた。そしてあおむいて上を見つめ、ひとことも発せぬまま動きを止めた。九月の終わりのことだった。ぼくは不意に空気の冷たさを感じ、服の袖が後ろに捲《まく》れてむき出しになった手首がひやっとしたのを覚えている。このときぼくの母が部屋に入ってきた。母はそっと窓に近づき、ぼくを下ろして、窓を閉め――それから気を失った。この事件は鮮やかにぼくの記憶に残っている。もうひとつ、これよりずっと後に起きたできごとも覚えている。この二つの思い出は、ぼくを即座に子ども時代に、いまはもうぼくが理解できなくなった時代に立ち返らせる。

二番目のできごとは、ぼくが読み書きを覚えたばかりの頃に子ども向けの小さな名作集で、村の孤児についての話を読んだことだった。女の先生が孤児に同情して、学校に引き取ってくれる。その子は守衛を手伝って暖炉を焚きつけたり教室を掃除したりして、とてもよく勉強もした。ところがあるとき学校が火事で焼けて、男の子は冬の厳しい寒さのなか、路上に残された。ぼくはあとから読んだどんな本にもこれほどの感銘は受けなかった。この孤児の姿が目の前に見え、死んだお父さんやお母さんの姿も学校の焼け跡もはっきりと見えた。ぼくの悲しみは大きく、二日二晩も号泣して、ほとんど絶食して睡眠もとらなかったほどだ。父は腹を立てて言った。

「ほらな、こんなに早く男の子に字を読むことを教えて――だから、こんなことになるんだ。

この子に必要なのは走り回ることだよ、読むことじゃなくて。幸い、まだ時間はある。しかし、なんだって子どもの本にこんな話を載せるんだ？」

父はぼくが八歳のときに亡くなった。父が入院していた病院に、母がぼくを連れていったことを覚えている。ぼくは父が病気になってから一か月半ほど会っていなかったので、父の痩せこけた顔と黒く伸びた頬ひげと燃えるような眼差しに驚いた。父はぼくの頭を撫でて低い声で母に言った。

「子どもたちを守っておくれ」

母は答えることができなかった。それから父はひどく力を込めて付け加えた。

「ああ、いっそただの羊飼いになれと言われたらよかったのに。羊飼いにすぎなくても、それで生きていけるんなら！」

その後で母はぼくを病室から出ていかせた。ぼくは小さな庭へ行った。砂が足下でざくざく音を立て、晴れた暑い日で、とても遠くまで見晴らしがきいた。母と馬車に乗ったとき、ぼくは言った。

「ママ、パパは元気そうだったじゃない。ぼく、もっとずっと悪いと思ってたよ」

母は何も答えず、ただぼくの頭を自分の膝にのせて、家に着くまでそうしていた。

ぼくの思い出の中にはいつも、何か言いようもなく甘美なものがあった。いまぼくが甦らせたシーンに続いて自分の身に起きたすべてのことを、ぼくはあたかも見もしなければ知りもしなかったかのようだ。ぼくは陸軍幼年学校生になり、次に中学生になり、その次に兵士になった——ただそれだけだった。それ以外のことは何も存在しなくなった。ぼくは想像力で過去の現実を再現して、その中で生きるのに慣れていった。そこではぼくは無限の権力をもっていて、誰にも、誰の意志にも従わなかった。何時間も庭に寝ころんで、ぼくの人生に関わっているすべての人について作り物の状況を考え出しては、彼らにぼくが望む行動をさせた。このたえず行なわれた空想上のゲームが、しだいに習慣になっていった。ほどなくして、自分の描いた絵の中で我を忘れ、自身の姿を見失ってしまうぼくの人生の一時期が訪れた。その頃のぼくは大いに本を読んだ。ドストエフスキー著作集第一巻に載っていた作家の肖像画を覚えている。この本はぼくから取り上げられ隠されたけれど、ぼくは本棚のガラスの扉を壊して、たくさんの本のなかからほかならぬこの肖像画が載った巻を引っぱり出した。ぼくは何でも手当たりしだいに読んだが、あてがわれる本は好まず、アンデルセンとハウフ[*5]の童話を除いて、〈名作文庫〉のようなものはすべて大嫌いだった。当時のぼくには、個としての自分の存在はほとんど感知不能だった。『ドン・キホーテ』を読むと、主人公が経験することをすべて思い描いたが、想像力はぼくとは無関係に働くので、ぼくはほとんど何の努力もしなかった。ぼくは「憂い顔の騎士」が成し遂げる偉業に加わりはしなかったし、彼を、あるいはサンチョ・パンサをあざ笑いもしなかった。まるでぼくという者はいなくて、誰か他の人がセルバンテスの本を読んでいるようだった。集中的な読書と成長の時期は、ぼくにとって完全に無自覚な存在の時期だったが、これは非常に深い精神的失神に喩えられると思う。ぼくの内に残っていたのはただひとつの感情だけで、それがこの時期にすっかり成熟して、その後ぼくから離れなくなってしまったのだが、その感情とは、まったく原因のない、純粋で透明な遠い悲しみだった。かつて家を抜け出して茶色に枯れた野原を歩いていたとき、ぼくは遠くの谷間に融けずに残った一層の雪が春の日差しを受けて輝いているのを発見した。その優しい白い光はぼくの目の前に突然現れ、あり得ないほど美しく見えたので、ぼくは感動して泣きそうになった。ぼくはその場所に向かって歩き出し、数分後に到着した。黒い土の上にぼろぼろに崩れた汚い雪が横たわっていた。でも、それは石鹼の泡みたいにかすかに青緑色に光っているだけで、ぼくが遠くから見た輝く雪とは似ても似つかなかった。ぼくはその後長く、あのとき味わった幼稚な悲しみの感情とあの雪堆《やま》を思い出したものだ。何年か後に、タイトルページの失われたある感動的な本を読んでいたとき、ぼくはあの春の野原と遠くの雪を思い出し、何歩か進んだだけで融けかけた汚い雪の残骸が見えるところを想像してしまった。「それっきりのことなのか？」とぼくは自問した。そしてぼくには人生も同じようなものに思えた。ぼくはこの世で何年か生き、最後の瞬間に到達して、死んでいくのだ。何だって？　それっきりのことなのか？それが、この時期にぼくが経験した唯一の心の動きだった。その一方でぼくは外国の作家たちの作品を読み、自分とは異なる国や異なる時代の話で頭をいっぱいにして、その世界をしだいに自分のものにしていった。ぼくにとっては、舞台がスペインだろうとロシアだろうと違いはなかった。

ぼくがこの状態から目覚めたのは、一年後、中学に進む直前のことだった。当時すでに、ぼくにはもう自分の感覚がすべてわかっていて、その後に起きたのはたんに知識の外側への拡大であり、それも本当に小さな、本当に取るに足りない拡大だった。ぼくの内的生活は、直接的なできごとには関係なく存在しはじめていた。そこでの変化はすべて暗闇の中で、中学でのぼくの操行の評価とは関係なく、また中学で経験した罰や失敗ともまったく関係なしに生じた。ぼくが完全に自分に没頭していた時期は過ぎ去って生彩を失い、しだいに鎮まるが完治はしない病気の発作のように、時おりぶり返すだけだった。

父の世帯は引っ越しが多く、長距離の引っ越しも珍しくなかった。ぼくが覚えているのは慌ただしい準備、かさばる物の荷造り、銀器の籠にどれを入れるか、毛皮コートの籠にはどれを入れるかについての果てしないやりとりである。父は普段と変わらず陽気でのんびりしていたが、母は険しい表情をしていた。荷造りと移動の手配はすべて母が取り仕切っていたのだ。母は当時の習慣で胸に下げていた小さな金時計を見ては、いつも遅れやしないかと心配していたが、父はけげんな顔で母を宥めていた。

「ほら、まだ時間は山ほどあるだろう」

彼自身はいつでもどこに行くにも遅刻した。始終あったことだが、父はどこかに行かねばならないとき、三日前にそれを思い出して、「ほら、今度は正確に行けるぞ」と言う——それでも、口づけと別れの挨拶が交わされ、小さな妹が涙を流してから三十分後に、父は必ず家に帰ってきた。

「どうしてこんなことになるのか、皆目わからん。少なくともまだ十四分は余裕があったんだ。ところが駅に着くと——列車はたったいま出ましたって言われる。驚きだよ」

彼はいつも化学の実験と地理学の研究と社会問題に没頭していた。これらに全身呑み込まれて、しょっちゅう他のことを忘れていた——まるでそれ以外のことは存在もしていないかのように。しかし、彼が関心を示すことがあと二つあった。火事と狩猟である。火事の際には並外れたエネルギーを発揮した。可能なものなら何でも燃え盛る家から運び出した。大変な力持ちだったので、戸棚を背負って運び出したことも多かったし、一度シベリアである裕福な商人の家が火事になったとき、父は木製の梯子を使って耐火金庫をうまく下に降ろした。たまたまその火事の少し前に、父はこの商人が所有している別の建物にある住まいを借りたいと申し込んでいたのだが、相手は父が実業家ではないと知ると、けんもほろろに断ってきた。火事の後で商人はわが家を訪れて、あの家に引っ越してくださいと父に頼み、贈り物まで持ってきた。だが、その間に父の方は火事のことを忘れていた。彼は誰でも喜んで助けたが、それは不幸な目にあった人への同情からだけではなく、わけもなく火が好きだったのだ。一方、商人はなんとか意志を通そうとした。「あなたが私の金庫を救ってくださることになるなんて、私にわかったでしょうか」と、純朴にも彼は言った。ついに事情を理解した父は腹を立てて、「くだらんことばかり言いおって。私は忙しいんだ」と言うと、商人を家から追い出したのだった。

父は身体の鍛錬を好み、体操が上手で、乗馬でも疲れ知らずで——竜騎兵隊の将校だった自分の二人の兄弟の〈馬術〉を、いつも笑いものにしていて、父からすると、「あいつらは軍の馬術アカデミーを卒業したが、乗馬は身につかなかった。まあ、子どもの頃から乗馬の才能はなかったんだが、代数を勉強する必要がないという理由で馬術アカデミーに入学したんだからな」というわけだ——水泳もすばらしく上手だった。水の深い場所で彼がやってみせた見事な技を、ぼくはその後どこでも見たことがない。まず、水面ではなく地面にいるみたいに腰を下ろす。身体が鋭角になるように両脚を上げ、突然独楽《こま》のように回転を始める。裸で岸辺にいたぼくは大笑いした。それから父の首にしがみつき、毛深い大きな背中に乗って川を渡った。狩猟には情熱を注いでいた。時には何昼夜もかけて慎重に、へとへとになるまで獣を追跡した後に、橇に乗って家に帰ってきた——橇からはヘラジカのガラスのような死んだ眼がこちらを見ていた。コーカサスではトゥール[*6]の猟をした。父にとって、ただの猟に招待されただけで何百露里《ヴェルスタ》[*7]も出かけていくのは、何でもないことだった。彼はどんな病気にも罹《かか》ったことがなく、疲れ知らずで、そこらじゅうにフラスコやレトルトや粘性の塊を収めたケースが置かれた書斎にぶっ続けに何時間も籠った後に、三日間狼狩りに出かけて、ほとんど眠らずに帰ってくると、また何事もなかったようにデスクに向かうのだった。父は並外れた忍耐力をもっていた。一年間も毎晩毎晩、石膏を使って、ごく小さな地理的特徴まで備えたコーカサスの立体地図を作っていた。その地図はもう完成していた。あるときぼくは書斎に入った。父はいなかった。地図は上の方、飾り棚の上に置いてあった。ぼくは手を伸ばして、地図を引き寄せた――地図は床に落ちて、粉々に壊れた。音を聞いてやってきた父は、咎めるようにぼくを見て、こう言った。

「コーリャ、私の許しがなければ、絶対に書斎に入ってはいけないよ」

そのあと彼はぼくを肩車して、母のところへ行った。ぼくが地図を壊したことを告げてから、「やれやれ、また一から作り直しだ」と付け加えた。そして仕事に取り掛かり、二年目の終わりにまた仕上げたのだった。

ぼくは父のことをあまり知らなかったが、肝心なことは知っていた。それは彼が音楽を愛し、いつまでもひとつところにじっとしたまま音楽に耳を傾けていたことである。だが、教会の鐘の音は大嫌いだった。ちょっとでも死を連想させるものは何でも、彼にとっては自分と敵対する理解不能なものだったのだ。彼が墓地や墓碑を嫌ったのは、これで説明がつく。一度ぼくは父が非常に興奮して取り乱しているのを見た――これはきわめて珍しいことだった。それはミンスクで、父が狩猟仲間だった貧しい役人の死を知ったときのことである。ぼくはその人の名前は知らなかった。背が高くて禿げ頭で、眼には輝きがなく身なりは質素だったことを覚えている。いつもひどく勢い込んで雷鳥や兎や鶉《うずら》の話をした。小さい獲物の狩猟を好んでいたのだ。

「狼なんて――ハンティングとは言えませんよ、セルゲイ・アレクサンドロヴィチ」と、彼は腹立たしげに父に言っていた。「あれはお遊びですよ。狼もお遊び、熊もお遊びだ」

「お遊びですって？」と父は憤慨する。「じゃあ、ヘラジカは？　猪はどうです？　猪とは何か、ご存じかな？」

「猪が何たるかは存じません、セルゲイ・アレクサンドロヴィチ。でも、よろしいか、あなたには私の考えを変えさせることはできませんよ」

「じゃあ、勝手になさい」と、父は急に冷静になる。「お茶もお遊びだとお考えかな？」

「そんなことはありませんよ、セルゲイ・アレクサンドロヴィチ」

「それじゃ、お茶にしましょう。あなたはいつも小物狙いですな。さて、あなたがどれくらいお茶を飲めるか、見せていただきましょう」

ミンスクでは、この役人と画家のシポフスキーがよくわが家を訪ねてきた。シポフスキーは怒ったような眉をした背の高い老人で、ボルゾイ犬を使うハンターであり、芸術愛好家だった。巨漢で肩幅も広かった。着ている服にはものすごく深いポケットがついていた。一度わが家に来て、家にはぼくとばあやしかいなかったとき、彼はぼくをじっと見て、一音一音区切るように尋ねた。

「雄鶏を見たことがあるか」

「見たこと、ある」

「雄鶏が怖くないか」

「怖くない」

「じゃあ、見てみろ」

彼はポケットに手を突っ込んで、生きている大きな雄鶏を引っぱり出した。雄鶏は床に爪の音を響かせて、玄関を駆け回りはじめた。

「雄鶏を何にするんですか」とぼくは訊いた。

「絵を描くんだよ」

「じっとしていないよ」

「私がさせるさ」

「ううん、そんなことできない」

「いいや、できる」

ぼくたちは子ども部屋に入っていった。ばあやが手をばたばた振って、雄鶏をそこへ追い込んできた。シポフスキーは片手で雄鶏を押さえ、もう一方の手でチョークを使って床に円を描いた――驚いたことに、雄鶏は二回ほど体を揺すってから、ぴたっと静止した。シポフスキーはすばやく雄鶏の絵を描き上げたのだった。ぼくは彼の絵をもう一枚覚えている。ハンターが身体を横に傾けて馬を走らせている。その前を行く二頭のボルゾイ犬が狼を追っている。必死になったハンターの顔は真っ赤だ。馬の四本の脚は絡み合っているようだった。シポフスキーはこの絵をぼくにプレゼントしてくれた。だいたいぼくは動物の絵が大好きで、一度も見たことのないたくさんの種類の野生動物を知っており、ブレームの三巻本は、最初から最後まで通して二回読んだ。ちょうどぼくがブレームの『動物の生活』[*8]の第二巻を読んでいるとき、父が飼っていた雌のイングリッシュ・セッターが子を産んだ。父は子犬たちをまだ眼の開かないうちに知り合いに配って、いちばん大きなのを一匹だけ自分用に残しておいた。三日くらいたったある晩、例の役人がわが家に駆け込んできた。

「セルゲイ・アレクサンドロヴィチ」彼は挨拶もせずに、涙ながらに声を震わせて言った。「子犬は全部人にやっちゃったんですか？　えっ、私のことはお忘れになった？」

「忘れてました」父は下を向いて言った。ばつが悪かったのだ。

「もう一匹も残ってない？」

「一匹いますが、それは自分用で」

「それを私にください、セルゲイ・アレクサンドロヴィチ」

「無理です」

「私はね、セルゲイ・アレクサンドロヴィチ」彼は必死な様子で言った。「清廉潔白な人間です。でも、あなたが子犬を分けてくださらないのなら、私は思いきって盗むことにします」

「やってごらんなさい」

「私が盗んで、あなたが気づかなかったら？」

「あなたの幸運というものですな」

「犬を返せとは要求なさらない？」

「要求いたしません」

彼が立ち去ったとき、父は笑いだして、うれしそうに言った。

「あれがハンターってものだよ。私にはよくわかる」

父はご満悦だった。そして数日後に本当に子犬がいなくなったときは、怒ったふりをして、「家の中でも泥棒を防げないとはな」とすら言った――すると思いがけないことに、ばあやが父に賛同して「きょう子犬が盗めたのなら、明日はサモワールの番ですよ」と言い、非常に好奇心の強いぼくの妹が、「ママ、その次はピアノよね？」と母に尋ねた――けれど、子犬の消失は、どうやら父を少しも悲しませていなかった。役人は二週間ほど姿を見せず、その後でやってきた。「犬はどうしてます？」と父は訊いた。相手はにっこり笑っただけで、ひとことも答えなかった。この子犬はあっという間に大きくなった。名前はトレゾールといった。役人はしょっちゅうわが家に来たが、そのときはトレゾールもついてきたので、ぼくたちはこの犬をほとんど自分のものとみなしていた。ある秋の晴れた日に――父はどこかへ出かけており、母は部屋で本を読んでいた――トレゾールが舌を出し顔を血まみれにした姿で、不意にどこからともなく駆け込んでくると、ぼくに跳びついてワンワン吠え、ズボンをくわえて外へ引っぱり出した。ぼくは犬について走っていった。町はずれのユダヤ人地区を抜けて郊外の野原に出たところで、ぼくはあの役人を見つけた。草の上にうつぶせに横たわったまま、ぴくりとも動かなかった。ぼくは彼を揺すったり名前を呼んだり、顔を覗き込もうとしたりしたが、彼は動かなかった。禿げ頭がぐちゃぐちゃになって流れた血がこびりついているところを、トレゾールは舐めた。それから犬は後ろ足を地面につけて座り、吠えはじめた。遠吠えで喉を詰まらせるとキャンキャン鳴いたり、また遠吠えしたりした。ぼくは非常に気味悪くなった。野原にいるのはぼくたちだけで、川から風が吹いていた。古い恐ろしげな銃が、役人の身体の脇にころがっていた。ぼくはどうやって家に帰ったか、覚えていない。父を見つけて、すぐに一部始終を告げた。父は顔を曇らせると、ひとことも発しないで、家に帰りついたばかりでまだ鞍も外していなかった馬に乗って出ていった。二十分後に帰ってきて説明したところによると、役人は銃から弾薬を抜くときにまちがって、装塡されていた大型の散弾を全部自分の額に撃ち込んでしまったのだ。父は数日間ひどく落ち込み、冗談も言わず笑い声も立てず、ぼくをかわいがることさえしなかった。昼食や夕食の最中に、不意に食べるのをやめて考え込んだ。

「何を考えてるの?」と母が訊く。

「なんて無意味なんだ!」と父は言う。「ひとりの人間が、なんと馬鹿げた死に方をしたもんだ! 彼はもういない――でもどうするすべもないんだ」

しばらくたつと父はやっと元どおりになって、以前と同じように毎晩、果てしなく続く長いお話をしてくれた。それはぼくたちが一家そろって船で旅する話で、船長はぼくだった。

「ママは連れていかないことにしようよ、コーリャ」と父が言う。「ママは海が怖くて、勇敢な旅人たちの士気を乱すだけだからね」

「ママはおうちに残していこう」とぼくは賛成する。

「さて、そんなわけで、私とおまえはインド洋を航行している。急に嵐になる。おまえが船長だから、みんながおまえに『どうしますか』って訊くね。おまえは落ち着き払って命令する。どんな命令だ、コーリャ?」

「救命艇を降ろせ!」とぼくは叫ぶ。

「救命艇を降ろすのは、まだ早い。おまえは言うんだ、『帆を張れ、何も恐れるな』って」

「するとみんなは帆を張る」とぼくは続ける。

「そうだ、コーリャ、みんなは帆を張る」

ぼくは子ども時代を通して何度も世界一周旅行を成し遂げて、新しい島を発見し、その島の統治者になり、海を渡る鉄道を敷き、ママを汽車に乗せて自分の島へ連れていった——だって、ママはすごく海を怖がってて、それを恥ずかしいとも思っていないんだから。ぼくは船旅のお話を毎晩聞くのに慣れて、それがすっかり習慣になっていたので、たまにお話が中止になると——たとえば父が出かけたときなど——がっかりして泣きだすほどだった。その代わり、あとから父の膝にのって、たいていすぐそばにいる母の穏やかな顔を時々見ながら、真の幸福を味わった。それは、子どもとか並外れた精神力に恵まれた大人だけに許された幸福だった。その後、お話は永遠に打ち切られた。父が病気になって死んでしまったのだ。

死ぬ前に彼は喘《あえ》ぎながら言った。

「お願いだから、私を葬るときは、坊さんも教会の儀式もなしにしてくれ」

しかし、葬儀は司祭が執り行ない、父があんなに嫌いだった教会の鐘も鳴らされた。そして静かな墓地には丈の高い雑草が勢いよく伸びていた。ぼくは蠟《ろう》のような父の額に口づけした。棺の脇に連れていかれたが、ぼくがあまり小さかったので、おじがぼくを抱き上げた。不格好におじに抱かれて棺を覗き込み、父の黒い顎ひげと口ひげと閉じた眼を見た瞬間は、ぼくの人生で最も恐ろしい瞬間だった。教会の高い円屋根がゴーと唸り、おばたちの服がシュルシュルと衣擦れの音を響かせるなか、突然、石のように固まった、人間のものではないような母の顔が目にとび込んできた。その一瞬で、ぼくは不意にすべてを理解した。全身が氷のように冷たい死の感覚にさっと包まれ、どこか果てしない遠方にぼく自身の最期が——父とまったく同じ運命が見えて、怪しい惑乱のとりことなった。父と運命をともにして彼と一緒にいるためだったら、ぼくはその瞬間に喜んで死んだことだろう。ぼくは眼の中が暗くなった。母のところへ連れていかれ、母は冷たい手をぼくの頭にのせた。ぼくは母の方を見たが、彼女はぼくを見ず、ぼくが隣にいることもわかっていなかった。まもなくぼくたちは墓地から家に向かった。ばね付きの馬車が跳ねて、父の墓は後方に退き、前方の大気が震えた。馬の背中が音もなく遠くへ遠くへと滑っていく。ぼくたちは家に帰るが、父は動かず横たわっている。父と一緒にぼくも滅び、ぼくのすてきな船も、ぼくがインド洋で発見した、白い建物のある島も滅んだ。大気がぼくの眼の中で揺れた。不意にぼくの前に黄色い光がちらついた。太陽の光がまぶしく、血が頭に上り、ぼくは非常に気分が悪くなった。家に着くとぼくはベッドに寝かされた。ジフテリアに罹っていたのだ。

インド洋、海の上に広がる黄色い空、ゆっくりと水を分けて進む黒い船。ぼくがブリッジに立つと、薄赤い鳥が船尾をかすめて飛び、燃えるような熱い空気がかすかに鳴る音がする。ぼくは自分の海賊船に乗っているが、ひとりで航行している。父はどこだろう？　船は木々が茂った岸辺の横を通り過ぎる。ぼくが望遠鏡を覗くと、大きな側対歩の母の馬が木々のあいだにちらつき、その後を元気のいい父の黒馬が歩幅の広い伸びやかな歩みでついていくのが見える。船は帆を上げて、長いこと馬たちと並んで進む。不意に父がぼくの方を向く。「パパ、どこへ行くの？」とぼくは叫ぶ。父のくぐもった声が遠くから答えるが、何を言っているのかわからない。「どこへ？」とぼくはもう一度尋ねる。「船長」と航海士がぼくに呼びかける。「あの人は墓地に運ばれるところです」確かに、誰も乗っておらず御者もいない葬送馬車が、黄色い道をゆっくり進み、白い棺が日差しを受けて輝いている。「パパが死んだ！」とぼくは叫ぶ。母がぼくの上にかがみ込む。髪は乱れ、かさついた顔は恐ろしく、表情が失せている。

「いいえ、コーリャ、パパは死んではいない」

「帆を張れ、何も恐れるな！」ぼくは命令する。「嵐がきたぞ！」

「また、うなされてる」ばあやが言う。

しかし、ぼくたちはインド洋を過ぎて、錨を下ろす。すべてが暗闇に沈む。水兵たちが眠り、岸では白い町が眠り、どこか近くではぼくの父が深い真っ暗なところで眠っている。そのとき、眠りについたぼくたちの船の傍らを、〈さまよえるオランダ人[*9]〉号の黒い帆が重々しく飛行していく。

しばらくしてぼくは快方に向かい、ばあやは長いことぼくの枕元に座って、長いこと色々な話をしてくれた――それでぼくはたくさんのおもしろいことを知ったのだ。シベリアでは通りで丸い形の冷凍牛乳を売っていること、酷寒の冬に町や村をさまよい歩く脱獄囚のために、夜には窓辺に食料を置いておくことを、彼女は語ってくれた。ばあやの話では、シベリアでのぼくの両親の暮らしはすばらしいものだった。

「奥様は家政のことは何ひとつご存じなかった」と、ばあやは語った。「何ひとつね。鶏とアヒルの区別もつかないんですから。雌鶏をたくさん飼っていましたけれど、卵を産むのは一羽もいなくて。卵は市場で買っていました。安かったですよ、百個で三十五コペイカ、ここらとは大違いです。肉は一フント[*10]が二コペイカ。バターは樽で売っているって具合でした。ところで、うちの家政婦がずる賢い女でしてね。あるとき、いまはお亡くなりの旦那様が通りを歩いていると、百姓女が寄ってきました――『ここらで営林署長さんのお宅をご存じないですか？』って。うちのことですわ。旦那様が『知ってるよ。誰に用事だい？』とおっしゃると、『あそこの家政婦さんで』という返事。『あの方、卵をすごく安く売ってくださるんです。市場じゃ高いですからね』だとさ。二人して卵を買いに行ったんですよ、百姓女が前に立って、旦那様は後ろから。ええ、家政婦は白状して大泣きしました、恥さらしなことで」

「ばあや、ワシーリエヴナのお話は？」

「その話はいまいたしますよ。奥様が料理女をお雇いになったんです。まじめな女で、年齢は五十歳、いや三十歳くらいでした」

「ええっ、ばあや、それじゃ違いすぎるよ」

「大した違いじゃありませんよ」と、ばあやはきっぱり言う。「ぼっちゃん、お聞きなさい。でないと、私はお話ししませんよ」

「ぼく、もう邪魔しないから」

「名前はワシーリエヴナといいました。その女が言うには、『私はこの土地の者じゃありません、息子が懲役になりまして。私自身はペテルブルグ出身です。お料理なら何でもできます』って。確かに、何でもこしらえましたよ。そのうちに奥様がお客を招待なさいました。ワシーリエヴナはピローグ[*11]を作って、昼間のうちにテーブルをセットしました。夕方になると奥様がお帰りになる、奥様はいつも馬に乗ってらしてね。いい馬でしたよ、鹿毛の。鹿毛はうちには合いませんけれど、でもいい馬でした。ともかく、奥様が帰宅してごらんになると、きれいさっぱりなんにもありません。ピローグはないし、食器は投げ散らかされています。奥様は台所に行ってみなさる。

するとワシーリエヴナが真っ赤な顔をして、いやな目つきで座り込んでいます、本当にとんでもない様子で。奥様はお尋ねになる。『なぜ、用意ができてないの、ワシーリエヴナ、どういうこと?』するとワシーリエヴナは『私が奥様なんだよ』って言って、まあ怒鳴り散らすこと。『もうお給仕はごめんだ、自分が食べたいんだよ』って。ピローグはそっくり全部かじり散らしてありました。それからワシーリエヴナは家を飛び出していって、六日目にやっと帰ってきました。汚くってよれよれで、服はずたずたで、泣いていました。『お許しください、私は酒に呑まれるときがあって、どうしようもないんです』って言って。たいそうな律儀者でしたよ」

「それはどんな人なの、ばあや」

「律儀者ですか。ワシーリエヴナのことですよ。さあ、ぼっちゃん、お眠りなさい。眠れば病気も寝ますから、その後で良くなりますよ。おやすみなさい」

ぼくが病気の後ではじめて外に出たのは、蜘蛛の糸が空を飛ぶ、晴れやかな日だった。小さな白雲が流れていたが、東の方ではもう冷たい空気が青みを帯びていた。ぼくは思った、ちょうどこんな日に、アンデルセンの童話でおやゆび姫を家に住まわせてくれた野ねずみのおばあさんは、自分の巣穴の扉を閉めて、貯め込んだ麦を見回したんだ。そして夜寝るときにおやゆび姫に言った。「さて、あとは結婚式を挙げるだけだ。あんた、神様に感謝しなきゃいけないよ。世の中のお婿さんがみんな、もぐらさんみたいに立派な毛皮コートをもってるわけじゃないんだからね。それに、あんたには持参金がないってことも忘れないでちょうだいよ」

ぼくはおやゆび姫のことがとてもかわいそうで、特に彼女がひとりぼっちであることに同情した——なぜなら、ぼくも子ども時代をひとりで過ごしたからだ。といっても、ぼくは同年齢の子どもたちを避けていたわけではない。ぼくは戦争ごっこもかくれんぼもして、たいていの人はぼくが社交的すぎると思っていたほどだ。しかし、ぼくは誰も愛さなかったし、事情で引き離されることになった人たちと別れるときも、残念には思わなかった。すぐに新しい人たちに慣れていき、すっかり慣れると彼らの存在を気に留めなくなった。それはおそらく孤独癖というものだったが、その形態がかなり奇妙で、単純ではなかった。ぼくはひとりでいるときにはたえず何かにじっと耳を澄ましたくなったものだが、他の人がいるとそれをするのに邪魔になった。ぼくは心をさらけ出して話すのが好きではなかったが、すばやく想像をめぐらす習慣があったので、打ち解けた会話をすることは簡単にできた。嘘つきではなかったが、心を打ち明ける難しさを無意識に避けようとして、思っていないことを口にしたので、ぼくには仲間がいなかった。後になって、自分がそんなふうに振る舞ったのはまちがいだったと悟った。ぼくはこのまちがいのために、高い代償を払うことになった。最も貴重な可能性のひとつを失った。つまり、〈仲間〉や〈友だち〉という言葉を理論的にしか理解できなかったのだ。そういう感情を自分の中につくり出そうと信じられないほどの努力をしても、なんとか到達できたのは、せいぜい他の人々が抱く友情を理解し察することだけだったが、そうしているうちにぼくは不意に、友情というものを完全に感得した。死と老いの幻が姿を見せたときや、まとめて手に入れた多くのものが次にはまとめて失われてしまったとき、友情は特に貴重になるのだった。ぼくが思うに友情とは、「我々はまだ生きているが、他の人たちは死んでしまった」ということだ。覚えているが、ぼくが陸軍幼年学校にいたとき、ジーコフという仲間がいた。ぼくらは二人とも逆立ち歩きが上手だったので、仲良くしていた。その後、二人が会うことはなくなった——ぼくが幼年学校を中退したので。ぼくはジーコフのことを覚えているが、それは他の人を覚えているのと同じようにであって、彼について考えたことは一度もなかった。何年もたってセヴァストーポリ[*12]である暑い日に、墓地で木の十字架と、〈チモフェーエフ陸軍幼年学校生徒ジーコフ、ここに眠る。チフスで死す〉と書かれた小さな板の墓標を見つけた。ぼくはその瞬間、友だちを失ったと感じた。なぜ、この他人だった人間が、まるで一生をともに過ごしたみたいに親しく感じられたのかは、まるでわからない。ぼくはそのとき気づいたのだが、喪失や悲しみの感覚は、すばらしい天気の日、空気がひときわ軽やかで透明なときに、いっそう強くなる。自分の心にもそんな状態のときがあると、ぼくは思った。ぼくの精神生活には途切れることなく続くかすかなざわめきがあり、それはぼくにはほとんど聞こえないけれど、常に響いていて、時々ほんの少しだけ弱まる。もしも、ぼくの内部のどこか遠くで、このざわめきに代わって静けさが訪れたとしたら――それは大異変《カタストロフィ》が起きたということだ。そしてぼくの脳裏に広大な空間が思い浮かぶ、砂漠のように平坦で果てまで見渡せる空間が。その広大な空間の遠い果てが、突然の深い亀裂によって分離して、その上にのっていたものを全部引き込みながら、音もなく深淵へと崩れ落ちる。静けさが訪れる。続いて第二の層が、そして第三の層が、音もなく剝がれ落ちる。もう、ぼくが立っている地点から縁までは数歩しかなくなる。そしてついにぼくの足が燃える砂の中に沈みはじめる。ゆっくり落下する雲状の砂に巻き込まれて、ぼくは下へ、他の人たちがみな落ちていったところへ、苦しみつつ落下していく。頭のすぐ上で黄色い光が燃えていて、巨大な灯火のような太陽が、静まりかえった湖の黒い水面とオレンジ色の死せる大地を照らしている。ぼくは辛くなった――そしていつものように母のことを考えた。父を知っているほどには知らなくて、ぼくにはいつも謎めいていた母のことを。母は父とはまったく似たところがなかった――習慣も、趣味も、性格も。彼女には内的爆発と絶えざる分裂の危険が潜んでいると、ぼくには感じられた。それはぼくの中にも疑いの余地なく存在しているものだった。母はいたって冷静な女性で、人への態度は少し冷たく、けっして声を荒げなかった。結婚するまで住んでいたペテルブルグ、格式ばった祖母の家、家庭教師の外国人女性たち、小言、読むことが義務づけられていた古典作家たちの本といったものが、それぞれ彼女に影響を与えた。父が持ち前のよく通る声で「なんだこれは、けしからん！」と怒鳴っても怖がらなかった召使いたち――それが、ゆっくりした口調でけっして苛々せずに話す母のことは、いつも怖がっていた。ぼくはごく幼い頃から、母の急がない動作、彼女が発していた冷たさ、いんぎんな微笑を記憶している。母が声を立てて笑うことは、ほとんどなかった。子どもをあやして遊ぶことも、めったになかった。父に駆け寄って彼の胸に飛びつくときのぼくは、この力強い男の人は時々大人の振りをしていることもあるけれど、中身はぼくと同じ、年も同じで、もしもいま庭に行っておもちゃの馬車を引っぱって遊ぼうと誘ったら、ちょっと考えてから一緒に行くだろうとわかっていた――だが母に近づくときは、育ちの良い男の子らしく、ゆっくりと礼儀正しく歩いていったし、もちろん、有頂天になって叫んだり一目散に客間に飛び込んだりはしなかった。ぼくは母を恐れていたわけではない。うちでは誰も、お仕置きされることはなかった――ぼくも、妹たちも。しかしぼくは、母が自分よりすぐれていることを常に感じていた――この優位は、説明はできないが絶対的なもので、母が有する知識の量とも、実際すばらしかった数々の能力とも関係なかった。彼女の記憶力は非の打ちどころがなく、聞いたり読んだりしたことは何でも覚えていた。ロシア語の会話スフランス語とドイツ語は完璧に正確に話せて、正統的すぎると感じられるほどだった。

でも——あれほど率直で言葉を飾ることを嫌った母なのに——使うのは文章語的な言い回しだけで、その話し方はいつもどおりのそっけなさと冷淡で見下したようなイントネーションを伴っていた。母はいつだってそんなふうで、ただ食卓や客間で父に向かってだけ、抑えきれない喜びに満ちた笑みを浮かべたが、それ以外にはどんな状況でも、そんな笑顔を見たことがない。ぼくはよく母から叱られたが、小言もまったく冷静で、声もいつもどおり坦々とした調子だった。父はそんなとき同情を込めてぼくの方を見ると、無言の応援を表明するかのようにうなずいてみせた。それから彼はこう言うのだった。

「さあ、もういいだろう、この子はもうやらないよ。コーリャ、もうやらないな?」

「もうしません」

「じゃあ、お行き」

ぼくが振り返ってみると、父はまるで詫びるような口調で説明していた。

「結局、あの子がふざけ回ったりしないで、おとなしいばっかりだったら、きっとさびしいよ。静かな淵には悪魔が住み着くっていうじゃないか」

母はぼくを叱るとき、なぜ、ああではなくてこう振る舞わなければならないかを説明しながらも、ぼくと会話することはほぼなかった。つまり、ぼくが口ごたえできるなどとは思ってもいなかった。ぼくは父とは言い争いをしたが、母とは一度もしたことがない。覚えているが、一度ぼくは何か答えてみようとした。彼女はぼくが口をきけることにはじめて気づいたみたいに、驚きと好奇心のこもった眼でぼくを見た。ちなみに、ぼくは家族のなかでいちばん出来が悪かった。妹たちは母からすばやい理解力と並外れた記憶力を完全に受け継いでいて、ぼくよりも成長が早かった。周りはぼくにそれをけっして気づかせまいとしたが、ぼくは自分でよくわかっていた。ぼくは子ども時代にも、それ以後と同じように、嫉妬というものを知らなかった。母のことは、その冷たさにもかかわらず、大好きだった。この冷静な女性は、まるで絵から抜け出して人間と化しながら、絵だったときの奇蹟的な不動性を保っているみたいに見えたが、実際には人がそう思っているのとは全然違っていた。ぼくはそれを理解するのに何年もかかった。理解してからは何時間も考え込んで、母の見せかけではない本当の人生を思い描こうとしてみた。彼女は熱烈な文学愛好者で、その熱はやがてただごとならぬ域に達した。始終たくさん読んでいた。一冊読み終わると、人と話をせず、ぼくの問いかけにも答えず、何も見えていない動かぬ眼でじっと前を見据えて、周りのことにはまったく気づかなかった。たくさんの詩を暗記しており、『悪魔』と『エヴゲーニイ・オネーギン』[*13]は第一行から最後の行まで全部諳《そら》んじていた。しかし、父の趣味――ドイツ哲学と社会学――は毛嫌いしていた。これらは彼女には他のものほどおもしろくなかったのだ。わが家では、ヴェルビーツカヤ[*14]やアルツィバーシェフの流行の小説はけっして見かけなかった。どうやら、父も母もこれらを蔑視する点では意見が一致していたようだ。はじめてその種の本をうちにもち込んだのは、ぼくだった。当時父はもう生きておらず、ぼくは中学の四年生だった。ぼくが食堂に置き忘れた本は、『中間に立つ女』[*15]という題だった。母はたまたまそれを見つけた――ぼくが夕方帰宅すると、彼女は汚らわしそうにその本の扉を二本の指でつまんで、ぼくに尋ねた。

「これはおまえが読んでるの？　趣味がいいわね」

ぼくは恥ずかしさのあまり涙がにじんだ。それからずっと、ぼくが短期間だがポルノグラフィー的な愚劣な小説を好んだのを母に知られたことは、ぼくにとって最も屈辱的な思い出になった。もしも母がこれを父に告げることができたとしたら、ぼくはそんな不幸には耐えられなかっただろうと思う。

ぼくの父を母は全身全霊で愛していた。父が死んだとき、彼女は泣かなかった。だが、ばあやもぼくも母と二人きりになるのが怖かった。三か月のあいだ朝早くから夜遅くまで、母は客間の隅から隅へと立ち止まることなく歩き続けた。誰とも話をせず、ほとんど何も食べず、一日に三、四時間しか寝ず、どこへも出かけなかった。親戚の人たちは、彼女はきっと気が狂うと思っていた。深夜に子ども部屋で目を覚ますと、速足で絨毯を踏む音が聞こえてきたのを覚えている。再び寝ついてから目を覚ますと――また同じことの繰り返しだ。さっきと同じように母の靴がかすかに軋んで、速足で歩いている音が聞こえる。ぼくはベッドから起き上がり、寝間着のまま裸足で客間へ行く。

「ママ、寝てちょうだい。ママ、なぜ、ずっと歩いてるの?」

母はぼくをじっと見る。まるで他人みたいな青白い顔と、こちらを不安にさせる眼が見える。

「ママ、ぼくこわいよ。ママ、少し寝たら」

母は我に返ったようにふっとため息をついた。

「わかったわ。コーリャ、すぐに寝るわ。さあ、おやすみ」

母の人生は最初は幸せだった。父は自分の時間をすべて家族に捧げ、そこから離れるのは狩猟と研究のためだけ――それ以外には何も興味をもたなかった。女性にはこのうえなく愛想がよく、彼女たちが父の見解とはまったく違うことを話しても同意して、けっして言い争いはしなかった

――しかし、そもそもどうして貴婦人なるものがいまだこの世に存在しているのか、父には理解できなかったようだ。母が父にこう言う。

「あなたったら、またヴェーラ・ミハイロヴナのことをヴェーラ・ヴラジーミロヴナと呼んだわね。[*16]彼女、きっと気を悪くしてるわ。どうして、いつまでも覚えられないのかしら。あの方は二年以上もうちにいらしてるのに」

「そうだったか？」と父は驚く。「どの女性のことだ？　あの口笛を吹く技師の奥方か？」

「いいえ、口笛を吹くのはダリヤ・ワシーリエヴナで、技師さんは歌を歌うの。でも、ヴェーラ・ミハイロヴナは、それとは関係ない。彼女はお医者さんのセルゲイ・イワーノヴィチの奥様よ」

「そうだとも」父はぱっと顔を輝かす。「ぼくは彼女なら、よく知ってる」

「そうでしょ。ところがあなたは彼女をヴェーラ・ワシーリエヴナと呼んだり、ヴェーラ・ペトローヴナと呼んだり。あの方はヴェーラ・ミハイロヴナよ」

「驚いちゃうね」と父は言う。「そりゃ、もちろんまちがいだ。今度こそ完全に正確に覚えるよ。あのご婦人なら、よく知ってる。すごく可愛い人だね。ご主人も感じがいい。あそこの猟犬のポインターはいただけないけどね」

わが家ではどんな仲違いも口論も起こらず、すべてが順調だった。しかし、運命は長く母を甘やかしてはくれなかった。最初に上の妹が死んだ。胃の手術をした後すぐに入浴したために死んでしまったのだ。その数年後に父が死に、最後に大戦中に下の妹が九歳で、進行の早い猩紅熱を二日患っただけで死んだ。ぼくと母は二人きりになった。母はかなり世間と隔絶した生活を送っており、ぼくは放任されて自由気儘に育った。母は突然わが身に降りかかった喪失を忘れられず、何年間もまるで呪いをかけられたように、以前よりいっそう寡黙で物静かになった。彼女はすばらしく健康で、病気ひとつしなかった。ただ、記憶によれば澄みきって冷たかった母の眼に、とても深い悲しみが浮かんでいたので、ぼくはその眼を見ると、自分のことが、そして自分がこの世に生きていることが、恥ずかしくなった。その後、母はぼくにとって何かしらより親密な存在になり、ぼくは父と妹たちの記憶への彼女の愛の強さと、ぼくへの悲しい愛を知ることになった。同時に知ったのは、彼女はぼくをはるかにしのぐ敏捷でしなやか想像力と、ぼくには思いもよらないような事柄を理解する能力をもっているということだった。ぼくは子どもの頃から彼女の優越を感じてきたが、それはぼくがほぼ大人になった頃にやっと裏付けられた。ぼくはさらにもうひとつの、最も重要なことを知った。第二のぼくが生きている例の世界を、ぼくは他のすべての人には永遠に閉ざされたものと思っていたが、実はそれはぼくの母がよく知っている世界だったのだ。

はじめて母と長く別れたのは、陸軍幼年学校の生徒になった年だった。学校は別の町にあった。青くまた白く流れていた川、チモフェーエフの緑の茂み、そしてホテルを覚えている。そのホテルに母は試験の二週間前にぼくを連れていき、フランス語の小さな教科書を一緒に復習してくれた。ぼくはフランス語のつづりが弱かったのだ。その後には試験、母との別れ、新しい制服、肩章付きの軍服、そして破れた農民外套を着た御者。御者はひっきりなしに手綱を引いて、帰りの列車が出る、坂の下の駅へ母を連れていった。ぼくはひとりになった。

ぼくは他の生徒たちの輪には入らず、音がよく響くいくつものホールを何時間も歩き、少したってからやっと、自分が楽しみにできるのはずっと先のクリスマスと二週間の休暇なのだと理解した。ぼくはこの学校が嫌いだった。同級生は多くの点でぼくと違っていた。彼らの大部分は将校の息子で、ぼくがそれまで知らなかった半ば軍隊的な環境の出身だった。わが家には軍人は出入りしたことがなく、父は軍人には反感と軽蔑を抱いていた。ぼくは「はい、そのとおりであります」と「いいえ、そうではありません」に慣れることができず、ある将校に注意されたとき、「部分的にはあなたの言うとおりです、大佐殿」と答えたことを覚えている——それでさらに大きな罰をくらった。ただ、ぼくは生徒たちとはすぐに仲良くなった。教師たちはぼくを嫌った、成績は良かったのに。学校の教授法はじつにさまざまだった。ドイツ人の教師はクラス全員に音読させたので、ドイツ語の読本を読む声にまじって、雄鶏みたいな叫び声や不謹慎な歌を歌う声や金切り声が聞こえた。教師たちはレベルが低くて、何も秀でたところがなかったが、ただし博物学の教師は例外だった。これは将官待遇の文官で、人をからかう癖のある老人であり、唯物論者で懐疑主義者でもあった。

「脱脂綿とは何でありますか、教官殿」

彼は答える。

「貴君のような若い幼年学校生が校庭を走り回っているうちに、小鹿のごとくぴょんと跳ねて、たまたま尻尾に切り傷を負ったとしよう。するとその傷に綿を当てる。何のためかというと、小鹿のような幼年学校生があまり悲しまないですむようにだ。わかったかな?」

「はい、そのとおりであります、教官殿」

「そのとおりであります、か……」と彼は暗い笑みを浮かべてつぶやく。「いやはや、君たちは……」

なぜかわからないが、ぼくはこの将官待遇文官が大好きになって、彼がぼくに注意を向けると、とてもうれしかった。一度自分がよく知っていることを授業で説明することになったとき、ぼくは〈総じて〉、〈圧倒的に〉、〈要するに〉といった表現を数回使った。彼は陽気にからかうような眼でぼくを見て、良い評点をつけてくれた。

「なんと教養ある生徒だ。〈総じて〉および〈要するに〉ときたか。要するに、席に下がってよろしい」

別のときにはぼくを廊下でつかまえて、まじめな顔をして言った。

「ソセードフ君、歩くとき、そんなに尻尾を振るもんじゃないよ。それじゃあ、ついにはみんなに目をつけられちまうからね」

そう言うと、眼だけで笑って行ってしまった。幼年学校で他から際立った教師といえば彼だけだった——同様に、ぼくがあの学校で習い覚えたことといえば逆立ち歩きだけだった。その後、幼年学校を中退してかなり長い時がたってからも、たまたま逆立ちをするとすぐに、学校の娯楽室のワックスを塗った寄せ木の床や、床についたぼくの手の近くを歩いていた数十本の足や、クラス担任の頬ひげが思い浮かんできた。

「きょうも貴様はおやつ《スラージェンコエ》抜きだ」

この担任はいつも指小形[*17]を使って話したが、ぼくはそのことにたまらない嫌悪感を覚えた。ぼくは指小形を皮肉な意味で使う人が嫌いだった。これほど浅薄で軟弱かつ低俗な言葉づかいはない。ぼくは気づいたのだが、こんな表現に頼るのは、たいていはあまり教養のない人かたんに非常に愚かな人で、決まって人間的に下劣な部類だ。ぼくのクラス担任は、そこにいるだけで不快でならなかった。だが、幼年学校でぼくが特に辛く感じたのは、突然すべてのことに憤慨して家に帰ってしまうわけにはいかないということだった。家は遠くの別の町にあって、鉄道に乗っても一昼夜かかるのだ。冬、巨大で暗い学校の建物、弱い照明の下に長く続く廊下、孤独。ぼくは辛くて退屈だった。勉強はしたくなかったが、ベッドに寝ていることは許されなかった。ぼくたちは気晴らしに、ワックスを塗ったばかりの寄せ木の床で〈スケート遊び〉をした。洗面所の蛇口を一晩じゅう開けておいたり、椅子や教壇を跳びこえたり、給食のカツレツやデザート、砂糖やマカロニをめぐって無数の賭けをしたりした。成績は全員が中くらいで、例外はクラスで成績がいちばんの、我々の中隊で最も勤勉で最も不幸なウスペンスキーだけだった。彼は無我夢中で暗記をしていた。食事が終わってから就寝時刻の夜の九時まで、ずっと授業の予習復習をしていた。毎晩一時間半も、膝をついて声は出さずにすすり泣くような調子でお祈りをした。非常に貧しい両親の息子で、官費で学んでいたので、どうしても良い成績をとらねばならなかったのだ。

「何を祈っているの、ウスペンスキー?」ふと目を覚ましたぼくが、長い寝間着を着た彼が枕元に吊るした小さなイコンに向かって膝をついているのを見て、尋ねる。彼の寝場所はぼくとベッドを二つ隔てたところだった。

「勉強できますようにって」と、いつもの調子で早口で答えると、すぐにもの狂おしい声で続けた——「天にましますわれらの父よ!……」彼は祈りの文句をよく理解せずに唱えていたので、〈天にまします〉という形容が、〈天にましますならば〉という条件を示しているように聞こえた。

「お祈りがまちがってるよ、ウスペンスキー」とぼくは言った。「〈天にまします我らの父よ〉

ってところは、一息に言わなきゃいけないよ」

彼は突然祈りを中断して、泣きだした。

「どうした？」

「どうして、ぼくの邪魔をするの？」

「そうか、お祈りを続けて。ぼく、もう邪魔しないから」

それから再び静寂、並んだベッド、くすぶる常夜灯、天井下の暗がり、跪《ひざまず》いている小さな白い人影。朝になると太鼓が鳴り、壁の向こうでラッパが響き、当直士官がベッドの列を回る。

「起床時間だ、起きろ」

ぼくはどうしても軍隊独特の役所言葉になじめなかった。家ではきれいで正しいロシア語を話していたので、学校での言葉づかいはぼくには耳障りだった。あるときぼくが中隊報告を読むと、〈軍服構築を目的としてしかるべくラシャ布が支給された〉と書かれ、さらに窓の〈ガラス装着〉のための支出について述べられていた。ぼくは二人の仲間とこれらの表現を検討して、当直将校――ぼくたちはこれを書いたのは彼だと確信していた――は無教養な男だという結論を出した。たぶんこの結論は真実から遠くはなかっただろう、ぼくたちはその日の当直将校をよく知らなかったけれども、ただ彼が非常に信心深い人だということだけは知っていた。幼年学校は宗教に関しては厳しかった。生徒は毎週土曜日と日曜日に教会に連れていかれた。この誰も逃れられない教会通いのせいで、ぼくは正教会の奉神礼が大嫌いになった。そのすべてが疎《うと》ましかった。太った輔祭の脂《あぶら》じみた髪も――輔祭は至聖所で大きな音を立てて鼻をかみ、祈禱を始める前に急いで鼻をぴくぴく動かし、ちょっと咳払いをして喉を清め、それからやっと「君や祝讃せよ！」と深い低音《バス》を響かせるのだった。それに、金箔と、イコンと、悲しげな顔に厚い唇をした脚の太い天使たちのつたない画像に埋め尽くされた閉じた王門の向こうから、輔祭の声に応えて「父と子と聖神の国は崇め讃《ほ》めらるる、今も何時《いつ》も世々に……」と唱える、甲高くて滑稽な司祭の声もいやだった。

それに音叉を持った脚の長い聖歌隊長も――彼は自分も歌いながら他の人の歌声に耳を澄ましているので、その顔には信じられないほどの緊張が浮かんでいた。ぼくにはこれらすべてが、愚かで不必要なものに感じられた。なぜそう感じるのかを、常に理解できたわけではなかったが。しかし、「神の法[*18]」を学び福音書を読んでいるとき、ぼくは考えたものだ――ぼくたちのクラス担任の中佐が、いったいどんなキリスト教徒だっていうんだ？　彼は戒律なんか全然守らないし、しょっちゅうぼくに罰を与えて、時計の下に立たせたり、〈おやつ抜き〉を命じたりする。果たしてキリストがそんなことを教えただろうか？　ぼくは「神の法」を知り尽くしていると評判のウスペンスキーに問いかけた。

「どう思う、ぼくらの中佐はキリスト教徒かな？」

「もちろんさ」彼はぎょっとして急いで答えた。

「じゃあ、彼は毎日のようにぼくに罰を与えるけど、そんな権利をもってるのか？」

「そりゃ、君の行ないが悪いからだよ」

「じゃあ、福音書で『裁くなかれ、さすれば裁かれぬ』と言われてるのは、どうなんだ?!」

「裁かれぬっていうのは受動態だ」ウスペンスキーは自分の知識を確認するように、独り言みたいにささやいた。「幼年学校の生徒のことを言ってるんじゃないよ」

「じゃあ、誰のことを言ってるんだ？」
「ぼくは知らない」
「つまり、君は『神の法』を理解してないんだな」と言って、ぼくは立ち去った。そして宗教と幼年学校に対するぼくの反感は、ますます強まった。

のちにぼくが中学に入り直してからも長いこと、陸軍幼年学校は石のように冷たく重苦しい夢のように思い出された。幼年学校はその後もどこかぼくの奥深くに存在し続けた。ぼくが特によく覚えていたのは、寄せ木の床に塗ったワックスの匂いと、マカロニを添えたカツレツの味だ。似たような匂いや味に出会うと、ぼくは即座に広々とした暗いホール、常夜灯、共同寝室、長い夜と朝の太鼓、白い寝間着姿のウスペンスキー、そして悪しきキリスト教徒だった中佐のことを思い浮かべた。あの生活は重苦しくて不毛だった。石のごとく硬直した学校の記憶は、ぼくにはおぞましかった、まるで兵舎か牢獄の思い出のように。あるいはまた、モスクワとスモレンスク間のどこかにある、人のいない極寒の空間で雪に埋もれた、冷えきった鉄道の見張り小屋とか、そういった神に忘れられた場所に、長く滞在した思い出のように。

それでもやはり学生時代の最初の頃は、ぼくの人生で最も澄みきった、最も幸福な年月だった。ぼくは最初――幼年学校でも、次に進学した中学でも――同級生の多さにとまどった。短く髪を切ったこれらの少年たちにどう接したらいいか、わからなかった。ぼくはいくつかの生――ぼくと近しくてぼくがよく知っている母、妹、ばあやなどの生――が自分の周囲に存在することには慣れていたが、新しい、知らない人の大集団を一度に受け入れることは、ぼくにはできなかった。ぼくはこの群衆の中で自分を見失うことが怖かったので、普段はぼくの中で眠っていた自己保存の本能が急に目覚めて、性格にいくつかの変化を呼び起こした。それは環境が違ったら、たぶん起こらなかった変化だった。ぼくは頻繁に、考えていたのとはまったく違うことを話したり、こうすべきだとされているのとは違う行動をとったりするようになり、生意気にもなった。父が死んでからのわが家は、まるで母が冷たい魔法をかけたみたいに、ゆっくりとした動きや応答が支配していたが、ぼくはそんな悠然たる態度を失った。家では学校での習慣を断つのが難しかったが、すぐにそのすべを身に着けた。無意識のうちに、すべての人に対して同じ自分でいることはできないことがわかってきたのだ。だから、家でちょっとした波乱を巻き起こした短い時期が過ぎると、ぼくは家では再び従順な少年になった。中学では態度が悪いせいで、他の生徒よりも罰を受ける回数が多かった。ぼくは家族のなかではいちばん出来が悪かったが、母のすぐれた記憶力を部分的には受け継いでいた。しかし、ぼくの理解力はけっして直接的で意志的なものではなく、何か説明されても、少し時間がたたないと完全な意味は理解できなかった。父の能力は大きく形を変えてぼくに伝わっていた。彼に備わっていた意志と忍耐の力の代わりに、ぼくには頑固さがあり、父のハンターとしての才能――すぐれた視力、疲れを知らぬ肉体、正確な観察力――の代わりに授かっていたのは、動物の世界への並外れた盲目的な愛と、周囲で起こることや人が話したり行なったりするすべてのことに対する、きわめて烈しい、とはいえ無自覚で無目的な関心だけだった。ぼくは勉強はすこぶる嫌いだったが成績は良くて、ただ素行だけはいつも教員会議の審議対象になった。それには他にもいくつか原因があったが、ぼくが教師に対して子どもらしい恐怖を抱いておらず、彼らへの感情を隠さなかったことも一因になっていた。クラス担任は、ぼくが年齢のわりに知力はすぐれているが、行儀が悪くて乱暴だと、ぼくの母に文句を言った。

しょっちゅう中学に呼び出されていた母は、こう言った。

「すみませんが、あなたは子どもを扱う技術を十分おもちじゃないようにお見受けしますわ。コーリャは家ではとてもおとなしい子で、けっして暴れん坊じゃありませんし、普段は無作法なこともしません」

そして彼女は用務員にぼくを呼んでこさせた。ぼくは応接室に行って、母と挨拶を交わした。彼女はぼくと十分間話をしてから、ぼくを解放した。

「確かに、あなたに対してはまったく口調が違いますね」と、クラス担任は同意した。「あなたがどうやっておられるのか、私にはわかりませんよ。息子さんは教室では我慢がきかなくて」と、腹立たしげに両手を広げた。ぼくがクラス担任からも生徒監督からも特に厳しく叱られたのは、歴史の教師に無礼を働いたときだ（ぼくとこの教師は、あるときこんな会話をした。「コンラット・ヴァレンロット[*19]ってどんな人ですか？」本で名前を目にしたが、どんな人物か知らなかったので、ぼくは尋ねた。彼はちょっと考えてから、「君と同じようなろくでなしだよ」と答えた）。歴史教師は、ぼくが〈授業中、落ち着きがない〉ことを咎めて壁際に立たせた。ぼくはそんなに悪くなかった。隣の生徒が消しゴムでぼくの頭をこすった――教師はこれを見ていなかったが、ぼくは隣の生徒の胸を小突いた――そこを見咎められたのだ。仲間を売るわけにいかなかったので、「いますぐ壁際に立ちなさい。行儀よくできないんだから」と言われても――ぼくは黙っていた。ぼくがいつも口ごたえすることに慣れていた歴史教師は、今回は口ごたえが聞こえないとなると急に向かっ腹を立ててわめき散らし、椅子を床に叩きつけたが、そのとき何かまずい動きをして足を滑らせ、教壇の横に転げ落ちた。クラス一同、笑えなかった。ぼくは言った。

「そうなって当然です。あなたが転んだのがうれしくてたまりません」

教師は怒りに我を忘れて、教室を出て生徒監督のところへ行くよう、ぼくに命じた。しかし根は善良な人だったので、しばらくすると気を静めて、こちらが許してくれと頼まなかったのに許してくれた。概して彼はぼくに意地悪ではなかった。ぼくの主たる敵はクラス担任のロシア語教師で、彼はまるで自分と対等な者を嫌うようにぼくを嫌った。ぼくはロシア語を他の誰よりもよく知っていたので、教師はどうしてもぼくに悪い評点をつけるわけにはいかなかった。その代わり、ぼくはほとんど毎日〈食事抜き〉で居残りをさせられた。五時間目が終わってみんなが家へ帰るのをじっと見ていたときの悲しくてたまらない気持ちを覚えている。すばやく仕度した生徒たちが最初に帰っていき、続いて他の生徒、最後にいちばんのんびりした連中が帰る。そしてぼくはひとりになり、もの言わぬ謎めいた地図を眺めるが、その地図は父の本にあった月夜の風景画を連想させる。黒板には薄いぼろ切れと、クラスでいちばん絵が上手なパラモーノフが描いた醜い小悪魔の絵が見える。なぜか小悪魔は画家のシポフスキーに似ているようだ。そんなうんざりする時間が、クラス担任がやってくるまで一時間くらい続いた。

「家に帰りなさい。こんな不良のまねはしないように気をつけるんだね」

家では食事と本、それにぼくは行くのを禁じられている中庭での夕方の遊びが、ぼくを待っていた。ぼくたちはその頃、アレクセイ・ワシーリエヴィチ・ヴォローニンという元将校の持ち家に住んでいた。彼は名門の貴族の出で、変人だが立派な人だった。背が高く、顔を覆い隠すような濃い口ひげと頬ひげを生やしていた。明るい色をした怒っているような眼が、いつもぼくを当惑させたことを覚えている。この人はぼくについて、口に出して語れないようなことをたくさん知っているのだと、なぜかぼくは感じたのである。彼は怒るとすさまじく、我を忘れて、誰彼かまわず銃で撃ちかねない状態になった。数か月間の長きにわたったポート・アーサー包囲戦[*20]が、彼の神経系統に影響を残したのだ。彼は使われていない力を内に秘めた人という印象を与えた。それでも善良な人だったが、子どもとは必ず厳しい口調で話し、けっして子どもに心を動かされず、子どもを愛称で呼ぼうともしなかった。教養があって頭がきれ、抽象的な理念や微妙な感情を理解する能力をもっていた。この能力は普通の人にはほとんど見かけないものだった。この人は、退役将校が幸せに人生を全うするために理解すべきことよりずっと多くを理解していた。彼にはぼくより四歳ばかり年上の息子と二人の娘があった。娘たちはマリアンナとナターリヤといって、ひとりはぼくと同年齢、もうひとりはぼくの妹と同い年だった。ヴォローニン一家はぼくの第二の家族になった。アレクセイ・ワシーリエヴィチの妻はドイツ人で、いつでも何か悪いことをした人をかばい、どんな頼みも断れないという特徴があった。よくあったことだが、たとえば彼女にこう言ってみたとしよう。

「エカテリーナ・ゲンリホヴナ、パンにジャムを、ほら、あなたが新年用に作ったあのジャムを塗ってくれませんか」

「まあ、とんでもない!」彼女はぎょっとして言う。「あれには手は付けられません」

「エカテリーナ・ゲンリホヴナ、ぼく、本当に食べたいんです。ねえ、いいでしょう?」

「ああ、変わった子だこと。じゃあ、他のをあげますよ、あのイギリス製の。あれもとってもおいしいのよ……」

「いいえ、エカテリーナ・ゲンリホヴナ、ぼく知ってるけど、あれはおいしくない。ヤニ臭《くさ》いんだもの。新年用のを、いいでしょう？」

「単純なことがわからない子ね。じゃあ、パンをよこして――あげますから」

彼女にはとても頑強で健康な血が流れていたので、長い年月まったく変わらなかった。年をとることができないで、二十五歳という年齢に到達してから一生そのままであるように見えた。どんな状況になっても普段どおりの冷静な気くばりを欠かさず、何ひとつ忘れず、けっして動揺しなかった。あるとき敷地内で火事が起きて――燃えたのは薪小屋だった――周囲が赤々と炎に照らされ、熱でぼくの部屋の窓にひびが入り、夜中にはっと目を覚ますと、ベッドの脇にエカテリーナ・ゲンリホヴナが立っているのが見えた。彼女はまるでいまが真昼間であるみたいに、きちんと服を着て髪も整え、落ち着いていた。

「あなたを起こすのは気の毒だったわ」彼女は言った。「本当にぐっすり寝てたから。さあ、起きてちょうだい。縁起でもないけど、家が焼けちゃうかもしれないわ。いいこと、また寝入ったりしないでよ。私はまだあなたのお母さんを起こしに行かなきゃ。ほんとに、火を不注意に取り扱うから、こんなことになるのよ」

彼女の息子は当時、中学の四年生で、とてもやさしい少年だったけれど、ひどく無分別で情緒不安定なところがあった。ぼくの母は彼のピアノ演奏をひどく嫌った。彼にはいくらか音楽の才能があったのだが。彼があまりに激しい勢いで鍵盤に襲いかかり、情け容赦なくペダルを踏みこむので、母はよくこう言った。

「ミーシャ、どうしてそんなにエネルギーを使うの」

するとと彼は答えたものだ。

「すごく熱中してるからですよ」

ぼくたちはヴォローニン家の下の娘をソフィーと呼んでからかった。ぼくたちが読んでいた『ソフィーの不幸』《レ・マルール・ド・ソフィ》*21という本の小さなヒロインにとてもよく似ていたからだ。この少女は普通とは違う冒険を好み、あるときは市場に駆けていって、物売りの女たち、掏摸《すり》、もっと大きな盗みをする泥棒、つまりズボンが裾広がりになった立派なスーツを着た人々、刃物の研ぎ師、古本屋、肉屋、がらくた売りの連中のあいだを一日ぶらついた。がらくた売りは地球上のあらゆる町に存在しているようで、みんな黒っぽいぼろを着て、何語だろうとしゃべるのが下手で、誰にも絶対に必要のない品物のかけらを売っている。それでも彼らは生きていて、家族では世代交代が行なわれ、どの世代もこの商売をすることが運命で定まっているみたいに、けっして他のことには従事しない——彼らは大いなる不変性を体現しているように、ぼくの眼には見えた。また別のときには、彼女は長靴下も靴も脱いで、裸足で雨後の庭を歩き回り、家に帰ってくると、こう言って自慢したのだった。

「ママ見て、私の足、黒いでしょう」

「確かに、足は真っ黒ね」とエカテリーナ・ゲンリホヴナは答えた。「でも、それで何かいいことある?」

上の娘のマリアンナは、寡黙さ、早熟な女性らしさ、そして並外れた性格の強さが特徴だった。彼女が十一歳のとき、父親が彼女を馬鹿娘と呼んだことがあった。このとき彼は例の憤怒の発作の最中で、普段の節度を失っていたのだ。娘はさっと青ざめて言った。

「もうパパとは口をきかない」

そしてそれっきり二年間も口をきかなかったのである。彼女は妹と弟には年長者として接し、家族のあいだでは、怖がられるというほどではないが、警戒されていた。三人の子はみんな立派で丈夫なタイプの美男美女で、身体も強く、陽気さを好んだ。しかし、ロシア人特有の血の気の多さは、母方のドイツ人の血のおかげで、彼らの中で極端に到るのをまぬかれていた。

　ヴォローニン家の三人もぼくも、毎日夕方にヴォローニン家の庭園や中庭に集まる子どもグループの一員だった。ぼくたちの他に数人の男の子と女の子がいた。まだ幼いけれど美人で、のちに女優になったユダヤ娘シリヴァ、いつもいがみ合っていた十二歳の双子姉妹ワーリャとリャーリャ、まもなくジフテリアで死んでしまった、現実主義者のヴォロージャ。まだ明るいうちは皆で石蹴りをして、地面に描いた四角形をピョンピョン跳んで遊んだ。たくさんの四角形の先は、〈天国〉と書かれたいびつな大きな円と〈地獄〉と書かれた小さな円で終わっていた。日が暮れかかるとかくれんぼが始まり、ぼくたちは少なくとも三回メイドに呼ばれるまでは家に帰らなかった。ぼくは自分の時間を読書、中学、家にいる時間、戸外にいる時間に分けて、以前に身を置いていた内的生活の世界については忘れている期間が長く続いた。しかし、たまにその世界に立ち返るときがあって――その前には決まって病気のような状態があり、興奮と食欲不振が起きた――気づいたのだが、かぎりない変身能力と可能性を備えたぼくの第二の存在は、第一の存在を憎んでおり、第一の存在が新しい知識を得て豊かになって力を増すにつれて、第二の存在の憎しみは募っていった。第二の存在は、ぼくが外面的に完全に強靱になった瞬間に自分が消滅することを恐れているようだった。ぼくは二つの生活の完成と融合をめざして、言葉なき秘かな作業を行なっていた。中学では荒々しく、家では穏やかになる必要性が現れたとき、その完成と融合はうまく達成されそうになった。しかし、あれはたんなる遊びだったが、今度の場合はこんな緊張は自分には無理だという感じがあった。そればかりでなく、ぼくは自分の内的な生活の方が他の生活よりも好きだった。だいたい自分で気づいていたが、ぼくは自分が関係すべきでないものごとにはことさら惹きつけられ、直接的に関係する多くのことには無関心だった。ぼくがあるできごとの意味を理解するまでには時に多くの時間が過ぎ、そのできごとはぼくの感受性への影響を完全に失ってしまってから、それが起きたときに現れるべきだった意義を獲得するのだった。できごとはまず、遠くの想像上の領域に場所を移す。ぼくの想像力はごくまれにそこに下降していくだけだったが、ぼくはそこに自分の歴史の地層のようなものを見いだしていた。ぼくの前に出現した物たちが言葉もなく崩れ落ち、ぼくは再び最初からすべてやり直すが、強い振動を感じて意識の底に下りてからやっと、かつて自分の暮らしを取り巻いていたものの砕片や後にしてきた町々の廃墟を見いだすのだった。自分の身に起こるすべてのことに即座に直接的に反応しないこと、それに何をすべきかがすぐにはわからないことが、のちにぼくの大きな不幸、つまりクレールとの最初の出会いの直後に生じたぼくの精神的破局を引き起こす原因となった。しかし、これはもう少し後の話である。

長いことぼくが理解できないでいたのは、自分に突然起こる疲労の発作だった——何ひとつ行動せず疲れようのない日であるにもかかわらず、ベッドに横になると、何時間もぶっ通しに働いたかのように感じるのだ。あとから気づいたが、内的な動きにはぼくの知らない法則があり、ぼくはその法則に強制されて、ずっとあるものを探求し追跡してきた。それは形の定まらない巨大な塊として一瞬だけぼくの前に姿を現す水中の怪物のような相手だった——現れたかと思うと消えてしまうのだ。この疲労は肉体的には頭痛の形をとり、時々さらに、まるで誰かがぼくの眼を指で押したみたいに、眼が奇妙に痛むことがあった。ぼくの意識の奥底では一瞬もやむことなく言葉なき秘かな戦いが続いていたが、ぼく自身はその戦いでほとんど何の役割も演じていなかった。ぼくはしばしば自分を見失った。ぼくはしっかり定まった何ものかになることなく、変化し続けて、大きくなったり小さくなったりした。自分自身の幻影のそんな不確かさのせいで、ぼくはきっぱりと分裂して二つの別々の存在になることができなかった——おそらくこの不確かさのせいで、現実生活においては、可能と思われる以上に多様な存在になることができたのだ。

ぼくの中学生活の初期の澄んだ数年間は、ほんの時おり、精神的な危機のせいで重苦しいものになった。ぼくはその危機にひどく苦しんだが、苦悩のまじった喜びを見いだしてもいた。ぼくは幸せに暮らしていた——もしも背後にひたと離れない影が張りついた人間が幸せに暮らせるものならば。死はけっしてぼくから離れなかったし、想像力がぼくを追い込む深淵は死に支配されているようだった。この感覚は遺伝性だとぼくは思った。父が避けられぬ最期を連想させるものを何でも病的に嫌ったのも、もっともなことだった。あれほど怖いもの知らずの父が、そこでは自分は無力だと感じていたのだ。母が無意識にとっていた冷淡で無関心な態度は、まさに誰かの最後の静止状態を映し出しているようだったし、妹たちの旺盛な記憶力があんなに急いで何もかも吸収しようとしたのは、彼女たちのかすかな予感のどこかにすでに死が存在していたからだ。ぼくが時々見る夢では、ぼくはすでに死んでいるか、死につつあるか、いま死ぬところだった。ぼくは叫ぶことができず、周囲にはぼくが昔から知っている、おなじみの静寂が押し寄せてきた。静寂は突然広がって変化していった、ぼくがこれまで知らなかった新たな意義を獲得しようとしながら。その意義はぼくを警戒させた。

　ぼくはこれまでずっと――小さな子どもだったときでさえ――自分は他の人が知らない何らかの秘密を知っていると感じてきた。この奇妙な勘違いはけっしてぼくから消えなかった。それが外的な根拠に基づくものだったはずはない。ぼくらの無学な世代一般と比べて、ぼくの教養は高くもなければ低くもなかったからだ。これはぼくの意志とは無関係な感覚だった。ぼくはごくまれにだが、人生の最も緊迫した局面で、瞬間的な、ほとんど肉体的な生まれ変わりを経験したことがあり、そのときのぼくは、自身の盲目的な知識に、奇蹟的なものについての漠とした理解に近づいていた。だが、その後で我に返ると、ぼくは青ざめた無力な姿で、元の場所に座り込んでいた。そして周囲のすべては前のとおり石のような不動の形の中に身を隠し、物たちは再び、ぼくの眼になじんだ、いつものように正しくない外貌を帯びているのだった。

　そんな状態を経験した後では、ぼくは長くそのことを忘れて毎日の用事に戻り、夏の前なら出発の準備に戻った――毎年夏休みには、父の親戚がたくさん住むコーカサスに行っていたのだ。コーカサスでは町外れにある祖父の家から山に出かけたものだ。空高く鷲たちが飛び、ぼくはモンテ・クリストという名の銃を持って丈の高い草のあいだを歩き、雀や山猫を銃で撃った。近くにテレク川が音高く流れ、その汚れた波の上に黒い水車がぽつんとそびえ立っていた。遠くの山で雪が輝いている――ぼくは数年前にミンスク近くで見た雪の吹き溜まりのことをまた思い出す。森に着くと最初に見つけた蟻塚の脇に寝そべって、毛虫を捕まえ、それをたくさんの穴が開いた背の高いピラミッド状の蟻塚の入り口のひとつにそっと置く。するとそこから蟻たちが走り出てくる。毛虫は毛で覆われた胴体をくねらせて逃げようとする。一匹の蟻が毛虫に追いつく。蟻は毛虫の尾の部分を押さえて止まらせようとするが、毛虫は蟻を楽々と引きずって動く。最初の蟻を手伝おうと、他の蟻たちが寄ってくる。蟻たちが四方八方から毛虫に張りつき、生きた毛糸玉のような塊がゆっくりと後退し、とうとう蟻塚の穴のひとつに隠れた。毛虫と同じ運命が、青い羽をした大きな蠅とミミズと甲虫たちを襲った。甲虫が相手のとき、蟻たちは他よりも扱いに苦労した。甲虫はすべすべして硬いので、つかまえるのが難しかったのだ。しかし、ぼくが最も激しい戦いを見たのは、大きな黒い毒蜘蛛を蟻塚に放したときだった。残忍さ――彼らの理解しがたい本能をそう呼べるとすれば――で知られる獣や昆虫のなかで、毒蜘蛛ほど獰猛な奴をぼくは見たことがない。ぼくが出くわした小動物のなかで最も凶暴な奴ら――イタチやキヌゲネズミやイイズナ――なら、普通はいくらか分析能力をもっていて、危険なときには後退するので、敵に跳びかかるのは退却が不可能な場合にかぎられる。ぼくは一度だけイイズナが、石で自分を傷つけた馬丁の腕にしがみつくのを見たことがあるが、たいていイイズナは蛇のように驚くべきスピードで逃げていくのだった。毒蜘蛛はけっして後に退かない。ぼくが蜘蛛をそっとガラス瓶から出すと、蜘蛛は蟻の塊の上に落ちた。蟻たちはたちまち蜘蛛に襲いかかった。蜘蛛はピョンピョン跳ねて動きまわり、必死に戦ったので、しばらくすると多数の半分食いちぎられた蟻が地面でもがいて死にかけていた。蜘蛛は動くものには何でも獰猛に跳びかかり、逃げ去るチャンスがあっても利用せずに、新たな敵を待ち受けるようにその場に留まっていた。戦闘は一時間以上続いたが、蜘蛛はついに蟻塚に引き込まれた。せつないほど胸をどきどきさせてこの戦いを見守っていると、まるではるか昔に忘れた漠然たる思い出が、永久に葬り去られたぼくの知識の薄闇の中で、かすかに光っているような気がしてきた。戦いが終わるとぼくはすぐにもっと先へ進んだ、トカゲを捕まえたり、ハタリスの巣穴に水を注いだりするために。長く待った末に、注いだ水の中から濡れた小動物が顔を見せる。獣は穴から飛び出して疾走し、遠くの別の穴に姿を消す。しかし、ハタリスもトカゲも蟻も、毒蜘蛛さえも――こうしたものはすべてある七月の早朝にぼくが見かけた光景と比べれば取るに足らなかった。ぼくはクマネズミたちが移住するところを見たのだ。彼らは集まって歪んだ四角形をつくり、地面に尻尾を引きずりながら小さな足を動かしていた。木に登って見ていると、地面があっという間に黒くなった。クマネズミたちは小さな谷にたどり着き、谷間に姿を消してから再び現れて、チューチュー鳴きながらさらに先をめざしていった。テレク川まで行き着くと群れは一瞬立ち止まり、それから川を渡って、誰かの庭園に消えていった。ぼくは木から下りて、森のはずれで横になろうと歩きだした。

静けさ、太陽、木々……。時おり、谷間で地面が崩れて乾いた小枝がぽきぽき折れる音が聞こえてくる。猪が駆けているのだ。ぼくは草の上で寝込み、目覚めると背中がしっとりして目の前に黄色の灯りがともっている。それから沈みゆく赤い太陽を見ながら、祖父の住まいのひんやりした部屋へと帰っていく。帰り着くのはちょうど、白いフェルト帽をかぶった牧夫が放牧場から牛の群れを追いたててくるのが見られる頃だ。荒い気性と搾乳量の多さで有名な祖父の牝牛たちが、モーモー鳴きながら蓄舎の門へ入っていく。ぼくにはわかっていた、仔牛たちはすぐに母牛たちに跳びついていき、世話係の女が強情な仔牛たちの頭を母牛の乳房から押しのけ、そして牛乳の力強い流れがバケツの白い底に当たって大きな音を立て、祖父はこつこつと杖で床を突きながら、中庭に面したテラスからこの光景を眺めるのだ。それから祖父は、まるで何かを思い出そうとするように考え込む。確かに祖父には思い出すべきことがあった。昔々、彼は敵対する一族から馬の群れを盗んでは、それを売り飛ばすのを生業《なりわい》にしていた。当時はそれは勇敢な行為とみなされて、血気盛んな連中の偉業としてみんなの称賛の的だった。前世紀の三〇－四〇年代の話である。ぼくが覚えている祖父は、チェルケス服[*22]を着て腰に黄金の短剣を差した小柄な老人だった。彼は一九一二年に百歳になったが、強靱で元気がよく、老いが彼を善良にしていた。祖父は大戦の二年目に、ぼくの父の兄に当たる自分の息子が所有していた、乗り馴らされていないイギリス産の三歳馬に乗っていて命を落とした。彼は何十年ものあいだ抜きんでた馬術で有名だったが、その馬術に裏切られたのだ。落馬して、地面にころがっていた大釜の縁にぶつかり、数時間後に死んだ。彼は非常に多くのことを知って覚えていたが、そのすべてを話してくれたわけではなかった。だからぼくは、彼の年下の仲間だった老人たちの話を聞いてようやく知ったのだが、祖父は蛇のように賢くて抜け目がなかった――十九世紀半ば生まれの純朴な人々はこんな言い方をしたものだ。祖父の抜け目のなさは、ロシア人たちがコーカサスにやってきてからは永久に馬泥棒の仕事におさらばして、平和な人生を歩みはじめたことに表れていた。こんなに気性の烈しい人間からはおよそ想像もつかない変身ぶりだった。彼の仲間はみんな復讐の犠牲になった。彼の家も二度襲撃されたが、一度目は事前にそれを察知し、家族全員を連れてよそへ身を移していた。二度目は――数時間も銃で応戦して六人を撃ち殺し、救援が来るまで持ちこたえた。それでも、襲撃者たちは祖父に多少は損害を与えることができた。彼が所有するなかで最高の林檎の木を伐り倒していったのだ。祖父は庭園を自慢にしていて、ぼく以外には誰もそこへ入らせなかった。この庭園には〈白林檎〉、金色の巨大なスモモ、卵型の信じられないほど大きい梨が育ち、中程の、コーカサス風ロシア語で窪地《バルカ》と呼ばれる谷間の奥深くには、鱒の棲む小川が流れていた。

ぼくはよく、まだ熟していない果物を食べすぎて、青ざめた顔に苦しそうな目つきでふらついていた。すると、おばが祖父に文句を言うのだった。

「ほら、子どもを庭園に入らせるからですよ！」

おばは実質的に家のことを全部管理して、祖父が年をとるにつれて権力を掌中に収めていった。しかし、普段は敢えて祖父に逆らうことはしなかった――そのおばが「ほら、子どもを庭園に入らせるからですよ」と言ったとき、祖父は激怒して、年寄りっぽい甲高い声で叫んだ。

「黙れ！」

おばは震えあがって自分の部屋に引っ込み、顔をクッションにうずめてソファで一時間ほども横になっていた。「なぜ、そんなに怖がるの？」とぼくは訊いた。「おまえは何も知らないんだよ」とおばは答えた。「おじいさんは私を斬り殺しちゃうよ。おじいさんは恐ろしい人なんだ」「おばさんて本当に弱虫だね」とぼくは言った。「おじいさんはとってもいい人だから、指一本触れはしないさ、おばさんは意地悪でけちんぼだけどね。なぜ、おばさんはぼくが庭に入るのがいやなの？」とぼくは続けた。祖父のことは忘れて、急に腹が立ったのだ。「林檎をひとつ残らず自分のものにしたいんだね？　でも、どうやったっておばさんには食べきれないよ」「おまえのお母さんに手紙で言ってやるからね、私に乱暴な口をきいたって」しかし、おばの脅しはぼくには全然効かなかった。それにぼくはおばと喧嘩することも滅多になかった。雀を撃ったり猫を捕まえたり、森に探検に行ったりで忙しすぎたのだ。それにいつも祖父の家で一か月から一か月半過ごした後は、大好きなキスロヴォツク[*23]へ――この地方で唯一、首都の習慣と首都の外観をもつ町へ、出かけることにしていた。ぼくが好きだったのは、通りを見下ろすようにそびえる別荘群、おもちゃのような公園、駅と町をつなぐ、葡萄の木が連なる緑の道、クルザール[*24]の砂利を踏む足音、それにロシアのあらゆる地方からやってくる気楽そうな人々だった。しかし、早くも戦争の一年目からキスロヴォツクには、無一物になった貴婦人や破産したアーティストや若い人たちが、モスクワやペテルブルグから押し寄せてきた。そうした若い人たちは賃貸しの馬に乗るとき、まるで誰かに腕を下からつつかれているみたいに無闇に肘を動かした。ぼくはキスロヴォツクへ行くと、シロップ入りのナルザン水[*25]を飲んだり、公園を散歩したり、はるか高みから町を見下ろす円柱の並んだ小さな白い建物めがけて、山に登ったりした。その建物は〈大気の神殿〉と名づけられていた。誰がこの気取った名前を考えたのか知らないが、いかにもかつての高等小学校の三年を修了した長髪の田舎詩人がつけそうな名だ。でも、ぼくはそこに行くのが好きだった。そこでは風が空気の川のようにざわめいて、円柱のあいだを吹き抜けていた。白壁は落書きだらけで、そのなかではいかにもロシア風の絶望的な恋と、自分の名を永遠に刻み込もうとする虚栄心が、粋《すい》を競い合っていた。ぼくは山上の赤い石が好きで、おいしい鱒料理を出すレストランがある〈愛と裏切りの城〉さえ好きだった。キスロヴォツクの並木道の赤い砂、クルザールの色白の美人たち、兎のように白眼が充血した北方の女たちが好きだった。公園ではオリホフカ川のあの馬鹿げた断崖の横を通った。そこにはいつも写真屋がいて、流れ落ちる水の壁を見下ろす位置に貴婦人や令嬢たちを立たせて写真を撮っていた。ぼくはそんな写真を至るところで、ロシアのごく辺鄙《へんぴ》なところでも見かけた。

「この写真はキスロヴォツクで撮ったんですの……」

「ああ、そうでしょうとも。わかりますよ」とぼくは言ったものだ。

こうして子ども時代に見たキスロヴォツクは、感傷的な落書きのある白い建物としてぼくの記憶に残った。だが、早くも夕方には少し涼しくなってくる。ぼくは秋の初めに家へ戻り、再び寒くて平穏な生活に身を浸す。ぼくが思い浮かべるその生活は、足下でざくざくと音を立てる雪や、部屋の静けさ、柔らかい絨毯、身体が深く沈む客間のソファと切り離しがたく結びついている。ぼくは家にいると、まるで他のどんな場所とも違う生活をしなければならない外国に移住したようだった。夜には自分の部屋で灯りをともさずに座っているのが好きだった。街灯の薔薇色の光が外から部屋の窓に差して、柔らかく反射する。肘掛け椅子も柔らかくて座り心地がいい。階下に住んでいる医師のところで、ゆっくりとおぼつかなげにピアノを弾く音がする。なんだか自分が海を泳いでいて、眼前で雪のように白い波の泡が揺れているような感じがした。この時期のことを思い出すようになったとき、ぼくは自分の人生には少年時代がなかったのだとふと思った。ぼくはいつでも年上の人々に交じりたがり、十二歳のときには、明らかにそうは見えなかったのに、なんとか大人に見られようとしていた。十三歳のとき、ヒュームの『人間知性研究』[*26]を読み、家の本棚で見つけた哲学史を自発的にひととおり勉強した。これらを読んだことが、何にでも批判的な態度をとる習慣を終生ぼくに植えつけ、生来の理解の遅さや外界のできごとへの反応の遅さが、この習慣に置きかわったのだった。ぼくの感情の方は、理性の成熟に追いつくことができなかった。突然、変化を好む気持ちが発作のようにぼくを襲って、ぼくを家から引き離した。あるときぼくは家を早く出て遅く帰るようになり、怪しげな連中、ビリヤード仲間とつきあうようになった。十三歳の半ば頃、革命が起こる前の数週間、ビリヤードに熱中した。ラシャ貼りの台の上に浮かんだ濃い紫煙、物陰から急に顔を出すプレイヤーたちを覚えている。そのなかには無職の連中、役人、ブローカーや闇屋が含まれていた。ぼくには自分とよく似た仲間が数人いた。みんなでビリヤードのゲームで稼ぐと、夜の十時にそろってサーカスに行って曲馬師の女たちを眺めた。女性歌手たちが下品な流行歌を歌ったり踊ったりしてみせるキャバレーに繰り出すこともあった。ステージに立った女たちは、左手と右手の親指と人差し指の先を互いにくっつけるようにして腰より下で手を組み、ステップを踏んでいた。こんなふうにぼくが変化への渇望と家を出る欲求を感じた時期は、ぼくの人生が新しい段階を迎える時期の前に当たっていた。その新しい段階はいまにも到来しそうだった。その到来が不可避になりつつあるという漠然とした自覚は、常にぼくの中にあったが、大量の些細なできごとの中に紛れ込んでいた。ぼくはまるで、水に飛び込むつもりで川岸に立っている人、飛び込むのは避けられないとわかっていながら、まだ決心がつかない人のようだった。もう少し時がたつ――するとぼくは水に浸かり、穏やかで力強い水流に押されて流れていくことになる。一九一七年の春の終わりだった。革命は数か月前に起こっていた。そしてついにその年の夏、六月に、それは起きた。運命がぼくをゆっくりと少しずつそれに向かって導いていき、ぼくが経験し理解したことすべてはそのための試行と準備にすぎなかった、ほかならぬそのことが。耐えがたく暑かった昼間が終わって蒸し暑い夕方が訪れた頃、体育協会〈オリョール〉のグラウンドで、水泳パンツにシューズ、上半身は裸という格好の疲れたぼくが、観覧席に座っているクレールを見かけたのだ。

次の日の朝、ぼくは日光浴をするためにまたグラウンドに来て、砂の上に横になり、組んだ両手に頭をのせて空を眺めていた。風が吹いてぼくの水泳パンツのひだを震わせた。パンツはぼくに適当なサイズより少し大きめだったのだ。グラウンドに人の姿はなく、ただ隣の建物に面した庭の日陰で、大学生で体操選手のグリーシャ・ヴォロビヨーフがマルク・クリニツキー[*27]の小説を読んでいた。三十分間の沈黙の後で彼はぼくに訊いた。

「クリニツキーを読んだことある？」

「いや、ないね」

「いいことだよ、君が読んでいないのは」と言うと、グリーシャはまた沈黙した。ぼくが眼を閉じると、オレンジ色の靄《もや》に緑色の線が稲光のように走っているのが見えた。ぼくはきっと数分間眠っていたのだろう、なぜなら何も聞こえなかったのだから。突然、冷たい手がぼくの肩に触れるのを感じた。女性の澄んだ声が上から聞こえた。「同志《タワリシチ》の体操選手さん[*28]、寝ていないで、お願い」「寝てません」とぼくは答えた。ぼくは眼を開けてクレールを見た、その名はまだ知らなかったが。「いいえ、昨日の夕方はじめてお見かけしました。「あなた、私のこと知ってる？」とクレールは続けた。「ああ、あなたはフランス人なんだ[*29]」ぼくはなぜかうれしくなって言った。お名前は？」「クレール」「どうぞ、お座りください。ただ、ここは砂ですけど」「ええ、見えてますわ」とクレールは言った。「あなた、とても熱心に体操をやってるみたいね、それに平行棒で逆立ち歩きまでなさるのね。あれ、すごくおかしいわ」「陸軍幼年学校で習ったんです」

彼女はちょっと口を閉じた。彼女の爪は細長くて薄紅色で、腕は非常に色が白く、身体は堅く引き締まって、脚は長くて膝の位置が高かった。「この協会にはテニスコートがありますよね？」彼女の声には一瞬で人を惹きつける秘密があるみたいだった。なぜなら、いつでもこれはもう知っている声だと感じさせたから。ぼくはこの声をすでにどこかで聞いたことがあり、忘れていたけれどうまく思い出したのだという気がした。「私、テニスがしたくて」とその声が続ける。「体育協会に加入したいんです。ねえ、何かおもしろいことをしてみせて、あなたって本当に無愛想ね」「何をすればいいんです？」「体操するところを見せてくださいな」ぼくは熱くなっている鉄棒を両手で握って、できることを全部やってみせてから空中で回転をして、再び砂上に腰を下ろした。クレールは手びさしをしてぼくを見た。日差しがとても眩しかったのだ。「すばらしいわ。でも、あなたはいつか首の骨を折りますよ。テニスはなさらないの？」「しません」「あなた、何にでもひどく短く答えるのね」とクレールは指摘した。「きっと女の人と話すのに慣れてないのね」「女の人と？」とぼくは驚いて言った。女の人と話すときに何か特別な話し方をする必要があるという考えは、一度もぼくの頭に浮かんだことがなかった。女の人に対してはよりいっそう礼儀正しくしなければならないが、それだけのことだ。「でも、あなたは女の人じゃなくて娘さんだ」「女の人と娘さんの違いは知ってる？」とクレールは質問して笑いだした。「知ってます」「誰が説明してくれたの？　おばさまかしら？」「いいえ、自分で知ってるんです」「経験から？」とクレールは言って、また笑いをはじけさせた。「いいえ」とぼくは言って赤面した。「まあ、この人ったら赤くなったわ！」とクレールは叫んで手を叩いた。この騒ぎで、マルク・クリニツキーを読みながらぐっすり寝込んでいたグリーシャが目を覚ました。彼は咳払いをして起き上がった。顔には皺《しわ》が残り、草が張りついた跡の緑色の長い縞が頰を横切っていた。

「このハンサムで、比較的お若い方はどなた？」

「何なりとお役に立ちますよ」グリーシャは低い声で言った。まだ寝ぼけて、あまり澄んでいない声だった。「グリゴリー・ヴォロビヨーフです」

「自分の名前を誇らしげにおっしゃるのね、まるで『レフ・トルストイです』って言うみたいだわ」

「ぼくはこのすてきな協会の会長補佐で、法学部三年の大学生です」とグリーシャは説明した。

「君、それにマルク・クリニツキーの読者です、って付け加えるのを忘れてるよ」

「気にしないでください」とグリーシャはクレールに向かって言った。「この青年は若すぎるんです」

ぼくはそのとき、中学の五年から六年に進級するところだった。クレールは女子中学を終えかけていた。[*30] 彼女はぼくたちの町の定住者ではなかった。彼女の父親は実業家で、一時的にウクライナに住んでいたのだ。彼ら全員、すなわちクレールの父と母と姉と彼女自身が大きなホテルの一フロア全体を借りて、各人ばらばらに暮らしていた。クレールの母親は家にいたためしがなかった。姉は高等音楽院の生徒で、ピアノを弾いたり町を散歩したりしていた。散歩のときはいつもユーロチカという大学生が一緒で、楽譜入れを持って彼女につき従っていた。姉の生活全体が、この二つのこと——散歩と演奏で成り立っていた。ピアノに向かっているときは、演奏を中断せずに早口でしゃべった。「あらどうしましょう、きょうはまだ家から出てないわ！」散歩しているると急に、練習曲をちゃんとおさらいしていないことを思い出す。すると必ずそばにいるユーロチカが、ただそっと咳払いをして、楽譜入れを一方の手から別の手に持ち替えるのだ。これはおかしな家族だった。一家の長は、いつもきちんと身なりを整えた白髪の男だったが、自分が逗留しているホテルの存在を無視しているようだった。彼は黄色い自家用車で町や郊外を乗り回し、夜はいつも劇場かレストランかキャバレーにいるので、数多い知人たちは、彼が二人の娘を育てていて、彼女らの母である自分の妻を気にかけているとは、思いもしなかった。妻とは時おり劇場で顔を合わせて、じつに愛想よくお辞儀をする。すると相手も同じように愛想よく返礼するが、その愛想よさはもっと強調されていて、少し馬鹿にしているようにさえ感じられた。

「こちら、どなた?」と、一家の長の隣にいる女性が尋ねる。

「こちら、どなた?」と、彼の妻に同伴している男性が尋ねる。

「ぼくの妻だよ」

「私の夫よ」

そして二人とも微笑むのだが、それは互いになじみの、見知った表情だった——夫には妻の笑顔が、妻には夫の笑顔が。

娘たちは放任されていた。姉はユーロチカと結婚しようとしており、妹のクレールはどんな人にも無関心でありながら注意深かった。彼らの家には何ひとつ決まりというものがなく、食事の時間も定まっていなかった。ぼくは何度か彼らの住まいに行ったことがある。グラウンドから直接行くので、疲れてはいたが幸せだった、クレールと一緒だったからだ。ぼくは彼女の部屋が好きだった。部屋には白い家具、緑色の吸い取り紙を敷いた大きな書き物机——クレールが書き物をすることはけっしてなかった——腕木にライオンの頭の飾りがついた革製の肘掛け椅子。床に敷かれた大きな青い絨毯には途方もなく長い馬が描かれていて、生気を失ったドン・キホーテのような痩せた騎士が乗っていた。クッションを載せた低めのソファは大変柔らかく、なだらかに傾いていて——背もたれは壁にくっついていた。壁に掛かっているレダと白鳥[*31]の水彩画さえもぼくは好きだった、白鳥は暗い色をしていたが。「きっと普通の白鳥とオーストラリアのブラックスワンの雑種だね」とぼくはクレールに言った。レダの方はひどくプロポーションが狂っていた。

ぼくがとても気に入ったのはクレールの肖像画だった——肖像画は多数あった、彼女はとても自分が好きだったのだ——それも、どんな人でも好む自分の中の精神的、人格的な部分だけではなく、自分の身体、声、手、眼が好きだった。クレールは陽気で人を嘲弄する癖があり、おそらく十八歳という年齢にしては、ものすごく知識が豊富だった。ぼくもよくからかわれた。ユーモア小話を声に出して読ませたり、自分が男もののスーツを着て、焦がしたコルクで口ひげを描いて、低い声で話し、〈いっぱしの若者〉はどう振る舞うべきかを実演してみせたりした。しかし、クレールの冗談や、彼女がいつもぼくに示していた軽薄さにもかかわらず、ぼくは落ち着かない気分になることがあった。当時のクレールは独特な年頃で、それは、女の子のあらゆる能力、媚態《コケットリー》をめざすあらゆる努力、身体の動きの一つひとつ、それにあらゆる考えが、肉体的な恋愛感情を必要としていることの無意識のあらわれになる、そんな時期だった。その肉体的な恋愛感情は、ほとんど相手を択ばないことも多く、相互関係が終局すると何か別のものに変身するのだが、その別のものは我々の理解を逃れて独自の生をはじめる——まるで部屋の中にあるのだが目には見えず、部屋の空気を強烈な悩ましい匂いで満たす植物のように。ぼくは当時このことを理解していなかったが、たえず感じてはいた。それでぼくは気分が悪くて、声が裏返ったり見当違いの受け答えをしたり顔色が悪くなったりして、鏡を見ても自分の顔とわからないほどだった。ぼくはいつも、自分が火のように赤い色をした甘い液体に沈み、隣にいるクレールの身体と、睫《まつ》毛《げ》が長くて明るい色をした眼を見ているような感じがした。クレールはぼくの状態をわかっているようだった。彼女は溜息をついたり全身を伸ばしたりして——彼女はいつもソファに座っていた——急に表情を変え、歯をくいしばって、背中からソファに倒れこむこともあった。少し後にぼくが彼女の母親に腹を立ててお客に行くのをやめなければ、こんな状態が長く続いただろう――それはまったく突然に起こった。あるときぼくはクレールの部屋で、いつものように肘掛け椅子に座っていた。クレールはソファに寝そべっていた。不意にドアの向こうで低い女性の声がして、メイドに向かって苛立たしげに何か言っていた。「母だわ」とクレールが言った。「変だわ、こんな時間に家にいることはないのに」そのときクレールの母親がノックもせずに部屋に入ってきた。三十四歳くらいの痩せた女性だった。首にダイヤのネックレス、両手の指にとても大きなエメラルドをつけていた。過剰な宝石がたちまちぼくに不快な驚きを与えた。彼女は美人らしくも見えたが、厚い唇と色の薄い酷薄そうな眼がその顔を損なっていた。ぼくは立ち上がって一礼し、クレールはすぐにぼくを紹介した。母親はちらっとぼくを見ると、「お近づきになれてかぎりなく幸せです」と言い、続けてクレールにフランス語で言った。

「どうしておまえはいつも、汚れたシャツをだらしなく着て、礼儀正しくすることさえできない、こんな若い連中を招待するのかしら」

クレールは青ざめた。

「この若い方はフランス語がわかるのよ」

母親は、まるでぼくが何か悪いことをしたみたいに、咎めるような眼でぼくを見ると、さっと部屋から出て、大きな音を立てて後ろ手でドアを閉め、すぐに廊下で喚きだした。

「もう、私のことはほっといて！」

このことがあってから、ぼくはクレールの家に行くのをやめた。晩秋が近づいてテニスはやらなくなり、体育協会のグラウンドでクレールと会うこともできなくなった。彼女はぼくの手紙に返事を寄こして、二度デートを指定してきたが、二度とも現れなかった。それでぼくは四か月間彼女と会わなかった。その後はもう冬だった。ぼくがスキーで出かけていった郊外の森では、木々が凍って銀のような音を奏でた。御者たちは踏みならされた道を郊外のレストラン〈ヴェルサイユ〉に向かって駆け抜けていく。森の向こうに広がる雪原の上を烏《からす》がゆっくりと飛んでいた。ぼくは烏たちの悠々たる飛行を目で追いながら、クレールのことを思った。すると突然、ここで彼女に会えるという奇妙な望みが実現しそうに思えてきた。クレールがここに来るはずがないのは疑う余地もないことなのに。しかし、ぼくはひたすら彼女との出会いに向けて心構えをするばかりで他のことは全部忘れていたので、ぼくの中の健全な思考能力は掻き消されてしまった。ぼくはまるでお金を失くして、それを至るところで、しかもたいていそれがあるはずのないところで探している人のようだった。この四か月のあいだクレールのことばかり考えていた。あまり背が高くない彼女の姿や、彼女の眼差し、黒いタイツを履いた脚が、たえず眼前に浮かんだ。二人のあいだに交わされる会話を想像し、彼女の笑い声を聞き、彼女の夢を見た。そしてスキーでゆっくりと滑るときは、彼女の足跡を探すかのように、無意識に注意深く雪を眺めた。タバコを一服するために森で立ち止まったときは、雪の重みでたわんだ小枝が折れる音を聞きながら、いまにも足音が聞こえて雪ぼこりが舞い上がり、その白い靄の中にクレールの姿が浮かぶのを待ち受けた。ぼくは彼女の外見をよく知っていたが、いつも同じような姿の彼女が見えたわけではなかった。彼女は姿を変えてさまざまな女性の形をとったので、レディ・ハミルトン[*32]に似ていることもあれば妖精のラウテンデライン[*33]みたいなこともあった。当時ぼくは自分の状態をよくわかっていなかったが、いまになると思うのだ——あの奇妙さや変化はすべて、あたかも広々とした滑らかな水面に突然サーチライトの光が走って水面が波立ち輝いたとき、水面を眺めていた人がこの輝きの中に、すっかりゆがんだ帆の像や、遠くの家の灯り、白く帯状に伸びる石灰質の街道、きらきら光る魚の尻尾、それに彼が住んだことのないガラス製の高い建物の震えるかたちを見るのに似ていたと。ぼくは寒くなってきた。再び道路に出て町に向かって歩く。もう夕方だった。夕陽を受けた薔薇色の雪が周囲に広がっていて、街道のずっと先の曲がり角の向こうで、馬の頸木《くびき》につけた小鈴がりんりんと鳴り、その音が互いにぶつかったり遮ったりして、よく聞き取れないメロディーを奏でている。暗くなってきて、まるで青いガラスが空中で凍りついていくようだった――青いガラス、その中に、ぼくがいま帰っていく町、クレールが白くて背の高いホテルの建物に住んでいる町の像が浮かび上がる。きっとクレールは、とぼくは考えた、いまごろソファに寝そべっているだろう。あの絨毯の上の生気のないドン・キホーテが黙って馬を走らせ、濃い灰色の白鳥が太ったレダを抱いているだろう。そして空中にクレールからぼくの方に向かう道が延びている。いまぼくが歩いている森を、あの部屋と、あのソファと、そして数々のロマンチックなモチーフに囲まれたクレールと、直接結ぶ道が。ぼくは待っていた――そして裏切られ続けた。その絶えまない失敗の中で、クレールの黒いタイツと彼女の笑い声と彼女の眼が合体して、人間ばなれした奇妙な像を結んでいた。その像の中では幻想的なものが現実的なものと混じり合い、ぼくの子ども時代の思い出が漠然たる大惨事の予感と混じり合っていた。これはとても信じがたいことだったので、ぼくはもしも自分が眠っているのなら目覚めたいと何度も願った。ぼくがその中にいることもあれば、いないこともあるこの状況は、突然よく知られた外貌をまといはじめ、以前に自分が未知なるものの中をさまよった放浪の旅が青ざめた幻影に化したのがわかって――

ぼくは再びはるか昔のあの病気に陥った。あらゆる物体の輪郭がぼやけて不確かであるように見え、またもや地下の太陽のオレンジ色の光が谷を照らしていた。ぼくは黄色い砂がつくる雲に包まれ、黒い湖の岸辺を、自らの死の静寂めがけて谷を落下していく。自分が天井の高い部屋に置かれたベッドに収まっているのを見いだしたときまでに、いったいどれくらいの時間が過ぎたのか、ぼくにはわからない。その頃のぼくは時間を距離で計っていたのだが、誰かの救済の意志がぼくを立ち止まらせるまで、果てしなく長く歩いていたような気がした。ぼくはかつて猟をしていて、傷を負った一頭の狼が犬たちから逃げようとするのを見た。狼は白い雪原に赤い痕跡を残しながら、雪上をよろよろと歩いていった。しょっちゅう立ち止まり、その後でまたなんとか走りだそうとする。狼が倒れたとき、恐ろしい大地の力が狼を――痙攣する灰色の塊として――その場に止まらせ、歯を剝き出した犬たちの顔がぴたりとくっつけられるまで、狼をそこに留めておこうとしていると、ぼくは感じた。この力が、とぼくは考えた、まるで巨大な磁石のように、ぼくを精神的な彷徨のうちにつなぎ留めて、ベッドに釘付けにしているのだ。そして再びばあやの弱々しい声が聞こえてくる、まるで目に見えない青い川の向こう岸から届くように。

ああ、愛しい人に会えない、
村でもモスクワでも。
愛しい人に会えるのは、
暗い夜、甘い夢の中だけ。

壁には長くなじんだシポフスキーの絵が掛かっている。彼がぼくの目の前で描いた雄鶏の絵だ。「クレールの部屋にあるのは白鳥とドン・キホーテだ」とぼくは考えて、すぐに身を起こす。「そうだ」と、まるで眠りから覚めて眼もはっきり見えてきたように、ぼくはひとりつぶやく、「そうだ、これがクレールだ。でも、〈これ〉って何のことだろう?」ぼくはまた心配になって考え――そして、これとはすべてのことだと気づく――ばあや、雄鶏、白鳥、ドン・キホーテ、ぼく、それに部屋の中を流れる青い川も。すべてとはクレールを取り巻くもののことだ。彼女は青白い顔をして歯をくいしばってソファに横になっている。白いブラウスに乳首が突き出て、黒いタイツに包まれた脚はまるで水中にあるように空《くう》に浮き、膝の下の細い血管は流れる血で膨らんでいる。彼女の下には茶色のビロード布、彼女の上には浮き彫りが施された天井があり、彼女の周囲ではぼくと白鳥とドン・キホーテとレダが、永遠に我々に運命づけられたポーズで倦み疲れている。ぼくたちの周囲にはクレールのホテルを取り囲む家々が積み重なっている。ぼくたちの周囲に町があり、町の向こうに野原と森があり、野原と森の向こうには――ロシアがある。ロシアの向こうでは上方の空高くを、ひっくり返された大洋が、冬の北極海の大海原が、波立ちもせずに飛んでいく。階下の医師の家で誰かがピアノを弾き、その音がまるでブランコのように揺れている。「クレール、ぼくはあなたを待っています」とぼくは声に出して言う。「クレール、ぼくはいつでもあなたを待っています」そしてぼくには再び、身体を離れた青白い顔と、まるで誰かが切り取ってぼくに見せているようなクレールの両膝が見える。「おまえはクレールの顔を見たかったのか。おまえは彼女の脚を見たかったのか。では見るがいい」ぼくはその顔を見つめた。まるで蠟人形館で、奇妙な服を着た蠟人形の乞食や浮浪者や殺人者に囲まれた、口をきく頭部を見るように。しかし、なぜだろう、とぼくは考えた、ぼくを構成しているこれらのすべての小片、ぼくのいくつもの生活を囲むすべてのこと、これらの群衆、果てしなく連なる音、その他のあらゆること――雪、木々、家々、黒い湖のある谷間――これらすべてが、ぼくの中で一度に具象化したのは、なぜだろう？　そしてぼくはベッドに投げ出されて、クレールの架空の肖像を前に何時間も横たわり、ドン・キホーテやレダと同じように彼女の動かぬ道連れになり、ロマンチックな登場人物になり、子ども時代も、それ以後も、いつもそうだったように、何年もたってから再び自分を見失うように運命づけられたのはなぜなのか？　ぼくは病気が治ってからも、まるで深い真っ暗な井戸の中にいるような暮らしを続けたが、井戸の上にはクレールの青ざめた顔が浮かび、たえず形を変えながら暗い水鏡に映っていた。木が風で揺れるように井戸は揺らいで、水に映ったクレールの顔はかぎりなく長くなり広くなって、揺れはじめたかと思うと消え失せた。

ぼくが何より好んだのは、雪と音楽だった。吹雪になって何も――家々も大地も――存在せず、あるのはただ白い煙と風と空気のざわめきだけだと感じるとき、そしてこのうごめく空間を歩いていくとき、もしも世界創造の神話が生まれたのが北方の地だったら、聖書の冒頭の言葉は、〈最初に吹雪があった〉になっていただろう、と時おりぼくは思った。吹雪が収まると、雪の下から不意に全世界が、誰かの宇宙的な願望から成長した、まさにおとぎ話のような森が、出現した。ぼくが見たのは、黒っぽい建物の歪んだ輪郭や、風の響きを伴って積もっていった雪溜まりや、通りを歩く人々の小さな姿だった。ぼくは特に、吹雪のときに鳥たちが雪の中を飛んでから地面に降りてくるのを見るのが好きだった。鳥たちはまるで大気と別れたくないみたいに、翼を閉じてはまた広げたりしているが――それでも結局地面に降りてくる。するとまるで魔法をかけられたみたいに、即座に変身して見えない足で歩く黒い塊になり、鳥らしい独特の動作、なぜかぼくには非常によく理解できる動作で、翼を引っぱり出す。ぼくはすでにずっと前から神も天使も信じなくなっていたが、天上の力の視覚的な像は子ども時代からぼくの中に残っていた。それでぼくは、あの翼が生えた美しい人たちは、鳥とは違うやりかたで飛んだり降り立ったりするのだろうと考えていた。天使が早い動きをするはずがない、鳥が翼をばたばたさせるのは世俗のせわしなさの証拠だから。ぼくはものすごい上空から降下してくる鳥を見ると、いつも撃ち落とされた鷲のことを思い出した。父が猟銃を肩にかついで、不首尾に終わった猪狩りから帰ってきたときのことを思い出すのだ。ぼくは父を迎えに行った。そのときぼくは八歳くらいだった。父はぼくの手を握り、それから空を見上げて言った。

「ほらコーリャ、鳥が飛んでるのが見えるだろう?」

「見えるよ」

「あれは鷲だよ」

はるかな高みで翼をまっすぐ伸ばして、鷲が確かに滑空していた。横に傾いたかと思うとまた体を起こしながら、鷲はゆっくりとぼくたちの頭上を通り過ぎようとしているように見えた。とても暑くて明るかった。「鷲は瞬きしないで太陽を見ることができるんだ」とぼくは思った。父は時間をかけて飛んでいる鷲に照準を定めてから、発砲した。鷲はその瞬間、まるで弾丸が鷲を空中に投げたみたいにびくっと上に動いて、何回か翼をばたつかせ、そして落下した。地面に落ちると独楽のようにくるくる回って、汚れた嘴《くちばし》をかっと開いた。翼が血まみれだった。「近づくんじゃない!」ぼくが鳥の落ちた場所へ駆け寄ろうとしたとき、父が叫んだ。だからぼくは、鷲が動かなくなった後ではじめて近寄っていった。鷲は折れ曲がった翼を半ば広げて、嘴の血まみれになった頭部をかくっと曲げて地面に横たわり、黄色い眼はもうガラスのようになりつつあった。一方の足に、文字か何かが刻まれた銅のリングが光っていた。「年とった鷲だな」と父がつぶやいた。ぼくは吹雪に遭遇するたびにこのことを思い出すようになったが、それは撃ち落とされた鷲をはじめて思い出したのが、まさに吹雪のときだったからである。そのときスキー板をつけて公園の中にいたぼくは、吹雪に襲われて町近くの森の中にある小さな丸太小屋に避難しなければならなかった。この小屋がスキーの基地だったのだ。荒天が収まるのを待ってから、ぼくはまた森に出ていった。積もったばかりの柔らかな雪に、スキーが深く沈みこんだ。しばらくすると急激に冷えこんで、あっという間に空全体が赤くなった。「風が吹くぞ」とぼくは思った。だが、まだ静けさが続いていた。「風が吹くぞ」とぼくは声に出して繰り返した。するとそのとき、森のずっと遠くで突然何か音が響いた。氷柱《つらら》が木から落ちたのか、それとも鍾乳石のようにトウヒの木からぶら下がっている透明な氷のひとつに軽い風が当たったのか――ぼくは知らない。ぼくが知っているのは、その後に再び静寂が訪れ――それからまた氷の鳴る音がしたことだけだ。まるで、どこかの木の洞に住む森の小人が、ガラスでできたバイオリンを小さな音で弾いているみたいだった。するとぼくは突然、広大な地上の空間が一枚の地図のようにめくれ上がって、自分がロシアではなくて、おとぎ話じみたシュヴァルツヴァルト[*34]にいるような気がした。木々のかげでキツツキが音をたてている。白く雪をかぶった山々が、凍りついた湖面の彼方で眠りにつこうとしている。下の谷間では、厳しい寒さで凍りかけた薄い蜘蛛の巣が、かすかな音を立てながら空中を泳いでいる。ぼくはその瞬間に――真に幸せなときはいつもそうなるように――自分の意識から姿を消した。それは森でも、野原でも、川を見下ろす場所でも、海辺でも起こった、ぼくの心を強く捉える本を読んでいるときにも起こった。ぼくは当時すでにあまりに強く感じていた、どこにいてもぼくを取り囲んでいるあの言葉のないコンチェルトが、未完成であって長くは続かないことを。そのコンチェルトはぼくの中を通り抜けていき、それが通った道には、すばらしい光景、忘れられぬ匂い、スペインの町々、竜と美女たちが、浮かび上がっては消えていった──ところがぼくは、無用な手足をもち、役に立たない不便な物をたくさんたずさえた、奇妙な存在のままなのだ。ぼくには自分の人生が他人のものみたいに思えた。ぼくは自分の家や家族を非常に愛していたけれども、自分がこの町を歩いていて、住んでいる建物の横を通り過ぎる夢をよく見た。ぼくは先へ進まねばならないから、必ず自分の家の横を通るだけで、立ち寄ることはできない。何ものかがぼくにひたすら先に進むように強制していた──まるでこの先自分が何も新しいものを見ることはないのを、ぼくが知らないみたいに。ぼくは非常に頻繁にこの夢を見た。ぼくは無数の考えや感覚、光景を自分の中に蓄えていたが、それらは、ぼくが経験したり見かけたりしたもの──けれど重さを感じることはなかったものたちだった。ところが、クレールのことを思うと、ぼくの身体は溶けた金属で満たされ、ぼくが考え続けるすべてのこと──思索、思い出、本──がひとつ残らず、急いでいつもの外見を捨て去ろうとする。ブレームの『動物の生活』のことを考えても、死にかけた鷲のことを考えても──決まってクレールの高い膝や、乳首のまわりの悩ましい乳輪が透けて見えるブラウスや、彼女の眼や顔が浮かんできた。クレールのことは考えまいとしたが、それが成功することはごくまれだった。でも、まったく彼女を思い出さない夜もあった。もっと正確に言うと、クレールへの想いは意識の底にあるけれど、彼女のことを忘れているような気がする夜があった。
あるとき非常に夜遅く、ぼくはサーカスを見てから歩いて帰宅するところで――クレールのことは考えていなかった。雪は本降りで、ぼくが吸っていた葉巻は何度も火が消えた。通りには人影はなく、どの窓も暗かった。ぼくは歩きながら、サーカスでクラウンが歌った歌を思い出していた。

ソヴィエトでもなきゃ
カデット*35でもない
おれさまは人民委員さ……

そして、細かく振動する奇妙な反響も思い出していた。芸人が何か楽器を弾き、そのメロディーに合わせて砂を敷いたアリーナで歌うときに必ず生じる反響が、ぼくにはずっと聞こえていた。それと同時に、何かのできごとへの期待が不意にぼくの中に芽生えた――ぼくはそれについて考えてみて、ずいぶん前から後方に足音が聞こえていることに思い当たった。ぼくが振り返ってみると、狐のコートの襟に黄色い雲のように顔を囲まれて、眼を大きく見開き、ゆっくりと降る雪越しにこちらを見ながら――クレールがぼくの後ろを歩いていた。すぐそこの曲がり角の向こうで歩道を流れる水が突然ぼこぼこと音を立て、次にハンマーで石を叩いているような気がした――その直後にぼくが病気の発作のときに経験した静寂が襲ってきた。ぼくは息苦しくなり、降る雪がぼくの周囲に靄のように立ち込めた――それから生じたことはすべて、ぼくを抜きにして、ぼくの外で起こった。ぼくは口をきくのも難しく、クレールの声は遠くから聞こえてくるようだった。「ごきげんよう、クレール」とぼくは言った。「ずいぶん長く会いませんでしたね」「私、忙しかったの」とクレールは笑いながら答えた。「結婚前後はいろいろとね」クレールはもう結婚している、とぼくは思ったが、理解はできなかった。しかし、どうしても会話を続けるという恐ろしい習慣が、崩れ落ちるぼくの注意力の一部をどうにかつなぎとめ、ぼくは答え、会話をして、会話のあいだに悲しみさえ覚えた。しかし、ぼくが口にしたことはすべてまちがっていて、ぼくの感情と合っていなかった。クレールはあいかわらず笑いながらぼくをじっと見つめて——ぼくはたちまち茫然自失の状態に陥り、そこからぼくを呼びさますのは無理だと悟ったとき、一瞬クレールの瞳に驚愕が走ったのを思い出す——自分は九か月前に結婚したけれど、体形は崩したくないんだと言った。「それはいいですね」クレールが体形を崩したくないという、その文句だけを理解して、ぼくはつぶやいた。なぜ体形が崩れるようなことになるのか、ぼくは聞いたことがなく、理解できなかった。別のときだったら、体形を崩したくないという単純な意思表明は、もちろんぼくを驚かせただろう。もしも誰かが何の脈絡もなく、自分は脚を切断されるのはいやだと言ったら驚くのと同じくらいに。「私はもう娘[*36]じゃなくて女になったんだけど、あなたはこのことを受け入れてくださらなくちゃ。私たちの最初の会話を覚えてる?」「受け入れる?」と、この語を聞きつけたぼくは考えた。「そう、受け入れなきゃなりませんね……。ぼく、あなたに怒ってはいませんよ、クレール」とぼくは言った。「こんなこと聞いて、ぎょっとしない?」とクレールは続ける。「いいえ、その反対ですよ」ぼくたちはもう一緒に歩き、ぼくはクレールと腕を組んでいた。周囲では大粒の雪が降っていた。「フランス語でメモしておいて」クレールの声が聞こえて、ぼくは誰がしゃべっているのかを思い出した。「クレールはもう処女ではなかった」「いいでしょう」ぼくは言った。「クレールはもう処女ではなかった」二人でクレールのホテルまで来たとき、彼女は言った。

「私の夫は町にいないの。姉はユーロチカのところに泊まるわ。パパもママも家にはいない」

「穏やかに眠れますね、クレール」

しかし、クレールはまた笑いをはじけさせた。

「そうならないことを望むわ」

彼女は不意にぼくに身体を寄せて、ぼくのコートの襟を両方の手でつかんだ。「私の部屋に行きましょう」と彼女ははっきり言った。ぼくの目の前にある靄の中、かなり離れたところに、彼女の静止した顔が見えた。ぼくはその場を動かなかった。彼女の顔が近づいてきて、怒りに染まった。

「あなた、どうかしちゃったの、それとも病気？」

「いいえ、いいえ」とぼくは言った。

「どうしたの？」

「わかりません、クレール」

彼女は別れの挨拶もせずに階段を上っていった。彼女がドアを開けて、敷居のところでほんのちょっと立ち止まっているのが聞こえた。ぼくは彼女を追いかけたかったが、できなかった。雪はまださっきと同じように降ってては空中で融け、ぼくがこれまで知って愛していたすべてのものが、雪の中で巻き上がって消え失せた。この後、ぼくは二晩眠らなかった。しばらくしてからぼくはまた道でクレールと会ってお辞儀をしたが、彼女はそのお辞儀に応えなかった。
クレールとぼくの二つの出会いを隔てる十年のあいだ、ぼくはどこにいても、どんなときも、この夜のことを忘れられなかった。自分が死ななかったことを悔やんだり、クレールに愛されている自分を想像したりした。放浪者になって野蛮なアジアの国々の路上で夜を過ごしつつ、ぼくはたえず彼女の怒った顔を思い出した。そして何年もたってから、深夜にかぎりない悔恨を覚えて目を覚ますことがあったが、悔恨の理由はすぐにはわからなかった――後になってやっと、クレールの思い出こそがその理由だと悟った。ぼくは再び彼女を見ていた――雪と、吹雪と、わが人生最大の激震に伴った言葉なき轟音の向こうに。

覚えているかぎり、ぼくは――どんな環境にいようと、どんな人たちに囲まれていようと――将来の自分はここには住んでいないし、こんなふうには生きていないと確信していないときはなかった。変化など起こりそうにないときでも、ぼくは常に変化の準備ができていた。そして、すでになじんだ仲間や知人グループと別れるのを少し惜しむ気持ちを、前もって味わっていた。時々思ったのだが、ぼくがたえず変化を期待していたのは、外的な条件によることではなかったし、変化を好むからでもなかった。これは何か生まれつきの必然的なもので、たぶん視覚や聴覚のように本質的なものだった。といっても、変化を待つ緊張感と、外界からぼくに届く印象とのあいだには、当然ながら微妙な関係はあった。だが、それはどんな合理的な論拠でも説明できる

ものではなかった。町を離れるちょっと前、まだそうしようと決めてもいなかったとき、公園で座っていると、不意に間近でポーランド語の話し声が聞こえたのを覚えている。その会話では、〈すべて《フシストコ》〉と〈すごく《バルゾ》〉という語がしきりに繰り返されていた。ぼくは背筋が寒くなるのを覚えて、自分は必ず出発するという強い確信をもった。あの二つの語と、ぼくの人生におけるできごとの進行とのあいだにどんな関係があったのか？　とにかくぼくはこれを聞いたとき、いまや出発することに疑いの余地はないと悟った。近くで聞こえたのがあのポーランド語ではなくて、ツグミの鳴き声やカッコウの悲しげな声だったら、こういった確信が生じたかどうか、ぼくにはわからない。あのときぼくは、〈すべて《フシストコ》〉と〈すごく《バルゾ》〉を口にした人をじっと見た。どうやらポーランド系のユダヤ人らしい男の顔には、驚愕と、すぐにでもにっこり微笑む用意、それにわずかに滲み出てわずかに目につく程度だが、まぎれもない卑しさの表情が浮かんでいた。居候とかヒモによくある顔だ。隣には二十二歳くらいの娘が座っていた。手にいくつも指輪を嵌めていたが、その指は赤くふくれ、爪は長くて手入れされていなかった。悲しげで無気力そうな眼をして、たまたま見かけた人たちに不意に親近感を起こさせる独特の微笑を浮かべていた。その後二度とこの二人に会わなかったが、まるで古い知り合いのように非常によく覚えている。ただし、ぼくはいつでも知らない人に興味を覚えた。知っている人がもっていたら、ありきたりで無難な、したがっておもしろくない特徴でも、知らない人の場合にはずっと際立って見える。あの頃のぼくには、知らない人は誰でもぼくのうかがい知れないことを知っているように思えた。そしてぼくは、ただの知らない人と特に《パレクセランス》知らない人を区別していた。ぼくの想像では後者は外国人、つまりたんに民族が違うだけでなく、ぼくには近寄れない別の世界に属するタイプとして存在していた。

ひょっとすると、ぼくのクレールへの想いは、いくらかは彼女がフランス人で外国人だったために生じたのかもしれない。彼女は完璧に自由に、訛《なま》りのないロシア語を話し、民衆的な言い回しの意味に至るまですべてわきまえていた――それでも彼女にはロシアの女性にはないような魅力があった。ぼくはフランス語を流暢に話せたし、フランス語の音楽的秘密も知っていた――もちろんクレールほどではなかったとはいえ、とにかく知っているはずだったが、にもかかわらず、ぼくの耳に彼女のフランス語は、ぼくの知らないすばらしい魅力に満ちているように聞こえた。もう一方でぼくは、いつも無意識のうちに未知のものに憧れていた。未知のものの中に新しい可能性や新しい国々を見いだすことを期待していた。あらゆる重要なことや、ぼくの知識と力のすべてが、それに、何か新しいことを理解したい、理解したうえでそれを我がものにしたいという願いが、未知のものとの接触によって突如として甦り、もっと純粋なかたちで現れてくるだろう、とぼくは思った。このような渇望が、かたちこそ違えど、騎士や恋人たちを奮い立たせてきたのだと、当時のぼくは考えた。騎士たちの勇壮なる遠征も、想い人をもつ異国の姫たちの前に跪くことも――すべては知識と力をたゆまず希求することなのだ、と。しかし、そこですぐに矛盾が生じる。それは、騎士の遠征には彼ら自身が信じていた理由、そのために戦いに赴いた直接的な理由があったことである。それらこそが本物で、他の理由は虚構ではなかったか？ 歴史全体もロマン主義も芸術も、それが発生する基になったできごとが消滅してもはや存在しなくなったときにはじめて現れたのであり、我々がそれについて読んだり考えたりすることは――我々の想像の中にいる影たちの演技にすぎない。ぼくは幼年期に父が語ってくれた海賊船を舞台として冒険物語を考え出したのと同様に、のちには王様やコンキスタドール[*37]や美女たちの話を創作したが、その際にぼくは、時に美女たちは誰かの愛妾であったことや、コンキスタドール[38]は殺人者で王たちは愚か者でもあったことを忘れていた。赤ひげを生やした大男のバルバロッサは、知恵やファンタジーや未知のものへの愛のことなど考えはしなかった。彼は川で溺死する間際に[39]、死後数百年もたってから作られた自分の架空の生涯を貫く法則に従えば思い出したはずのことを、思い出しはしなかっただろう。こうしたことを考えると、あらゆることが不確かで、煙の中をうごめく影のように曖昧だと、ぼくは感じた。そしてぼくは、このような張りつめてはいるが勝手な想像から離れて、再び自分の周囲に見えるものに向き合い、周囲の人々をもっと親しく知ることにした。それが一段と重要になったのは、すでに彼らのもとを去る必要が迫っていて、おそらく二度と彼らに会わないだろうことを、ぼくが感じていたからだ。しかし、周囲の人々に注意を集中すると、ぼくが気づくのはたいてい彼らの短所や滑稽な側面であり、長所には気づかなかった。その原因は、一部にはぼくが人を見抜けないことにあり、また一部には、ぼくは彼らへの批判的態度が強いうえに、彼らを受け入れて理解する技術をほとんどもっていないことにあった。ぼくがその技術を身につけたのはずいぶん後だったし、その技術は、非常に誠実で率直なときもあったが、当てにならないことも多かった。ある人たちと特に親しくならずに彼らを愛するのが、ぼくは気に入っていた。特に親しくしなければ、彼らには言葉で言い尽くせない部分が残る。その言い尽くせないものは単純でありふれたことに違いないとわかっていたが、それでもぼくはいつのまにか、言い尽くせない部分がなかったら現れなかったはずの幻想をつくり上げていった。そんな人々のなかでぼくがとりわけ好きだったのは、技術工科大学を卒業したばかりの技師、ボリス・ベローフだった。彼の特徴は、けっしてまじめな話をしないことだった。すばらしい美声の持ち主で陸軍幼年学校生のヴォロージャ（どこかのパルチザン部隊から休暇をとって町に来ており、ベローフは彼を紹介するとき、「こちらはヴラジーミル、歌手でパルチザンの」と言っていた）が、ヴォローニン家の客間でロマンス曲「静寂」を歌ったとき、菩提樹の後ろから月が浮かび出てくる箇所までくると、ベローフはヴォロージャの背後で浮かび出た月のものまねをして、水中に落ちた人みたいに両手をばたばた動かして荒い息を吐いた。ヴォロージャが歌い終わったとたん、ベローフはこう言った。

「ぼくは大金を払うよ。月は本当に浮かんでいるし、菩提樹はレースでできているってことを、反駁の余地なく証明してくれたことに対してね」すると、そこに居合わせた画家のセーヴェルヌイは、悲しげな微笑を浮かべて、こう言った。

「あなたはいつも冗談を言っていますね……」というのも、彼自身は冗談を言ったことがなかったからだ。冗談を言う才能がなかったので、冗談好きな人をなんとなく嫌っていたのだ。彼はいつも変わらず憂鬱そうだった。「あの人は無敵だ」とベローフは言った。「メランコリーのチャンピオンだしね。だけど彼について最も驚くべきことは、あんな途方もない食欲をもった男はこの世に二人といないってことさ」「セーヴェルヌイさん、あなたはなぜ、いつも憂鬱そうなんですか？」どこかの令嬢が訊いた。するとセーヴェルヌイはほろ苦い微笑を浮かべて、放心したように宙を見つめながら答えた。「答えるのは難しいな……」しかしこれに続いた華麗な沈黙は、「誰に告げん、わが悲しみを」と朗々と言い放ったベローフに破られた。だが、ベローフはただのふざけ屋ではなかった。ぼくがたまたま彼のところに寄ったとき、家に近づくと、誰かがバイオリンでトセリのセレナーデ[*40]を弾いているのが聞こえてきたが、見ると演奏しているのはベローフその人だった。「おや、あなたはバイオリンを弾くんですか」とぼくは驚いた。彼はいつもみたいにふざけたり笑ったりすることなく言った。

「この世で音楽ほどすてきなものはない」

それから、こう付け加えた。

「からきし才能がないのがくやしいよ」

その後で我に返って、「この世で音楽ほどすてきなものはない」というフレーズを繰り返してから——もうさっきとは違う普段の調子で「例外はメロンくらいかな？……」と言って、考え込むふりをしてみせた。しかしぼくにはもう、彼が何を隠す必要を感じたのかがわかっていた（彼はあらゆる人を笑いものにしながら、自分が笑われるのを何より恐れていた）——ベローフはそれ以来、ぼくに対して以前よりは控えめな態度をとるようになった。

画家のセーヴェルヌイは非常に視野の狭い人間だった。普段は黙り込んでいたが、一旦しゃべりだすと馬鹿なことしか言わなかった。彼は自分の絵、自分の容貌、そして自分が女性にもてることに大いに満足していた。「あのですね」と彼は語る。「ぼくの見た目は悪くないでしょう。数日前にぼくが劇場から出てくると、ある有名な女優が興奮して駆け寄ってきて言うんですよ。『あなた、どういう方？　苗字は何とおっしゃるの？　いいこと、これから家にいらしてくださいな……』ぼくはどうしたらよかったのか？　ぼくは悲しげに微笑んで（彼はまさにこう言ったのだ、ぼくは悲しげに微笑んで、と）答えました、『すみません、ぼく、女優さんが苦手なんです』って。彼女は血がにじむほど唇を噛んで、自分の顎を扇子で叩くと、ぱっと身を翻して去っていきましたよ。ぼくは肩をすくめました」「その話は書き留めておこう」とベローフが言った。

「あなたが言うには、『彼女は唇を噛み、ぱっと身を翻した』のですね、自分の顎を扇子で何度も打ったうえに？　そしてあなたは悲しげに微笑んだんですね？」セーヴェルヌイは何も答えずに、自分のアトリエの話を始めた。付言しておくと、彼のアトリエはきちんと片付いた小さな部屋で、左右対称に絵が掛けてあった。あるとき訪問したベローフは、鳥の頭部を描いた絵を見て驚いた。鳥は、なにか鉄片のように見える黒っぽい小片を嘴にくわえていた。絵の下に「白鳥のエチュード」と書いてある。ベローフは怪訝な顔で「これがエチュードですか？」と尋ねた。「エチュードです」セーヴェルヌイはきっぱりと言った。「エチュードって、いったい何です？」「いいですか」セーヴェルヌイはちょっと考えてから答えた。「そういうフランス語ですよ」彼は周囲を見渡し、その視線は彼の最も親しい仲間で彼の才能の崇拝者であるスミルノーフの上にとまった。スミルノーフはこくんとうなずいてセーヴェルヌイの意見を認めた。

　スミルノーフは絵画のことは何もわかっていなかった。もともと非常に貧しい彼の知識の限界を超えると、何もわからなかったのだ。彼はぼくと同じ中学で学んだが、学年は三年上で、セーヴェルヌイと仲良くしていた頃は地元の大学の学生になっていた。いつも革命運動のパンフレットや宣伝ビラを持ち歩き、協同組合や集産主義に関する出来あいの思想もたずさえていた。しかし、そうした問題に関する知識は大衆的な啓蒙書から得られたものばかりで、社会主義の歴史には詳しくなく、サン・シモン派についても、オーウェンの破産についても、例の頭のおかしな会計係[*41]——生きているあいだずっと、心の広い変わり者が現れて自分に巨万の富をくれることを待ち望み、そのお金を使って最初はフランスに、それから地球全体に幸福をもたらそうと思っていた男——についても、何ひとつ理解していなかった。ぼくはスミルノーフに訊いた。

「君はこういうパンフレット類にうんざりしないか?」

「我々が民衆を解放するのを助けてくれるものだよ」ぼくは反論しなかったが、ベローフが口を挟んできた。「あなたは、民衆はあなたがいないとやっていけないと確信しているんですか」と彼は尋ねた。「もしも万人がそんな考え方をするなら、我々はけっして意識的な国民にはなれません」とスミルノーフは答えた。「ごらんなさい」ベローフはぼくに言った。「パンフレットがこの魅力的な男をどんな地点まで導いたかを。意識的な国民なんて、どんな時代にもどんな場所にも存在したことはない。それなのになぜ、無学きわまる薄っぺらな本の助けで我々全員が突然、意識的になるんでしょう? やがてはスミルノーフが価値論の発展に関する本を我々に読み聞かせ、ぼくらの料理女マルファ、あの美徳あふれる妻が、初期ルネサンスの本を読んでくれることになるんでしょうか。スミルノーフ、このパンフレットをセーヴェルヌイに勧めてみたらどうですか、これはエチュードだと言ってさ」ところがこのとき、セーヴェルヌイはずっと前から共産主義者で党員であることが明らかになった。ベローフはこれを大いに喜んで、セーヴェルヌイの手を握って言った。

「ああわが友よ、おめでとう。ぼくはこの男、エチュードばっかり描いているなと思っていたのに」

スミルノーフはいつも奇妙で大げさな、アジテーションじみた言葉を使う男だったが、こう応じた。

「同志ベローフ、あなたの空疎なアイロニーのせいで、有為の労働者が我々の隊列から離れてしまいますよ」

「これは人間じゃない」と、ベローフはぼくとセーヴェルヌイに向かって、力を込めて言った。「人間じゃない。これは新聞さ。いや、新聞ですらない、論説記事だ。あなたは論説記事だよ、わかるかな？」

「ぼくは理解してますよ、おそらくあなたが考えてる以上にね」

「なんという動詞を使うんだ！」とベローフは馬鹿にするように言った。「理解する、考える。協同組合のイデオロギーはそんなのは受けつけないよ」

しかし、ベローフの嘲笑はセーヴェルヌイにもスミルノーフにも何の効果も発揮しなかった。というのは二人は愚かだったし、それに加えて当時支配的だった政治談議や社会経済論の流行に影響されていたからだ。ぼくはこの流行には無関心だった。ぼくが関心をもったのは、自分に身近で、自分にとって大切で重要な意味をもち得る抽象的な思念だけだった。ベーメ*42の本なら何時間でも読めたが、協同組合に関する著作は読めなかった。ゆえに政治的テーマ――ロシアと革命とか――の議論に費やす時間は、ぼくには奇妙に思えたが、その意義、より正確にはその動きは、そんな話とはまったく別物だと感じていた。ぼくがこのことを思い出すのは、他のことを思い出すのと同じく、深夜が多かった。机の上の方でランプが燃え、窓外は寒くて暗かった。ぼくはまるで遠い島に住んでいるみたいで、窓や壁のすぐ向こうに亡霊たちがひしめき、彼らはぼくが彼らのことを考えたとたんに部屋に入ってきた。そのときロシアでは空気が冷たく、雪は深く、家々が黒くそびえ、音楽が奏でられ、すべてがぼくの目の前を流れていった――すべてが非現実的で、すべてがゆっくり進んでは止まった――それからまた急に動きだし、ひとつの光景が別の光景にぶつかる。まるで蠟燭の炎に風が吹きつけて、ゆらめく影が壁を跳ねまわっているようだった——何ものとも知れぬ力に突然呼び出されて、なぜとも知れず飛来した、ぼくの夢に出てくる無言の黒い幻のような影が。ぼくが疲れた眼を閉じると、視界の先はまるでドアがぱたんと閉じたようになる。暗闇の奥底から地下のざわめきが立ちのぼり、ぼくはそれに耳を傾けて、見ることもできず意味もわからない、そのざわめきを把握して記憶に留めようと努める。ざわめきの中から聞こえたのは、砂がさらさら流れる音、揺れる地面のうなり、泣くようにも潜り込むようにも聞こえる、何かがまっすぐに飛ぶ音、それにアコーディオンや手風琴のメロディーだった。そして最後に足を引きずる兵士の声がはっきりと聞こえた。

轟々と燃え盛るモスクワの大火……[*43]

すると、ぼくは再び眼を開け、冷たい冬の街路を照らし出す赤い炎と煙を見る。当時は概して異常に寒かった。たとえば中学では——ぼくは六年生になっていた——ぼくたち生徒はコートを着たまま座り、教師たちは毛皮外套を着ていた。彼らにはめったに俸給が支払われなかった——それでもいつもきちんと授業にやってきた。教える先生がいない教科がいくつかあって、自由時間ができることがあった——するとぼくたちはこの自由を利用して、ペレンコという生徒が教えてくれた囚人の歌をクラス全員で大声で歌った。ペレンコは十八歳くらいの背の高い若者で、治安の悪い町はずれに住んで、将来は泥棒とか、ひょっとしたら殺人者になるような連中のあいだで育っていた。フィンランド製のナイフを持ち歩き、いつも盗賊の隠語を使ってしゃべり、独特の舌打ちをして歯のあいだから唾を吐いてみせた。彼は仲間としてはすばらしく、生徒としては劣等生だった——何も能力をもっていなかったからではなく、理由は別にあった。両親が平民だったのだ。家族は誰も彼の勉強を見てやれなかった。父親が所有する木工所にくっついた小さな住居では、百年戦争や薔薇戦争のことなんて誰も知らず、これらの名称や外国語の単語や近代史の入り組んだ事件は、熱量の法則や仏独の古典作家の文章とまったく同じだった——これらすべてがペレンコにとってあまりに無縁だったので、彼はこれらを理解することも記憶することもできなかったし、さらには、これらに何らかの意味があって、それがほんの少しでも何かの役に立つのだと感じることもできなかったのである。ペレンコだって、他に自分の精神的欲求を適用できる場を見つけなかったら、こうしたことに興味をもったかもしれない。しかし、このタイプの人の大部分がそうであるように、ペレンコは非常にセンチメンタルだった。だから彼は、眼に涙を浮かべんばかりにして囚人の歌を歌った。彼にとって囚人の歌は、本や音楽や演劇が呼び起こす精神的興奮——彼はそれを、おそらく彼のもっと教養ある仲間たちよりも強く必要としていた——の代わりになった。大部分の教師はそれを知らず、ペレンコをただの非行少年とみなしていた。ただひとり、ロシア語の教師だけが特に注意深く真剣にペレンコに接し、けっして彼の無教養を笑わなかったので、ペレンコは心からこの教師を愛し、他の教師と区別していた。

この教師はぼくたちには変わった人物に思えた。彼が授業で話したのは、ぼくたちが慣れていたことではなく、ぼくがワシーリー・ニコラエヴィチ——彼はワシーリー・ニコラエヴィチといった——が教えている学校に移るまで五年間中学で教わってきたことでもなかった。「さて、私はレフ・トルストイの名を挙げました」と彼は言う。「実は民衆のあいだには彼について独特の理解がありました。たとえば私の母はまったくの平民で裁縫女でしたが、私の父が死んだ後に、なんとかトルストイを訪ねたいと思っていました。自分はこれからどうしたらいいか、相談するためにね。状況はひどくて、母はたいへん貧乏でした。トルストイを訪ねようと思ったのは、彼をこの地上の最後の聖人、賢者とみなしていたからです。私や君たちの見解はこれとは違いますが、私の母はもっと純朴でしたから、おそらく、アンナ・カレーニナやアンドレイ公爵の心理、特にベズーホフ伯爵夫人のエレンの心理なんかは理解できなかったでしょう。母の思考は単純でしたが、その代わりもっと力強くて誠実でした。これは大いに幸せなことですよ、諸君」それから彼はトレジアコフスキー[*44]について話を始めて、音節詩法とアクセント詩法の違いを解説し、次のように締めくくった。

「トレジアコフスキーは不幸な人で、過酷な時代に生きました。彼の地位は屈辱的でした。想像してごらんなさい、あんなに粗野だった当時の宮廷で、道化と詩人の中間という彼の役割がどんなものだったか。デルジャーヴィン[*45]は彼よりよほど幸せでした」

ワシーリー・ニコラエヴィチ自身は分離派の聖者を彷彿させた——白い顎ひげを生やし、素朴な鉄縁の眼鏡をかけていた。しゃべるときは早口で、ウクライナでは非常に意外な感じがする北方ロシア語を使った。粗末な貧しい身なりをしていたので、知らない人が通りで見たら、この爺さんが教養の深いすばらしい教育者だなんてけっして思わなかっただろう。彼にはどこか苦行者的なところがあった。ぼくが思い出すのは、白くなった気難しそうな眉、眼鏡越しに見える充血した眼、それに彼の誠実さ、勇気、純朴さである。彼は自分の信条を隠さなかったが、その信条はヘーチマン政権下では過度に左翼的、ボリシェヴィキ政権下ではあまりに右翼的に思われた。[*46]その母親が裁縫女だったことも隠さなかった——そんなことを打ち明ける人は珍しかった。その頃ぼくたちは長司祭アヴァクームのことを学んでいて、ワシーリー・ニコラエヴィチはぼくたちに長いテクストを読んでくれた。

「……日曜の夜明けどき、私は荷車に乗せられ、両腕を広げられ、総主教館からアンドロニコフ修道院に連れていかれ、そこで鎖をかけたまま暗い小部屋に、地下の部屋に投げ込まれ、三日間飲まず食わずで過ごした。私は暗闇に座り、鎖をかけられたまま礼拝をしたが、それを東に向かってしたのか、西に向かってしたのかわからない。誰も私のところにやってこず、来たのは鼠とゴキブリだけで、コオロギが鳴き、蚤がたくさんいた。三日目に飢えを覚えた――つまり、腹が減った――すると晩禱の後で私の前に立つものがあった。天使なのかわからず、人間なのかわからず、いまでもわからない。ただそのものは暗闇で祈りを捧げてから、私の肩に手を置いて、鎖をかけたまま腰掛けのところに連れていって座らせ、手に匙を持たせ、少しのパンとスープを与え――非常においしくて、すばらしかった！――私に〈もうよい。これでおまえは力がつくだろう〉と言った。そしてそのものはいなくなった……。私はある修道僧の監視を受けることになり、教会に引っぱっていかれた。教会に着くと人々は私の髪を引きむしり、脇腹を小突き、鎖に触れ、顔に唾を吐きかけた。この世でも来《きた》るべき世でも、神は彼らを許したもうであろう。これは彼らのしたことではなく、狡猾なサタンの仕業だからである」

「また別の機会に別の役人が、私にひどく怒り狂った――私の家に駆け込んできて、私を打ちのめし、まるで犬のように私の手の指を齧《かじ》った。喉が血でいっぱいになると、私の手から歯を離し、私を打ち捨てて自分の家に引き上げていった。私は神に感謝を捧げ、手に布を巻いて、晩禱に出かけた。その途中、彼は二挺の短銃を持って再び私に襲いかかった。私の近くに来ると、彼は短銃に点火したが、神の御心によって火薬は火皿の上で燃え尽きて、銃は発射しなかった。彼はそれを地面に投げ捨てて、もうひとつの短銃に点火したが、またも神の御意志が働いた――また銃は発射しなかった。私は歩きながら熱心に神に祈り、片手で十字を切って彼にお辞儀した。彼は私に吠えかかったが、私は〈汝の口に神の恵みがありますように、イワン・ロジオーノヴィチ！〉と言った。彼は教会の勤行のことで私に腹を立てたのだった。彼は勤行を短く行なうことを望んだが、私は定めどおりにゆっくり唱えた。それが彼にはひどく忌々しかったのだ。このあと彼は私から屋敷を取り上げて、私をたたき出し、すべてを奪い、路銀さえくれなかった」

　彼は朗読がとても上手だった。ぼくの仲間のシュールは、ぼくが出会ったなかで最も有能で頭のいい連中のひとりだったが、「あのな、ワシーリー・ニコラエヴィチは、あの人自身が長司祭アヴァクームに似てるよ。ああいう人たちが火あぶりの刑に処されるんだ」と言っていた。

「君たちのなかで、踊り手の聖母の伝説[*47]を知らない者はいるかな」と、ある日ワシーリー・ニコラエヴィチが訊いた。この伝説を知っていたのはクラスでひとりだけだった。それは子どものような優しい顔立ちをしたユダヤ人で、苗字はローゼンベルグといった。とても小柄だったので、十二、三歳くらいに見えたが、実際はもう十六歳になっていた。毎朝、女子中学の八年生たちが、通りで彼に会うと、「坊や、坊や、もっと駆け足、遅刻だよ！」と囃し立てるので、ローゼンベルグは涙がにじむほど腹を立てた。彼はその年齢に期待されるよりずっと頭が良くて成熟していた。非常にたくさんの本を読んで記憶し、大型の暦で読んで記憶に残った妙な知識をもっていることも多かった。メキシコにおける施肥の方法、ポリネシアの宗教的迷信、イギリスの議会制度発祥の時代の逸話などだ。このローゼンベルグが踊り手の聖母の伝説を知っていた――なぜかというと、ワシーリー・ニコラエヴィチに説明を求められて彼が言ったのだが、「誰でも知ってることだから」だそうだ。しかし、やはり大部分の生徒はこの伝説を聞いたことがなかったので、ワシーリー・ニコラエヴィチはぼくたちに話してくれた。生徒全員がじっと聞き入り、その直前に例のフィンランド製ナイフを確かめていたペレンコはそのまま固まって、ナイフの白い刃から眼を逸らさずに深く考え込んでいた。その二日ほど後にワシーリー・ニコラエヴィチがぼくたちに勧めてくれたのは、最新のトルストイ伝の冒頭、蟻の兄弟[*48]について語られている部分だった――蟻の兄弟については、ローゼンベルグさえ何も知らなかった。ちょうどその日、中学に赴任したばかりの新しい司祭がぼくに腹を立てた。司祭は絹の祭服を着てエナメル革の編み上げ靴を履いていた。彼は最初に教室に入ってきたとき、ぼくには派手に感じられた独特のやりかたで十字を切ると、生徒たちを見回して言った。

「みなさん、現在は『神の法』や教会史はどうやら流行らない時代のようです」彼は首を横に振って口を歪め、へっへっと皮肉っぽく笑った。「おそらく諸君のなかにも、私の授業を受けたくない無神論者がいるでしょう。そんな人は」彼は馬鹿にしたような笑みを浮かべて両手を左右に広げて言った。「立って教室から出ていってもらいましょう」〈出ていって〉という語を発すると、彼は厳しい真剣な表情を浮かべた。まるで、無知な無神論者を揶揄する時間はもう終わりで、いうまでもなく、教室から出ていこうと思う者などいないということを強調しているようだった。この人物は自惚《うぬぼ》れが強かった。現在は宗教が迫害されていて、宗教に仕える者には――初期キリスト教の時代のように――時として大変な勇気が要求されるのだと、ことあるごとに指摘した。よく聖典を引用したが、しょっちゅうまちがえて、トマス・アクィナスのものとされる言葉を聖ヨハネの口から言わせたりした。ただぼくが思うに、彼の見解ではこれは大したことではなかった。彼が擁護していたのは教義《ドグマ》に基づいた宗教ではなく、そもそも彼の知識はこの点では怪しかったのだが、何か別のものだった。その別のものは、彼が〈迫害されている〉状況に慣れたことに現れていて、彼はしだいにこの状況に親しみを覚えるまでになったので、もし再び宗教が崇《あが》められるようになったら、何もすることがなくなって、きっと非常に辛くて退屈だと感じただろう。

ぼくは席を立って教室を出た。司祭はぼくを眼で追って、「祈禱の中の〈呼ばわれたる者たち、出でよ!〉という箇所を覚えていますか?」と言った。一週間後にワシーリー・ニコラエヴィチはぼくに訊いた。「ソセードフ君、君は神を信じていないのかな?」ぼくは答えた。「ええ。先生はどうなんですか、ワシーリー・ニコラエヴィチ」「私はとても信仰心の篤い人間です。とことん信じることのできる者は幸せですよ」

概して彼が最も頻繁に使う言葉は、〈幸福な〉と〈不幸な〉の二語だった。彼は妥協を知らぬロシア人のひとりで、そういう人間は、たとえ自分が理解している意味での真実は存在していないし、存在し得ないものだと確信していても、人生の意味は真実を探求することにあると考えるのだ。彼のロシア語の授業は常に、同時代論、宗教論、歴史論といった、担当科目とは直接関係のないことも多い、別の事柄に関するコメントと結びついていた。これらすべてについて彼は驚くほど該博な知識を披露した。突如明らかになったのだが、彼は外国に行ったことがあって、スイスやイギリスやフランスで長く暮らし、いくつかの外国語をよく知っていて、外国で見たことすべてに注意を払ってきた。彼は常に自分の真実を探求してきた——行った先のあらゆる場所で。後になってぼくはよく考えたものだ。彼は真実を発見するだろうか、彼には自分を欺く勇気があるだろうか——そして穏やかに死ぬだろうか？　するとぼくには思えたのだ、もしも真実を発見したような気がしても、彼はきっと急いでそれを拒否して——再び探求することだろう、それに彼の求める真実は、おそらく、我々がこれまで所有したことがないものを手に入れられるかもしれないという素朴な考えを含んではいないだろう、おそらくその真実は、平穏と静寂を夢見ることの中には存在しない、なぜなら、平穏や静寂は必ず彼を知的な怠慢に導くが、その状態は彼にとって恥辱であり苦痛であるだろうから、と。ワシーリー・ニコラエヴィチは、ぼくが種々の教育機関に在籍した全期間を通じて好きになった教師たちのひとりだった。それ以外の教師たちはみんな視野が狭くて、出世ばかり気にかけて、教育を勤務とみなしていた。なかでもひどいのは司祭たちだった——最も鈍感で無学な教育者だ。ただ中学での最初の「神の法」の担当教師は、神学大学《アカデミー》の卒業生で哲学者であり、狂信的《ファナティック》ではあったが、非凡と言えるほどの人物だとぼくには思えた。彼は杓子定規なタイプの教師ではなかった。ぼくは中学の五年生のとき、「大審問官」の無神論的意味とルナンの『イエス伝』[*49]についてさんざん質問した——ぼくはその頃『カラマーゾフの兄弟』とルナンを読み、授業の勉強はせず、教理問答《カテキズム》も教会史も知らなかったが、先生はまる一年、一度もぼくを神学の授業の口頭試問に呼び出さなかった——最後の四半期になったあるとき、彼は指で合図してぼくを呼び寄せると、静かに言った。

「いいかい、コーリャ」彼はぼくたちを一年生のときから教えていたので、全員と親密な言葉づかいで話して、名前で呼びかけた。「君の教理問答の知識がどんなものか、私が全然わかってないと思ってるんだろう？　私はね、何もかも知ってるよ。それでも私は君に成績表で5の評価をつけよう。君は、ほんのちょっぴりだけど宗教に興味をもっているからね。さあ、行ってよろしい」彼は説教をするとき、眼に涙を浮かべた。しかし、彼は神を信じていなかったと、ぼくは思う。彼はぼくにとって大審問官のミニチュア版で、弁証法的議論にかけては無敵と言えるほど強くて、だいたい正教徒よりカトリック教徒である方がふさわしいようだった。それに声がすばらしかった――力強くて賢明な声をしていた――というのも、ぼくは何度も気づいたのだが、人の声は、人の顔と同じく、賢明にもなれば愚かにもなり得るし、才能豊かにも無能にも、高潔にも卑劣にもなり得るのだから。彼は数年後、内戦時代にどこか南方で殺された。ぼくは概して聖職者が嫌いなので、いまは故人となった、この先生にもよからぬ態度で接した――それだけにいっそう、彼の死去の知らせはぼくには辛かった。

正直に言って、なぜ聖職にある人々に反感を抱くのか、ぼくは自分でもわからなかった。たぶん、彼らは他の人たちよりも社会的に階層が低い――聖職者のほかに警官も――という思い込みのせいだろう。彼らと握手しようと手を差し出してはならず、食事に招いてもならなかった。ぼくはある警察分署長のひょろ長い姿を覚えている。彼は毎月――何のためか皆目わからないのだが――賄賂を受け取りに家に来て、女中がお金を持っていくまで玄関で辛抱強く待ち、お金を受け取ると大きく咳払いをして、ひどく筒丈の短いエナメルのブーツにつけた馬鹿でかい拍車をがちゃがちゃ鳴らしながら帰っていった。あんなブーツを履くのは警察分署長と、なぜかはわからないが教会の聖歌隊の指揮者だけだった。聖職者への賄賂といえば、ぼくは三年生のときにこの問題と遭遇した。ぼくは復活祭の二週間前に病気になり、中学付属の教会で斎戒することができなかった。イオアン神父はぼくに、秋には必ず斎戒証明書を持ってくるように言った。さもないと進級させられず、留年になるというのだ。その夏、ぼくはほぼ例年どおりキスロヴォツクで過ごした。ぼくのおじのヴィタリーは懐疑論者でロマンチストで、いつまでも竜騎兵大尉の階級に留まっていたのだが、それは連隊長に決闘を申し込んで、相手が拒否すると将校クラブで平手打ちをくわせたため、要塞に五年間収監されたからだった。出獄してきたときにはまるで人が変わっており、要塞にいるあいだに、芸術や哲学や社会科学の諸問題について、将校にはまれな、異例の驚くべき博識を得ていた。それからも以前と同じ連隊で勤務を続けたが、階級が上がることはなかった——そのおじがぼくに言った。

「コーリャ、十ルーブリ持って、その長髪を垂らしたうすのろのところに行くんだ。そうして斎戒証明書を頼みなさい。教会に行ってくだらない真似なんかしなくていい。ただそいつに金をやって、証明書をもらうんだ」

ヴィタリーおじはいつでも皆の悪口を言い、あらゆることに不満だったが、ただ個人的に人と接するときは、おおむね善良で寛大だった。八歳の息子におばが罰を与えようとすると、おじは息子を庇《かば》ってやって、こう言った。「この子を放っておいておやり。自分のしたことがわかっていないんだ。この子は驚くほど馬鹿だってことを忘れちゃいけない。おまえが鞭で打っても、この子がいまより賢くなるわけじゃない。それに子どもをぶつなんて、そもそもやっちゃいけないんだ。それを知らないのは、おまえみたいに無学な女たちだけだ」おじの話は大体いつも、「あのうすのろどもめが……」という言葉で始まるのだった。

「司祭はそんなに簡単に証明書はくれないよ」とぼくは言った。「だって、ぼくはまず斎戒をしなきゃならないんだから」

「そんなのは全部くだらないことさ。そいつに十ルーブリ払うんだ、それだけでいい。私の言うとおりにしてごらん」

ぼくは司祭のところへ行った。彼は集合住宅の小さな住居に住んでいて、部屋には明るい黄色の肘掛け椅子が二脚あり、壁には総主教や大主教の肖像画が掛かっていた。斎戒証明書が欲しいというぼくの頼みを聞くと、司祭はこう答えた。

「わが子よ」ぼくはこの呼びかけにぞっとした。「教会に行ってまず懺悔をして、それから聖体拝領を受けなさい。そうすれば一週間後に証明書を発行できます」

「いまはだめですか」

「ええ」

「ぼくはいま欲しいんですが、司祭さま」

「いまはだめです」と、司祭はそろそろぼくの頭の悪さに腹を立てながら言った。そのときぼくは十ルーブリ札を引っぱり出して机の上に置いたが、司祭の方には目をやらなかった。恥ずかしかったからだ。彼はお札を取ると、祭服の裾を払って、下に履いていた足掛け紐つきの細い黒ズボンをのぞかせて、お札をポケットに突っ込んでから、「輔祭！」と呼んだ。隣の部屋から、輔祭が何かもぐもぐ食べながら出てきた。ひどい暑さのために輔祭の顔は汗だらけだったが、彼は非常に太っていたので、汗は流れるように滴り落ちた。眉の上にも明るい水滴が垂れていた。

「このお若い方に斎戒証明書を発行しなさい」

輔祭はうなずいて、すぐにぼくに証明書を書いてくれた。角張った独特の書体で、かなり上手な字だった。

「言ったとおりだろう?」とおじはぼそりと言った。「おれは連中を知ってるんだよ……」

おばが注意した。

「あなたったら、子どもにそんなこと教えて」

するとおじは答えた。

「他のどんな子もそうだけど、この子はおまえに少しも負けないほど、ものごとをわきまえているよ。おれはね、おっかさん、それをよく承知しているのさ。もしもおまえが説教を始めるんなら、おれは首をくくるしかないね」

夜になるとヴィタリーおじは家のテラスに座って、もの思いに沈んでいた。「なぜ、そんなに長くテラスにいるの？」とぼくは訊いた。「もの思いに沈んでいるのさ」とヴィタリーおじは答えたが、その言い方には、実際に身体がもの思いに——まるで水か浴槽に沈むように——沈んでいるようなニュアンスがあった。時おり、彼はぼくとこんな話をした。

「おまえ何年生になった？」

「四年生だよ」

「いまは何を勉強してる？」

「いろいろな科目をね」

「愚劣なことばかり教えてるんだろうな。ピョートル大帝とエカテリーナ女帝について何を知ってる？　さあ、言ってごらん」

ぼくは彼に話した。話し終わって、彼が「あのうすのろどもめが……」と言うのを待っていた。

すると彼は本当にそう言った。

「うすのろどもがおまえに嘘を教えてるな」

「なぜ嘘を教えるの」

「そりゃ、あいつらがうすのろだからさ」ヴィタリーおじはきっぱり言った。「もしおまえが、ロシアの歴史は高潔で賢明な君主たちの交代の歴史だという嘘の概念をもつことになったら、それは良いことだと連中は考えているのさ。実際、おまえが学んでるのは金箔を貼った神話だ。それが歴史上の事実に取って代わっている。結果としておまえはうすのろどもの仲間入りさ。まあ、本当の歴史を知ったとしても、おまえはどうせ馬鹿の仲間入りだろうがな」

「どうしても馬鹿になる?」

「どうしてもだ。みんなそうなるんだ」

「じゃあ、おじさんはどうなの?」

「生意気なことを言うね」と彼は落ち着き払って答えた。「年長者にそんな質問をするものじゃない。しかし、おまえが知りたいって言うんなら、私だって馬鹿のまんまさ。違うものになりたいと思っているがね」

「それじゃあどうすればいいの?」

「悪党になるのさ」彼は鋭い口調で言って、顔をそむけた。

彼の結婚生活は不幸で、家族とはほとんど別居状態だった。妻はモスクワの貴婦人で大変な美女だったが、彼女が貞淑でないことをおじはよく知っていた。彼は妻よりかなり年上だったのだ。ぼくが毎年夏にキスロヴォツクに行くと、ヴィタリーおじもいつもそこにいた——ドン川とクバン川の流域で起きたボリシェヴィキ側と反ボリシェヴィキ側のさまざまな軍の動きが、ぼくをコーカサスから引き離すまでは。ロシアを離れる一年前、内戦の最中に、ぼくはやっとキスロヴォツクを再訪して、一族の別荘のテラスで背を丸めて肘掛け椅子に座っているヴィタリーおじの姿を再び目にした。会わないあいだにおじは年をとって白髪頭になり、以前にも増して暗い顔をしていた。「公園でアレクサンドラ・パーヴロヴナ（それが彼の妻の名前だった）に会いましたよ。すばらしく元気そうだ」と挨拶してからぼくが言うと、ヴィタリーおじは不機嫌そうにぼくを見た。

「プーシキンの寸鉄詩《エピグラム》を覚えているかい」

「ええ」

彼は暗唱した。

　おまえのような女は、世界にまたといない
　世間のみんなが言い、ぼくも思うのだが
　他の女は一年ごとに年をとる
　だけどおまえは、一年ごとに若返る

「大いに不満って顔ですね、ヴィタリーおじさん」

「仕方ないだろう。おれは老いたるペシミストなんだ。おまえ、軍に入りたいんだって？」

「ええ」

「馬鹿なことをするもんだな」

「どうしてです？」

ぼくはヴィタリーおじが例によって〈あのうすのろどもめが〉と言うだろうと思った。しかし、そうは言わなかった。彼はただ俯いて、こう言った。

「そりゃ、義勇軍[*50]は戦争に負けるからさ」

義勇軍が勝つか負けるかということに、ぼくは大して興味がなかった。ぼくは戦争とは何なのかを知りたかったのだ。これは、ぼくがいつも経験してきた、新しい未知のものへの志向だった。ぼくが白軍に入ろうと思ったのは、そのとき自分が白軍のテリトリーにいて、そうするのが自然だったからだ。もしも当時キスロヴォツクが赤軍に占領されていたら、ぼくはたぶん赤軍に入っただろう。しかし、古参の将校であるヴィタリーおじがぼくの決心に真っ向から反対したのには驚いた[*51]。当時のぼくはあまり理解していなかったが、彼はぼくに賛同するには頭が良すぎたし、将校の位に対しては、一般に認められている意義をまったく認めていなかった。ともかくぼくは、彼がなぜそう考えるのかを尋ねてみた。彼は冷淡な眼でぼくを見て、あの連中、つまり反政府軍の指揮権を握っている人間たちが、社会における関係の法則を知らないからだと答えた。「向こうは」と彼は勢いよく言った、「向こうは飢餓に苦しむ北ロシア全体だ。向こうじゃ百姓が動いている。おまえ、ロシアは農民国家だって知っているかい。それともおまえの歴史の授業じゃ教わらなかったか?」「知っています」とぼくは答えた。するとヴィタリーおじは続けた。「ロシアは歴史における農民段階に突入している。力をもっているのは百姓で、その百姓は赤軍にいる」ヴィタリーおじの馬鹿にしたような指摘によれば、白軍には魅力を感じさせるほどの軍人風ロマンチシズムさえ存在せず、白軍というのは町人と中途半端なインテリの軍隊だという。「白軍に勤めているのは、コカイン中毒者、狂人、囲われ女みたいに気取った騎兵将校」ヴィタリーおじは辛辣に言った。「それに出世主義者のくせに失敗した連中、将軍の地位にいるけど本性は曹長って連中さ」

「おじさんは、いつもみんなの悪口ばかり言うんだね。アレクサンドラ・パーヴロヴナが言ってるよ、それがおじさんの基本信条《プロフェシオン・ド・フォワ》だって」

「アレクサンドラ・パーヴロヴナ、アレクサンドラ・パーヴロヴナか！」と、ヴィタリーおじは急に苛立ちを露《あら》わにした。「基本信条《プロフェシオン・ド・フォワ》だって。ばかばかしい！　おれは二十五年間も四方八方からほとんど毎日、『あなたはいつでも悪口ばっかり』と無意味な反駁を聞かされてきた。おれが何も考えていないというのか？　おれがおまえに、戦争はどうしたってこう終結すると思う理由を述べる。するとおまえは、『おじさんはいつも悪口ばっかり』と答える。おまえは本当に男か、それともジェーニャおばさんか。女房がナグロツカヤみたいな大衆文学ばかり読んでるから咎めると、女房もまた、おれはいつも何にでも悪口ばっかりだと切りかえす始末だ。いいや、おれは何にでも悪口を言うわけじゃない。幸い、おれは女房より文学に詳しいし、文学が好きだ。おれが何かを悪く言うとすれば、理由があるんだ。なあ、いいかい」と、ヴィタリーおじは顔を上げて言った。「どんな分野でもいい、改革だろうが軍の再編成だろうが、教育に新方法を導入する試み、あるいは絵画、文学、音楽だろうが、その分野で行なわれることの九割は何の役にも立たない。いつだってそんなものさ。ジェーニャおばさんがそれを知らないからって、おれに何の罪がある？」おじはちょっと口をつぐんでから、鋭く尋ねた。

「おまえ、何歳だ？」

「あと二か月で十六歳になります」

「なんと、その年齢《とし》で戦争に行くのか？」

「ええ」

「いったい何のためにおまえは戦争に行くんだ？」ヴィタリーおじは急に驚いたように言った。

ぼくは何と答えていいのかわからなくて、ちょっと口ごもってから曖昧に言った。

「それがやっぱり自分の義務だと思うから」

「おまえはもう少し賢いと思っていたよ」ヴィタリーおじはがっかりしたように言った。「おまえのお父さんが生きていたら、いまの言葉を喜ばなかっただろうね」

「なぜ？」

「お聞き、かわいい少年よ」と、ヴィタリーおじは思いがけず優しい口調で言った。「考えてみろ。二つの勢力が戦っている、赤軍と白軍だ。白軍はロシアを、ロシアが脱却したばかりの歴史状況に引き戻そうとしている。赤軍の方はロシアを、アレクセイ・ミハイロヴィチ[*52]の治世以降経験していない混沌《カオス》に引きずり込もうとしている」「それって動乱時代《スムータ》の終焉のことだね」とぼくはつぶやいた。「そう、動乱時代の終焉だよ。やっと中学の教育が役立ったな」それからヴィタリーおじは、現状に関する持論を説明しはじめた。彼によれば、社会的カテゴリーというのは——そんな言葉づかいがぼくには意外だった、というのも彼が竜騎兵隊の将校であることをどうしても忘れられなかったのだ——非物質的な生物学の法則に従う現象のようなものであり、しかもそうした考え方は必ずしも適切とはいえないにせよ、しばしば多様な社会現象に応用可能である。「さまざまな社会的カテゴリーが、誕生しては成長し、そして死んでいく」ヴィタリーおじは言った。「いや、死ぬんじゃなくて枯れていくんだ、珊瑚が枯れていくみたいに。珊瑚礁がどうやってつくられるか、覚えているかい？」

「ええ」とぼくは言った。「珊瑚礁の生成は覚えてます。珊瑚礁の赤い弧が海の白い泡に囲まれているのも。あれは本当にきれいだ。お父さんの本で絵を見たことがあるよ」

「歴史にも、あれと同じようなプロセスが起こるんだよ」ヴィタリーおじは続けた。「枯れていく部分もあれば、生まれてくる部分もある。大雑把な言い方だが、白軍は枯れていく珊瑚みたいなもので、その死骸の上に新しい層が成長する。赤軍――それが成長するものたちなんだ」

「いいでしょう、そのとおりだとしましょう」とぼくは言った。ヴィタリーおじの眼がいつものように冷笑的な光を帯びた。「それでも真実は白軍の方にあるとは、おじさんは思わないの？」

「真実だって？　どんな真実だ？　彼らが権力を握ろうとしているのが正しいという意味かい？」

「まあね」とぼくは言った、まるで違うことを考えていたのだが。

「もちろん、そうだろう。でも赤軍だって正しいし、緑軍も、あるとすれば橙《だいだい》色の軍も菫《すみれ》色の軍も、同じくらい正しいよ」

「でも、前線はもうオリョールに迫ってるし、コルチャーク軍[*53]はヴォルガ川に接近してる」

「そんなことには何の意味もないよ。もしもこの殺し合いが終わった後におまえが生き残っていたら、物の本で詳細な記述を読むことだろう、もし白軍に共感する学者の著作なら――白軍の英雄的敗北と赤軍の偶然の勝利が書かれているだろうし、もしその本の著者が赤軍側ならば――労働者の軍がブルジョワの傭兵たちに英雄的に勝利したと書かれていることだろう」

ぼくは、ともかく白軍のために戦いに行く、彼らが負けている方だからと答えた。

「それは中学生っぽいセンチメンタリズムだ」とヴィタリーおじは辛抱強く言った。「よかろう、私が考えていることをおまえに言おう。現在のできごとを動かしている諸勢力を分析して導き出せることじゃなくて、私自身の信念だよ。忘れないでほしいんだが、私は将校で、ある意味では保守派で、そのうえ名誉と権利に関しては封建的と言えるくらいの見解をもっている」

「おじさんの考えは？」

彼はため息をついた。

「真実は赤軍の側にあるよ」

その夕方、おじは一緒に公園へ行こうとぼくを誘った。ぼくたちは夕陽で赤い並木道を通り、きらきら光る小川に沿って、公園に造られた小さな洞窟の脇を抜け、高く伸びた古木の下を歩いていった。しだいに暮れてきて、小川はすすり泣くような音やせせらぎの音を立てていた。あの低い水音が、現在のぼくにとっては、ゆっくりと砂を踏んで歩いたことや、遠くに見えていたレストランの灯火や、俯いたときに見えた自分の白い夏ズボンとヴィタリーおじの長いブーツの思い出と溶け合っている。ヴィタリーおじは普段より口数が多く、ぼくはその声にいつもの皮肉っぽさを感じなかった。彼はまじめに率直に語った。

「そうか、おまえは行ってしまうんだね、ニコライ」公園の奥まで行ったとき、彼は言った。「小川のせせらぎが聞こえるか？」彼は急に自分で話題を変えた。ぼくが耳を澄ますと、最初に穏やかな音が聞こえてきて、その中にいくつかの異なる水音が聞き分けられた。それらは同時に聞こえるが、互いに似てはいなかった。

「不可解だよ」ヴィタリーおじは言った。「なぜ、このせせらぎがこんなに私の心を騒がすのか。

もう何年間もずっとそうなんだが、これを聞くたびにいつも、こんな音はいままで聞いたことがないと感じるんだ。だが、私が言いたかったのは別のことだ」

「ええ、うかがいます」

「私はもう、おまえと会うことはあるまい」ヴィタリーおじは言った。「おまえは戦死するか、どこかとんでもなく遠いところへ行ってしまうか、さもなきゃ私がおまえの帰りを待ちきれずに自然死を迎えるか。どれも同じくらい起こり得るよ」

「なぜ、そんなに暗いことを?」とぼくは尋ねた。ぼくは何年も先のことを考えられたためしがなく、その時点で自分に起きていることを受け入れるのがやっとだったので、いつか起きるかもしれないことに関する予測はすべて、ぼくには馬鹿げたことに思われた。若い頃は自分もそうだったと、おじは言った。だが、獄中での孤独な五年が彼の空想を未来の考察だけで満たし、それを異常な大きさにまで成長させた。何かしらもうすぐ起こるはずだと思われるできごとをあれこれ考えていると、ヴィタリーおじには一挙にそのできごとの多くの側面が見えてきて、そして彼の研ぎ澄まされた想像力は、そのできごとのおぼろげな心理的様相も、それが起きるときの外的状況の様相も、正確に予感するのだった。それればかりでなく、人間に関する彼の知識や、人にあれこれの行動を取らせる要因についての知識は、彼くらいの年齢の人が自然にもっている一般的な生活経験より、比べ物にならぬくらい豊かで、そのことが彼に、一見不可能なほどの洞察力を与えていたが、ぼくはそんな力を、知り合いのなかのごく少数、しかもなぜか偶然に知り合った人にしか見いださなかった。ただ、ヴィタリーおじはその力をほとんど使ったことがなかった。というのも彼は運命というものに対して、たとえそれが近い親戚の運命であろうと、軽蔑的なまでに冷淡だったからである――そんなわけで彼の善良さと寛大さは、この特徴から、つまりどんな人に対してもほとんど一様に無関心であることから説明できると、ぼくは考えていた。

「私はおまえのお父さんが本当に好きだった」ヴィタリーおじはぼくの問いには答えずに言った。「私が将校で騎兵だってことを、彼はいつも笑っていたがね。たぶん、お父さんが正しかったんだろう。私はおまえのことも好きだ」彼は続けた。「だから、おまえが出発する前にひとつ言っておきたい。どうか注意して聞いてくれ」

おじが何を言おうとしているのか、ぼくにはわからなかった。彼がぼくに興味をもったり何か助言したりするかもしれないという考えは、彼とぼくの関係には似つかわしくなかった。彼はいつもぼくに手厳しいことを言うのを好んでいた、ぼくが何かを理解していないとか、彼に言わせるとぼくにはわかりもしない抽象的なテーマで話をするのが好きなことに対して。一度などはぼくがシュタイナーとクロポトキン[*54]を読んだと言うと、大笑いして涙をにじませたほどだし、別のときにはぼくがヴィクトル・ユゴーの芸術のファンと知ると、あきれて頭を振ってみせた。彼はユゴーのことを、振る舞いは消防士並み、心情はセンチメンタルな馬鹿女並み、大袈裟なことはロシアの電信技師並みだと、侮蔑的に酷評していた。

「いいかい」ヴィタリーおじは言った。「おまえは近いうちに忌まわしいことを山ほど目にするだろう。人が殺されたり、絞首刑や銃殺刑に処されたりするのを見る。そんなのはすべて目新しいことじゃないし、重要でもなければ、大しておもしろくもない。しかし、おまえに忠告しておくが、けっして信念をもった人間になっちゃいけない。結論を出そうとか判断を下そうとかしないで、できるだけ単純な人間でいようと努めるんだ。覚えておきなさい、この世で最も幸福なこと——それは、周囲の生活のなかから何かひとつでも理解したと思うことだ。おまえはわかったと思っても、わかってはいない、わかった気になってるだけだ。しばらく時がたってから思い出したら、理解がまちがっていたことがわかるだろう。さらに一、二年たったら、二度目もまちがっていたと納得するのさ。どこまでいっても変わりはない。だが、なおかつそれが人生でいちばん大事な、いちばんおもしろいことなんだよ」

「いいでしょう」とぼくは言った。「でも、そうやってまちがい続けることに、何の意味があるんです？……」

「意味だって？」ヴィタリーおじは驚いた。「確かに意味はない、意味なんて必要じゃないのさ」

「そんなことはあり得ないよ。合目的性の法則があるもの」

「いや、おまえ、意味ってものはフィクションだ。合目的性もフィクションさ。なあ、おまえが何か一連の現象を取り上げて、それを分析してみたら、その運動を方向づける何らかの力があるってことに気づくだろう。でも、その力にも、運動にも、意味の概念が姿を現すことはない。何でもいいから、長期間にわたる画策と準備の結果生まれた、一定の目的を有する歴史上の事実を考えてごらん。目的の達成、あるいはたんに目的という観点から見ると、その事実は意味をもっていないことがわかるだろう。だってその事実と同じときに、同じ原因によって、まったく予想されていなかった別のできごとが起こって、すべての様相を変えてしまうんだから」

彼はぼくの方を見た。ぼくたちは二列になった木々のあいだを歩いていた。とても暗かったので、ぼくにはほとんど彼の顔が見えなかった。

「〈意味〉という言葉が」とヴィタリーおじは話を続けた、「フィクションでなくなるとすれば、こんな場合だけだ。つまり、我々が何か行動をとるとき、結果は必ずこうなる、他の結果にはならないと正確に知っている場合だ。基礎的で機械的な科学分野で、課題が完全に限定されていて、条件も同じく限定されている場合でさえ、常に結果が予測どおりとはかぎらないとすれば、我々にはその本質が理解不能な社会的関係とか、我々がほとんど知らない法則に支配された個人的心理の領域で、それが確実に成立することを、なんだっておまえは望むんだい？　意味は存在しないよ、コーリャ」

「じゃあ、生きる意味は？」

ヴィタリーおじはまるでぐいと引っぱられたみたいに、急に立ち止まった。すっかり暗くなり、木々の葉のあいだからかすかに空が見えた。公園内のにぎやかな場所も町も、はるか下の方にあった。左側にはトウヒに覆われたロマノフ山が、青くそびえていた。山はぼくには青く見えた。いまは闇に包まれ、眼には黒く見えていたはずだが、ぼくはこの山が実際に青く見える昼間に眺めることに慣れていた。その夜、ぼくは山容をもっとはっきり思い出すためにだけ視力を使い、山の青さはもうぼくの想像の中に準備されていた――光と距離の法則に反して。空気は澄みきって爽やかだった。またいつものように、遠くの長々しい鐘の音が静けさの中でより明瞭に伝わってきて、上空で消えていった。

「生きる意味だって？」ヴィタリーおじは悲しげに問い返し、その声に涙がまじっているのが感じられたが、ぼくは自分の耳を信じなかった。男らしくて冷淡なこの人は涙なんか知らないと、ぼくはいつも思っていたのだ。

「私に仲間がいてね、そいつもよく私に生きる意味を訊いたものさ」ヴィタリーおじは言った。「ピストル自殺する前にね。ぼくのとても近しい仲間だったよ、本当にいい仲間だった」〈仲間〉という言葉を何度も繰り返しながら、彼は語った。当時から何年もたったいまになって、この言葉が以前と同じように発せられ、人けのない公園の動かぬ空気の中に響きわたることに、はかない慰めを見いだしているようだった。「あいつはその頃大学生で、私は下士官だった。彼はしょっちゅう尋ねたよ、『こんなに恐ろしい存在の無意味さが、何のために必要なのか。仮にぼくが年老いて、皆にとってやりきれない存在になって死に近づき、そして死ぬならば、それはいいことなんだと認識する――そんな認識が何になる？　何のために、そうなるまで生き延びなきゃならないんだ？　だって、我々は死からは逃げられないのに。ヴィタリー、わかるか？　救いはないんだ』って。ないんだ！」ヴィタリーおじは大声を出した。「『何のために』と彼は続けたものだよ、『技師になったり、弁護士や作家や将校になったりするんだろう？　何だってこんな屈辱、こんな恥や卑劣さ、臆病さが必要なんだろう』ってね。そんなとき私は彼に言ったものだ、そんな問いのない生活だってあり得ると。『生きろ、ビーフステーキを食え、恋人に口づけしろ、女たちの心変わりを悲しめ、そして幸福でいろ。そして、何のためにこんなことをするのかという問いから、神様がおまえを守ってくださいますように』ってね。でも、あいつは私の言うことを信じなかった。ピストル自殺しちまった。今度はおまえが私に生きる意味を問う。私は何も答えられないよ。私は知らないいんだ」

その日、ぼくたちは非常に遅くなってから家に帰った。眠そうな小間使いがテラスにお茶を出すと、ヴィタリーおじはコップに目をやり、それを持ち上げ、液体を通して電灯を眺めた――そして一言も発しないで、長いこと笑っていた。それから嘲笑するように「生きる意味！」とつぶやき――突然顔をしかめると暗い顔になって、ぼくにおやすみも言わないで寝に行った。

　しばらくして、ぼくがウクライナまで帰って入隊するためにキスロヴォツクを出発したとき、ヴィタリーおじは落ち着いた冷たい態度でぼくと別れの挨拶を交わした。彼の眼には、即座に人を馬鹿にした表情に変わり得る、いつもの無関心さが戻っていた。ぼくはおじと別れるのが辛かった。彼を心から愛していたからだ――だが、周囲の人たちは彼を怖がるばかりで、あまり好意はもっていなかった。「心が石みたいに冷たいのよ」と彼の妻は言い、「冷血漢さ」とおばは言い、「あの人にとって神聖なものはない」と彼の兄弟の嫁は言った。彼らのうちで真のヴィタリーおじを知る者はいなかった。ぼくは後になって、彼の悲しい最期や不遇な人生を振り返って、ものすごく大きな才能と生き生きした俊敏な知性をもつ人間が無意味に滅びてしまったことを、残念に思った――そして身近な人間は誰ひとり彼を哀れみさえしなかったことを。ぼくは彼と別れるとき、二度と会うことはあるまいとわかっていたので、ヴィタリーおじを抱きしめたかった。たんに駅まで来てくれた知り合いというのではなく、親しい人間としてちゃんとした別れをしたかった。しかし、ヴィタリーおじの態度は非常に堅苦しかった。彼が自分の袖についた綿埃を指で弾き飛ばしたとき、その動作を見ただけで、ぼくが望んでいたような別れは滑稽で馬鹿げ《リディキュル》ているとわかった。彼と握手して、ぼくは出発した。秋も深まり、冷たい空気の中に、どんな旅立ちにも付きものの悲しみと悔恨が感じられた。ぼくはどうしてもこの感情に慣れることができなかった。ぼくにとってはどんな旅立ちも新しい生き方のはじまりを意味していた。新しい生き方のはじまり――つまり、ぼくがまた手探りで生きて、周囲の人や物の中に、多少なりとも自分に親しい環境を求める必要が生じるということだ。ぼくはその環境でこそ、ぼくの唯一の強い関心事である、心の中の振動や衝撃に十分な場を与えるために必要な、以前の平穏を得ることができるはずだった。それにぼくは、住んでいた町や顔を合わせていた人々と別れるのも悲しかった――これらの町や人はもう二度とぼくの人生で繰り返されることはないのだから。これらゆるぎなく形づくられた光景群のリアルで単純な不動性や明確さは、ぼくの想像の中にあった、ぼくによって存在し活動すべく召喚された別の国々や町々や人々とは、全然似たところがなかった。一方に対してぼくは破壊と創造の権力をもっていたが、他方に関してはぼくの記憶と頼りない知識が湧き上がるだけで、それはヴィタリーおじが長《た》けていたような、ものごとの洞察にとってさえ、不十分だった。しばらくはホーム上のヴィタリーおじの姿が見えていたが、もうキスロヴォツクも消えゆき、駅から聞こえていた物音も列車の鉄の響きの中に沈んでいった。そしてぼくが中学に通って冬に暮らしていた町に到着すると、雪が降って街灯の光の中にちらついているのが見えた。通りでは辻馬車の御者たちが大声を上げ、路面電車が轟音を立て、灯りのともった家々の窓がぼくの横を通り過ぎては、綿入れ上着を着た御者の広い背中を迂回していった。御者は手綱を握った両手を高く振り上げ、その無秩序なせわしい動きは、木製の玩具の道化の手足の動きのようだった。ぼくはそのときこの町で、前線に出発するまで一週間暮らした。ぼくは劇場やキャバレー、ルーマニアのオーケストラが演奏する客の多いレストランに行って、時を過ごした。出発しなければならない日の前日、中学の仲間であるシュールと出会った。ぼくが軍服を着ているのを見て、彼は大いに驚いた。「義勇軍に行くんじゃないよな?」と彼は訊いた。ぼくが義勇軍に行くんだと答えると、彼はもっと驚いてぼくを見た。

「君、何をしてるんだ、気が狂ったのか？　ここに残れよ。義勇軍は退却中だ。二週間もすれば、わが軍が町に入るよ」

「いや、ぼくは行くことに決めたんだ」

「なんて変わり者だ。きっと後悔することになるぞ」

「そんなことはないさ、とにかくぼくは行くよ」

彼はぼくと固く握手した。「じゃあ、君が幻滅しないよう祈ってるよ」「ありがとう、そんなことにはならないと思うよ」「義勇軍が勝つと信じてるのか？」「いや、全然信じていない。だから幻滅もしないさ」

その夜、ぼくは母と別れた。ぼくの出発は母にはショックだった。彼女はぼくに行かないでくれと頼んだ。母をひとり残して戦争に行くためには――しかも信念もなく、熱狂もなく、ただ戦争に行けば、ひょっとしてぼくを生まれ変わらせる新たなものを見つけ出して理解できるかもしれないという願望から――十六歳のぼくがもつ冷酷さのすべてが必要だった。「私は夫と娘たちを運命に奪われて」と母はぼくに言った。「あなただけが残ったのに、今度はあなたが行ってしまう」ぼくは何も答えなかった。「あなたのお父さんは」と母は続けた。「あの人が生涯嫌った人たちの軍に自分のニコライが入隊するって知ったら、すごくがっかりしたでしょうね」「ヴィタリーおじさんもそう言ってた」とぼくは答えた。「何でもないさ、ママ。戦争はじきに終わって、ぼくは家に帰ってくるよ」「もしも、あなたの遺体が運ばれてきたら？」「いや、ぼくにはわかってる。ぼくは戦死しない」母は玄関の間へのドアの脇に立って、まるで失神から覚めようとしている人みたいにゆっくり眼を開いたり閉じたりしながら、黙ってぼくを見ていた。ぼくはトランクを両手で持った。留め金のひとつがぼくのコートの裾に引っ掛かった。ぼくがなかなかそれを外せないのを見て、不意に母がにっこり笑ったが、それは非常に思いがけないことで――母は、他の人が声を立てて笑う場合でも、ほとんど笑みさえ浮かべない人だったので、コートの裾が引っ掛かったくらいで、彼女が笑うはずはなかった――その微笑にはあまりに多くの感情が――後悔も、ぼくが行くのを阻止できないという自覚も、孤独に関する思いも、父と妹たちの死の思い出も、涙がこみ上げてくることへの恥ずかしさも、ぼくへの愛も、ぼくが生まれてからこの日まで母とぼくを結びつけてきた長い生活も――込められていたので、この別れの場に居合わせた大家のエカテリーナ・ゲンリホヴナ・ヴォローニナは、不意に両手で顔を覆って泣きだした。ついにぼくの背後でドアが閉まって、もしかしたら自分は二度とこのドアから入ることがなく、母は、たったいまやったように、十字を切ってぼくを祝福することはないかもしれないと思ったとき――ぼくは引き返して家に残りたくなった。しかし、もう遅すぎた。ぼくがそうできる瞬間は過ぎてしまった。ぼくはもう通りにいた――ぼくは外に出て、これまでぼくの生活の中にあったすべては、ぼくの背後に残って、ぼくがいなくても存在し続けていた。もうあそこにぼくの場所はなく――ぼくはまさに自分自身にとって消え失せたようだった。ずっと後になってから思い出したが、あの夜は雪が降って通りに積もっていた。ぼくは二日後にシネーリニコヴォ[*55]に着いた。そこに停まっていた装甲列車〈煙《ディム》〉の砲兵隊の兵士として採用された。一九一九年末のことだった。ぼくはこの冬、七年次に進級した中学生ソセードフであることをやめ、本を読んだりスキーをしたり体操をしたりするのをやめ、キスロヴォツクに行くのもクレールに会うのもやめた。ぼくがそれまでやってきたことはすべて、ただ記憶に浮かぶ幻になったのだ。しかしぼくは、この新しい生活にも昔からの習慣と変わった癖をもち込んだ。ぼくは家でも中学でも重要なできごとには無関心なことが多く、その一方で、重視すべきとは思えない些細なことが、ぼくにとっては重要だった——それは内戦中も変わらず、数々の戦闘や戦死者や負傷者たちはぼくにほとんど何の痕跡も残さず過ぎ去ったのに、戦争についての、一般的な考えからはかけ離れた感覚や考えが永遠に記憶に刻まれることが多かった。この時期のぼくの最良の思い出は、あるとき森の一本の木の上に設けられた監視所に派遣されたことだ——ぼくひとりを残して、装甲列車は取水のために数露里戻っていった。時は九月、森の緑はもう黄色くなりかけていた。監視所が置かれた森の縁《へり》は敵の砲弾射撃を受けていて、砲弾が、野原を飛ぶときとはまるで違うものすごい轟音や低く唸る音を立てて、木々の上を飛んでいった。風が吹いて木の頂が揺れた。眼がくるくる動く小さなリスが、齧歯《げっし》類特有のおかしな動きでしきりに顎を動かして何かを噛んでいたが、ふとぼくに気がつくと非常に驚いて、ふわふわした黄色い尻尾をまっすぐ伸ばして、一瞬空中に浮いてから別の木に移っていった。森を砲撃中の中隊はずっと遠くに陣取っていた——だからぼくに見えるのは、発射のたびに大砲から飛び出す閃光のくすんだ赤い色だけだった。風で木の葉がざわめき、下の方ではどこからともなく現れたキリギリスが鳴いていたが、不意にその鳴き声がやんだ、まるで誰かの手で口を塞がれたみたいに。あたりはあまりにすてきで澄みきっていて、あらゆる音がはっきりと聞こえ、下に見える湖の水もあまりにきらきらと波立っているので、ぼくは忘れてしまった。大砲の発射を目で追ったり、斥候から報告のあった敵の騎兵隊の動きを追跡したりしなければならないことも、そしてロシアでは内戦が進行中で自分がそれに参加していることも。

ぼくは戦争に行ってはじめて、他の条件では絶対に見なかったであろう奇妙な状況や人々の行動と遭遇して、何よりもまずひどい臆病さを目の当たりにすることになった。ただ、その臆病さを露呈する人に対して、ぼくの中にはどんな小さな同情も起きなかった。どうして二十五歳にもなる兵士が恐怖のあまり泣くことができるのか、ぼくには理解できなかった。彼は激しい砲撃戦の最中や、我々がいた車両に三発の六インチ砲弾が命中して鉄の壁を破壊し、数人を負傷させた後に――床を這いずり回って大声で泣き、「ああ、神様、お母ちゃん」と叫んでは――冷静さを保っている他の兵士の脚にしがみついた。なぜ、その兵士の恐怖が突然、指揮官の将校にも伝染したのか、ぼくにはわからなかった。その将校は総じて非常に勇敢な男だったが、そのとき金切り声をあげて「全力で後退！」と機関士に命令した――新たな危険はまったく予想されず、敵の砲弾は装甲列車の周囲に落ちたままころがっていただけなのに。ぼくが戦闘の最中に一度も恐怖を感じたことがないとは言うまい。しかし、ぼくの恐怖は容易に理性に従う感情であり、いかなる快楽も誘惑も含んでいなかったので、克服するのは難しくなかった。そんなこと以外に、もうひとつの状況もこれに関係していたとぼくは思う。ぼくはその頃――それ以前も以後も同じだが――身の回りで起きたことに即座に反応する能力をあいかわらずもっていなかった。この能力がぼくに現れるのはきわめてまれだった――それはぼくが目にしたものがぼくの内的状態と合致した場合にかぎられていた。ただし、その対象はもっぱら、ある程度動かないもの、しかも必ずぼくから遠く離れたもので、さらには、けっしてぼくの個人的関与を要請しないものでなければならなかった。それはたとえば、大きな鳥のゆったりした飛翔だったり、遠くで誰かが吹く口笛、思いがけない道のカーブの向こうに葦の茂みや沼が開けている光景、あるいは飼われている熊のまるで人間のような眼、夏の夜の濃い闇の中で突然ぼくを目覚めさせる、何とはわからない動物の鳴き声だったりした。しかし、自分の運命や迫りくる危険が関わってくると、どんな場合にも、耳が聞こえないような独特の状態が顕著になった。そんな状態は常に、ぼくが自分の身に起こったことに対して即座に心理的反応を起こせないことの結果として生じた。人に精神的パニックを引き起こすあらゆる戦闘状況には、ごく普通の興奮や熱狂が付きものだが、即座に反応できないというぼくの特徴が、そうした興奮や熱狂の生活からぼくを切り離していた。この精神的パニックは、たいていの人を——臆病な人も勇敢な人も——丸ごと捉えた。しかし特にこれに陥りやすいのは、平民、農民、村の労働者たちだった。彼らにおいては勇気も恐怖も現れ方が非常に強く、どちらも自暴自棄の域にまで達して——冷静な場合もあれば、無分別な場合もあるが——まるで元々は同じ感情だったものが違う方向に発達したかのようだった。非常に臆病な人が死を恐れるのは、盲目的な生への執着力が異常に大きいせいだった。死を恐れない人々も、やはり不思議な生命力を有していた——精神的に強い人間だけが勇敢であり得るのだから。しかし、この謎に満ちた大きな力はそれぞれに異なった形をとっていた、寄生動物の生活と彼らの宿主になる動物の生活のように、互いにまるで似ていない形を。一方から言うと、ぼくが顔を合わせて知っていた教師や知人たちは皆、臆病さへの軽蔑と勇敢さという義務をずっとぼくに教え込み、ぼくはそれに疑いをもったことはなかった。他方では、ぼくは知力が至らないせいで臆病な人々の心理状況を理解できず、感性の豊かさに欠けていたために、そんな心理状況に気づくこともできなかった——これらの理由によってぼくは臆病な人を嫌悪するようになり、相手が兵士ではなく将校だった場合に、その嫌悪はいっそう強くなった。ぼくは見たことがあるが、臆病者のひとりだった将校は激しい戦闘の最中に、機関銃操作の指示を出す代わりに、車両内にうず高く積まれていた羊の毛皮外套の山に潜り込んで、両方の耳穴に指を突っ込んで、戦闘が終わるまで起き上がらなかった。またあるときには別の機関銃隊の将校が、やはり車両の床に寝そべって、顔を手で覆っていた。それは冬のことで鉄製の床は非常に冷たかったのだが——指が床に凍り付きそうだったのだ——彼は二時間くらいもじっと横になっていたのに、風邪もひかなかった。おそらく恐怖が強く作用して、瞬間的に何らかの免疫が生じたのだろう。またあるときには基地でこんなことがあった（基地と呼ばれるのは居住用の列車で、そこには交代して前線から下がってきた兵士と将校——彼らは二交代制で、一班が前線、もう一班が後方におり、二週間おきに交代した——それに彼ら以外のすべての非戦闘員が居住していた。つまり炊事担当の兵士、統括・経理部門の将校、将校の妻たち、書記、主計官、将校用車両の洗濯女と掃除婦と皿洗いを務める約二十人の女たちがいたのだ。女たちはあちこちの駅で偶然に集められ、基地の快適さ、暖房車両、電気、清潔さ、潤沢な食糧や給料に惹かれてやってきた。彼女たちは難しくはない職務を果たし、何よりも自分たちに要求される純粋に女性的な愛嬌を提供して、給料をもらっていた）。通常どおりに前線から四十露里引っ込んだ銃後の地点に設置されていたその基地の上に、敵の飛行機が飛来して爆弾を落としはじめると、装甲列車勤務のボルショフ中尉は、空を見上げて急いで十字を切って、周囲の者が見ているのも構わず、あっと叫んで四つん這いになり、列車の下に潜り込んだ。そのとき、ある車両から砲兵のミフーチンが飛び出してきた。ずるがしこい百姓で盗人、一度も戦闘に出たことのない男だ。彼は車両のステップから跳び降りて、周りには目もくれずに野原を走って揚水ポンプまでたどり着くと、その中にさっと身を隠した。基地に落とされた爆弾は、予想どおり一発も命中しなかった。損害を与えたのは全体でたった一発だったが、その一発がミフーチンが座り込んでいた揚水ポンプの一部を破壊したのだ。彼は確かに爆弾にはやられなかったが、飛散したレンガでひどい打撲傷を負った。豚みたいな不平たらたらの表情を浮かべた太った顔は青痣だらけになり、着ていた服には白い漆喰が飛び散ったので、そんな格好で戻ってきたときに嘲笑の的になった――だが、それが彼を恥じ入らせることはまったくなかった。彼の中で恐怖の感覚は何より強かったのだ。もうひとりの兵士チヤーノフは肩幅が広くて、二プード[*56]のダンベルを自在に操ることができたが、大変な怖がりで、はじめて前線に出て遠くで大砲が発射される音を聞いたときは、車両の一・五サージェン[*57]の高さから跳び降りて基地まで逃げ帰ろうとしたものの、足首を脱臼したために走れなかった。彼はこの脱臼を大いに喜んだが、それはおかげで本当に後方に戻してもらえたからだ。同じ彼があるときは砲撃の最中に――やはり前線に出なくてはならなかったのだ――気を失って倒れて、身じろぎもせずに青白い顔で横たわっていた。しかし、偶然彼の方に目をやったぼくは、見られるのを予期していなかった彼が、ちらっと眼を開けて周囲をうかがい、またすぐに眼を閉じるのを目撃した。しかし、ぼくはこういう人々を知ると同時に、彼らとは違う人たちも知った。装甲列車〈煙〉号の指揮官だったリフテル大佐が、車両の屋根の上で、装甲板をつなぎ合わせている二列の留めネジのあいだに伏せていたときのことだ。敵の砲弾が甲高い音を立てて鉄板の上を転がって、大佐の左側にあった接合部全体を吹き飛ばしたが、彼は振り返りもせず、顔色ひとつ変えなかった。彼は冷静さを保つために何かしら努力したはずだが、ぼくは全然気がつかなかった。砲兵隊の古参将校オーシポフ中尉は、あるとき周囲の陣容を見るために機動車両を降りて草原に出ていくと、対峙する二つの歩兵隊――一方は赤軍、もう一方は白軍――の隊列のど真ん中に出てしまった。両軍とも彼が何者なのかわからず――赤軍は彼を白軍と思い、白軍の方は赤軍とみなして——どちらも射撃を始めた。我々の車両から、中尉の足元にひっきりなしに土埃の柱が舞い上がるのが見えた。彼は銃弾にはまったく気を留めず、そのまま歩き続けた。その後で帰還したが、弾のうち一発が軽く腕をかすっただけだった。兵士のフィリッペンコは、戦闘の最中に小声でウクライナ民謡を歌ったり、他の兵士とゆったり世間話を始めようとして、相手が罵詈雑言で答えると驚き悲しんだりした。他の人が襲われる神経の興奮も恐怖も、彼には理解できなかった。「フィリッペンコ、おまえ、怖くないのか」と指揮官が訊くと、「何を怖がるっていうんです？」フィリッペンコは驚いて言った。「夜中に墓地にいるのは怖い、そりゃあ怖いですよ。だけど昼間は怖くありません」しかし、ぼくが会ったなかで最も勇敢な人に含まれるのは、兵士のダニール・ジヴィン、通称ダンコだった。彼はお人好しで、痩せた小柄な男だった。笑うことが大好きで、良い仲間だった。まったく功名心がなくて、他人のために自分を忘れることができ、それは信じられないくらいの域に達していた。数々の数奇なできごとを体験し、内戦ではありとあらゆる軍に参加していた——赤軍、白軍、マフノ軍、[*58]コサック頭領《ヘーチマン》スコロパツキー[*59]の軍、ペトリューラ軍[*60]、それにほんの数日しか存在しなかった社会革命党員《エスエル》サブリンの部隊にさえ身を置いたことがあった。装甲列車での彼の軍務は、彼がマフノ軍の捕虜になったときに——そのとき前線にいた全部隊とともに——断ち切られた。マフノ軍では彼を歩兵連隊の一中隊に所属させ、ドニエプル川[*61]に掛かる橋の警備に当たらせた。

　橋は長さが一と四分の三露里で、一方の端にはマフノ軍、もう一方には白軍が陣取っていた。どちらの陣営にも、相手の軍に向けた機関銃が置かれていた。マフノ側の哨所で監視に立ったダンコは、装甲列車に戻ることを決意した。彼は監視の交替要員を小屋に行かせてから、自分の機関銃を肩にかけると、義勇軍に向かって橋を渡りはじめた。義勇軍は即座に激しい銃撃を開始した。それでもダンコは進み続けたが、その様子ときたら、彼が歩いているのは毎秒数十発の弾丸に貫かれる幅の狭い空間ではなく、トゥーラからオリョールにでも通じる穏やかなロシアの街道であるかのようだった。突然始まった銃撃で不安に駆られた交替要員は小屋から飛び出してきて、向こう側へ行くダンコを見ると、やはりダンコを狙ってもうひとつの機関銃から撃ちはじめた。だが、ダンコはかすり傷も負わずに橋を渡りきった。白軍は彼を逮捕し、歩兵隊の愚かな将校——二人の二等大尉——がダンコをスパイとみなして銃殺しようとした。ダンコは神様や使徒たちの名前まで使って、強烈な罵り言葉を繰り出した。もしも近くに停車中の装甲列車陣営から事情調査に来なかったら、ダンコの罵詈雑言も役に立たなかっただろう。やってきたオーシポフ中尉が目にしたのは、ぼろぼろの服を着たダンコが歩兵隊の将校に怒鳴りまくって、拳銃に、あるいは小銃に手をかけている姿だった。装甲列車の将校が介入した結果、こんなに規律に外れた兵士は見たことがないという言葉とともに、ダンコは釈放された。「へん、おまえらの規律なんぞ！」とダンコは罵った。「ダンコ、どうして、おまえは脅えなかったんだい？」すでに彼が着替えて、十分に食べて、暖房車両のストーブの前でイスタンブール製のタバコをくゆらせていたとき、皆はこう訊いた。「脅えなかったってことはありませんよ」とダンコは答えた。「おれはひどく脅えましたよ」また別のとき、偵察に出かけたダンコは、再び捕虜になった。赤軍が占領している村に行って百姓家に入り、そこの女主人と軽口を叩いて、この村にボリシェヴィキがいるか、それともいないかと尋ねた——その数秒後に突如三人の赤軍兵士が現れたのだ。ダンコは小銃をつかむ暇さえなかった。武器を取り上げられて納屋に閉じ込められ、見張りがつけられて、極刑を宣告された。それでもダンコは三日後に、六十露里も遠くに去っていた装甲列車を探し出して、何事もなかったみたいに姿を見せた。ぼくは彼が指揮官と話をする場に居合わせた。「ダンコ、どこに行ってたんだ？」「捕虜になってました」「どうして捕虜になった？」「赤軍に捕まったんで」「奴ら、おまえに何もしなかったか？」「いえ、銃殺しようとしました」「それで、おまえはどうした？」「逃亡しました」「なんでうまくいった？」「見張りを殺して逃げました」「捕まらなかったのか？」「いいや、おれは速く走ったんで」と言って、ダンコは大いに笑った。ぼくは、見張りを殺すなんてまったくダンコの性格にふさわしくないと思った。きっとそれは彼にとってやむを得ないことだったのだ。そしてもちろん自己保存の本能が、見張りを殺すべきか否かと考える余地を封じたのだ。この本能がなかったら、ダンコはとっくの昔に命を落としていただろう。彼は非常に若くて、兵士たちに言わせると不真面目だった。あるとき彼は装甲列車隊の全員を腹を抱えて笑わせた。彼がどこかで買ってきた小さな白い仔豚を追いかけたときのことだ。ダンコは長いこと仔豚を追って、大声で呼んだり仔豚に帽子をかぶせようとしたりした。彼が口笛を吹いたり、走りながら腕を振り回したりするのを我々が見ているうちに、彼も仔豚も視界から消えた。夜になってから帰ってきたときには、彼はうまく仔豚と交換した雌豚を縄で引いていた。長いこと追っかけているうちに仔豚を大きく成長させたなと、みんなはダンコをからかった。彼は帽子を手に持って俯いて笑っていた。ダンコは陽気で、どこまでもお人好しで、どこまでも向こう見ずな男だった。「ダンコ、北極に行ってみないか？」ぼくは訊いた。「おもしろいとこですかね？」「すごくおもしろいし、白熊がたくさんいるよ」「ああ、やめときます」と彼は言った。「おれは熊が怖いんでね」「なぜ、怖いのさ？　熊は君に死刑を宣告したりしないよ」「でも、咬みますよ」と答えて、ダンコは笑いをはじけさせた。彼はどうしても、ぼくに丁寧な言葉づかいをするのをやめられなかった。「ねえダンコ」とぼくは彼に説明した。「君とぼくはどちらも兵士だよ。君はなぜ、ぼくに『あなたさま』なんて言うのさ？　ぼくとも、イワンと――これは彼の友だちだった――しゃべるときみたいにしゃべっていいんだよ」「できませんよ」とダンコは答えた。「恥ずかしくって」このイワンというのは頭のいいウクライナ人で、冷静で勇敢な兵士だったが、ぼくにこう訊いたことがある。

「『乳の道』[*62]って何ですか？」

「いったいなぜ、そんなことに興味をもったんだい？」

「兵隊たちが訊くんですよ、『イワン、空にあるのは何だい、牛乳みたいなのは？』って。私は『乳の道でしょ』と答えます。でも、乳の道っていうのが何のことか、知らないんです」ぼくは彼にできるかぎり説明した。翌日、彼はまたぼくに近づいてきた。

「教えてくださいな、円周の長さはどうやって求めるんですか？」

「そいつは、数学の特殊な用語で表されるんだよ」とぼくは言った。「あんたにわかるかな」そうして、ぼくは円周の公式を教えた。

「ああ、そうですね」と彼は満足そうにうなずいた。「私はわざと試したんですよ、ひょっとしてご存知ないんじゃないかと思ってね。まず学徒志願兵のスヴィルスキーに訊いて書き留めてから、あなたを試しに来たんですよ」

イワンはすこぶる話し上手だった。ぼくは、インテリゲンツィアと呼ばれる人たちのなかに、彼と比べられるような語り手を見たことがない。非常に頭が良くて観察力が鋭く、おまけに、それがないとユーモアが気の抜けたものになってしまう滑稽さを、他の人が気づかないところからつくり出す創造的な才能をもっていた。イワンが驚くべきものまねの才能を発揮したのはどんな話だったか、ぼくは覚えていない。彼の技量は軽快で瞬間的なものだったので、記憶に留めるのが難しかったのだ。いまでも思い出せるのは、イワンが赤軍の将官と自分の会話を再現してみせたことだけだ。当時イワンが指揮をとっていた中隊にひどい馬たちが送られてきたことがあった。「おれは上官に言ってやったんでさ」とイワンは語る。「『大隊長殿、これが馬でありますか？こいつらは歩いていても、自分がまだくたばってないことにびっくり仰天していますよ』すると奴《やっこ》さんこう言ったね。『私は司令部に感謝してるよ。私の配下の指揮官が全員、女のようにすねる奴ばかりじゃないことにね』で、おれは言った。『大隊長殿、縁起でもないことですが、もしもひょいとあなたが亡くなられたら、この馬たちに牽かせて墓場までお連れすることになりますね。あんまりひどく揺れないように』」

ぼくは暇な時間は兵士たちと過ごしたが、彼らはぼくに対してかなり用心深かった。なぜなら、彼らにはじつに単純に思える非常にたくさんのことを、ぼくが理解していなかったからである——それと同時に彼らは、自分たちには理解できない何らかの知識をぼくがもっているとも考えていたのだが。ぼくは彼らが使う言葉を知らなかったし、〈水汲みに行く〉ことを〈水の後をつけて行く〉[*63]と表現するのを彼らは笑った。「水の後をつけて行っちゃ、帰ってこれないよ」と馬鹿にした。それだけでなく、ぼくは農民たちと話ができなかったので、彼らの眼にはロシアの外国人のように映った。あるとき指揮官がぼくに、村に行って豚を買ってくるように命じた。「前もって申しますが」とぼくは言った。「ぼくは豚を買ったことがありません。これまでそんな機会がなかったんです。ですから、買い物があまりうまくいかなくても、どうかご容赦ください」「おいおい」と指揮官は言った。「たかが豚を買うだけじゃないか、ニュートンの二項定理なんかじゃないんだ。たいした知恵は要らないさ」そこでぼくは村へ出かけた。ぼくはどの百姓家へ行っても、不信と嘲笑の眼で見られた。「お宅には売ってくださる豚はいませんか」「はあ、誰がいないかって?」「豚です」「いいや、豚はいねえ」ぼくは四十軒回って、空手で列車に帰った。「ぼくはこういう印象を受けました」と将校に言った。「この地域では豚という種の哺乳類は知られていません」「おれはこういう印象を受けるよ、貴官はたんに豚の買いかたを知らないだけなんだ」と彼は答えた。ぼくは反論しなかった。そのとき、そこに居合わせたイワンが助力を申し出て言った。「私と一緒に行きましょうや。そいでちゃっちゃっと豚を買ってきましょう」ぼくは肩をすくめて、また村へ出かけた。最初に入った百姓家で――それはぼくに「豚はいない」と言った家だった――イワンはひどい安値でものすごく大きな去勢豚を買った。その前に彼は家の主人たちと今年の収穫について語った。そして、この家の主人の娘婿の友だちで同郷人だという、ポルタヴァ県に住んでいる自分のおじが、この家をとても清潔だと褒めていたことを明らかにして――かなり汚い家だったのだが――こんな立派な経営をしている家に豚がいないはずがないと言い、じっくり呑もうともちかけ――その結果、もう嫌というほど食べさせられ、豚を売ってくれて、門まで送ってくれたのだ。「これがあなたの言われたニュートンの二項定理ですね」と、帰隊したぼくは指揮官に言った。いつもこんなふうで、ぼくが農民たちを相手にすると、何も成果が出なかった。ぼくは平民の言葉でしゃべることを心から望んでいたのに、しゃべれなかったので、彼らはぼくの言うことをよく理解できなかった。ただし、我々の装甲列車で優勢だったのは、もう擦り切れててかてか光っているようなすれっからしの連中だった。鉄道員や電信技手の連中である。わが軍の兵士たちはめかしこむのが大好きで、自由思想家を気取ったような〈自由な〉ズボンを履いており、指にリングや宝石付きの指輪をいくつもずらりと嵌めている者もいた。指輪の宝石はサイズがあまりに大きかったので、イミテーションであることは誰の目にも疑いの余地がなかった。最も大量の宝石を着けていたのは、装甲列車でいちばんのろくでなしで、昔は肉屋をしていたクリメンコだった。彼は暇な時間にはいつも注意力を研ぎ澄ませて、左手はたえず口ひげをひねり、右手は上にあげて、指輪の輝きがよりよく見えるように眼に近づけていた。

彼のたちの悪さについては、彼が身近な者から金を盗んで捕まって以来、みんなが知るようになった。指揮官はこう言い渡した。「さあクリメンコ、選ぶんだ。おまえを裁判にかけて、犬のように撃ち殺させようか。それとも、装甲列車の全員を並ばせて、その隊列の前でおまえの顔を何発か殴ってやろうか」するとクリメンコは跪いて、顔を殴ってくださいと頼んだ。彼は実際には「面《つら》を」と言った。処罰は翌朝に実施された。クリメンコはその後、自分の車両でよくこのことを思い出しては、「隊長の馬鹿さ加減には笑っちゃうよ」と言って、本当に笑っていた。クリメンコに次ぐろくでなしとみなされていたのは、昔はどこか小さな鉄道駅の駅長をしていたワレンチン・アレクサンドロヴィチ・ヴォロビヨーフだった。ろくでなしが老年に差し掛かるとたいていそうなるように、彼は非常に風采が良かった。頬ひげはふさふさと豊かで、それを丁寧に梳かしつけていた。他人に対しては非常に愛想がよく、悲しげなウクライナ民謡を高い声で歌った――それでいて、底の底まで行き着いた札つきの典型的なろくでなしだった。仲間を裁判に引き渡すことも、クリメンコと同様に隣の者から手当たりしだいに盗むこともやってのけた。困難な状況になれば、いうまでもなく、どんな相手をも敵に売っただろう。ぼくが装甲列車に到着したとき、彼はその日のうちに千本のタバコが入った箱をぼくから盗んだ。どうやら女たちは彼を気に入るとみえて、彼は配下の掃除婦や雑役婦の全員と関係をもった。ある女が彼を拒むと、彼はその女が社会主義者だと密告状を書いた。かわいそうな女は読み書きもできなかったのに。彼女は逮捕されてどこかへ護送された。冬のことだったが、二歳の娘を抱いて去っていった。ぼくはよくヴォロビヨーフを見ながら、なぜ女たちは往々にしてろくでなしの方を好むのだろうかと考えた。それはおそらく、とぼくは自分に言った、ろくでなしの方が平凡な人間より個性的だからだ。ろくでなしは他の人にないものをもっている。さらにまた、すべての資質は、あるいはほとんどすべての資質は、その最終段階まで到達すると、通常の人間的特徴とは見られなくなり、特殊であることで人を惹きつける力を得るのだ。ぼくの以前の生活は終了したが、ぼくはまだそれから完全に遠ざかったわけではなく、中学生らしい習慣がいくつか残り、いまだ中学生であり続けたので、ぼくの思考は独特に展開した。その展開は、成果が出ないことと当初の予想とは食い違うことを、あらかじめ定められていた。だから当初の予想は、ぼくの空想が好みの場所に立ち返るための口実になるだけだった。女性は残忍な人物を愛するものであり、数百年前に行なわれた歴史的な犯罪は、彼女たちにとってはいまだに胸の躍るような魅力を失っていない。だから、どうして彼女たちが、ヴォロビヨーフこそ、すばらしい大犯罪人のミニチュアだと考えないでいられようか？　しかし、それは馬鹿げた考えだったし、現実とはまったく違っていた。ヴォロビヨーフがやっていたのは、近隣の貨物車両から砂糖や布地を盗むことだった。あるとき、深夜にこっそり機関車を動かして、前線司令官トリャスーノフ将軍の列車から黄色の真新しい二等車両を運び出したこともあった。しかし彼は晩になると、酔っぱらって顔は青ざめ、悲しげな濁った眼をして、自分の寝板に横になって、運命の導きによって内戦に巻き込まれたことをいつまでも嘆いていた。

「ああ！」と彼は泣きだしそうな口調で言うのだった。「なんて状況だ！　銃殺された奴らに縛り首になった奴ら、殺された奴らに拷問を受けた奴らときた。こんなことがおれに何の関係がある？　おれが誰にどんな悪いことをした？　いったい、何をしたってんだ？　神様、おれは家に帰りたい。おれには女房がいるし、小さい子たちは、パパはどこ？　って訊く。ほら、パパはここだよ、絞首台の下だ。子どもたちに何と言えばいい？」と彼は叫ぶ。「何と言い訳すればいい？　慰めはたったひとつ、アレクサンドロフスク[*64]に着いたら、夜中に女房のところに行くのさ、突然な。そして言ってやるんだ、待ちくたびれたかい、ほらおれだよって」

　実際、ヴォロビヨーフはアレクサンドロフスクでは妻のところに滞在して、穏やかになって帰ってきた。しかし我々が四十露里ほど移動して、小さな駅に三昼夜滞在すると、彼はまた嘆きはじめた。

「ああ、なんて状況だ！　銃殺された奴らに縛り首になった奴ら。何のためだ？」と彼はまた叫ぶ。「子どもたちは訊くのさ、パパ、どこに行ってたのって。おれは何と答えればいい？」そして黙り込んで溜息をついてから、もの思わしげに言う。「メリトーポリ[*65]に着いたら、女房のとこへ行こう、また家に行くのさ。そして言うんだ、待ちくたびれただろう、ほらおれだよって」

「奥さんはもうメリトーポリにいるんですか？」とぼくは訊いた。酔っぱらって何も見えていない、感動と感謝の表情を浮かべた眼で、彼はぼくを見た。

「そうだよ、わが友、メリトーポリにいるのさ」

しかし、メリトーポリを出てからも、彼はあいかわらず妻のところへ行くのを楽しみにしていたが、今度はその舞台がジャンコイ[*66]になった。

「なあ兄弟、あんたの女房はまったくもって宝物だな」みんなは彼を馬鹿にした。「女房なんてもんじゃない、あらゆる土地におられる聖母さまだ。どうしてあんたの女房は、アレクサンドロフスクにもメリトーポリにも、それにジャンコイにもいるんだ？　しかも、どこにでもちびがいて家もある。おまえの生活はすごいな」

そのときヴォロビヨーフは説明したが、どうやら、彼はその説明で十分だと思っているらしかった。他のみんなはその説明に大いに驚いた。

「子どもはいるさ」と彼は言った。「だっておれは鉄道員だぜ」

「それがどうした？」

「おかしな奴らだな」ヴォロビヨーフはあきれた。「どうやら、鉄道の仕事ってものを知らないな。それぞれの町に女房がいるのさ、いいか、それぞれの町にだ」

　第三のろくでなしはパラモーノフという学生で、彼はぼくが義勇軍に入る少し前に脚を軽く負傷していた。実際、彼は誰にも悪いことはしなかった。ただ毎日医師の回診がはじまる二時間ほど前に傷に油をすり込んで、傷口がふさがらないようにしていたのだ。そのために彼は延々と長期にわたって負傷者扱いされ、前線に行かないですんだ。彼がどんな行為をしているか、みんな見て知っていたが、無言の軽蔑と嫌悪を浴びせるだけで、彼のしているのは悪いことだと言ってやる気力は誰にもなかった。いつもひとりぼっちで、誰もが彼と話をするのを避けていた。たいてい決まった隅っこに座って、そっと周囲を見ながら、塩漬け脂身《サーロ》とパンを食べていた――すごく大食いだったのだ。彼はまるで、みんながその存在を不快に感じながら我慢している、孤独な動物のように生きていた。無口であらゆる人に敵意を抱き、誰かが自分の寝床のそばを通りかかると、警戒をあらわにした嫌な目つきでじっとその動きを追った。しばらくすると彼はどこかへ派遣された。ぼくがパラモーノフのことを思い出したのは、それから数年後にもう外国にいて、細い編みひもでしっかり木にくくりつけられた瀕死のミミズクを見たときだった。ミミズクは誰かの足音を聞きつけるや否やさっと身を伸ばし、羽を逆立てて、ゆっくりと翼を動かして嘴をかちかち鳴らした。その黄色い眼は何も見ずに、憎々しげに前を見据えていた。装甲列車には嘘つきやペテン師がおり、福音派の信者さえもひとりいた。彼はどこからともなくやってきて、我々の車両に居つき、何不自由なく気楽な暮らしをしながら、悪に対する無抵抗を説いていた。「私はあなた方の小銃に指一本触れたことはないし、これからも触れません」と彼は言った。「罪になりますからね」「もし、あんたが襲われたら?」「言葉で撃退します」ところがあるとき、彼が自分の昼食を運んできたところ――飯盒入りのボルシチと飯盒入りの粥《カーシャ》だった――それが横どりされそうになったものだから、かっとなった彼は、じつに奇妙な偶然で、指一本触れないと約束していた小銃をさっとつかんだ。もしも銃を取り上げられなかったら、大変な災いを引き起こしていたことだろう。しかし、ぼくが戦場で見たなかで最も驚くべき人間は、兵士のコープチクだった。外側から見た彼の特徴は、どうしようもない怠け者だという点にあった。彼はどんな仕事も嫌って、すこぶる健康で力持ちだったのに、何でもひどく難儀して溜息をつきながらやるのだった。彼は常にどんな指令もうまく避けるので、兵士たちは彼を嫌った。彼の代わりにやらねばならないことが多かったからだ。彼はいつも何だかこそこそ身を隠して暮らしていた。車両に小麦粉を積み込めとか、水を運べとか、ジャガイモの皮むきをしろなどと、急に言われるのではないかと心底恐れていたのだ。たまに列車の脇を歩いているかと思うと――すぐにそのひげを剃っていない顎と涙のにじんだ眼、それに上着もズボンも擦り切れて汚い軍服に包まれた身体は見えなくなってしまい、一分後には犬たちを使っても探し出せないほどだった。彼は後方の基地でこそこそ隠れていたのと同じ理由で、前線には行かないように努めていた。基地でも働かなければならなかったけれど、後方だからまだ仕事を回避できる可能性があったが、機動車両での戦闘時には、そんな可能性は考えられなかった。この兵士の怠け心は、死に対する恐怖よりもずっと強かった。なぜなら彼は、危険とは何かをとことん理解することはできなかったが、無為に生きたり夢想したりするのに――それこそ彼が世の中でいちばん好きなことだった――仕事が妨げになることは非常によく知っていたからだ。コープチクは何か仕事を避ける方法を考えたり、夏の暑い日にいつもやっているように長いこと車両の下に寝そべったりするのに莫大なエネルギーを使ったが、彼がそのエネルギーのほんの一部でも突如として発揮する状況を、ぼくは想像できなかった。彼は何を考えているのか、何のために生きているのか、それに彼がいつも暇つぶしにやっている長時間のもの思いは何を対象としているのか、それらについて示してくれる行動を、たとえどんなにくだらない行動だろうと、彼が起こせるのか、ぼくにはわからなかった。あるとき機動車両で激しい戦闘の最中に、コープチクは眼に苦悩の表情を浮かべながら、砲床から弾を引っぱり出して大砲まで運んでは哀れっぽい溜息をつき、それを五回繰り返してから、「ああ背中が痛い。弾は重すぎるぜ」と呻いた――そのとき敵の榴弾がわが軍の武器の上で炸裂した。大砲の照準手が腹に弾をくらって床に倒れ、大砲の射撃はやんだ。一瞬で混乱に襲われて、何をすればいいのか誰もわからなかった。だがコープチクだけはこれでしばらく働かなくていいと見ると、ほっとしたように一息つき、まだ熱い大砲を手でぱたぱた叩いて、さっきまでとは違う跳びはねるような足取りで負傷した照準手の方に歩いていった。血が床に滴《したた》り、負傷者の顔には死を前にした最後の苦悶の表情が浮かんでいた。誰もが黙り込んでいるなかで、「あんたは死なないよ」とコープチクは言った。遠くでは四基の大砲が等しい時間間隔で発射音を轟かせていた。「ほら見ろよ、あんたがどんなに健康か」と彼は静かに続けた。「あんたの血は真っ赤だろう。病気の人間はな、血が青いんだぞ」「とても心臓が持たないよ」と照準手は言った。「心臓?」とコープチクは訊き返した。「いいや、そうじゃない。あんたの心臓は強い。心臓が弱ければ、もちろん持ちこたえないさ。おれが弱い心臓の話をしてやろう。おれが馬を水浴びに連れてったときのことだが、見るとそう遠くないところに水の精《ヴォジャノイ》が座っててな。えらく陰気な奴さ」照準手はやっとなんとかコープチクに目をやった。「よーし、脅かしてやろうと思ってな。脅かしてやったさ。大声で言ったんだ、『このひげ野郎、ここで何をしてるんだ』って。そいつはびっくり仰天して死んじまった。奴の心臓が弱かったからだな、人間の心臓と違って、ひでえ心臓だったのさ。あんたの心臓はえらく強いよ」しかし、照準手は基地までたどり着かずに死んでしまった。その三日後にぼくは線路沿いを歩いていたとき、コープチクのぼさぼさの髪が車両の下から覗いているのを見て、なんだか不思議な落ち着かない気持ちになった——ぼくは急いで彼から遠ざかった。この兵士には、ぼくが知りたくもない、非人間的で良くない何かがあった。しかし、そこでぼくの注意が逸れた。将校クラブの——クラブは特別なプルマン式大型車両に置かれていた——料理長を務める女と装甲列車の靴磨き係が喧嘩をしていたのだ。靴磨きはヴァーリャという十五歳のハンサムな少年で、この若くもない、足の悪い女の愛人になっていたが、洗濯係や皿洗いの女たちを相手にしょっちゅう彼女を裏切っていた。彼女は皆がいる前でそれを責めて、検閲を通りそうもないひどい言葉で彼を罵っていた。そこらにいた三人の兵士が腹を抱えて笑っていた。装甲列車で働く女たちとの情事は、将校連中や飛びぬけて才覚のある兵士たちから、かなり多くの時間を奪っていた。女たちはあっという間に自分の価値の高さを悟って、勿体ぶるようになった。そのなかのひとりでヤロスラーヴリ出身の大柄な百姓女カチューシャは、相手が前金を払わないかぎり、誰のことも認めず、どんな説得にも応じなかった。猥談にかけては装甲列車随一の語り手であるデルガーチ中尉は、周囲のみんなに彼女のことを愚痴っていた。

「ちがいますよ、中尉さん」とカチューシャは得意げに言ったそうだ。「あたしはいまじゃ、誰とも無料《ただ》では寝ないんです。指に嵌めてるその指輪をくだされば、あなたと寝ますよ」デルガーチは長く迷っていた。「いいですか」と彼は言った。「これはぼくの婚約者からの神聖なプレゼントなんです」しかし、本人の弁では「恋が打ち勝って」、いまやデルガーチ中尉の手に指輪はない、彼が別の指輪を買わないかぎりは。装甲列車で最も難攻不落の女性は何と言っても看護婦で、お高くとまった彼女は、兵士など軽蔑しており、ごくまれに見下した態度で兵士たちとの会話に応じてくださるのだった。ある晩、ぼくが自分の寝床に横になっているそばで、その看護婦がパラモーノフのガーゼ交換をしていたのを覚えている。ぼくの車室は電気が明るかったので、患者を運び込んできたのだ。彼女が頭を上げると、ぼくの顔が目に入った。「なんて若いの」と彼女は言った。「あんた、どこの県の出身？」「ペテルブルグ県ですよ、看護婦さん」「ペテルブルグ？　なんでこんな南方へ？」「まあ、たどり着いたんです」「前は何をしていたの？　配達人でもやってた？」「いいえ、看護婦さん、勉強していました」「じゃあきっと、教会の教区学校ね？」「いいえ、看護婦さん、教区学校じゃありません」「じゃあ、どこなの？」「中学校です」と答えて、ぼくはとうとう堪えきれずに笑いだした。彼女は顔を赤くした。「それで、何年生でいらしたの？」「七年生でした、看護婦さま」彼女はその後、ぼくを遠くから見かけると、避けるようになった。

カツレツとミートソースとマカロニの味を感じさえすれば、ぼくは陸軍幼年学校時代の生活と、自分があの高い建物に残してきた、何とも比べられない石のような悲しみを完全にはっきりと思い浮かべることができた。それとまったく同様に、燃え尽きた石炭の匂いを嗅ぎさえすれば、すぐに装甲列車での勤務が始まった一九一九年の冬を思い出したものだ。雪に覆われたシネーリニコヴォ、電柱に吊るされたマフノ軍の将兵の死体——堅く凍りついた死体は、冬の風に揺れ木の電柱にぶつかって鈍くて軽い音を立てる——駅の向こうに黒く見えている集落、緊急警報のように響きわたる機関車の汽笛、そして動かないのが不可解にも思えるレールの白い表面。レールは接合部で揺れつつ疾駆して、無言のまま正確に遠方への旅について語っていると、ぼくは感じた、雪の中を通り抜け、雪中に黒く浮かぶロシアの村々を通り抜け、冬と戦争を通り抜けて、不思議な国々へ赴く旅。その国々はまるで、空気のように呼吸できる水と緑がかった水面を震わせる音楽に満たされた巨大な水槽のようだ。水槽の水面下には植物の長い茎が揺らめき、ガラスの向こうでは実在しない動物が、オオニバスの葉にのって漂っている。ぼくはその動物の像を思い描くことはできないが、誰かが裏返していった、果てしなく長い塀の板のようなレールと半ば雪に覆われた枕木を見ているると、たえずその存在を感じた。装甲列車にいたことでぼくに生じたものが、もうひとつある。それは絶えまない出発の感覚だ。基地列車はある場所から他の場所へ移動して、それにつれていつも動かずにぼくを取り囲んでいる物も移動した。ぼくの本、衣類、数枚の版画、頭上の電灯——不意にこれらが動きだすと、ぼくは移動に関する思考とその思考の命令的性格をどんなときより強く理解した。ぼくは移動を欲していることもあれば欲していないこともあったが、すでに列車は進んで電灯は揺れ、棚の本は跳びはね、吊るされたカービン銃は木の壁を行ったり来たりして、ガラス窓の外では雪に覆われた地面が渦巻き、列車の窓から差す光が雪原をすばやく走って上に下にと動きながら、長い四角形の空間の帯を、ある国々から別の国々に通じる道を、後に残していく。駅を出た列車が速度を上げていくと、絞首刑にされた人々の白いズボン下を履いた捻じ曲がった脚が、列車の窓の外を飛び退《すさ》っていく。ズボン下は、まるで嵐に遭った船の帆のように、風でふくらんでいる。あの冬にぼくを装甲列車に乗るようにさせ、毎夜南へ南へと移動させたきわめて多様な原因は、もはや永遠に存在しなくなり、それらの原因の複雑きわまる結びつきもずっと前に消滅した——誰の記憶にも留まらなかったのだ。しかし、この旅はいまもまだぼくの中で続いている。ぼくはきっと死ぬ間際まで、自分が車室の上段の寝板に横になっているのを、時おり感じ続けるだろう。そして再び、空間と時間とを一度に横切る灯りに照らされた窓の前を、ズボン下を白い帆のようにふくらませて非在へと飛び去る、絞首刑に処された人々の姿がちらつき、また雪が渦巻き、わが人生の長い年月を走ってきていまは消え失せた列車の影が、跳びはねながら滑りだすだろう。そしてひょっとしたら、いつだってぼくが後に残してきた人々や国々をあまり長くは惜しまないこと——ひょっとしたら、この短時間しか続かない哀惜の情がこんなに非現実的なのは、ぼくがこの眼で見て愛してきたこと——兵士、将校、女たち、雪、戦争——これらすべてが、もうけっしてぼくから離れることはないからなのかもしれない——死への最後の旅、暗い深淵へのゆっくりした落下を、ぼくが始めるときが来るまでは。その旅は、この地上でのぼくの存在より百万倍も長く、あまりに長いので、ぼくは落ちていく途中に、自分が見て、記憶して、感じて、愛してきたことすべてを忘れていくだろう。そしてぼくが愛したものすべてを忘れたとき、ぼくは死ぬのだ。ぼくが死に至る旅の途中で忘れることになる最後の道連れのなかに、アルカージー・サーヴィンがいた。彼はたったひとり、ぼくの想像の世界に住む人々に似ている存在だ。まるで奇蹟を行なう二十世紀の力が、肩幅の広い彼の影を中世の暗黒の空間から引っぱり出してきて、新大陸征服者《コンキスタドール》、ロマン主義者、すばらしい歌い手につくり上げたようだった。彼はぼくたちと一緒に軍隊に勤めて、ぼくたちと同じく前線に行ったが、彼のすることは何もかも例外的で特別だった。マフノ軍の歩兵隊との戦闘で、装甲列車の機動車両にいた十四人のうち二人だけが無事に生き残ったとき——他の連中は戦死するか負傷した——顎に打撲傷を負ったアルカージーが、一番手の砲撃手の頭部が引きちぎられた死体を——頭のない身体はまだ痙攣して、もぎ取られた腕はもう人間のものではなくなっているのに、その指はまだ床を引っ掻いていた——踏んづけたことがあった。アルカージーは自分の軍服を死者たちの脳味噌で汚しながら、線路によじ登ってくる夥しい数のマフノ軍の兵士たちに向かって、ひとりで長いこと砲を撃ち続けた。彼の勇敢さは、通常の勇敢さとはまったく違った。彼の行動はすべて、際立った正確さと信じられないような速さと確実さを伴っていた。自分は他の人よりはるかにすぐれているという自覚を、彼は一度も失うことがなかったような気がする。危険に瀕したときの彼の動きは、日本人の手品師か軽業師の動きのように敏捷だった。総じて彼にはどこかアジア的なところがあった。黄色人種がもっていて白人には理解不能な、謎に満ちた精神的な力を、彼は部分的にもっていたと思う。そのうえ、アルカージーは体重があって、身体の幅も広かった。将校たちは、戦闘中に自分たちがまちがった指示を出したときにアルカージーが浮かべる軽蔑したような薄笑いを許せなかった。装甲列車が前線に向かい、数千プードも重量がある機動車両ががたんと揺れたり轟音を発したりしながら線路を驀進するとき、車両の先頭に立って前方を見つめるアルカージーの姿は——その姿勢には、意外なところや見慣れないところは全然なかったにもかかわらず——ぼくには戦争の機械に据えられた陰鬱な彫像のように見えた。前線での彼はぼくにはそんな姿に映ったのだ。銃後の彼は違っていた。

彼はしゃれた服を着るのが大好きで、酒はたくさん呑み、基地列車が停車している地点の近くにある町や村にいつも出かけていった。そして夜中には彼の力強いバリトンの轟きを耳にして、ぼくたちは目を覚ますのだった。アルカージーはいつも歌いながら帰ってきた。だいたい彼はたいへん歌が上手だった。音楽とは何かを真の意味で知っていたのだ。青ざめた顔をしてうつむきになり、長いこと身じろぎもせずに車室に座っていたかと思うと、その後で突然、胸の奥から発する深々とした声が車両じゅうに広がる。一秒後にはもう、たくさんの小銃が掛かっている車室の壁も、本も、電灯も、同僚たちも、ぼくの眼には見えなくなる——まるで、それらは存在したこともなく、ぼくがこれまで知っていたことはすべて恐ろしいまちがいであり、この声と、いつも悲しい歌しか歌わないのに眼は笑っているアルカージーの白い顔の他には、何も存在しないかのように。そんなときぼくは、悲しい歌に悪い歌はないと思った。もしも悲しい歌に良くない言葉があったとしたら、それはぼくがその言葉を理解できないから、それにぼくは素朴な歌を聞いても、全身でその歌に浸ることができず、ぼくが受けた教育が植えつけた審美的習慣を忘れることができないからだ。その教育は、忘我の境地に至るための貴重な技術をぼくに与えてくれなかった。アルカージーが最も好んで歌ったのは、あるロマンス曲だった。その歌詞のスタイルは、別の場合ならぼくの苦笑を誘うしかないようなものだった。しかし、アルカージーが歌っているときに、ぼくがそのスタイルの欠陥に気づいたとしたら、ぼくは千倍も不幸になっていたただろう。このロマンス曲をぼくはその後、誰からも一度も聞いたことがない。

おれは孤独。時の流れは速い
日々が、週が、年が、飛び去ってゆく
幸せなんて、夢に見るだけ
現実《うつつ》には見たこともない
やがて、いまにも、人生の海で
さまよえるおれの小舟は、消え失せてしまう
最後のぼやきを聞いてくれ
そしてわかってほしいんだ、どんなにおれが孤独だったか
最後のぼやきを聞いてくれ
そしてわかってほしいんだ、どんなにおれが孤独だったか……

車両の窓の下には、兵士や将校や装甲列車の女性たちが集まった。夏になると毎夜アルカージーは歌い、その歌声ははるか遠くの暗い大気の暑い沈黙の中に沈んでいった。もう目の前にシヴァシ[*67]の小さな湖沼群が青く浮かび、ぼくたちが最後の退却をしているときも、アルカージーはこの歌を歌っていた。ぼくたちはタヴリヤ[*68]から撤退するところだった。アルカージーは窓辺に座ってずっとこの小舟の歌を歌い、列車の汽笛が轟き、鉄輪はきしむ音を立てながら、肌を刺す埃が雲のように舞い上がった中に消えていった。どこかの教会の大きな円屋根が消えたかと思うと、また目の前に現れた。

　アルカージーはよく夢を見た。最後の退却の少し前に彼が見たのは、ルサールカ[*69]の夢だった。ルサールカは声を立てて笑い、ばたばたと尾を振って、冷たい身体をアルカージーにくっつけて彼と並んで泳ぎ、その鱗《うろこ》を眩しくきらめかせていた。ぼくがこのアルカージーの夢を思い出したのは、セヴァストーポリの深夜、秋の黒海の波の上で、停泊していたイギリスの巨大な巡洋艦にモーターボートが急いで近づくのを見たときだった。ボートの走った跡がきらきらとうねっていた。突然ぼくには波の泡の下からかすかな笑い声が聞こえ、耐えられないような強い光が紺青の海面を貫いて立ちあらわれるのが見えた。

　まる一年間、装甲列車はタヴリヤとクリミアの鉄路を駆け巡った、まるで勢子に追い立てられ、ハンターたちに包囲された獣のように。列車はたびたび方向を変えて、前進してはその後で後退したり、左に行ったかと思うと、しばらくしてまた走って戻ったりした。南へ行くとぼくたちの前には海が広がり、北へ行くと武装したロシアに行く手を遮られた。窓外にはいつも野原が踊っていた、夏は緑で、冬は白い、しかし常に変わらずひっそりして敵意に満ちた野原が。装甲列車は各地を転々としたのち、夏にセヴァストーポリに到着した。海岸を見下ろすように白い石灰石の道路が通り、粘土質の山々が海岸沿いに重なり合って、小さな潜水鴨たちが海上を飛んだり、まっすぐに水中に突っ込んだりしていた。忘れ去られた埠頭に錆びついた戦艦が何隻も停泊し、それらの深く沈んだ舷側でタツノオトシゴが跳ね、黒い蟹たちが船底を横向きに這い回っていた。ガラス細工のような魚がまるで眼が見えないように泳ぎ回り、水の底の暗い穴には怠惰なハゼたちがじっと潜んでいた。とても暑くて静かだった。この日差しを浴びた静けさに包まれて、青い海を下に見ながら、明るい大気の中で、透明な神のようなものが死にかけていると、ぼくには感じられた。

当時の生活は三つの異なる国で進行しているように、ぼくには思えた。一つは夏、静けさ、そして石灰岩の多いセヴァストーポリの炎暑の国。二つめは冬と雪と吹雪の国。それから三つめはぼくたちの夜の歴史、夜の不安、戦闘、そして闇と寒気の中で鳴り響く汽笛の国。三つの国の生活はそれぞれ異なるが、ぼくたちはある国に入るときに他の二国ももち込んだ。だからぼくは寒い夜に装甲列車の鉄製の床に立ちながら、眼前に海と石灰岩を見ていた。時にはセヴァストーポリでも、見えないガラスに反射した陽光が、不意にぼくの意識を北方へ連れ去ることがあった。しかし、ぼくがその頃までに知っていたすべてのこととまるで違っていたのは、夜の生活の国だった。深夜にぼくたちの頭上を、砲弾の悲しげな、長く尾を引く飛翔音がゆっくり通過していったのを、ぼくは思い出す。砲弾は非常に速く飛び去るのに、音はとてもうつろで悠長に流れるので、空気が不意に活気づく様や、砲弾の音が不安げに不確実に空を渡っていく様が、いっそう奇妙に感じられた。時おり村の方から急を告げる鐘の音が聞こえてくる。それまで暗くて見えなかった雲が火事の炎で赤く浮かび上がり、人々が慌てて家から飛び出してくる。その慌てふためく様子は、海岸から遠く離れた外海で汽船に水漏れが起きたときに、水夫たちが甲板に飛び出してくる様子を思わせる。その頃ぼくはよく汽船のことを考えたが、それはまるでのちに経験する宿命《さだめ》になっていた生活を、前もって大急ぎで経験するかのようだった。ぼくたちが汽船で黒海に出て、ロシアとボスポラス海峡の中間で、上に下にと揺られていたときに経験したあの生活を。

大砲や機関銃を撃つさまざまな人々が人為的に一緒くたにされている状態では、信じられないようなことがたくさん起こった。彼らは南ロシアの平原を移動し、馬で駆け、列車で走り、戦死したが、退却する砲兵隊の車輪の下敷きになった者たちは、死にかけながらもぞもぞと身動きして、瀕死のまま海や大気や雪が広がる大きな空間を、宗教的な意味ではなくて何か自己流の意味で満たそうと、むなしく努力した。最も平民的な兵士たち——彼らだけがこの環境でも昔のままイワーノフやシードロフであり続け、観察者でも怠け者でもあり続けたが、彼らは現に起きていることの不公平さと不自然さに他の人々より強く苦しんで、他の人々より早く死んでいった。たとえば装甲列車で理髪師をしていたコスチュチェンコがそんなふうに死んだ。若い兵士で、酔っぱらいで、夢想家だった。彼は夜ごと大声で寝言を言った。火事や馬やギザギザの鉄輪がついた蒸気機関車の夢を、しょっちゅう見ていたのだ。彼は何日も何日も朝から晩まで剃刀を研いで、大声をあげたりひとりで笑ったりした。仲間は彼を避けるようになった。ある晴れた日の朝、装甲列車の指揮官のひげを剃っていたとき、指揮官の前では兵士は口をきいてはならないことになっていたのに、突然早口で踊りの歌を歌いだした。兵隊の歌によくある、不意にちぎれるような音を伴う歌だった。

へイ、へイ！
ひょいと酒場を覗いてみると
女がごろんと寝そべって
寝ていやがったぜ

彼は大声で歌いながら、手は休めずに慣れた機械的な動きで、みるみるうちに紅潮した指揮官の頬を剃り続けた。それから剃刀をそばに置くと、二本の指を口に突っ込んで、甲高い音で指笛を吹いた。それから再び剃刀を手に取って、窓のカーテンを切り裂いた。みんなは彼を指揮官の車室から引っぱり出したものの、その身柄をどうしたらいいのか、長くわからなかった。ついに決定した――チフスで死亡した兵士たちの遺体や、まだ死んでいない病人のびくびく引きつる身体を、なぜともどこへとも知れず輸送する列車が非常にたくさんあったが、そのひとつの空っぽの貨車にコスチュチェンコを押し込んだのだ。病人たちは藁の上に横たわり、隙間だらけの木製の床は、揺れながら病人たちとともに撤退していった。列車がどこへ向かおうと、病人たちはいずれ亡くなった。一昼夜も旅をすると、病人たちの身体は列車の衝撃に対して、死人の動きだけをするようになる――殺された馬や病気で死んだ動物の肉体に起こる動きと同じような。コスチュチェンコは空っぽの車両にのせて輸送され、それから彼がどうなったか、知る者はいなかった。ぼくはぴったりと閉ざされた暖房車の闇の中で、彼の光る眼を思い浮かべ、彼のみだれた頭脳や、よく狂人に見かける、どこか遠くの方で点滅する意識のはかり知れない様相を思い浮かべた。ただコスチュチェンコの事件が起きたのは、ぼくたちが前線近くの地帯にいた最後の時期だった。というのも、長い冬が終わると、鏡のように凍りついたシヴァシの青い湖面や、砂を盛り上げた堤に黒い枕木が敷かれた見慣れた光景を離れて――腕木式信号機の赤い光を後にして、〈クリミアへの入口〉で何日も何週間も過ごしながら目にしていた、中の水が凍りついた太鼓型の給水塔を後にして、基地列車が長く滞在したジャンコイを後にして――ぼくたちは国の深部へと去ったのだった。ぼくたちは長くジャンコイに留まっていたが、そこには、将校の情婦たちが隠れ住む暗い家々があった。もう長いこと夫なしで過ごしている彼女たちは、ウォトカを呑んだり駅の食堂から運ばせたビーフステーキを食べたりするために、ぼくたちの車両にやってきた。お腹いっぱい食べると食い意地に疲れてしゃっくりしながら、落ち着かぬ様子で車室の座席で身体をそわそわと動かして、目にも留まらぬ早い動きで擦り切れたドレスのボタンをはずし、それから欲情のままに泣いたり大声を出したりして、二分もするとまた泣きだす。ただし、今度はもうそれは感動の、より清い涙で、本人たちの言によれば「過去を惜しみ」はじめるのだ。彼女たちは地方に住んで、酒も呑めば博打もやる歩兵隊の大尉に嫁ぎ、さえない生活を送っていたのだが、当人の後悔の念が、その生活をあり得ないほど華やかな色彩に染め上げる。当時の自分はあの慎ましい幸福をわかっていなかった、あの生活はすばらしくて快いものだったと、彼女たちは思う。ところが回想の技術をもち合わせていないので、常に全員が同じ言葉で、復活祭の前夜には火をつけた蠟燭を持って歩いたとか、教会の鐘が鳴っていたとか語るのだ。戦争に参加して装甲列車にやってくるまで、ぼくはこんな女たちを見たことがなかった。彼女たちは話をするのに戦場の隠語や言い回しを使い、特にひもじさが満たされた後は振る舞いは無遠慮で、男たちの腕を叩いたりウィンクしたりした。知識は驚くほど貧しかったし、恐るべき精神の貧困と、自分たちの人生はこんなふうに進むはずではなかったという漠然たる考えのために、心のバランスを欠いていた。タイプで言えば、彼女らは何よりも売春婦に似ていた。ただ、思い出をもった売春婦だった。いまではぼくにとってこの女たちは、ソファの汚いビロード布や、ジャンコイの町の灯油を使う街灯や、ワインやウォトカのつまみにする酢漬けニシンのきれいなスライスと、切っても切り離せない存在になっているが、そのなかでたったひとり、エリザヴェータ・ミハイロヴナだけは他の女たちと違っていた。偶然ながら彼女はいつも、ぼくが寝ているとき、つまり朝の九時頃か夜中の二時頃にやってきた。誰かがぼくを起こし、声をかける。「起きろよ、邪魔だぜ。エリザヴェータ・ミハイロヴナが来たんだ」名前と父称のこの組み合わせが、一瞬だけぼくの眼を開かせる。そんなわけで、しばらくするとエリザヴェータ・ミハイロヴナは、ぼくの睡眠のひそかな同伴者になった。「エリザヴェータ・ミハイロヴナ」――ぼくはそれを耳にしながら眠っている。するとまた「エリザヴェータ・ミハイロヴナ」という声がする。ぼくが眼を開けると、背があまり高くなくて痩せた女の人が見える。大きな赤い唇をして眼が笑っていて、その顔の黄色っぽい皮膚に灯火が青く跳びはねるようにちらついている。外国人みたいな人だった。もしもあるとき目を覚まして、ぼくの同僚で大学の文学部卒だったラヴィーノフと彼女との会話を耳に挟まなかったら、ぼくは彼女のことを何ひとつ知らぬままだっただろう。二人は文学の話をしていて、彼女は歌うように詩を朗唱し、その声の響きから、彼女が座って身体を揺らしているのがわかった。ラヴィーノフはぼくたちのなかで最も教養があって、ラテン語を愛し、よくぼくにカエサルの戦記を読んでくれた。ぼくはつい最近中学でそれを習っていたので、エチケットとして耳を傾けたが、強制的に学ばされたことがすべてそうであるように、退屈でおもしろみがないと感じていた。ただし、簡潔で正確なカエサルの言葉に対するラヴィーノフの愛は、コロレンコ[*70]の憂鬱な抒情やクプリーン[*71]のある種の短篇に対する偏愛とさえ折り合っていた。だが彼が最も好きなのはガルシン[*72]だった。とはいえ、そんなに変わった趣味をもつにもかかわらず、彼は常に、読むものすべてをとてもよく理解していた――その理解は彼自身の精神的能力を超えており、そのことが彼の言葉に一種独特の確信のなさを添えていた。だが、彼の知識は十分に広範なものだった。彼はその低い声で言うのだった。

「ええ、エリザヴェータ・ミハイロヴナ、そうなりますね。これは良くない」

「ええ、良くないですわ」

会話はそんな調子でかなり長く続いた――「良い」だの「良くない」だのという話題ばっかりで。二人にはそれ以外の言葉はないようだった。それでも、エリザヴェータ・ミハイロヴナはなかなか席を立とうとはしなかった。ラヴィーノフの〈良いですね〉や〈良くないですね〉に答えるたびに、エリザヴェータ・ミハイロヴナの中に何か重要なもの、この会話とはまったく無関係だが、彼女にとってもラヴィーノフにとっても同じように意味をもつものが生まれているのが、声の調子から聞き取れた。誰かが水中に沈んで、その上の水面に泡が浮かんでくることがある。誰かが水に沈むところを見ていなかった人は、泡だけに気づいて、それに何の意味も認めないが、そのあいだに水中では人が呼吸できなくなって死にそうになり、長く続いてきた彼の命が、たくさんの感情や印象や哀れみや愛も含めて、泡と一緒に流れ出す。これと同じことが、エリザヴェータ・ミハイロヴナに起こっていた。〈良いですね〉も〈良くないですね〉も、会話の表面に浮かんだ泡にすぎなかったのだ。その後で彼女は泣きだして、ラヴィーノフが震える声で話しかけ、それから二人が出ていったのが、ぼくには聞こえた。それ以来彼女はぼくたちの車室には来なくなり、まもなく出発という頃にやっと、ぼくは駅で彼女がラヴィーノフと一緒のところを見た。ぼくはテーブルで彼らの向かいに座って食事した。ぼくが四個目のピロシキを食べたとき、エリザヴェータ・ミハイロヴナは声をあげて笑い、ラヴィーノフにこう言った。

「いつも寝てるあなたの同僚は、起きてるとすごく食欲があると思わない?」

ラヴィーノフは幸福のあまり眼をガラスみたいにきらめかせて彼女を見つめ、どんな質問にも肯定の返事をした。エリザヴェータ・ミハイロヴナはきれいな服を着て、満足して自信のある様子だった。いまや彼女は幸せそうに見え、ぼくはそのとき急に残念な気持ちを覚えた。まるで、彼女が以前のままの方が、ぼくが目覚めたり寝入ったりしながら「エリザヴェータ・ミハイロヴナ」という呼び名を聞いて、夢の中で彼女を見ていたときのままの方が、よかったみたいに。「エリザヴェータ・ミハイロヴナ」が女性の呼び名であることは変わりなかったが、それはぼくにとって自分自身のある状態を表す言葉にもなっていた。眠っているときの暗い空間と、眼を開けたとたんに面前に現れるソファの赤いビロード布との中間にある状態を表す言葉に。

ぼくの記憶の中でジャンコイと冬の後に浮かび上がるのは、セヴァストーポリだ。白い石から巻き上がる粉塵と、海岸の遊歩道のじっと動かない緑と、並木道の光る砂に覆われた町。波が桟橋の板石に打ちつけては退きながら、苔や海藻が生えた緑色の岩石を洗っていく。海藻が水中で力なく揺れ、その垂れ下がった茎は柳の枝に似ている。沖に数隻の軍艦が停泊していて、海と桟橋と船舶がある場所ならどこでも見られる、海とマストと白いカモメがつくる永遠の風景が生きて揺れ動いている。黄色い砂でできた、大洋の水がさっと退いていく空間に、いまでは石造りの家々が列をなしてそびえていた。セヴァストーポリでは他のどんな場所よりもはっきりと、ぼくたちはロシアでの最後の日々を過ごしているのだと感じられた。汽船が到着しては出航して、イギリスやフランスの水兵が海岸を離れ、彼らの船が海に姿を消していった——そして、ここからロシアに帰っていくことは不可能だという気がした。まっすぐに伸びた木々や平坦な四角形の緑色の土地がある熱帯の国々を描いた地図上では、海はいつでも、これらの場所から遠くに位置する我らが祖国への入口であるように思われた。そしてぼくたちが懐かしく思っているもの——南ロシアの乾いた炎暑、水のない野原、アジアの塩湖——は、ただの思い違いだった。あるときぼくは小銃で潜水鴨を仕留めた。鴨は長く波間を漂い、いまにも海岸に打ち寄せられそうに見えたが、沿岸の潮の流れでまた沖へ流された。すっかり暗くなって鴨が見えなくなってから、ぼくはやっとそこを立ち去った。ぼくたちもこの鴨と同じくらい無力に、さまざまなできごとの表面で揺られていた。ぼくたちは遠くへ遠くへと流され続けた——ぼくたちがロシアの引力圏を後にして、別のもっと永続的な影響の及んでいる領域に入り、ロマンチシズムも帆船もなく、石炭で動く黒い汽船に乗って、敗北した兵士からぼろぼろの服を着た飢えたる民に変貌して、クリミア半島を離れるときまで。しかし、これはもう少し後に起きたことであり、一九二〇年の春と夏には、ぼくはセヴァストーポリを歩き回って、カフェや劇場や驚くべき〈東洋の穴蔵〉に出入りしていた。〈東洋の穴蔵〉では羊肉のチェブレキ[*73]や発酵乳が供され、浅黒い顔のアルメニア人たちがオリュンポスの神のように落ち着き払って、将校たちが酔っぱらって涙を流すのを見ていた。将校たちは混ぜ物の多い恐るべき酒をがぶ呑みして、不安定な声で「神よツァーリを護り給え[*74]」を歌っていた。下品にも悲しげにも聞こえるその歌は、とうの昔に元の意味を失って、東方的な穴蔵で消えつつあった――燃え尽きた帝国の偉大なる音楽がペテルブルグの兵営から流れ込んでいた穴蔵で。歌はその燻《いぶ》された壁に沿って漂い、壁の絵に描かれた、大きなお尻と馬のような眼をもつ裸の美女たちのグルジア的な乳房と、女たちの水ギセルから吐き出されて流れる妙にまっすぐで生気のないタバコの煙のあいだに引っ掛かった。ロシアの地方がもつ悲しみのすべて、ロシアの地方にある永遠のメランコリーのすべてが、セヴァストーポリを満たしていた。劇場では貴族を思わせる芸名をつけたオデッサの女優たちが地声でロマンス曲を歌い、それらの歌は歌詞とはおよそ無関係に、とびきりもの悲しく響いて、大変な成功を博していた。普段は感傷的ではない人々が眼に涙を浮かべるのを、ぼくは見た。革命は彼らから家や家族や食事を奪ったが、突然、深い同情の能力を与え、彼らがはるか昔に忘れ、はるか昔に失った精神的感受性から、戦争がこしらえた粗野な外皮をほんの一瞬だけ取り除いてくれたのだ。彼らはまさに、劇場のホールで演奏される言葉なき憂鬱なシンフォニーの共演者だった。自分たちにも履歴が、人生の歴史というものがあり、以前はただ本で読むだけだった失われた幸福を自分ももっていることを、彼らははじめて知った。そしてぼくには、黒海はバビロニアを流れるいくつもの川の巨大な貯水池のように見え、セヴァストーポリの粘土質の山々は古代の嘆きの壁のように見えた。熱された空気の波が町を通り抜けた――すると不意に風が起こって水面にさざ波を立て、出発が避けられないことをもう一度ぼくたちに思い出させた。すでに国外パスポートの話が出て、荷物を詰める作業も始まっていた。しかし、しばらくすると装甲列車は再び前線へ派遣され、ぼくたちは出発した。振り返って海を見ながら黒いトンネルに潜り、前の冬にあんなに苦労して脱け出してきた、敵意に満ちたロシアの大地へ、またもや戻っていった。それは白軍の最後の攻撃だった。攻撃は長くは続かず、まもなく軍隊は凍りついた路を通って、また南へ逃亡した。その数か月間、ぼくは前にも増して軍の運命に興味をもたず、それについて考えなかった。ぼくは装甲列車の戦闘車両に乗って、焼けた野原や黄色く色づいた木々や、線路脇の灌木の茂みの横を通過した。秋になると、セヴァストーポリへの出張を命じられた。もう十月の初めだったので、町はすでに少し変化していた。ぼくはそこで、老朽化した渡し船で湾の北側から南側へ渡る途中、危うく沈没しそうになった——嵐の最中だったのだ。セヴァストーポリに数日滞在してから、ぼくは装甲列車をめざして戻った。列車はぼくが出発してきたときのままだろうと、ぼくは想像していた。ところが現実には、列車はずっと前に赤軍の部隊に乗っ取られ、基地列車も彼らのものとなり、我々の司令部は散り散りになっていた——たった三十人の兵士と将校が、他の残存部隊とともになんとか撤退しようとしていた。彼らは全員で一両の暖房車に陣取って、赤く熱された壁をぼんやりと眺めながら身を震わせていたが、もはや装甲列車も軍も存在しないこと、隊で最高の照準手だったチューブは戦死して、フィリッペンコは脚をもがれて死に、念の入った罵詈雑言が得意だった水兵のワーニャは捕虜になったこと、それにミフーチン班長以下、七面鳥一羽、生きた豚一匹、仔牛たち、馬たちからなる物資補給部門も、もはや彼らがなじんでいたすばらしい動物編成のままでは存在しないということが、理解できなかったのだ。仲間のひとりで、暖房車の中でもマンドリンを手放さずに「葬送行進曲」や「小さな林檎《ヤーブロチコ》」を弾いていたラプシーンは、呑気そうにこう言った。

「七面鳥と豚がこの歴史の車輪の回転に耐えられずに滅びたんなら、おれたちはなおさらさ……。おれたちはただ先へ先へと行くだけだ……」

多くの者が撤退を望まずに留まった――北方へ、赤軍の方へ戻っていく者もいたが、彼らは行き会った列車のひとつに、上の方が赤い鉄道員の帽子をかぶったヴォロビヨーフが乗っているのを見た。彼は拳《こぶし》を振り上げて、「ならず者どもめ！　ならず者どもめ！」と音を長く伸ばして叫びながら、ゆっくりと遠ざかっていった――その様子はまるで、森の中の川を筏に乗って進んでいるようで、川や湖の上では声を張り上げる必要があるので声を張っているみたいだった。

ぼくが撤退部隊に出会うために乗ってきた列車は、小さな駅に停まったきり、先へ行かなかった。なぜ列車が停まっているのか、誰も知らなかった。その後でぼくは、ある将校と列車責任者が話しているのを聞いた。将校は早口で問いただしていた。「いや、教えてくださいよ、なぜ我々はここにじっとしているのか。いや、私はあなたに訊いてるんです、なんでこんなところでぐずぐずしているのか。こんなこと我慢できない。いや、どうぞ答えてください……」「これ以上進めません。後方に赤軍がいるんです」と別の声が答えた。「後方ってことは――前方じゃないでしょ。もし前方だったら、確かに進めませんよ。でも、我々は後方に動くわけじゃないんですよ。わからない人だな、ちくしょうめ……」「私は列車を動かしません」「だから、なぜ？」「後方に赤軍がいるんです」その後で激しく悪態をつくのが聞こえ、それから列車責任者が泣き声で「列車は動かせません、後方に赤軍がいるんです」と言った。彼はこの言葉を繰り返した。死ぬほどの恐怖に駆られていたのだ。どこへ向かおうと同じ運命が待っていると、彼には思えた。彼は事態を理解しようとするのをやめていたが、縄をかけて引っぱられる獣みたいに、無意識のうちに手足を踏ん張っていた。そんなわけで列車はどこへも進まなかったのだ。同じ駅に軽装甲の列車〈ヤロスラフ賢公〉号が基地列車として停車していたので、ぼくはそのなかの一車両に乗り込んだ。ここに来るまで二晩も寝ていなかったので、寝板に潜り込むとすぐに寝入った。エリザヴェータ・ミハイロヴナの夢を見たが、彼女はスペイン女になって、音高く鳴るカスタネットを持っていた。全裸で、非常にうるさいオーケストラの演奏に合わせて踊っていた。騒音のなかでも特に強く響いてくるのは、コントラバスの唸るような低音と、フレンチホルンの鋭い高音だった。音は耐えられないほど大きくなった。ぼくが眼を開けると、人に飼われている熊の吠え声が聞こえた。熊は長い鎖を床に引きずって、車両の中を前後にうろうろと歩いていた。時々立ち止まって体を左右に揺らした。車両にはぼくと熊、それにスカーフをかぶった百姓女しかいなかった。女はどこから何のためにかは不明なまま、ここに居合わせて——心底脅えて、大声で泣き叫んでいた。やっと夜が明ける頃だった。ガラスが音をたてて砕け散り、風が吹き抜けた。基地列車に機関銃の一斉射撃が浴びせられたのだ。「ブジョーンヌイ[*75]の奴らだ！」百姓女が泣いた。「ブジョーンヌイの奴らだ!」すぐ近くで、我々の海軍砲兵中隊の六インチ砲が重々しい音を立てて、赤軍砲兵隊の一斉射撃に応戦した。ぼくがデッキに出ると、基地列車から半露里ほどの地点に、ブジョーンヌイ軍の騎兵隊が灰色に群がっているのが見えた。砲撃の低く唸る音や轟きわたる音が、空中に立ち込めていた。中口径の砲弾が飛来する音が間近に聞こえた——その音から、砲弾はこの車両か隣の車両に落ちるだろうと容易に推測できた。恐ろしいできごとを前にすると精神と肉体が静まる感覚が起こるが、百姓女が無意識のうちにその感覚に身をゆだねて黙り込んだので——砲兵隊の兵士なら榴弾が飛来する音を聞き分けて、大体どこで爆発が起こるか察するのだが——知識のない彼女も、迫りくる危険を感じ取ったことがぼくにはわかった。だが、砲弾が落ちたのは、負傷した将校が詰め込まれた隣の車両だった。そこではすぐに、叫び声の大波が生じた――コンサートでよく起こることだが、指揮者が不意に突き刺すようなすばやい動きで、オーケストラの右側か左側の一団に指揮棒を向けると、すぐにそこから響きや騒音や弦の震える音が噴水のように上に迸《ほとばし》り出るのと同様に。六インチ砲はやむことなく、人や馬が黒く固まった中に次々と砲弾を打ち込む――すると爆発で巻き起こった柱状の粉塵の中に、何か黒い破片がちらつくのが見えた。

ぼくはデッキに立って前方を見つめたまま、マイナス十六度の酷寒に凍えていた――そして、ぼくの隊の基地列車にある暖房付きの車室、電灯、本、熱いシャワー、暖かい寝具を夢見ていた。編成された列車隊のなかでぼくがいた部分は、ブジョーンヌイの騎兵隊に包囲されて孤立状態にあり、あと数時間分の砲弾はあるが、遅かれ早かれ、といってもその日の夕方は待たずに、我々は戦死するか捕虜になることがぼくにはわかっていた。それはよくわかっていたのだが、ぼくは暖房や本や白いシーツを夢見ることで頭がいっぱいになって、もう何か他のことを考える時間はなかった。むしろ、この夢が他のどんな思いより快くてすてきだったので、この夢から離れられなかった。爆破されたものが降る黒い雨、そしてさまざまな音――砲弾が石にぶつかる乾いた音、レールや鉄輪の軽快な響きにはじまり、銃砲の低く轟く発射音や人の叫び声に至るまで――これらすべての音が合わさってひとつのざわめきになるが、混じり合うことはなく、それぞれの音の流れは独立して存在していた。そのすべてが早朝から午後三時か四時まで続いた。ぼくは車両に帰ったり、また車室を出たりして、暖まることも寝入ることもできなかった――そしてついに、地平線上に現れた黒い点々が戦闘場所に近づいてくるのが見えた。「赤軍の騎兵隊だ！」と誰かが叫んだ。「おしまいだ！」だが、大砲や機関銃は、時おり静まりながらも発射を続けた。それはまるで土砂降りの雨が、一陣の風が吹き抜けるのを待っては、再び強く降りだすのに似ていた。泣き顔をした、主計大佐の年老いた将校が何度かぼくの横を歩いていった。どうやら彼は、どこへ何のために歩いているのか、わかっていないようだった。どこかの兵士が車両の下に潜り込んで、かじかんで青くなった指で紙巻きのタバコを作り、すぐに鼻をつく安タバコの煙を盛大に吐き出した。「おい兄弟、ここには弾は来ないぜ」ぼくが身を屈めて彼を見ると、彼は笑ってこう言った。しかし、不意に戦闘の勢いが弱まり、銃撃が間遠になってきた。北から騎兵隊が押し寄せてきた。列車の屋根に上ると、濃い溶岩流さながらに、馬と乗り手たちが速歩でこちらに押し寄せてくるのがはっきり見えた。緩衝器のあいだに隠れて老大佐が泣いていた。その隣に着ぶくれた八歳くらいの女の子が、大佐の黄色い防寒ずきんの垂れた裾をつかんで立っていた。地面でタバコを吸っている兵士が吐き出しているらしい煙は、あっという間に風に吹き散らされた。まもなく馬たちの駆ける音が聞こえてきた。まるで劇場にいるようにじりじりとしながら数分間待っていると、何百人もの騎馬兵士が近くに迫ってきた。ブジョーンヌイ軍の騎兵集団がにわかに活気づき、叫び声がぼくたちのところまで届いたかと思うと、じきに何もかもが動きはじめた。ブジョーンヌイ軍が後退しだすと、北方から来た騎兵隊が彼らを追走した。チェルケス服を着た将校がぼくの近くを馬で疾駆して、ひっきりなしに振り返っては何事か叫んでいた。ぼくの見たところでは、彼に続く兵士たちが何も理解していなかっただけでなく、将校自身もなぜ叫んでいるのか、何を言いたいのか、わかっていなかった。ぼくはその直後にいましがた泣いていた老大佐をまた見かけた。彼はいまや意味ありげにきびきびとした表情で自分の暖房車に帰るところだった。列車の下から流れ出ていた煙が止まり、兵士がそこから這い出してくると、「ああ、ありがたいな！」と叫んで、どこかへ走っていった。

さらに一日、無数に連なる車両、貨物列車、輜重《しちょう》隊のあいだを探し回ったあげく、ぼくはまだ装甲列車〈煙〉部隊と呼ばれている四十人を見つけ出した。装甲列車自体はもはや存在しなかったが。軍は刻々と溶けていった。輜重隊はがらがらと音を立てて凍りついた道路を進み、軍はしだいに地平線上に消え、その音も動きも強い風とともに去っていった。これは一九二〇年十月十六日と十七日のことだった。十月の二十日過ぎにはぼくはフェオドシヤ[*76]近くの百姓家にいたが、ジャムを塗ったパンを食べて熱い牛乳を飲んでいると、同僚のミーチャ侯爵が上気した顔に笑みを浮かべて部屋に入ってきた。彼がこう呼ばれるようになったのは、これまで読んだなかでいちばん気に入った本は何かと尋ねられたとき、有名ではないけれどまちがいなくすぐれたフランスの作家の書いた小説で、その小説の題は『乞食の伯爵令嬢』というのだと答えたためだった。ミーチャはその本を持ち歩いていたので、ぼくはそれを読んだ。主な登場人物は爵位をもつ人たちだった。ミーチャはそういう本を冷静には読めなかった。ただし、彼自身はエカテリノスラフ県[*77]の出身で、大都会は見たこともなく、フランスについても何ひとつ知らなかった——それでも〈侯爵〉、〈伯爵〉、特に〈準男爵〉という言葉は、彼にとって深い意味に溢れていた。だから彼は侯爵というあだ名をつけられたのだ。「ジャンコイが占領されたぜ」と彼はうれしそうに言った。彼は最高に悲しいニュースを伝えるときも、常に喜びを感じていた。どんな大事件にも、自分、つまりミーチャ侯爵はまたも無傷で生き残ったという幸福感を掻き立てられた。こんな重大事が起こりはじめたからには、これからもっと面白いことが起きるだろうというわけだ。ぼくは覚えているが、この上なく辛い状況で誰かが戦死したり致命的な重傷を負ったりした場合にも、ミーチャ侯爵は笑いを押し殺すために呼吸を早めながら、「フィリッペンコは片脚をなくした。チェルノウーソフは腹、サーニン中尉は左腕を負傷。まさに運命だな！」と生き生きと話した。「ジャンコイが占領されたぜ。つまり戦況はまずいな」とミーチャは言った。確かにジャンコイは防衛線よりもこちら側にあり、もうクリミアの一部だった。ジャンコイといえば思い出される――プラットホームを照らす灯油ランプ、ぼくたちの車両を訪ねてきた女たち、駅の食堂から取り寄せたビーフステーキ、カエサルの戦記、ラヴィーノフ、ぼくの夢の数々、そして夢に出てきたエリザヴェータ・ミハイロヴナ。村を横に見ながら、四本の列車が次々にフェオドシヤに向かって走った。ぼくたちも何時間か移動して、フェオドシヤに到着した。もう夜で、ぼくたちは空っぽの店舗に宿舎を割り当てられ、品物を置いてない棚がベッド代わりになった。店のガラスは割れていて、空っぽの倉庫にぼくたちの話し声がうつろに反響して、まるでぼくたちの隣で他の人たちが、ぼくたちの分身が、話や口論をしているみたいだった――分身たちの言葉には、ぼくたち自身の言葉には含まれていない、疑いもなく悲しい意味が込められていた。しかし、エコーがぼくたちの声を高め、一つひとつの句をより長く伸ばし、それを聞きながらぼくたちは、何か取り返しのつかないことが起きたのを理解しはじめた。エコーがなかったら気づかなかっただろうことを、はっきり聞き取ったのだ。自分たちはここを去るのだと悟った。だが、間近な展望として理解しただけで、想像力は海や汽船を思い描くに留まり、それより先には進まなかった。ところがエコーは、ぼくたちがまだ行ったことのない国々、いまや知ることを運命づけられた国々から響いてくるかのように、新しくてなじみのないものを運んできたのだ。

甲板に立って燃え上がるフェオドシヤ――町には火災が起こっていた――を見ていたときも、ぼくはいま自分の国を捨てようとしているのだとは考えていなかったが、ふとクレールのことを思い出すと、そのことを実感した。「クレール」とぼくはつぶやき、同時に毛皮コートの襟の雲に囲まれた彼女の顔を思い浮かべた。ぼくはぼくの国から、そしてクレールの国から、引き離されようとしていた――水と火によって。そしてクレールは火の壁の向こうに隠れてしまった。

　その後も長くロシアの海岸はぼくたちの汽船を追ってきた。燐のように光る砂が海上に降り、波間でイルカが跳ね、船のスクリューが鈍い回転音を立て、舷側がきしんだ。下の船倉からは女性たちがすすり泣きながらしゃべる声や、積み込まれた穀物の揺れる音が聞こえてきた。フェオドシヤの火事はますます遠くに、ますます小さく見えるようになり、機関の音がますますはっきりと大きく響きわたり、ぼくはその後にやっと我に返って、もうロシアはないことに、そしてぼくたちはイルカの背中が見え隠れする青い夜の水と、これまでなかったほど近くに見える空に囲まれて、海を渡っていることに気づいた。

「でも、クレールはフランス人だぞ」不意にぼくは思い出した。「それじゃあ、雪や緑なす平原についての、それにいまや炎のカーテンの向こうに隠れて見えなくなった国で過ごしてきた数々の生活のすべてについての、あの絶えまない張りつめた悲しみは、何のためだったんだろう？」そしてぼくは、クレールが生まれた、そして彼女がきっと帰っていくであろうパリで、彼女と再会することを夢想しはじめた。フランス、クレールの国と、パリと、コンコルド広場が目に浮かんだ。ぼくが思い浮かべた広場は、絵ハガキに描かれたそれ――街灯と噴水と素朴な銅像があり、それらの像を伝って水が途切れることなく流れ、反射する暗い光をきらめかせている――ではなくて、コンコルド広場は突然ぼくにとって違う姿になった。広場は常にぼくの中に存在していて、ぼくはよくクレールと自分がそこにいるところを想像してきた――ぼくの以前の生活の反響音やイメージは、そこまでは届かなかった、まるで途方もなく大きな空気の壁にぶつかったみたいに――それは空気の壁なのに、あの燃え盛る炎の障壁、その向こうに雪原が広がり、ロシアでの最後の夜間警報が鳴り響いている障壁と同様に、越えることができないのだった。ぼくたちが乗った汽船では半時間ごとに時鐘が鳴ったが、その音はぼくにただちにセヴァストーポリ湾を連想させた。湾には多くの船が浮いて、灯りが瞬き、あらゆる船で一定の時間に時鐘が響きわたり、その響きにはひび割れたような音もあれば、うつろな音もあり、甲高い音もあった。時鐘の音は海上に響き、石油に覆われた波の上に響き、水が桟橋に打ちつけた。そして深夜のセヴァストーポリ港はぼくに、遠い日本の入り江が描かれた絵を思い起こさせた――黄色い大洋のほとりで眠りについている、じつにのんびりとした、ぼくの理解を超えた入り江を。ぼくは日本の入り江と、粗末な家に住むほっそりした娘たちと、彼女たちの優雅な指と細い眼を思い浮かべた。そして彼女たちの中にある、純潔とみだらさの独特な結びつきを見抜いたような気がした。その結びつきこそが旅人や冒険家たちを、この黄色い岸辺へ、透明な色ガラスに姿を変えた空気のようにきゃしゃでしかも響きの良いモンゴル風の魔法の世界へと、向かわせてきたのだ。ぼくたちは長いこと黒海を航行した。かなり寒かったので、ぼくは軍人外套にくるまって座り、日本の入り江や、ボルネオやスマトラの浜辺のことを考えていた。丈の高い椰子の木が生えたなだらかな砂浜の風景が、ぼくの脳裏から離れなかった。ぼくはずっと後になってから、これらの島々の音楽を聞いた。ぼくがまだ三歳だった頃から記憶している、鋸の刃が振動する音に似て、音が伸びやかでビブラートのきいた音楽だった。そのとき不意に幸福感が込み上げてきて、ぼくは果てしなく玄妙で甘美な気分を感じた。その快感に映し出されていたのは、インド洋、椰子の木、オリーブ色の肌をした女たち、輝く熱帯の太陽、それに小さな眼をした蛇の頭が隠れている、湿っぽい南国の植物の茂みだった。この熱帯の緑の上に黄色い霧が湧き起こり、魔法のように渦巻いて、消えていった——そしてまた鋸の刃が震える長い音が何千露里も飛んで、水が凍りついたペテルブルグへとぼくを連れ去り、その氷の世界を音のもつ神聖な力が、さらにはるか遠くのインド洋の島々の景色へとまたもや変化させた。そしてインド洋は、子ども時代に父が語ってくれた話のように、ぼくの前にまだ知らぬ生活を広げてみせた。熱された砂の上に立ち昇って、椰子の木の上を風のように飛び過ぎる生活を。

ぼくたちは船の時鐘を聞きながら、コンスタンティノープルめざして航行した。そしてぼくは早くもこの船上で、別の生活を営みはじめた。古い歴史をもつイスタンブールからぼくが向かうことになるフランスでの、来るべきクレールとの再会に、すべての注意が向けられる生活を。想定される何千もの状況や会話が次々と頭に浮かび、途切れては他のものと入れ替わっていった。しかし、最高にすばらしい考えは、ぼくが冬の夜に別れてきたクレール、その影がぼくに覆いかぶさり、その人のことを考えると周囲のすべてがしんと静まって音が掻き消されてしまうクレール——そのクレールが、自分のものになるという考えだった。そして手の届かない彼女の身体、いつにもまして手に入れるのが不可能に思える彼女の身体が、眠っている人たちや武器や袋で覆われた船尾で、再びぼくの目の前に現れた。だが、空は雲に覆い隠され、星が見えなくなった。ぼくたちの船は見えない町に向かって薄暗い海上を進んだ。ぼくたちの後ろには大気の深淵が広がっていた。ぼくたちが旅する湿っぽいしじまの中で、時おり鐘が鳴った——この、どこまでもぼくたちについてくる音、鐘の音だけが、緩慢にうごめくガラスのような透明さの中で、ぼくとロシアを隔てる炎につつまれた土地や水と、クレールについてのとりとめもない、しどろもどろな、すてきな夢とを、ひとつに結びつけていた。

パリ、一九二九年七月

アレクサンドル・ヴォルフの亡霊

Призрак Александра Вольфа

ぼくのすべての思い出、人生で味わった数かぎりない感覚すべてのうちで、最も辛かったのは、ぼくが一度だけ行なった殺人の思い出だった。そのことが起こった瞬間から、ぼくが後悔を覚えない日は一日もなかった。非常に特殊な状況で生じたことで、ぼくが他の行動をとり得なかったのは明らかなので、どんな罰も受ける恐れはなかった。それに、ぼく以外にこれを知る者はいなかった。これは内戦中には無数にあったエピソードのひとつにすぎず、当時のできごと全体の流れの中ではまったく取るに足りないことだった。しかも、このエピソードに先立つ数分と数秒のあいだ、事態のなりゆきに関心があったのは、我々二人――ぼくとぼくの知らないもうひとりの男だけだった。その後、ぼくひとりが残った。他には誰も関与しなかったのだ。

それが起こる前に何があったか、ぼくは正確に描写できそうにない。なぜなら、すべてが、どんな戦争のどんな戦闘にも付きものの曖昧で不確かな状況で進行したからだ。戦闘に参加していると、実際に何が起きているのかなんてほとんどわかりはしない。あれは夏、南ロシアでのことだった。休息なしの混乱した行軍が四昼夜続き、その間に砲撃があり、転々と場所を変えながらの戦闘があった。ぼくは完全に時間の観念を失い、自分の居場所さえ言えないありさまだった。ただ、そのとき自分が味わっていた感覚、別の状況でも生じ得たであろう感覚は覚えている――

空腹、喉の渇き、それに極度の疲労感である。ぼくはもう二日半も寝ていなかったのだ。猛暑が続き、空気中に何かを燃やしたような匂いが漂っては、しだいに薄れていった。ぼくたちは一時間前に森を出たところだった。森の片側が燃え、淡黄色の大きな影が日光の届かない方へ這うように伸びていた。死ぬほど眠くて、そのときのぼくに考え得る最高の幸せは、足を止めて焼けた草の上にごろんと横になり、何もかも忘れて瞬時に眠り込んでしまうことだった。しかし、それこそまさにかなわぬことだったので、ぼくはたまに唾を飲み込んだり、不眠と猛暑のせいで腫《は》れた眼をこすったりしながら、眠気を誘う熱い靄《もや》の中を歩き続けた。覚えているのは、仲間と小さな林を歩いているとき、ぼくがほんの一瞬だけ、とぼくには思えたのだが、立ち木にもたれて、とっくに慣れっこになっていた砲撃音を聞きながら、立ったまま眠ってしまったことだ。眼を開けると周りには誰もいなかった。ぼくは林を抜け、仲間が去ったはずだと思う方向へ道を歩きだした。それとほぼ同時に、駿足の鹿毛の馬に乗ったコサックがぼくを追い越して、こちらに手を振って何か叫んだが、聞き取れなかった。しばらく行くと幸運にも、ぼくは痩せた黒毛の牝馬を見つけた。どうやら乗り手は殺されたようだ。馬には手綱とコサック鞍が残っていた。馬は草を食《は》みながら、毛のまばらな長い尻尾をしきりに振っていた。ぼくが背に乗ると、馬はすぐさま元気よく速歩で走りだした。

ぼくは人けのない曲がりくねった道を駆けていった。時おり小さな林にぶつかると、道の曲がり具合も見通せなくなった。太陽は空高くにあり、空気は暑さのためにりんりんと鳴りそうだった。ぼくは速く駆けていたのだが、すべてがゆっくりと起きたような誤った記憶が残っている。ぼくはまだ異常に眠くて、身体も意識も眠気に満たされていたので、実際にはそんなはずはないのに、何もかもうんざりするほど長く続いているように感じられた。もう戦闘は終わって、あたりは静かだった。前にも後ろにも人影はなかった。ほぼ直角に近い急な曲がり目に差し掛かったとき、全速力で走っていた馬が一瞬でどさっと倒れた。ぼくは馬もろとも柔らかくて暗い――眼を閉じていたので――場所に転げ落ちたが、鐙《あぶみ》から足を引き抜くのが間に合って、落馬してもほとんど怪我はなかった。銃弾が馬の右耳に当たって、頭を貫通していた。立ち上がって振り返ると、後方のそれほど遠くないところを、とても大きな白馬に乗った人間が、ぼくには重くて遅く感じられる襲歩《ギャロップ》で駆けていくのが見えた。思い返すと、ぼくはかなり前から小銃を持っていなかった。きっと、木にもたれて眠ってしまったときに、林に置き忘れてきたのだろう。でも拳銃は持っていたので、まだ新しくて硬いホルスターからそれをなんとか抜き出した。ぼくは拳銃を握ったまま数秒間立っていた。とても静かだったので、馬の蹄が暑さでひび割れた地面を蹴る乾いたすすり泣くような音や、馬の荒い鼻息、それに小さく束ねた金属の輪がカチャカチャ鳴るのに似た音がはっきりと聞こえた。それから、馬上の人物が握っていた手綱を放して、前に向けて持っていた小銃を肩に載せて構えるのが見えた。その瞬間にぼくは拳銃を撃った。相手は鞍の上でびくっと身を引きつらせ、鞍からずれてゆっくりと地面に落ちた。ぼくは二、三分間、死んだ馬の横にじっと立っていた。あいかわらず眠くて、極度の疲労を感じ続けていた。しかし考えてみれば、これから何が起こるかも、自分がこの先長く生きられるかも、わからないのだ――そして、自分が殺した男を見たいという抑えがたい欲求に衝き動かされ、その場を離れて男の方へ近寄っていった。落馬した男とぼくとのあいだは五、六十メートルだったが、その距離を歩くのは、ぼくがそれまで一度もどこでも経験したことがないほど困難だった。だがそれでもぼくは、ひび割れた熱い地面をゆっくりと一歩一歩進んでいった。そしてとうとう、すぐそばまでたどり着いた。それは二十二、三歳の男だった。帽子は横にふっ飛び、ぐいと傾いた金髪の頭は埃の積もった道路に横たわっていた。かなりの美男だった。かがみ込んで見ると、瀕死の状態で、赤っぽい泡がぷくぷくと口に浮かんでは、唇の上ではじけている。男はかすんだ眼を開けたが、何も言わずにまた閉じた。立ったまま彼の顔を見下ろしながら、ぼくはもう必要のなくなった拳銃をしびれた指で握り続けていた。するとにわかに、一陣の熱い微風にのって、遠くからかすかに何頭かの馬の蹄の音が響いてきた。ぼくは、自分がまだ危険をまぬかれていないことを思い出した。死にかけている男が乗っていた白馬が、警戒して耳をぴんと立てて、数歩離れたところに立っていた。とても大きな牡馬で、よく手入れされて清潔で、汗をかいて背中が少し黒ずんでいた。非常に活発で持久力のある馬だった。ぼくはロシアを離れる数日前に、その馬をドイツ人の入植者に売った。彼はぼくに大量の食料をくれて、価値のなくなった紙幣でものすごい金額を払った。あのとき撃った拳銃は――見事な自動拳銃だった――海に投げ捨てたので、このできごとからは、重苦しい思い出以外には何も残らなかった。そしてその思い出が、運命がぼくをどこに追い立てても、ゆっくりとついてくるようになった。とはいえ時とともに思い出は徐々にくすんで、初めの頃の取り返しがつかないという灼《や》けるような後悔の念は、最後にはほとんど消えた。しかし、忘れ去ることはぼくにはできなかった。繰り返し何度でも――夏だろうと冬だろうと、海辺にいようとヨーロッパ大陸の奥深くにいようと――何も考えずに眼を閉じると、南ロシアの猛暑の一日が記憶の底から浮かび上がり、あのときの感覚のすべてが以前と同じ強さで甦ってくるのだった。ぼくにはまたもや、赤っぽい灰色をした山火事の巨大な影が見え、木々の大枝や小枝がパチパチと燃える中をその影が移っていくのが見える。そして感じるのだ、忘れられぬうんざりするような疲労感、抵抗できない眠気、容赦なく照りつける太陽、りんりんと鳴り響くような炎暑、それから、拳銃の重みにしびれた右手の指の無言の記憶、まるで永遠に皮膚に張りついたような拳銃のグリップのざらざらした感じ、右眼の前で軽く揺れていた黒い照準器――そして埃っぽい灰色の道路に横たわった金髪の頭、このぼくが一秒前に不確定な未来から招き寄せた死、ほかならぬその死の接近のせいで形相《ぎょうそう》の変わった顔……。

　このできごとが起きたとき、ぼくは十六歳だった――つまり、この殺人がぼくの自立した生活の始まりになった。ぼくがそれ以後に運命に導かれて見たり知ったりしたすべてのことに、あのできごとが知らず知らずのうちに痕跡を残さなかったかどうか、自分でも確信がもてない。ともあれ、あのできごとに付随する状況とそれに関係するあらゆること――そのすべてが、何年もたってからパリで、驚くほど鮮やかにぼくの目の前に甦ってきた。そんなことになったのは、ぼくがそれまで名前を聞いたこともなかったイギリスの作家の短篇集を手にしたからだった。短篇集は、冒頭の作品の名をとって、『私は明日到着する』――“I'll Come Tomorrow”――と題されていた。収録作品は『私は明日到着する』、『金魚』、『ステップの椿事』[*1]“The Adventure in the Steppe”の三篇だった。とてもよく書けた本で、特に軽快で正確な語りのリズムと、他の人と違う独特なものの見方がすばらしかった。しかし、『私は明日到着する』と『金魚』は、あらゆる読者が当然覚えるであろうもの以外はどんな個人的な関心もぼくには呼び起こさなかった。『私は明日到着する』は不貞を働く妻の話で、彼女がつく下手な嘘とその嘘が引き起こす誤解を描いた、アイロニーのきいた短篇だった。『金魚』という作品――舞台はニューヨーク――は、有り体に言えば、一組の男女の会話とひとつのメロディーの描写で成り立っていた。メイドが小さな水槽をセントラル・ヒーティングのシステムから外すのを忘れてしまい、温まりすぎた水から金魚たちが飛び出して絨毯の上で跳ねて死にかけているのだが、女はピアノを弾くのに夢中で、男はその演奏を聴くのに夢中で、金魚のことに気づかない。この作品の面白みは、メロディーが人物の感情に対する反論の余地のない註釈として導入されていることと、絨毯の上でのたうつ金魚がいつのまにかその註釈に参加していることにあった。

しかし、ぼくを驚かせたのは三番目の短篇『ステップの椿事』だった。作品の冒頭にエピグラフとしてエドガー・ポーの、「私の足元に、こめかみに矢が突き刺さった私の死体が横たわっていた[*2]」という一行が置かれていた。これだけでもぼくの注意を惹くには十分だった。だが、読み進むにつれて襲ってきた感情は、ぼくには言い表すことのできないものだった。作品は戦争中のあるエピソードを描いていた。それが起こった国や、関係者がどんな民族だったかについては、何ひとつ示されていないが、『ステップの椿事』という題名だけでも、舞台がロシアであることを示しているに違いなかった。作品の出だしはこうだ。「私がこれまで所有したなかで最高の馬は、白い牡馬だった。純血ではなく、非常に体が大きくて、特にすばらしいのは歩幅が広くて伸びやかな速歩《トロット》だった。じつにいい馬で、黙示録に出てくる馬の一頭に喩えたくなるほどだった。この馬と黙示録の馬との類似は、次の事実によって——私にとって個人的に——さらに強調されたものとなった。というのも、私はまさにこの馬に乗って、自分自身の死に向かって全速力で、灼熱の大地を、人生で経験したなかで最も暑かった夏に、駆けていったのだ」

ぼくはここに、自分がはるか昔の内戦時代にロシアで経験したことが正確に再現されているのを見いだし、最も長くて最も激烈な戦闘が続いた、あの耐えがたく暑かった日々の描写を見いだした。ぼくはとうとう小説の最後まで読み進んだ。最後の数ページを読むときは、ほとんど息を止めていた。ぼくはそこに、ぼくが乗っていた黒い牝馬と、その馬が殺された道の曲がり目を認めた。物語の語り手は最初、騎乗者は馬もろとも倒れたので、少なくとも重傷を負ったと思い込んだ――なぜなら、彼は二発撃って、二発とも命中したような気がしたからだ。あのときぼくがなぜ一発の発射音にしか気づかなかったのか、それはわからない。「だが、その男は死んでおらず、どうやら負傷もしなかったようだ」と語り手は続ける。「なぜなら、彼がしっかり両足で立ったのが見えたからだ。まぶしい陽光の中で、彼の握った拳銃が暗く光ったような気がした。彼は小銃は所持しておらず、私はそのことを確かに知っていた」

白馬は重々しい襲歩《ギャロップ》で、拳銃を持つ男がいる方に向かって進んでいった。その男は、作者の言葉によれば「理解しがたい」不動の姿勢で、おそらくは恐怖に身をすくめたまま立ち尽くしていた。その後で作者は一目散に走る馬を少し抑えて小銃を肩に構えたが、発砲音は聞こえなかったのに突然身体のどこかに激烈な痛みを覚え、眼の中に熱い闇が広がるのを感じた。しばらくして痙攣のさなかにほんの一瞬だけ意識が戻ってきたとき、ゆっくりとこちらに近づいてくる足音が聞こえたが、すぐさま再び非在の世界に転がり落ちた。さらにいくらかの時をはさんで、彼はもはや死を目前にした譫妄状態の中で、どうやって感じたかは不明だが、誰かが立って自分を見下ろしているのを感じた。

「私はいよいよ自分の死が目撃できると思い、超人的な努力をして眼を開いた。死の、まるで鉄でできたような恐ろしい顔を私は何度も夢に見てきたので、見まちがうはずはなく、ほんの小さな特徴まで知っている死の顔立ちはいつでもわかるはずだった。ところが驚いたことに、そのとき私の顔の上に見えたのは、放心して眠そうに見える眼をした、若々しくて青白い、全然知らない顔だったのだ。それは、たぶん十四、五歳くらいの少年で、平凡で不細工なその顔には、明らかな疲労以外には何も表れていなかった。彼はそのまま数秒立ち尽くしてから、拳銃をホルスターに戻して立ち去った。私がもう一度眼を開けて、最後の力を振り絞って頭を横に向けると、少年が私の馬に乗っているのが見えた。私はそれからまた意識を失い、何日も後に軍病院で意識が戻った。拳銃の弾は心臓の五ミリ上で胸を貫通していた。わが黙示録的な馬は、私を死のもとへ送り届け損なったのだ。だが、死までの距離はあとほんのわずかだったから、私が思うに、馬はあのまま死への旅を続けたのだろう。ただ、背中に乗せた騎手は別人だったけれど。あの馬と騎手は、いつ、どこで死と遭遇したのか、あの少年が死の亡霊に弾を撃ち込むために、拳銃は役立ったのか。それを知るチャンスが与えられるなら、私はいくらでも支払うだろう。ただ、彼の射撃の腕が良かったとは、私には思えない。そんなふうには見えなかった。彼の銃弾が私に命中したのは、おそらく偶然だろうが、もちろん、私はそのことで彼を責めるつもりはまったくない。ましてや、おそらく彼はとっくの昔に死んで、無に溶け込んでしまったと思うから――白馬にまたがったまま――あのステップの椿事の際に、私が最後に見た姿で」

この小説の作者が、あのときぼくが撃った青白い顔の見知らぬ男であることは、ぼくにとってほぼ疑う余地はなかった。二頭の馬の毛色や外見の描写まで含めて、できごとの際立った特徴全体が事実と酷似していることを、偶然の一致の連続として説明するのは不可能だと、ぼくには思えた。ぼくはもう一度本の表紙を見た。『私は明日到着する』アレクサンドル・ヴォルフ著。この作者名は、もちろんペンネームでもあり得る。しかし、だからといってぼくは躊躇《ちゅうちょ》しなかった。どうしてもこの人物と会いたかった。彼がイギリス人だという事実も意外だった。いや、アレクサンドル・ヴォルフはぼくの同国人なのだが、翻訳者に頼る必要がないほど十分に英語をマスターしているのかもしれない。説明としてはそれが最も妥当だ。いずれにせよ、ぼくは何としてもすべてを明らかにしたかった。なぜなら、ぼくは結局この男をまったく知らないまま、あまりに長くあまりに強く彼と結びつき、彼の思い出がぼくの全人生を貫いてきたのだから。しかも彼の作品を読むと、明らかに、彼もぼくに対して同じくらい強い関心を抱いているに違いなかった。それはまさに『ステップの椿事』が彼の人生できわめて大きな意味をもち、おそらくは彼の運命を決定づけたからだ。長年にわたってぼくの人生をくもらせたあの消えゆく影を、彼に関する思い出が決定づけたよりも、さらに強く。

ヴォルフの本を出したロンドンの出版社を宛先にして、ぼくはヴォルフに手紙を書いた。相手が知らない事実を書いて、いつ、どこでお目にかかれるかお返事いただければと依頼した——もちろん、ぼくと会うことが彼にとっても興味深いならば、という前提で。一か月過ぎても、返事は来なかった。もちろん、彼がぼくの手紙を屑籠に放り込んだこともあり得た。読みもしないで、これは彼の才能の崇拝者であるどこかのご婦人からの手紙で、中にはお写真にサインをして送ってくれというお願いと、彼から返事があったらすぐに自作の小説を送るか、自分で朗読をしにお宅に伺うので、作品への意見を言ってくれというお願いが書かれている、と思ったのかもしれない。ぼくの推測はある程度当たっているような気がした。彼の小説はまちがいなく真の芸術作品として書かれていたが、にもかかわらず、ぼくが思うにこの本には、何かしら特に女性を惹きつける点があったからだ。ともかく、ぼくは返事を受け取らなかった。

それからちょうど二週間して、ぼくはちょっとした取材のために、思いがけずロンドンに行く機会を得た。ロンドンには三日滞在したが、時間を見つけてアレクサンドル・ヴォルフの本の出版社を訪ねることができた。応対してくれたのは社長だった。五十歳くらいの太った男で、銀行家と大学教授の中間のようなタイプだった。フランス語を流暢に話した。ぼくは訪問の理由を述べ、自分が『ステップの椿事』をどんなふうに読み、なぜこの小説に興味をもったかを簡潔に伝えた。

「ヴォルフ氏がぼくの手紙を受け取ったかどうか、知りたいのですが」

「ヴォルフ氏は現在ロンドンにはおられません」と社長は言った。「それで我々も残念ながら、現時点では氏と連絡がとれないのです」

「推理小説みたいな成り行きですね」と、ぼくは若干の腹立ちを込めて言った。「これ以上あなたの貴重なお時間を無駄にしないよう、これにて失礼します。もし、あなたがまたヴォルフ氏と連絡をとれたら――まあ、いつかそんなことが起こったとして――手紙のことをお伝えいただけると期待してもよろしいでしょうか?」

「どうぞ、御安心ください」彼は急いで答えた。「ただ、ひとつ根本的なことを付け加えさせていただきたい。あなたがヴォルフ氏に抱いておられる関心は、まったく損得抜きのものだと理解しております。そこで私が申し上げねばならないのは、ヴォルフ氏はあなたが思っておられる人物ではあり得ないということです」

「ぼくはいまのいままで、正反対のことをほぼ確信していたのですが」

「いや、いや」彼は言った。「私の理解では、その人はあなたの同国人であるはずですね」

「その可能性が大きいでしょうね」

「それだと、絶対あり得ないんですよ。ヴォルフ氏はイギリス人です。私は長年彼を知っていますから、保証できます。しかも彼は二、三週間以上イギリスを離れたことはなくて、離れるときはたいていフランスかイタリアで過ごします。それより遠くには行ったことがありません。確かですよ」

「つまり、すべて思い違いというわけですね。私には驚きですが」とぼくは言った。

「『ステップの椿事』ですが、あれは徹頭徹尾フィクションですよ」

「結局のところ、それもあり得なくはないですね」

この会話の最後の数分間、ぼくは退出するために立ち上がっていた。社長も肘掛け椅子から立ち上がると、急に声を低めて言った。

「もちろん、『ステップの椿事』はフィクションです。しかし、仮にあれが事実だったとしたら、私としては、あなたの行為は許すべからざる怠慢だったと言わざるを得ませんな。あなたは、もっとしっかり狙いを定めるべきだった。そうしていたら、ヴォルフ氏も他の何人かの人々も、むやみに事態が紛糾するのをまぬかれていたことでしょう」

ぼくは驚いて社長を見た。彼はこわばった笑いを浮かべていた。まったくこの場にふさわしくない笑いだと、ぼくは感じた。

「確かにあなたは非常に若かったし、状況が状況ですから、狙いが不正確だったのは仕方がありません。それに、もちろん、この話全体が――ヴォルフ氏の側からすれば――想像の産物であって、あなたの方の現実と一致したのは偶然にすぎませんよ。ではごきげんよう。何か新しいことがわかったら、お伝えします。ただ、もうひとこと付け加えさせてください。私はあなたよりかなり年上ですから、そうする権利があると思うんです。確信をもって申しますが、ヴォルフ氏と知り合うことは、もしそれが実現したとして、あなたに幻滅しかもたらさないでしょう。あなたは何か面白いことを期待されていますが、期待外れに終わりますよ」

この会話はぼくに非常に奇妙な印象を残さないわけにはいかなかった。会話から明らかになったのは、出版社社長がヴォルフに個人的な恨みを抱いていること、彼を憎むべき実際の――あるいは思い込みの――理由をもっていることだった。彼はぼくの射撃が不正確だったことをほとんど非難せんばかりだったが、あの太った穏やかな人物の口からそれを聞くのは、少なくとも意外ではあった。あの本は二年前に出版されたのだから、社長にヴォルフへの態度を変えさせるに至ったできごとは、まさにこの期間に起きたと考えるのが妥当だ。しかし、そんなことをいくら並べても、当然ながら、短篇集『私は明日到着する』の作者についてのぼくの理解は少しも深まらなかった。唯一知り得たのが、彼に関する出版社社長の否定的な、しかも明らかに偏った意見だった。ぼくはもう一度注意深く本を読んだが、印象は変わらなかった。スピード感のある、しなやかなリズムも、形容の巧みさも、それに、筋書きを構成する材料と作者による簡潔で表現力豊かなコメントが、それ以外に考えられないほどぴったりと結合していることも、あいかわらずだった。

ヴォルフについて知りたいことを知り得ないのは、いかにももどかしかったが、ではどうすればよいのかまったくわからなかった。ロンドンでの奇妙な会話からまる一か月が過ぎると、ヴォルフからの返事は——おそらく、永遠に、少なくとも近い将来には——期待できないことを、ぼくはほぼ疑わなくなった。そしてぼくはこのことについて考えるのをほとんどやめてしまった。

ぼくはその頃まったくのひとり暮らしだった。ぼくがディナーや朝食をとりに行くレストラン——それは街のさまざまな地区に四つあった——のなかに小さなロシア料理店があり、家からいちばん近かったので週に何回か行っていた。クリスマス・イブの夜の十時頃、ぼくはその店に行った。テーブルは全部ふさがっていて、空いている席はひとつだけだった——それはいちばん遠い隅っこにあって、そのテーブルには祝日らしい装いの初老の男がひとりで座っていた。この店の常連なので、ぼくがよく見かけていた男だ。彼はいつもいろいろな女性を同伴していた。その女性たちはひとことでは説明しにくいタイプだったが、ただ彼女たちの人生は、ほとんどがそのキャリアに何らかの中断があるという特徴をもっていた。女優ならば元女優、歌手ならば最近喉を壊した、ただのウエイトレスなら少し前に結婚したという具合に。彼はドン・ファンだという評判だった——彼はこういった女たちには、おそらく本当にもてるのだろうと、ぼくは思っていた。だから、彼がこんな日にひとりでいるのを見て、ぼくは大いに驚いた。だが、ともかくそのテーブルへの相席を勧められたので、ぼくは、以前にはする機会のなかった握手をしてから、彼の向かいに腰を下ろした。

彼はちょっと悲しげで、眼がうつろになりかけていた。ぼくが座ってから、彼はほとんど立て続けに三杯ウォトカを呑み干し、そしてにわかに陽気になった。周りでは人々が声高にしゃべり、店の蓄音機には次々にレコードがかかった。彼が自分の杯に四杯目を注いでいるとき、蓄音機で悲しげなフランス語の歌が始まった。

街路《そと》は雨
こころ乱れて

彼は頭を傾けてじっと聞き入っていた。

風が吹こうと、雨が降ろうと、
ただ私を愛して……

レコードがこのフレーズに至ると、彼は涙さえ流した。ぼくはそのときようやく、彼がひどく酔っているのに気づいた。

「このロマンス曲は」彼はぼくの方を向くと、思いがけない大声で言った。「私にいくつかの思い出を呼び起こすんですよ」

ぼくは、ソファの彼が座っている場所のすぐ近くに、紙にくるんだ本が置いてあるのに気がついた。彼は明らかにその本を皺にしたくないらしく、何度か置き場所を換えていた。

「あなたは、さぞたくさんの思い出をおもちでしょうね」

「なぜ、そう思われるんです？」

「いかにも、そんなふうに見えますよ」

彼は笑いだして、確かに自分にはかなりたくさんの思い出があると言った。こうした豪放磊落なタイプの人物に酒が入るとよくあることだが、彼は打ち明け話をしたい、誰かと話したいという衝動に駆られていた。自分の恋のアバンチュールの数々を披露しはじめたが、ぼくの見たところでは、多くの場合明らかに空想に走って、話を誇張していた。だが、彼は自分の餌食となった数多くの女性たちの誰についても悪口を言わなかったので、ぼくはそのことに快い驚きを覚えた。彼の思い出のすべてに奔放さと繊細さの混和したようなところがあった。感情面でのこの独特のニュアンスこそが彼の持ち味で、まぎれもない、無意識に醸し出される魅力があったので、なぜ彼が多くの女性を相手に成功を収められたのかを、ぼくは理解した。ぼくは注意深く彼の話を追っていたが、話はまとまりがなくて唐突なことが多かったので、挙げられた女性たちの名前を順序立てて正確に覚えることはできなかった。その後で彼はふっと息を吐いて自分から話を中断し、こう言った。

「でもこれまでの人生でいちばんだったのは、ジプシーの女の子《ツィガーノチカ》でしたね、マリーナという名の」

総じて彼は女の話をするとき、ジプシーの女の子《ツィガーノチカ》、娘っ子《ジェーヴォチカ》、ブロンドちゃん《ブロンジーノチカ》、黒髪ちゃん《チョールネンカヤ》、はしっこい娘《ブィーストレンカヤ》などと指小形*3を多用した――だから側で聞いていると、彼はいつも十代の少女の話をしているような印象を受けた。

彼はぼくに向かって長々とマリーナを描写してみせた。彼女はまちがいなくあらゆる美点を備えていたが、それはじつに稀有なことだと彼は語った。ぼくが何より驚いたのは、彼女はどんなジョッキーより乗馬が上手で、射撃も撃ち損じがなかったということだ。

「なぜ、別れる決心をなさったんです?」とぼくは尋ねた。

「私が決めたんじゃありませんよ」と彼は言った。「色黒《スムグリャーノチカ》ちゃんの方から私のもとを去っていったんです。去ったと言ってもすぐ近く、近所に住む男のところにね。ほら」と彼は紙に包んだ本を指差した。「こいつのところへ行っちゃったんです」

「この本の作者のところへ?」

「他に誰がいるんです?」

「拝見できますか?」とぼくは手を差し出しながら言った。

「どうぞ」

ぼくは紙を剝いだ——すると、なじみのある文字の組み合わせがぱっと目に入った——『私は明日到着する』アレクサンドル・ヴォルフ著。

これはあまりに予想外な驚くべきことだった。ぼくは何秒かのあいだ、黙って本のタイトルを見ていた。その後で訊いた。

「本屋の店員が間違って、別の本を渡したんじゃないのは確かですか?」

「おやおや」彼は言った。「いったいどんなまちがいがあり得るって言うんです? 私は英語は読めませんが、どうぞ御安心を。まちがいはないですよ」

「ぼくはこの本を知っていますが、つい最近、作者はイギリス人だと言われましたよ」

彼はまた笑いだした。

「サーシャ・ヴォルフがイギリス人! どうせなら、なぜいっそ日本人だと言わないんです?」

「サーシャ・ヴォルフとおっしゃいました?」

「サーシャ・ヴォルフ、お望みならアレクサンドル・アンドレーヴィチ。私やあなたと同じで、イギリス人なんてとんでもない」

「彼をよくご存じなんですか？」

「もちろんですとも！」

「最後に会われたのは、ずいぶん前になりますか？」

「去年ですね」彼はウォトカを自分で注ぎながら言った。「ご健康に乾杯。去年のちょうどいまごろでした。あのときはモンマルトルへ繰り出してね、二日二晩あそこにい続けでしたよ。何があったのか、どうやって家に帰りついたのか、覚えてもいません。奴《やっこ》さんがパリに来ると、いつもそうなんです。まあ私自身が呑む方も、それに――何と申しましょうか――破目を外す方も、まんざらじゃない口ですが、奴さんは次元が違う。私は彼に言ってるんですよ、『サーシャ、ちっとは神様を恐れた方がいいぞ』って。すると答えはいつも同じ。『人生は一度きり、それがこんなにひどいときてる。忌々しいじゃないか』これに何と答えます？　賛成するしかありませんよ」

彼はもう完全に酔っぱらっていて、舌がもつれだした。

「つまり、この方はパリ在住じゃないんですね？」

「ええ、たいていはイギリスにおりますよ、どこにでも飛んでいきますけどね。私は言ってるんですよ、『おい、ロシア語で書いたらどうだ？　そうすりゃおれたちも読めるのに』って。そしたら、『意味がないよ。英語の方が儲かる、払いがいいからな』ですって」

「マリーナとの件はどうなりました？」

「お時間はありますか？」

「ええ、いくらでも」

するとと彼はマリーナのこと、ヴォルフのこと、この件がいつ、どのように起きたかということをこと細かに語りはじめた。それはごたごたした、かなり飾り立てた話で、時々ヴォルフのための、あるいはマリーナのための乾杯で中断された。彼は長い時間をかけて大いにしゃべり、その話には時系列の整合性はなかったが、それでもぼくはことの顛末をある程度はっきりと理解することができた。

アレクサンドル・ヴォルフはこの話し手より――この人物はヴラジーミル・ペトローヴィチ・ヴォズネセンスキーといって、聖職者の家の出身だった――五、六歳年下だった。ヴォルフはモスクワかどこか、ともかくロシアの北部の出身だった。ヴォズネセンスキーがヴォルフと知り合ったのは、同志オフィツェーロフという、無政府主義の傾向をもつ左翼革命家の騎馬隊においてだった。この騎馬隊はロシア南部でパルチザン戦を行なっていた。「敵は誰です?」とぼくが訊くと、「まあ、不法に権力を奪取しようとするあらゆる軍隊ですな」と、ヴォズネセンスキーは思いがけなく決然と答えた。ぼくが理解したかぎりでは、同志オフィツェーロフはいかなる政治目的も追求してはいなかった。どんな革命やどんな内戦の歴史にも登場する、まぎれもない冒険者タイプのひとりである。彼の隊の人数は増えたり減ったりした――状況とか、出くわす困難が多いか少ないかによって、また季節とか、しばしば偶然であるにすぎないその他の多くの原因によって。しかし、基本集団は常に一定で、なかでもヴォルフはオフィツェーロフの側近だった。ヴォズネセンスキーによれば、ヴォルフはこの種の話においては古典的ともいえる数々の特徴を備えていた。つまり常に勇敢で、疲れ知らずで、酒はたくさん呑めて、もちろん仲間として申し分がなかった。オフィツェーロフの隊では一年以上過ごした。彼はその間にじつにさまざまな条件のもとで暮らした。百姓家や地主屋敷、野原や森で暮らしたのだ。数日間飢えたこともあれば、法外にたくさん食べたこともあり、冬の寒さもあれば夏の暑さもあった——つまり、ある程度長期にわたる戦争に参加した人なら、ほとんど誰もが経験することである。ヴォルフに関して特筆すべきは、彼がきわめて几帳面できれい好きだったことだ。「いまだにわかりませんよ、なんで彼には毎日ひげ剃りする時間があったのか」とヴォズネセンスキーは言った。ヴォルフはピアノが弾けて、最高に度数の高いアルコールが呑めて、非常に女好きで、賭けトランプは絶対やらなかった。ドイツ語を知っていたが、このことは彼とヴォズネセンスキーがドイツ人入植者の家に行ったときに判明した。農場の女主人でロシア語は話せない老婆が、自分の娘を荷馬車で三キロ離れた最寄りの町に行かせて、そこに置かれたソヴィエト師団の司令本部に、「村にパルチザンが二人来ている」と知らせようとしたのだ。彼女はヴォズネセンスキーとヴォルフの目の前で、娘にドイツ語でこれを全部指示した。

「それで、どうなりました?」

「彼はそのとき私には何も言いませんでした。ただ私たちは娘っ子を外に出さないで、縄で縛って天井裏に連れてった。それから食料をかっさらって出てきたんです」

ヴォズネセンスキーの話では、ヴォルフはその家を出るときに頭を振って、「いやはや、なんて婆さんだ!」と言った。後でヴォルフが事態を説明してくれたとき、ヴォズネセンスキーは「なぜ、婆さんを撃たなかった?」と尋ねた。「とんでもない女だが」とヴォルフは応じた、「放っておいても長くは生きられないさ。おれたちがやらなくても、神様がお召しになるよ」

ヴォルフは戦場では非常に幸運で、危険極まる戦況下を負傷ひとつせずに切り抜けた。

「一度も負傷しなかったのですか？」

「たった一度だけでしたね」ヴォズネセンスキーは言った。「ただそのときは、私が彼の追善供養をしようとしたほどの重傷でした。これはフランス人が言う、言葉の綾《ファソン・ド・パルレ》ってやつじゃありませんよ。サーシャの命はあと数時間だって、医者が言ったんですから」

しかし、医者はまちがっていた。ヴォズネセンスキーはその理由を、医者がヴォルフの抵抗力を過小に見積もったからだと説明した。彼はさらに、ヴォルフが負傷した状況はまったくの謎だが、その状況について、ヴォルフは覚えていないと言って、何も語ろうとしなかったと付け加えた。そのときは、赤軍と退却中の白軍とのあいだで激烈な戦闘が行なわれていた。オフィツェーロフ部隊は森に潜んで、この戦闘には参加しなかった。最後の銃声が静まってから約一時間後に、ヴォルフは偵察に行ってくると言って、ひとりで出かけた。一時間半たったが、帰ってこない。ヴォズネセンスキーは二人の仲間とヴォルフを探しに出かけた。彼らはしばらく前に三発の銃声を聞いていたが、三発目は前の二発より遠方からの弱い音だった。彼らはひっそりした道路を二、三キロ進んだが、あたりは静かで、どこにも人の姿は見えなかった。ひどい暑さだった。ヴォズネセンスキーが最初にヴォルフを見つけた。ヴォルフはびくとも動かずに道路を横切るように倒れていて、ヴォズネセンスキーの表現によると「口から血と泡を喘ぐように吹き出していた」。彼の馬が見当たらず、それにも驚かされた。その馬はいつも犬みたいにヴォルフについて回り、勝手にどこかへ行ってしまうことはなかったからだ。

「どんな馬だったか、覚えていませんか。毛色とか？」

ヴォズネセンスキーはしばし考えてから、言った。

「いや、思い出せません。昔のことですから頭に残っていませんね。彼は馬もとっかえひっかえでしたし」

「でも、ほら、その馬は犬みたいに彼について歩いたとおっしゃいましたね」

「ああ、彼にはそんな能力があったんです」とヴォズネセンスキーは言った。「彼のものになった馬は、みんなそうでした。ほら、どんなに獰猛な犬にもけっして襲われたりしない、そんな人間がいますよね。彼は馬に関してそんな天与の力をもっていたのです」

ヴォズネセンスキーも同僚たちも、ヴォルフが重傷を負った状況はひどく奇妙だと思った。医者の説明では、傷は拳銃の弾によるもので発射は近距離からだったので、もちろんヴォルフが自分を撃った相手を見ていないはずはなかった。肝心なのは、どんな戦闘も行なわれておらず、周囲には誰もいなかったということだ。ただ、彼らがヴォルフを発見した場所の近くに、鞍を装着したままの黒い牝馬の死体がころがっていた。ヴォズネセンスキーの推測では、どうやらこの死んだ馬の所有者がヴォルフを撃ち、その後で男は謎の失踪をしたヴォルフの馬に乗って立ち去ったようだ。自分たち、つまり自分と仲間が遅れずに到着していたら、ヴォルフの仇を討つために弾を惜しみはしなかったのにと、ヴォズネセンスキーは付け加えた。ぼくは、あのとき一陣の熱い風が吹いてきたことを、その風にのって遠くから数頭の馬の足音が聞こえてきたことを思い出した――あの足音が、即刻その場を立ち去るようにとぼくを急き立てたのだった。

「おそらく、結局は」と、不意にヴォズネセンスキーは言った。「その男はただ自分の命を守ろうとしたんでしょうから、非難はできませんよ。ですから、その男の健康を祈って乾杯することにしましょうや。あなた、一杯やらなきゃ。非常に考え込んでおられるようですからな」

ぼくは黙ってうなずいた。そのとき女性の低い声が蓄音機から響いていた。

なんにも要らない
遅すぎる後悔も……[*4]

もう午前零時過ぎで、空気中にはひんやりとしたシャンパンの匂いがして、香水の香りが小さな雲のように漂っていた。ガチョウのローストと焼き林檎の匂いもした。通りからは車のクラクションの音がくぐもって聞こえた。レストランの窓の向こう、ガラス一枚でぼくたちと隔てられたところに冬の夜が広がり、冷たく色褪せた街灯の明かりがパリの濡れた歩道に映っていた。そしてぼくは、不可解なほど悲しげにくっきりと目の前に見た、夏の暑い日を、夢の中のようにゆっくりと小さな林のあいだを巡っている、黒と灰色をしたひび割れた道路を、そして致命傷を負って落馬した後に熱い地面に横たわる、ヴォルフのぴくとも動かぬ身体を。

ヴォズネセンスキーは、ドニエプル川を見下ろす、白と緑の小さな町に――白は家々の、緑は木々の色だった――ヴォルフを運んで、入院させた。医者はヴォルフの命はあと数時間だと告げた。しかし、彼は三週間後に退院した。頬がこけて濃いひげを生やし、すっかり様変わりしていた。ヴォズネセンスキーはヴォルフを迎えに行ったとき、マリーナを連れていた。この町に着いた翌日に彼女と出会っていたのだ。彼女は軽やかな白いワンピースを着て、浅黒い腕にカチャカチャ鳴るブレスレットを着けていた。二年ほど前に親兄弟のもとを去り、占いや歌で稼ぎながら南ロシアを旅していた。彼女はそういう収入で暮らしているとヴォズネセンスキーは信じ込んでいたが、話から判断すると、彼女は生計についてほとんど苦にする必要はなかっただろうとぼくは思う。当時彼女は十七歳か十八歳だった。彼女のことを語るとき、ヴォズネセンスキーは声まで変わった。あれほど酔っていなかったら、彼女のいくつかの、人に伝えにくい、本当に稀有な特徴をぼくに打ち明けなかっただろうと思う。それらの特徴は、彼女と親密になって、抗えない熱い魅力を何度も味わった人でないと知り得ないものだったから。彼は一軒の小さな家にマリーナと一緒に暮らし、ヴォルフはそこから二軒隔てた家に落ち着いた。ヴォルフは非常に衰弱していたので、まだ以前のパルチザン活動には戻れなかった。ヴォズネセンスキーの家にはピアノがあった。ヴォルフは退院した翌日に遊びにきた。軍服ではない普通のスーツを着て、もういつものようにひげを剃って清潔だった。三人は一緒に食事をして、その後でヴォルフはピアノの前に座り、マリーナの持ち歌に合わせて伴奏した。

しばらくしてから、ヴォズネセンスキーは数日間オフィツェーロフのところへ出かけた。帰ってきたとき、マリーナはいなかった。彼がヴォルフの家へ行くと――出迎えたのはマリーナだった。この日、ヴォルフは家にいなかった。彼女は困惑などせずに彼を見て、未開人のような直接的な率直さで、もう彼のことは愛しておらず、サーシャを愛していると告げた。この瞬間の彼女はカルメンのようだったと、ヴォズネセンスキーは言った。

「私は強い人間でした」と彼は言った。「目の前で仲間たちが殺されたし、私自身も何度も命を危険にさらしてきましたが、蛙の面に水で何も感じませんでした。でもこの日は家に帰るとベッドに倒れ込んで、子どもみたいに泣きましたよ」

それから彼がぼくに話したことは、あまりにも素朴で驚くべき内容だった。彼はマリーナに向かって、ヴォルフはまだひどく衰弱しているから、いたわってそっとしておかなくてはならないと言い聞かせたのだ。

「もしあの人が咳き込んだり、ぜいぜい息をするようになったら、そのときは放してあげるわ」と、彼女は持ち前の率直さで答えた。

しかし、マリーナの不貞はヴォズネセンスキーとヴォルフの関係にはまったく影響しなかった。ヴォズネセンスキーはマリーナにも友人として接する気概を自分の内に見いだした。彼女は何か月もヴォルフと同棲して、どこへでも彼らの隊についてきた。彼らはまさにこの期間に、彼女の乗馬と射撃の腕を目にしたのだった。

それから恐ろしい時期がやってきた。もう二百人しか残っていなかったオフィツェーロフ部隊を追討するために、騎馬師団が送り込まれた。隊は何週間か森に隠れた。クリミアでのことだった。オフィツェーロフは戦死した。クリミアでの最後の日々に、彼らは最近住人が逃げ出したばかりの手入れの良い土小屋を見つけた。比較的暖かくて便利な設備も少しはある場所で、彼らは十日ぶりに平穏な夜を過ごした。ぶっ続けに長時間眠った。朝も遅くなって彼らが起きたとき、マリーナがいなくなっていた。

「彼女の身に何が起きたのか、私たちはとうとう知ることができませんでした」ヴォズネセンスキーは言った。「どこへ消えたのかも」

しかし彼らには、彼女を探し出す時間もチャンスも残されていなかった。彼らは徒歩で海岸までたどり着き、トルコの石炭運搬船の船倉に乗って、ロシアを後にした。二人は二週間後にコンスタンティノープルで別れた——そして十二年後にパリの地下鉄で再会した。それは、ヴォルフが常住しているイギリスからもう何度めかにフランスに来たときのことだった。

マリーナの運命については、ヴォズネセンスキーは何ひとつ知らぬままだった。彼女はある夏の朝にドニエプル川を見下ろす小さな町の露天市の広場に忽然と姿を現し、クリミアの秋の夜明けに、同じように忽然と姿を消したのだった。「姿を見せて、火をつけて、消えてしまった」と彼は言った。「でも私たちだけは彼女を忘れませんよ、サーシャと私はね」

ぼくは彼を見ながら、彼の話の顚末とぼくの人生とを結びつけている信じがたい巡り合わせについて考えた。いまパリのレストランでぼくの向かいに座って、ウォトカとガチョウのローストと思い出話でクリスマスを祝い、話し相手のぼくにとびきり親密な態度を示しているこの男は、いまから十五年前、二人の仲間とともにヴォルフを探して馬を走らせていた。もしもあの一陣の風が吹かなかったら、ぼくは彼らが近づいてくるのに気づかず、彼らはぼくに追いついていたかもしれない。そのときにはぼくの拳銃は、もちろん、ぼくを助けてくれなかっただろう。確かに、とぼくは考える、ヴォルフの白馬は彼らの馬より駿足だったが、あの馬だってぼくの黒馬と同様に負傷したり死んだりすることはあり得た。しかし、ぼくの頭を占めていたのはそんなことではなかった。ぼくが考えていたのは、ぼくの運命の偶然性のことである。もしも、どちらがよかったか——あのとき殺されるのと、その先に定められた人生のために生き残るのと——と問われたら、後者を選ぶべきかどうか、ぼくには自信がない。とうとうぼくはヴォズネセンスキーと別れ、彼は覚束ない足取りで立ち去り、ぼくはひとりになって、最近知ったことや、矛盾が多くてまとまりのない観念をぼくに次々と呼び起こすあらゆることについての思いに耽った。もちろんヴォズネセンスキーの話には、思い出を語る際にほぼ避けられない作り話がかなり混じっていることがあり得た——しかし、それは話の肝心な部分には関係なかった。出版社の社長がぼくに語ったことは、ぼくがこの夜レストランでの会話で知ったこととは、激しく食い違っていた。確かにぼくは、あの社長よりもクリスマス・イブの同席者の方をはるかに信頼している。それにしても、社長はなぜ、ヴォルフはイギリスを長く離れたことはないとぼくに断言する必要があったのか——それに彼はなぜ、ぼくがヴォルフを殺さなかったことを残念がったのか？　しかし、これらもぼくの思索の中心ではなかった。ぼくが最も不審に思ったのは、別のことだ。サーシャ・ヴォルフという、ヴォズネセンスキーの友だちで、冒険者、大酒呑み、女好きでマリーナの誘惑者——このサーシャ・ヴォルフがどうやって『私は明日到着する』を書くことができたのか？　この本の作者はそんな人間ではあり得ない。作者はまちがいなく聡明で非常に学識のある人物で、その教養はけっして偶然の性格のものではないことが、ぼくにはわかっていた。それに彼は、ヴォズネセンスキーのようなお人好しで威勢のいい道楽者とか、概してこの種の連中とのあいだに、精神的な懸隔がないはずがなかった。たとえば、人間心理の変化やニュアンスをあんなにも確かに感じ取って、それを見事に使って散文を組み立てる人物が、ドイツ人入植者の少女を縄で縛りあげる光景は、ぼくには想像しにくかった。もちろん、その行為がまったく不自然だったとはけっして言えないし、しかもずっと前のことなのだが、それにしても『私は明日到着する』の作者として普通に思い浮かべるイメージにはは明らかにそぐわなかった。ぼくが思うに、彼がイギリス人かロシア人かという点にも大した意味はなかった。ぼくが何よりも知りたかったのは、もしもヴォズネセンスキーの話がおおむね事実だったとして——ぼくはそれにはほとんど疑いをもっていなかったが――冒険者でパルチザンだったサーシャ・ヴォルフが、いかにしてこんな本を書くアレクサンドル・ヴォルフに変貌したかということだった。白馬にまたがってすごいスピードで自らの死に向かって――それも全速力で騎乗中に拳銃の弾を受けるというかたちの死に向かって――駆けていった男と、エドガー・ポーの言葉をエピグラフにした短篇集の作者――この両者はぼくの想像の中では折り合いがつきにくかった。「遅かれ早かれ、ぼくはこれについて知るだろう。そしてひょっとしたら、ぼくが特に興味をもっている彼の二重性という観点から、彼の生き方を最初から最後までたどれるかもしれない」とぼくは考えた。これは実現するかもしれず実現しないかもしれないが、いずれにしても未来形でしか語れないことだ。それにぼくがそれを知る運命にあるとしても、いったいどんな状況でそれが起きるのか、ぼくには全然想像できなかった。ぼくは知らず知らずのうちにこの人物に惹きつけられたが、ぼくが彼に抱いた関心を説明するには、いくつかのきわめて明瞭で十分な理由の他に、それらに劣らず重要で、しかもぼく自身の運命と結びついたもうひとつの理由があった。とはいえ、ぼくははじめてその理由に思いを致したときには、馬鹿げていると思ったものだ。それは自分を正当化したいという欲求や同情への希求のようなものだった。何か懲罰を宣告された人が、自分と同じ罰を受けている仲間を懸命に探し回ることがあるが、ぼくはそんな人になりかけていた。別の言い方をするなら、アレクサンドル・ヴォルフの運命がぼくを惹きつけるのは、ぼく自身がこれまでずっと、自分が二つに分裂するという、とんでもなく執拗で克服しがたい現象に悩まされてきたからだ。ぼくはこの自己分裂と闘おうと無駄な努力を続け、この分裂がぼくの人生の最良の時を台無しにしてきた。ひょっとしたら、ここで想定しているアレクサンドル・ヴォルフの二重性とは、たんなる思い込みで、ぼくが感じる彼のイメージの矛盾点は、『私は明日到着する』の作者の顕著な特徴である精神的な調和を構成する別々の要素にすぎないのかもしれない。しかし、もしそうだとしても、ぼくはどうしても理解したかった。彼はどのようにしてそんな幸運な結果を得られたのか、ぼくがこんなに長い間ずっと失敗し続けてきたことに、彼はどうやって成功したのか？

こうした失敗の歴史をぼくはよく覚えていた。その歴史は、ぼくの人格分裂の問題がまだじつに無邪気な性格のもので、のちに襲ってきた悲惨な結末など、おそらく予想もつかなかった頃にまでさかのぼる。それは、ぼくが相反する二つのことに同じくらい強く惹かれるようになったことから始まった。一方には、芸術と文化の歴史、ぼくが非常に多くの時間を費やした読書、それに抽象的問題への嗜向があった。他方には――それらと同様に度外れに強いスポーツへの愛、純粋に身体的な、筋肉を備えた動物としての生に関わるすべてのことへの愛があった。ぼくは重すぎるダンベルを使った運動で心臓が破裂しそうになったことがあるし、人生のほぼ半分をグラウンドで過ごして多くの競技に参加した。つい最近までどんな芝居よりサッカーボールの方が好きだった。ぼくの青春時代の特徴となった、スポーツとは似ても似つかない激しい殴り合いには、非常にいやな思い出がある。これらはすべて、もちろんずっと昔に過ぎ去ったことだが、ぼくの頭には傷跡が二つ残っている――全身に乾いた血がこびりついて、中学の制服もぼろぼろになったぼくを、仲間たちが家に運んだことを、まるで夢のようにぼんやりと覚えている。しかし、こういったことはすべて――ぼくがいつも盗賊だの、監獄暮らしの合間にたまたま娑婆《しゃば》にいるような連中だのと付き合っていたことと同様に――大した意味はないように思われた。当時でも、ボードレールの詩とどこかのチンピラとの激しい喧嘩といった、あまりにも違うことを同じように好きなのは、なんだか変だと推測はできたのだが。のちにこういったことはすべて、いくらか違う形をとるようになったが、けっして改善したとは言えなかった。それが長く続けば続くほど、ぼくの人生の特徴である齟齬と鋭い矛盾が大きくなったのだから。その齟齬と矛盾は、ぼくが精神的な愛着と魅力を感じるものと、自分に勝ち目はないのに抗ってきたもの、まさにぼくの存在の烈しくて感情的な基盤になっているものとのあいだに存在した。その齟齬と矛盾がすべてを邪魔して、ぼくが他の何よりも重んじている思索能力に影を落とし、事物をあるべき姿で見るのを妨げ、それらの事物の像を粗雑に、しかも抵抗できないかたちで屈折させて歪曲し、ぼくが必ず後悔することになる多くの行為をさせてきたのだ。そしてその齟齬と矛盾が、ぼくが明らかに悪趣味だとよくわかっている、審美的に無価値なものをぼくに愛させた。それらがぼくを惹きつける力の強さときたら、それと比較できるのは、ぼくが惹きつけられると同時にいわく言いがたいかたちでこれらに感じる嫌悪感の強さくらいだった。

だが、ぼくの自己分裂がもたらした最も悲しい結果は、女性との関係における精神的経験だった。ぼくはずっと前から自分が、鈍重で粗野な女性の顔を、まるで自分じゃないような貪欲な眼で見つめているのに気づくことがあった。それは、最高に注意深くて公平な観察者がそこに何か霊的な要素を探しても、その努力が無駄に終わる顔だった。そういう女の服が挑発的で必ず悪趣味であることに、ぼくは気づかぬわけにいかなかったし、彼女には純粋に動物的な反応以外は何ひとつ期待すべくもなかった――それなのに、そんな女の動作やお尻を揺らす歩き方が、見るたびにぼくに不可解なほど強い印象を与えたのだ。確かに、ぼくとその種の女たちのあいだに共通点など存在せず、それどころかぼくが彼女たちに近づいたときに最も強く味わう感情は嫌悪感だった。ぼくの人生を通過していった他の女性たちは、まったく別のグループに属していて、彼女たちは、ぼくが常にそこで生きていかねばならない世界の一部をなしていたが、しかし抵抗できない強い力でぼくはそこから下方に引っぱられてしまうのだった。こちらの女性たちがぼくに引き起こす感情は、ぼくが味わい得る感情のうちで最高に良いものだった――とはいえ、やはり全体に何かしら萎《しお》れてしまった魅力の余韻めいたものがあって、それがいつでもぼくに漠とした不満感を残した。いつでもそんな具合だった――だから、ぼくはそれ以外のことを全然知らなかった。考えるに、ぼくがそこから最後の一歩を踏み出すのを押しとどめていたのは、もしも一歩を踏み出したら、最後には精神的破綻が待っていることを無意識に理解している、なにか自己保存の本能のようなものであった。しかし、ぼくはしばしば、その精神的破綻が近いのを感じた。思うに、ぼくの運命はこれまで多くの困難な、時には危険な状況から、幸いにもぼくを救い出してくれた――まさにこの運命が、ぼくの抑えがたい、転落への欲求の入り込む余地のない、ほとんど抽象的でもある平和な幸福の幻想を与えて――人生でほんのわずかな時間だけ――ぼくを助けてくれたのだ。それは、たえず深淵に飛び込みたい欲求に駆られている人が、山もなければ断崖もない、なだらかな平原がどこまでも広がる空間しかない国に住んでいるようなものだった。

時が経過し、それとともにぼくの人生もゆっくり進行するにつれて、ぼくは自分の存在の二重性に慣れてきた。それはまさしく、ある不治の病気に伴ういつも同じ痛みに、人がしだいに慣れていくようなものだった。しかし、ぼくがこの世界を野人のごとく体感的に理解しているせいで、きわめて多くの精神的な可能性を奪われているという認識をそっくり受け入れることは、ぼくにはできなかった。つまり、自分には理論上は理解できても永遠に手に入れられないものがあるという認識、これまでずっと知っていて、かつ愛してきたはずのきわめて高尚な感情の世界が、自分にはしょせん手の届かないものであるという認識を、受け入れきれなかったのだ。その認識は、ぼくが行なったことや企図したことすべてに反映されていた。本来ぼくにもできるはずで、それゆえ他の人が当然のようにぼくに期待する精神的努力が、自分にはできないということを、ぼくはいつも自覚していた——だから多くの実際的なことに重きを置かず、そのためにぼくの人生は総じて偶発的で無秩序な性格を帯びていたのだ。このことがぼくの職業選択をも決定づけた。自分に適性があると感じていたのは文学の仕事だったが、おびただしい時間と損得抜きの努力を要求するその仕事に時間を捧げる代わりに、ぼくはジャーナリズムの仕事に従事してきた。それは非常に不規則で、心底うんざりするくらい雑多な仕事だった。必要に応じて、政治記事から映画批評や各種スポーツ試合の詳報まで、何でも書かねばならなかった。この仕事には特別な努力や専門知識は必要なかった。しかもぼくはペンネームやイニシャルを使うことで、書いたものへの責任を逃れていた。経験がぼくにそれを教えてくれた。ぼくがあまり肯定的でない意見を表明せざるを得なかった人々は、ほとんど誰ひとり、一度としてぼくの評価を受け入れられず、誰もが是非ぼくと個人的に会って誤解を解く必要があると思っていたからだ。時には、どんなに広く考えても自分の守備範囲には入らないことを書かねばならなかった。専門の担当者が病気になったり、どこかよそへ行ったりして、ぼくが代役を務めるときにそういうことが起こるのだ。たとえば、ぼくは一時期、追悼記事ばかりを引き受けるはめになり、二週間に六本書いたことがある。いつもこの仕事を——並々ならぬ熱意とまれに見る職業上の誠実さをもって——こなしていたボシュエというニックネーム*5の同僚が、両肺に肺炎を起こして寝込んだのだ。ぼくが見舞いに行くと、彼は皮肉な笑みを浮かべて言った。

「親愛なる同僚よ、あなたに私の追悼記事を書いてもらうなんて迷惑をかけることにならないといいんだが。あなたにしてみれば、それは我々が期待しうるうちでも最大の犠牲的な行為になるだろうからね」

「わが親愛なるボシュエ」とぼくは言った。「ぼくがあなたの追悼記事を書くことにはならないと、自信をもって予言しますよ。それをあなた以上に上手にできる人は、誰ひとりいないと思うな……」

いちばん驚いたのは、ボシュエが実際、自分の追悼記事を用意していたことだ。彼はそれを見せてくれたが、そこにはぼくが追悼記事で慣れ親しんだこと、このジャンルにおける正統的かつ古典的な文言が残らず含まれていた。つまり、私心のない仕事ぶり、職務中の死――彼は兵士のごとく戦いの最中に倒れた――非の打ちどころのない経歴、そして家族の悲しみ――残された子らはどうなるのか？――等々、すべてがそこにあったのだ。

追悼記事を書いていた時期は、ぼくにとって記憶に残るものになったが、それは特に最後の――数えると六番目の――記事が、もっと故人の肯定的な面を強調するようにという要求付きで編集局から突き返されたためだった。進行性麻痺で亡くなったある政治家の追悼記事だったので、これはかなり難しい要求だった。この人物の人生は驚くべき不変性、一貫性を特徴としていた――後を絶たぬ後ろ暗い事件、銀行を通した粉飾決算、度重なる党派的変節、そしてパーティー、評判のキャバレーや高級娼家通い、あげくに死因は梅毒の合併症だった。この記事は急ぎの仕事だったので、ぼくは夜遅くまでこれにかかりきりで、普通の時間に食事することもできなかった。

それで最後の数行を書き終えて印刷所に届けてから、やっとロシア料理店に立ち寄った。それはぼくがクリスマス・イブにも行ったレストランで、ぼくはそこで久しぶりにヴォズネセンスキーと再会した。彼はまたひとりで来ていて、私を見ると、まるで旧友に会ったように心から喜んだ。長年の知り合いのように打ち解けて、親しげにぼくに話しかけた。といっても、彼の話しぶりや動作が常にそうであるように、こうした態度にも何ひとつこちらを不快にさせるような点はなかった。彼はぼくに、どこに姿をくらましていたのか、あなたに会うにはクリスマスみたいな大祭日を待つしかないのかと尋ねた。その後で、だいたいあなたは何をしている人かと訊いてきた。ぼくがジャーナリストだと答えると、彼はことのほか活気づいた。

「それは幸運ですな」と彼は言った。「私はそんな運に恵まれませんでね」

「何が幸運なんでしょう？」

「おやおや、もし私がジャーナリストだったら、みんなが仰天するようなことを書くのになあ」

「そのためにはジャーナリストである必要はないと思いますよ。試してみられるといい」

「試してみましたが」彼は答えた。「無駄でした」

その後の話によると、彼はあるとき回想記を書こうと思い立ち、夜半まで書いて、すっかりうまくいったので有頂天になったという。

「いやあ、本当に知的で、比喩は巧みで、表現力も豊かで、目を見張るような出来でした」

「そりゃあ、いい」ぼくは言った。「なぜ、続けなかったんです？」

「私は横になって寝ました」と彼は言った。「もう明け方でね。私は、突然発掘された自分の才能に目が眩む思いでしたよ」

それから溜息をついて付け加えた。

「ところが、目を覚ましてから、書いたものをもう一度読んでみたら、なんと、すっかり気分が悪くなったんですよ。内容は馬鹿げていて、書き方も愚劣で、私はもうあきらめるしかありませんでした。私がこれから何か書くことは、けっしてありませんよ」

彼は座ってぼんやり前を見ていたが、その顔にはまぎれもない悲しみの表情が浮かんでいた。それから、ふと何かを思い出したようにぼくに尋ねた。

「そうだ、あなたと話したいことがあったんだ。ねえ、サーシャの書きぶりはどうなんです？すぐれているのか、まあまあなのか。ほら、このあいだ私たちが話題にしたサーシャ・ヴォルフですよ」

ぼくはそのことに関する自分の考えを話した。彼は首を振った。

「彼はその本にマリーナのことは書いていませんか？」

「いいえ」

「残念だな、書く価値はあるのに。じゃあ、彼は何を書いてるんです？　すみませんね、質問ばっかりで。私は英語を知らないので、手元にあるサーシャの本は、未知の言語で書かれた古文書のようなものなんですよ」

ぼくは本の内容を大まかに語った。彼が特に興味を持ったのは、もちろん、『ステップの椿事』だった。サーシャ・ヴォルフ、自分がこんなによく知っている――「我々とまったく同じ」と彼は言った――あのサーシャが、作家になった、しかも英語作家になったと考えることに、彼はまだどうしても慣れることができないでいた。

「いったいどうして、あいつはそんな巡りあわせになったんだろう？　わからないな」と彼は言った。「才能ってものなんでしょうね。私と同じような奴なのに。私は一生をくだらないことに使っちまった、でもサーシャについては後で論文が書かれて、ひょっとしたら本まで書かれるでしょう。そして、もし彼が我々について書いたら、我々のことも思い出されるんですね。五十年後にイギリスの中学生あたりが我々について読む。そんなふうにして、こうして起きたことはすべて無駄ではなかったことになるわけだ」

彼はまたうつろな眼差しで前方を見ていた。

「そうやって何もかも残るんだ」彼は考えを口に出して、語り続けた。「マリーナの腕でブレスレットがカチャカチャ鳴っていたことも、あの夏のドニエプル川も、あの暑さも、それにサーシャが道路を横切るように倒れていたことも。そうそう、彼はあのとき自分を撃った奴を見たんでしたね。あなたのお話だと、それは少年だったと書いてるんですね？　小説ではどんな話になっているのですか？」

ぼくは小説のその箇所の内容をもっと詳しく繰り返した。

「そうだ、そうだ」ヴォズネセンスキーは言った。「それは大いにあり得るな。すっかり脅えきっていたのかもしれませんな、その少年は。あなた、想像できますか？　自分が乗っていた馬が殺されて、かわいそうにたったひとりでステップに立っている。すると小銃を持ったどこかの見ず知らず者が、自分めがけてものすごい勢いで馬を走らせてくるんですよ」

彼は再び考え込んだ。

「我々はいつまでたっても、そいつのことを何ひとつ知ることはないんだ。中学生だったのかな。つい最近まで機関銃より中学の先生のことが怖くて、家ではママの本を読んでたような。あるいは浮浪児みたいなチンピラだったのかもしれん。彼は怖気づいて発砲したのか、それとも殺し屋みたいに冷静に計算して撃ったのか？　いずれにしても」と彼は不意に付け加えた。「もしも何かの奇蹟でそいつに出くわしたら、言ってやりますよ。『ありがとうよ、ちょっと撃ち損じてくれて。あの失敗のおかげで、我々はみんな生き残ることになったんだ。マリーナもサーシャも、ひょっとしたらこの私も』とね」

「あの件をそんなに重く捉えておられるんですか？」

「ええ、当然でしょう？」彼は言った。「人生は跡も残さず通り過ぎて、何百万という人が消えてゆき、誰も彼らのことなど思い出さない。ところがこの何百万のなかからわずか何人かが残るんですよ。これよりすてきなことがあるでしょうか？　あるいは、たとえばマリーナみたいな美女が生きていて、彼女のためなら、おそらく何十人もの人間が死んでもいいと思っている——ところが何年かたつと、彼女から残るものは何もない、どこかで朽ちていく彼女の遺体を除けばね。いったいこれが道理にかなっているでしょうか？」

「確かに、あなたが作家でないのはもったいないかぎりですね」

「ええ、そうですとも。私が理由もなく悔しがってると思っていたんですか？　私はごく普通の人間ですが、私の中に不死を渇望する心があるとしたら、どうすればいいんでしょう？　私は非常に享楽的な人生を歩んできました。いつだって、そら女の子だ、そらレストランだって具合で——でも、だからといって、一度も何も考えなかったわけじゃありませんよ。それどころか、女の子たちやレストランの後では、静寂と孤独に浸って——そういうときには何もかもが思い出されて、心がことのほか悲哀に満たされるんです。放蕩者や酒呑みはみんなそう言うでしょうよ」

彼は今回はもの思いに耽りがちで、ほとんど素面《しらふ》だった。しまいにはぼくに対して、年長者が若い者を相手にしているときの話し方になった。「あなたも私くらいの年齢になったら……」「もちろん、あなたはまだ若い……」といったように。その後でまたサーシャ・ヴォルフの話になったが、もう新しい話は何も出なかった。

さらに数週間が過ぎたが、この間、情報においても自分の推測においても、ぼくは何ひとつ新しいものを得なかった。ロンドンからは一通の手紙も届かなかった。ずっとこのままなのではないかという考えが、一度ならず頭をよぎった。ヴォルフは死んだのかもしれないし、ぼくは彼に会えないかもしれない。そして彼に関するぼくの知識は、彼の短篇『ステップの椿事』と、あの暑い夏の日々に関するぼく自身の思い出、それにヴォズネセンスキーが語ってくれたことで終わってしまうのだろう。ぼくはあの道路や、白と緑に染まっていたドニエプル河畔の町や、小さな一軒家に響いたピアノの音や、そして――ヴォズネセンスキーが忘れられずにいる――マリーナのブレスレットが鳴る音を、あと何度かは思い出すだろうが、後にはこれらすべてがしだいに色褪せて輝きを失い、そのうちに軽快で正確な言葉で書かれたあの本以外にはおそらく何も残らなくなる。ぼくにとってはあの本のタイトルさえ、遠くから聞こえる嘲笑の声みたいに響くことになるだろう。

ぼくはあいかわらず時々あのレストランに通っていたが、ヴォズネセンスキーの来店と時間がかち合ったことはなかった。だが、彼はぼくにとってもはや大きな関心の対象ではなくなってい

た。あいかわらず、ラジオに接続された蓄音機からレコードの音が流れていた――そして女性の低い声が、

なんにも要らない
遅すぎる後悔も……

とロマンス曲を歌いはじめるたびに、ぼくは無意識に頭を上げた。するといまにもドアが開いてヴォズネセンスキーが入ってきて、彼の後ろから髪はブロンドで、灰色のじっと据わった眼をした男が、足早にやってくるような気がする。彼の眼が灰色だったことを、ぼくはいまやはっきりと思い出していた。その眼はぼくが見たときには、死を前にしてほとんど濁っていたが、状況が非常に特殊だったので、ぼくは眼の色に気づいたのだ。

＊＊＊

ぼくは前と同じような生活を続けていたが、その生活には何ひとつ変化がなく、すべてがいつも同じで――混沌として侘しく、時には、自分がもう果てしなく長く生きてきて、見るべきものはすべて、はるか昔からうんざりするほど知り尽くしているという感覚を振り払うことができなかった。この町も、いつものカフェや映画館も、いつもの新聞の編集局も、話題も同じなら相手もほぼ同じの、いつも変わりばえしない会話も。ところがあるとき、暖かな、雨の多い冬の二月

に、まったく何の準備もなければ何か新しいことへの期待もいっさいなかったところへ、一連のできごとが起きはじめ、それが後々ぼくをずっと遠くまで連れていくことになった。実を言うとそのきっかけは、少なくともぼくの側からは、少しも偶然とは呼べなかった。この少し前にぼくはボシュエの代わりに追悼記事を書いたが——ありがたいことに彼はもう回復して、理解しがたい熱心さで詩情溢れる追悼記事に取り組んでいた——あのときと同様に、今度はスポーツ観戦記事が専門の同僚記者の代役を務めることになった。その男は——彼の見解では——とても重要なサッカーの国際試合を観るためにバルセロナへ出張した。ところがその翌々日にそれに劣らず重要なイベント、すなわちボクシングのライト・ヘビー級の世界チャンピオン決定戦がパリで行なわれることになっていたので、ぼくはその観戦記事を頼まれたのだ。ぼくはこの試合の結果に大いに興味をもっていた。どちらのボクサーについてもキャリアと特徴をしっかり把握していたので、二人のぶつかり合いが非常に興味深く思われた。一方のボクサーはフランス人の有名なエミール・デュボワ、もう一方はアメリカ人のフレッド・ジョンソンで、ヨーロッパでの試合ははじめてだった。一般に人気があるのはデュボワだったが、ぼくはジョンソンが勝つと思っている少数派のひとりだった。というのも、たいていの一般人はもちろんだが、たいていのジャーナリストも知らない情報を得ていたので、ぼくにはそう考えるだけのいくらかの根拠があったのだ。デュボワのことは前から知っていたが、彼はこれまでの数年間、負け知らずだった。にもかかわらず、彼を並外れたボクサーと呼ぶことは、どうしてもできなかった。彼にはまちがいなく天性の素質があったが、それはどちらかというと、いくつかの短所がないということであり、長所の集合ではなかった。彼は耐久力がとびぬけて強く、強力なパンチをいくらくらっても耐える力があり、すぐれた肺と心臓、測り知れない肺活量の持ち主だった。これらは長所ではあるが、プロらしい際立った個性があると言うには不十分だった。彼が試合で用いる戦術はいつも同じで、そのことが、インスピレーションや想像力のたぐいの完全なる欠如を証明していた。その戦術が何度かうまくいったので、以後はそれを変えなくなったのだ。彼は腕が短く、敏捷性と柔軟性も足りなかった。接近戦《コール・ア・コール》にもち込んで勝利することが多く、パンチはいつも相手の肋骨に当たっていた。それまでの試合で絵に描いたようなノックアウト勝ちは二回だけで、どちらも完全に偶然の産物だった。耳は両方ともずっと前につぶれ、鼻も直接パンチを受けてつぶれていた。いつでも牡牛みたいに頑丈な頭を低く下げて相手に向かっていき、まぎれもない鈍重な勇敢さを発揮してあらゆるパンチに耐えた。彼はライト・ヘビー級のヨーロッパ・チャンピオンで、すべての新聞雑誌が、今回は彼があっという間に勝つと予測していた。素顔は、頭は鈍いが非常に善良な人物で、ついでながら、自分について何と書かれようとジャーナリストに文句をつけたことはない。結局、彼は読むことが苦手で、新聞にはほとんど興味がなかったのだ。

フレッド・ジョンソンに関するぼくの知識は、アメリカの記者たちが書いていることにかぎられていた。それらの大量の宣伝記事から、彼について判断するために多少なりとも有益なデータを引き出すのは、大変な仕事だった。ジョンソンは学資不足で大学を卒業できなかったが、ほかならぬこのことが彼にボクサーという職業を選択させた。これ自体、かなり異例のことだった。第二の特色、それはもう純粋に職業的なことだが、彼はほとんどの試合を最終ラウンドまで戦った。三番目は彼について書く人がみな必ず嘆くことだが、彼は必要とされる強いパンチ力をもっておらず、その対戦歴中ノックアウトで終えた試合は数えるほどだった。それでも時々はノックアウトで勝つこともあり、それはみんなに驚きを与えたが、とにかく滅多に起こらないので、すぐに忘れ去られた。彼の記事を書く人はみな決まって、動きの速さと戦術の多彩さを強調した。ぼくは彼の写真を何度も見たことがある。ジョンソンの顔は、大多数のプロボクサーとは対照的に、醜く変形していなかった。ぼくは彼に関する記事を何十も読み、これまでの試合結果を検討してみて、いくつかの純粋に理論的な結論を導き出したので、いまやそれを検証することに非常に興味があった。導き出した結論は以下のとおりだ。第一にジョンソンは――少なくともボクシングの試合においては――クレバーで、その事実がただちに彼を試合相手に対して優位に立たせている。ぼくはボクシングが大好きだが、ずっと前から確信していることがあって、それはボクサーたちの理解力の速さや、彼らに備わった想像力の基本的な柔軟さについてどんな幻想を抱こうと、たとえ技術的な意味に限定しても、たいていは――百のうち九十例までは――無益だということだ。第二に、どうやらジョンソンにはデュボワに劣らぬ耐久力があった。試合のたびに十ラウンドか十五ラウンドを耐え抜くのは、稀有な身体能力に恵まれたボクサーだけに許される贅沢なのだから。第三に彼は防御においてすばらしいテクニックをもっていた――これまでのキャリアで顔がひどく変形していないことが、それを証明している。そして最後のいちばん重要な点として、彼は――ぼくが見るところ――絶対にノックアウトする必要があるときには、そうするのに十分なパンチ力を有していた。ただ、本当にかぎられた場合にしかそれを使わず、判定勝ちの方を優先していた。以上のことに加えて、彼はデュボワより六歳若かった。このこともある程度重要だった。

ぼくは自分の予想が正しいことに完全な自信をもっていたが、それでもこれはすべて間接的な資料、しかもアメリカの新聞のスポーツ記事という当てにならない情報に基づいていた。この試合でジョンソンの課題はただひとつ、デュボワと距離を保つこと、接近戦《コール・ア・コール》を許さないことに帰する。ジョンソンがこれを理解しないはずはないし、これを守ればテクニックの優位が彼を勝利に導くと、ぼくは確信していた。

試合の夜、巨大なスポーツ会館《パレ・デ・スポール》の入口前には、ぼくが久しく見なかったほどの群衆と多くの車が群がっていた。チケットはずっと前に完売だった。入口の真ん前にアメリカ大使のすごく大きな車が停まっていた。通りには細かい冬の雨が降るなか、たくさんの人が集まっていた。ちらほら混じる若い娘たちは、警察の目を逃れて暗がりに身を隠していた。ぼくが二、三歩進むと、ひとりの知人が声をかけてきた。学生時代にカルチェ・ラタンで知り合った若い建築家だった。

「君は幸運だな！」彼は握手しながら大声で言った。「二十フランのチケットを百五十フランで売るインチキ野郎を探さないですむんだからな！　ぼくも君みたいな記者証がほしいよ。デュボワが負ける方に賭けないか？　ぼくは彼が勝つ方に十フラン。あっ、あいつだ！」ここで彼は、ハンチング帽をかぶった小男を見つけて叫んだ。「さあ、チケットが手に入るぞ。また会おう！」そして彼は姿を消した。

その瞬間に女性の、まったく自然な抑揚の落ち着いた声が、少しだけ外国人風のアクセントでこう言った。

「すみませんが、あなた、本当に記者の方ですの？」

ぼくは振り返った。それは二十五、六歳くらいの女性で、身なりは立派で、顔は表情が乏しいがかなり美しく、あまり大きくない灰色の眼をしていた。かぶっている帽子は、すっきりとして形の整った額を隠してはいなかった。ぼくは彼女が面識もない自分に話しかけてきたことに驚いた。そんなことをしそうな人には見えなかったのだ。しかし、その話し方はとても自由で率直だったので、ぼくはすぐに返事した。「ええ、ぼくは記者です。何かお役に立てれば光栄です」

「私、試合のチケットを手に入れられませんでした」と彼女は言った。「とっても見たいんですの。あなた、私を連れて入っていただけません？」

「やってみましょう」とぼくは答えた。結局、主催者側と長い交渉をしてから入口の係員にチップを渡して、ぼくは彼女を連れてホールに入った。ぼくが彼女に自分の席を譲ると、彼女は当惑せずに受け入れた。ぼくは彼女の隣、ぼくたちの席を他の席から隔てている石造りの低い仕切りに貼りつくように立った。彼女はそのあと一度もぼくの方を見なかったが、試合が始まる前に、ほとんど振り向きもせずに、こう訊いた。

「どちらが勝つと思います？」

「ジョンソンです」とぼくは言った。

しかし、このとき早くもボクサーたちがリングに上がったので、会話は終わった。タイトルマッチの前座の二試合は、全然おもしろくなかった。ついにメインマッチが始まる瞬間になった。暗いピンク色のタオル地のガウンを着たデュボワの、横幅が広くてずんぐりした姿が見えた。彼はマネージャーと派手なポーズでタオルを持った二人のセコンドに付き添われて、リングに向かった。ぼんやりとした静かな顔は、いつもの素っ気ない笑みを浮かべていた。群衆は拍手して大声をあげ、上の方からは甲高い声援が聞こえた。

「行け、ミミール！　ぎゃふんといわせてやれ！　打つんだ！　さあ、やっつけろ！」

ジョンソンがどちら側からリングに近づいてきたのか、ぼくは気づかなかった。彼はまさに滑るようにロープをくぐって、デュボワの隣に現れたのだ。時々起こることだが、ちょっとした動作、つまり彼がロープをくぐるために身を屈めて、その後でまっすぐに身体を起こした動作だけで、彼の全身が理想的にバランスのとれたしなやかなものであることが見て取れた。彼は青い縦縞模様のガウンを着ていた。ガウンを脱ぐと、両者の違いが目にとび込まずにはいなかった。デュボワは相手よりずっと横幅があって重そうに見えた。丸く盛り上がった強靱な肩と、毛深い胸、筋肉隆々の太い脚がぼくには見えた。ジョンソンの身体で特にぼくを驚かせたのは、痩せていること、はっきりと浮き出た肋骨、デュボワと比べるとひときわ細く見える手足だった。しかし、より注意深く見ると、とても大きな胸郭、肩幅の広さ、バレエダンサーのように美しい脚が目について、胸毛のない上半身の輝く皮膚の下で、あまり大きくなくて扁平な筋肉が従順に軽やかに動いていた。彼は金髪で、美しくはないが表情豊かな顔をしていた。十九歳くらいに見えたが、実際は二十四歳だった。彼にも拍手が起こったが、もちろん、デュボワほどではなかった。彼は笑みを浮かべずに一礼した――そしてゴングが鳴って試合が始まった。

ぼくがすぐに不安を感じたのは、古典的なデンプシーのポーズに似た――両方の拳を眼の高さにまで上げる――ジョンソンの防御の構えは、上体全部を無防備にするので、明らかにデュボワとの試合には適当でないことだった。しかし、ぼくは早くも第一ラウンド終了後に自分のまちがいを悟った。ジョンソンの真の防御は、構え方の如何にあるのではなく、尋常でない動きの速さにあった。デュボワは彼らしくない速いテンポで試合を始めた。おそらく彼は、前もってマネージャーから与えられていた指示を正確に守っていたのだろう。彼がすばらしいトレーニングをしてきたのは明らかで、ぼくは彼の身体がこれほど完璧に仕上がっているのを見たことがなかった。ぼくの立っている位置から、彼の連続パンチがはっきりと見え、そのはずむような鈍い音が聞こえた。その音は遠くから聞くと、軽い不規則な足音のようだった。そのパンチがジョンソンの無防備な胸に浴びせられると、相手はリングを回りながら後退した。デュボワは猛烈に攻撃したので、観衆の注意は彼に集中した。誰もジョンソンのことは考えていないようだった。ぼくの近くにいた観客のひとりが憤慨して、「いや、あいつは存在してない。リング上にいない。おれには影も見えないぞ！」と大声で言った。「これじゃ試合じゃなくて、殺人よ！」という女性の叫び声がした。観衆の応援に励まされてデュボワはますます攻撃を強めた。彼が盛り上がった肩をすばやく動かし、どっしりした足で重々しくステップを踏むのが見え、こんなに制御のきかない生きた機械に対してはどんな抵抗も不可能だと、傍目《はため》にもいつのまにか感じられた。全観衆がそう思ったので、冷静さを保って試合を注意深く追っている数少ない観客も、その見方を共有しないわけにはいかなかった。

「アメリカ人が相手だと、いつもこうだ！」とぼくの近くの観客が大声で言った。「アメリカじゃ奇蹟を起こすんだが、ヨーロッパに来るとぼこぼこにされるんだ！」

第一ラウンドが異常に速いテンポで進んだので、ジョンソンがどの程度仕上がっているのか、ぼくには判断できなかった。ただ、インターバルのときに気づいたのだが、彼の呼吸は早まりもせず穏やかで、顔には、ぼくが新聞の写真で見た緊張と自信の表情が浮かんでいた。

第二ラウンドと第三ラウンドは、第一ラウンドの繰り返しだった。デュボワにこんなに速くて激しい攻撃ができるなんて、ぼくは思ったこともなかった。しかし、すでにそのとき、デュボワの得意の接近戦《コール・ア・コール》がうまくいっていないのが見て取れた。ジョンソンがたえず後ろに下がっていたからだ。デュボワは下がる敵めがけて突進し、寸分も力を抜かなかった。彼の身体は汗で光ってきたが、あいかわらず一瞬も衰えぬリズムでパンチが繰り出された。ジョンソンはリング上でほぼ正確に円を描いて後退を続けた。第四ラウンドの終わり近くには、試合はもう決定的にデュボワの勝ちで、彼が何か形ばかりのことをするだけで勝負は決まると思われた（まだ奇蹟的に両足で立っているジョンソンに連続パンチが浴びせられ、「とどめの一撃だ！　とどめの一撃！」と上の方からつんざくような叫び声が聞こえてきた。「とどめを刺せ、ミミール！」）。するとそのとき、突然リング上で動きが起こった。その動きはあまりに鋭く、文字どおり誰ひとり目に留めることができなかったのだが、身体が倒れる一瞬の鈍い音が響きわたり、ぼくはデュボワの重い身体が床に崩れ落ちるのを見た。本当に思いがけない、信じられないことが起きたので、巨大なスポーツ会館《パレ・デ・スポール》全体に一斉に観衆のどよめきが上がって、まるで怪物の吐息のようにふっと通り過ぎた。レフェリーまでが呆然として、すぐにはカウントをとりはじめなかった。カウントが七になるまで、デュボワの身体はびくとも動かなかった。カウントが八のときに、第四ラウンド終了を告げるゴングが鳴った。

第五ラウンドから試合はまったく違う様相を呈した。第四ラウンド終了までリング上にはデュボワだけがいるように見えたが、今度は代わってジョンソンが姿を見せ、そうなってみると彼の並外れた特質が評価できた。試合はまるでオーソドックスなボクシングのレッスンのようで、ジョンソンはひとつもミスをしない完全無欠の教師のように見えた。しかも、彼は明らかに相手をいたわっていた。デュボワは半ば意識を失って、いまではほとんど当てずっぽうに動いては、必ずジョンソンの拳に当たっていた。彼はさらに何度も倒れたが、信じられない頑張りで立ち上がり、最後にはほとんど防御もしなくなった。途方にくれたように両方の手で顔を隠し、持ち前の、ただこのときはほとんど無意識の気丈さを発揮して、すべてのパンチに耐えていた。片眼は潰れ、顔には血が滴り、その血を機械的な動作で嘗めては、音を立てて唾を飲み込んでいた。なぜレフェリーが試合を止めないのか、わからなかった。ジョンソンはこのラウンドの途中で何度か両手をだらりと下げて、デュボワやレフェリーの方をもの問いたげに見たし、彼が「だって、敵はくたばってるぞ」と言うのをぼくははっきり耳にしたが、その後で肩をすくめると、いまやもう必要のない、自分の驚くべきテクニックのデモンストレーションを続けた。第六ラウンドの開始直後にやっと、さっきと同じすばやい動きで、ただし今度は全員がそれを目に留めたが、ジョンソンの右の拳がとんでもないパワーと正確さでデュボワの顎を捉えた。デュボワは意識を失ったまま、リングから運び出された。ホールには、もはや形も意味ももたない叫びとどよめきが立ち込めていた。そして観衆はゆっくりと散りはじめた。

冬の雨が小止みなく降っていた。ぼくはあの女性と一緒に外に出てタクシーを止め、彼女に行き先を聞いた。

「ご親切にしてくださって」と、彼女はタクシーのドアを閉めず、もう中に座りながら言った。「どうやって感謝したらいいのか、わかりませんわ」

「コーヒーを一杯、いかがですか。激しい興奮の後では効きますよ」とぼくは言った。彼女が賛成したので、ぼくたちはタクシーでロワイヤル通りの遅くまで開いているカフェに行った。雨滴が、街灯の光を受けてかすかにきらめきながら、車の窓ガラスを伝っていた。

「あなたはなぜ、ジョンソンが勝つと思われたんですの?」と彼女は訊いた。ぼくはこの件に関して予想したことを詳しく語った。

「あなたはアメリカの新聞を追ってらっしゃるの?」

「それはぼくの職業上の義務なんですよ」

彼女は口をつぐんだ。ぼくはなんだか彼女と一緒にいるのが気詰まりになって、カフェに誘ったのを後悔しはじめた。車が街灯の光の中に入るたびに、彼女の冷たい落ちつきはらった顔が見えて、数分もすると、はっきり言って自分はなぜ、この知らない女性とコーヒーを飲みに行こうとしているのだろうか、と考え込んだ。なにしろ相手は、まるで美容院か地下鉄の車内にいるみたいにうつろな表情をしているのだ。

「あなたはジャーナリストにしては、あまりおしゃべりじゃないんですね」しばらくすると彼女は言った。

「なぜジョンソンが試合に勝つと思ったかは、詳しくお話ししましたよ」

「話し相手としてのあなたの能力は、その方面に限定されていますの?」

「あなたがどんな話題に関心をおもちか、ぼくにはわかりませんし。主としてボクシングの話かなとは思いましたが」

「いつもそうとはかぎりませんわ」と彼女が言ったとき、タクシーが停まった。一分後にはぼくたちはテーブルをはさんでコーヒーを飲んでいた。ぼくはそのときようやく同行者をしっかりと見た。というより、やっと彼女の特徴に気づいた。彼女は意外に口が大きくて、ふっくらとした貪欲そうな唇をしており、それが彼女の顔にアンバランスな表情を――まるで何か人工的な要素を含んだような表情を与えていた。彼女の美しい額と顔の下半分の結びつき具合が、何かしら解剖学上のミスのような、いくぶん重苦しい印象をもたらすのだ。しかし、彼女がはじめて笑みを浮かべて、かすかに口を開けてきれいな歯並みをのぞかせたとき――不意に暖かい肉感的な魅力をたたえた表情がその顔をよぎった。それはほんの一瞬前には、その顔には浮かびそうにないような気がした表情だった。のちに何度となく思い出したが、ぼくはまさにこの瞬間から、それまでぼくを縛りつけていた彼女に対する気まずさを感じなくなった。ぼくは気が軽くなって自由になった。彼女自身のことをあれこれと質問した。苗字はアームストロングで、つい最近夫を亡くし、パリにひとりで住んでいると、彼女は語った。

「ご主人はどんな方だったんです？」

夫はアメリカ人のエンジニアだったが、二人はこの二年間会っていなかった、自分はヨーロッパにいて、彼はアメリカに残っていたからと、彼女は答えた。彼女はロンドンにいるとき、夫が突然死んだという電報を受け取ったのだ。

「あなたにはアメリカ人的な訛りがありませんね」とぼくは言った。「あなたの訛りは、こんな言い方が可能なら、ニュートラルに外国人的だな」

彼女はまた、常に意外な印象を与える微笑を浮かべて、自分はロシア人だと言った。ぼくは思わず腰を浮かしかけた――あのとき、あの言葉がなぜあんなに驚くべきことに思われたのか、いまでもわからない。

「相手がご自分の同国人だとは、お思いにならなかったの？」

彼女はいまや非常にきれいなロシア語で話していた。

「だって、そんなこと思いもよらないじゃないですか」

「でも私は、あなたがロシア人だとわかっていましたよ」

「あなたの洞察力には感服します。どうしてわかるんです？　もし秘密でなければ」

「眼を見ればわかりますわ」彼女はからかうような口調で言った。それから肩をすくめて、こう付け加えた。

「あなたのコートのポケットからロシア語新聞がのぞいてましたから」

もう夜中の一時過ぎだった。ぼくは彼女を家まで送っていこうと申し出た。ひとりで帰ります、お手間はとらせたくありませんからと彼女は答えた。

「たぶん、職業上の義務があなたを呼び招いていますね、そうでしょう？」

「ええ、さっきの試合の記事を届けなくてはなりません」

どこに住んでいるのか彼女に訊くまい、次に会う機会を求めることもするまいと、ぼくは固く心に決めていた。一緒にカフェを出て、彼女をタクシーに乗せ、ぼくはこう言った。

「よくおやすみになれますように、ごきげんよう」

彼女は手を差し出し、その手に雨粒が数滴落ち、そして彼女はもう一度笑みを浮かべて言った。

「おやすみなさい」

それが事実だったのか、それともぼくにそう聞こえただけなのか、わからない。ぼくには、彼女の声に新しいイントネーションが、音の微笑のようなものが、現れたかと思うとさっと消えたように思えた。その微笑は、先ほど彼女の唇と歯にはじめて浮かんだ、かすかに肉感的な動き、その後でぼくは彼女と一緒にいるのが気詰まりでなくなった、あの動きと同じ意味をもっていた。

自分が何を言っているのか一瞬も考えず、たったいま彼女には何も訊くまいと決心したことを完全に忘れて――そんな決心はまるでなかったみたいに――ぼくは言った。

「あなたのお名前と父称、それに住所も知らないままお別れするのは、残念です。とにかく、あなたのスポーツへの関心が恒常的なものでしたら、ぼくはまだあなたのお役に立てるかもしれません」

「そうですわね」と彼女は言った。「私はエレーナ・ニコラエヴナといいます。住所と電話番号は、こうですわ。メモなさらないの？」

「ええ、覚えられます」

「そんなに記憶力に自信がおありなの？」

「完全にね」

彼女は家にいるのは午後一時までと夜の七時から九時までだと告げて、車のドアを勢いよく閉めると、去っていった。

ぼくは印刷所のある方角に向かって歩きだした。雨が一瞬もやまず、濃い靄が立ち込めた夜だった。ぼくはコートの襟を立てて歩きながら、いろいろなことを一度に考えていた。

――ジョンソンの価値については、いままでは議論の余地があると思われていたけれど、昨日疑いもなくはっきりしたので、いまやこの問題は完全に肯定的な評価で全面的に決着するんだろう。でも、これは当然予想できたことだ。新しい世界チャンピオンのキャリアについてある程度情報を得ていた何人かの記者にとっては、試合結果はあらかじめわかりきっていた。

――彼女は「職業上の義務があなたを呼び招いていますね」と言ったな。あれはあんまりロシア語的じゃなかった。でも、あれが彼女が犯した唯一のミスだな。

——デュボワの勇敢さは尊敬しないわけにいかない。過去の試合では、対戦相手が結局は平均的レベルのボクサーだったから、彼のいくつかの欠点はそれほど大きく作用しなかったけど、今度はジョンソンのような完璧なテクニックをもつ相手との試合だったから、命取りになったんだ。

——彼女にはどこか不自然さで人を惹きつけるようなところがある。彼女の顔のあの不調和は、ひょっとしたら、ある種の精神的な歪みと呼応しているのかもしれない。

——ジョンソンについてあらゆる機会に必ず、彼にはノックアウトするだけのパンチ力がないと繰り返し言われてきたのは、彼のマネージャーがいつも成功させてきた、ただの戦術だったと考えなきゃならない。あれは大衆向けの逆宣伝《オ・ルブール》のトリック、アメリカのスポーツ新聞や雑誌が得意にしてるやつだったんだ。

——彼女とはこれからどうなるか知りたいものだ。オクターヴ・フイエ通り——これは、ぼくの勘違いでなけりゃ、アンリ・マルタン大通りの近くだ。

——デュボワがこれまで成功してきたのは、彼とは絶対に接近戦《コール・ア・コール》を避けなきゃならないという単純な事実を、対戦相手の誰ひとりわかっていなかった、あるいは誰もそんな簡単な計画を実行するだけのテクニックをもっていなかったせいだ。だけど、デュボワは接近戦《コール・ア・コール》にもち込むチャンスを奪われると、すぐに最大の強みを失うんだ。ジョンソンは持ち前の頭の回転の速さでそれがわかった。その瞬間にデュボワの命運は尽きた。

——ひょっとしたらぼくは、新たな精神的な旅、目的地の決まっていない旅立ちをするのかもしれないな。これまでの人生でもう何度も起こったように。

――とことん率直に考えてみよう。デュボワには疑いようのない長所があるけれど、彼が世界チャンピオンのタイトルをめざしたのは、いうまでもなく思い違いの結果だった。彼はボクシング界の実直な、ぼくたちが知るかぎり最高の働き手のひとりだ。しかし、いまだかつて彼に、さまざまな素質の特別な、きわめて稀有な結合――それなしではボクシングの歴史で最高の地位は占められないもの――が見られたことはない。だいたい、長年のあいだに登場した何百人ものボクサーのなかで、スポーツの歴史家の記憶に残るのは、ほんのいくつかの名前だけだ。そのなかで最新の名が、カルパンティエ、デンプシー、タニーなのだ。ジョンソンは――いくらか独断的だが――これら一連の名前と同列にみなすことができるが、それと比べるとデュボワはじつにみじめな役割を演じているにすぎない。ただ、それは彼の功績をいささかも減じるものではない。

――もしも彼女の声にあの思いがけない調子が現れなかったら、ぼくはこれ以上彼女と会うことはなかったに違いない。

ぼくは印刷所近くの小さなカフェに着いて、そこで道々考えてきた観戦記事を書いた。それから記事を入稿すると、家に帰って午前三時半に横になった。眼を閉じると、最後にもう一度ボクサーたちの裸の上半身、ライトに照らされた四角形のリング、それに今夜一緒だった女性の思いがけない笑顔が脳裏に浮かんできた――そしてついに、半ば開いた窓から聞こえてくる雨音を聞きながら眠りについた。

次の一週間ずっと、ぼくは非常に忙しかった。当時ほとんど頭になかったいろんなものごとのために金が必要になり、それで毎日数時間ずつ記事を書き続けていたのである。たいていは予備知識をもっていないテーマだったので、事前にある程度の資料を調べなければならなかった。

ある女性のバラバラ殺人がそうだった――ぼくは予審のときから事件を追いはじめたので、それ以前のすべての新聞報道を調べる必要があった。ある金融スキャンダルについても、十八歳の若者の行方不明事件についても、事情は同じだった。これらの仕事はすべて徒労に終わった。女性を殺害した犯人は見つからなかった。予審が始まるとすぐに犯罪の証拠が何も残っていないことが明らかになったので、この結果は最初からわかりきっていた。金融機関の破錠も何ひとつ結果は出ず、記者たちは固有名詞を出すなと申し渡された。公表を禁じられたのは非常に有名で尊敬されている人たちの名前だったので、銀行破綻に関する一連の記事は見るからに一過性の色を帯び、実際、数日後にはこの事件のことはいっさい言及されなくなった。新聞を沈黙させるためにいくらの金が払われたか誰もが知っていたが、だからといって、この件はもう種切れだという事情が変わるわけではなかった。最後に、若者の行方不明事件も、誰にとっても秘密ではなくなった。この件は、当の若者が公式用語で〈特殊なモラル〉と言われる性向の持ち主であったことで説明がついた。彼は完全に自分から同意して、ある有名画家の郊外の別荘に連れていかれたのだ。画家も〈特殊なモラル〉の持ち主で、ただちょっとその傾向が異なっていたため、画家と若者の交際はまぎれもない完璧なる牧歌詩そのものとなった。この画家は歴代の大統領や大臣たちの肖像画を描いたことがあり、多くの国家的名士と知り合いで、彼らの家を画家が訪問することも穏やかに継続された――それを伝える記事では、以前と同じく「出席者のなかには我らが有名な画家もいた……」と書かれた。例の若者はパリから二十キロの地点で彼の特別な――そして特異な――幸福を満喫し、新聞には彼の写真や両親のインタビュー、警察の〈風俗取締係〉の声明などが掲載された。ぼくはこの三つの事件について一週間で十四の記事を書き、それらはぼくの経済事情をすぐに立て直してくれた。デュボワのマネージャーはリベンジ戦を要求し、レフェリーが不公平だったと批判し、デュボワによる宣言文の原稿まで書いてのけた。それによればデュボワは、あの試合では完全に一定の戦術に従っていて、最後の数ラウンドで勝つつもりだったし、ジョンソンにノックアウトをくらったのは明らかにたんなる偶然だった。マネージャーはそれ以外にも、大部分の観戦記事が、彼の見るところ、許しがたい調子で書かれていると主張し、パリの新聞でこんな記事を読むのは恥辱だと強調した。これに関してさらにいくつかの記事が、公的には「真実の回復」を目的として書かれたが、問題はけっして真実なんかではなく、マネージャーとデュボワの利益だということは、マネージャーにも記者たちにもよくわかっていた。今後の試合では、あの試合で負けたデュボワのファイトマネーは下がるはずだったからだ。それはどうしても避けられなかったが、下がり具合があまり急激にならないように、できるだけ手を打つ必要があったのだ。

ぼくはその頃、気楽さと不安を同時に感じていた——それは青春時代の初めに、遠くへの旅、ひょっとしたら帰ってこれないかもしれない旅の出発を目前にしていたときと、ほぼ同じだった。ジョンソン対デュボワ戦の夜に一緒だった女性への思いは変わることなく胸に甦り、ぼくはまったく直観的な正確さで、彼女と再会することになるのはたんに時間の問題だとわかっていた。ぼくの中ではすでに精神と肉体の運動が生じていて、ぼくの人生の外的状況はその運動に抵抗できなかった。ぼくはいつも不安を感じながら、このことを考えていた。というのは、今回は過去のどんなときよりも自分の自由を犠牲にすることになるのがわかっていたからだ。それを確信するには、彼女の眼を見つめ、彼女の微笑を読みとり、知り合った最初の晩に味わった、独特でどこか敵対的な彼女の魅力を感じるだけで十分だった。あの二月の夜に彼女がぼくにどんな感情を覚えたのか、もちろん、ぼくにはわからない。だが、ぼくが彼女を見ていたのは、実質的には——試合の後でカフェに行ったときの——ほんの一時間で、それ以上ではなかったのに、彼女の微笑と最後に彼女の声に現れた調子は偶然ではなかったし、あれに続いて他にもたくさんのことが、もしかしたらすばらしいことが、もしかしたら悲しいことが、もしかしたらすばらしいと同時に悲しいことが、起こるに違いないという気がした。でも、いうまでもなく、ぼくがまちがっていることもあり得たし、あのときぼくが感じたことは確かではなく、偶然だったのかもしれない。あの日の雨の湿っぽくかすんだ帳《とばり》を通して、家々や通りや人々の輪郭がうっすらとぼやけていたみたいに。

思い出してみると、彼女はあの夜別れるときにぼくの名を訊かなかった。ぼくには彼女の行動全体の特徴のように思える、ほとんど冷淡にも見える穏やかな確信をもって、彼女はぼくの訪問か電話を待っているのだ。

試合からちょうど八日後の朝十時に、ぼくは彼女に電話した。

「もしもし」という彼女の声が聞こえた。

ぼくは「こんにちは」と言って名を名乗った。「お元気かなと思いまして」

「あら、あなたでしたの？　おかげさまで、元気ですわ。あなたの方はご病気だったんじゃない？」

「いいえ。でも、あれ以来たくさんの事件があって、あなたのお声を聞く喜びを奪われていました」

「事件は個人的なことでしたの？」

「いいえ、ぼくには関係なくて、かなり退屈な事件ばかりでした。特に電話でお話しするには」

「お話しは電話じゃなくてもできるでしょうに」

「そのためにはお目にかかるチャンスをいただかないと」

「私は身を隠してるわけじゃありませんから、それは簡単ですわ。きょうはどこで食事をなさるつもり？」

「さあ、考えていませんでした」

「家《うち》へいらしてくださいな、七時――いいえ七時半に」

「あなたのご厚意の乱用になりませんか」

「もう少しお互いをよく知っていたら、お答えするところですが……。私が何と答えるか、おわかりになる？」

「推測は難しくありませんね」

「でも私たちはまだ十分に知り合っていませんから、それを口にするのはやめておきましょう」

「ご配慮、恐れ入ります」

「では、今夜お待ちしていてよろしいのね？」

「遅れないようにしますよ」

ぼくは七時半に彼女が住むアパートに入っていった。彼女の住居は二階だった。ベルを押したとたんにドアが開き――ぼくは驚いて一歩後退しそうになった。目の前にとても大柄な混血女性《ムラートカ》が立っていたのだ。彼女は一言も発しないで、黙ったまま大きく見開いた眼でぼくを見た。ぼくはとっさに階をまちがえたのだと思った。しかし、ぼくがマダム・アームストロングにお目にかかれるかと尋ねると、彼女は答えた。

「はい。どうぞ」

彼女は後ろを向いて、住居に通じているらしい次のドアに向かった。大きな身体で廊下の幅いっぱいを塞いで、ぼくの前を歩いた。そしてぼくを客間へ案内した。そこの壁には、ぼくには偶然に集められたように見える、何枚かの静物画が掛かり、床には青い絨毯が敷かれ、青いビロード張りの家具があった。ぼくは何秒間か、黄色い絵の具で描かれた楕円形の皿の絵を眺めた。皿の上には切ったオレンジが二つ、切っていないオレンジが三つ載っていた――そのときエレーナ・ニコラエヴナが入ってきた。茶色のベルベットのドレスを着ており、そのドレスは彼女に大変よく似合っていた――ほとんど化粧していない彼女の顔の静的な魅力を引き立てている髪型と同じように。しかし、はじめて会ったときと比べると、今回は彼女の眼がずっと生き生きとしているように見えた。

ぼくは挨拶を交わしてから、ドアを開けてくれた混血女性《ムラートカ》に強い印象を受けたと言った。エレーナ・ニコラエヴナはにっこり笑った。

「アニーというんですの」と彼女は言った。「私はリトル・アニーと呼んでいます。昔そんな映画があったの、覚えてらっしゃるでしょう」

「ええ、リトル・アニーって彼女にぴったりですね。どこから来たんです?」

アニーはニューヨークで自分のところに奉公に来たが、いまではどこへ行くときも一緒で、しばらくカナダにいたことがあるのでフランス語が話せるのだと、彼女は説明した。そのうえ料理がすばらしく上手なのだが、そのことはすぐに確かめられるという話だった。アニーは確かにすばらしい料理人だった――ぼくは久しぶりにこんな食事をした。

エレーナ・ニコラエヴナはこの一週間のぼくの仕事について、詳しく尋ねた。ぼくは彼女に、女性のバラバラ殺人やお定まりの銀行破綻のこと、若い男性の失踪事件のことを語り、最後にデュボワのマネージャーが新聞に発表した内容を語った。

「そういうのが新聞のお仕事ですの?」

「まあ、そうですね」

「いつも、そう?」

「たいていは」

「それがご自分に向いたお仕事だと思っていらっしゃるの?」

ぼくはコーヒーを飲んでタバコを吸いながら、この会話はぼくが感じていること、望んでいることから、なんとかかけ離れているんだろうと考えていた。ぼくは口には出さずに彼女がそこにいることに酔い、その状態が長く続くほど、情況を制御する力が自分から失われてゆくのを強く感じた。どんなに努力してもこの情況は打開できなかった。自分の振る舞いが完全に礼儀正しく、眼は澄んで、話し相手として受け答えも尋常なことを、ぼくはわかっていた――しかし、エレーナ・ニコラエヴナがこの見かけに騙されることはあり得ず、ぼくがそれを知っていることは彼女の方も承知している。それがぼくにはよくわかっていた。もしもぼくが彼女にこう言ったら、じつに自然だっただろう。「ねえ、あなたはまちがっていませんよ。この会話は、この瞬間にぼくが感じていることにも、それにたぶんあなたが味わっていることにも、まったく無関係だとあなたは思っているんですね。それに、ぼくがいまどんな言葉を発すべきかも、あなたはよくわかっている」しかし、ぼくはその代わりにこう言った。

「いや、もちろんぼくは文学の仕事の方がいいのですが。残念ながら、そうもいかなくて」

「抒情的な短篇小説がお書きになりたいんでしょう?」

「なぜ、他でもない抒情的短篇なんです?」

「それがあなたのジャンルに違いないっていう気がするんです」

「ぼくたちは試合のときに知り合った、しかもあなたはその試合の勝敗に関するぼくの予想を——おそらくは——高く評価してくださった。なのにそんなことをおっしゃるんですか?」

彼女は再びにっこり微笑んだ。

「ひょっとしたら、私は間違っているのかも。でも、なぜか、あなたのことをずっと知っているような気がしますわ。お目にかかるのは二度目なのに」

これが彼女の側からの最初の告白、最初の一歩だった。

「そういうのは、すごく危険な兆候だって言いますね」

「怖くなんかありませんわ」と彼女はあの何とも言えない貪欲そうな微笑を浮かべて言った。ぼくには彼女の笑っている口と、きれいに並んだ丈夫な歯と、薄く口紅を塗った唇の暗い赤色が見えた。眼を閉じると、激しい欲情に頭がぼうっとするのを覚えた。しかし、必死になって自分を抑え、外目には——自分の見立てでは——平然とした姿で肘掛け椅子に座っていた。実は身体じゅうの筋肉という筋肉が痛いほど張り詰めていたのだが。

「眼を閉じていらっしゃるのね」遠くから彼女の声が聞こえた。「食事の後で眠たいんじゃありません？」

「いいえ、ある格言を思い出していただけです」

「どんな？」

「ソロモン王の言葉なんです」

「私たち二人は、ずいぶん遠いところまで来ているのね」

この「私たち二人」が、彼女からの第二のアクションだった。

「どんな格言ですの？」

「この格言はある種の派手なメタファーが特徴でしてね」とぼくは言った。「現代の我々の耳には、ちょっと問題があるように響きます。もちろん、文体的にね。でも、これが書かれたのはずっと昔だっていうことを考慮してくださるのを期待しています」

「あら、前おきが長いのね！　どんな格言ですの？」

「ソロモン王は、自分にはわからないものが三つあると言いました」

「三つって？」

「岩を這う蛇の通り道」

「なるほど」

「空を飛ぶ鷲の通り道」

「それももっともだわ」

「そして女心が男心に向かう通り道」

「それはきっと、誰にもわからないでしょうね」という彼女の声には、思いがけなく考え込んだ調子があった。「この格言は表現が失敗していると、あなたは思うのね。どうして？」

「いや、ひょっとしたら、翻訳がまずいのかもしれないな。いずれにしても、最後のフレーズがよくないですね。〈女心が男心に向かう通り道〉――これじゃまるで文法の教科書みたいだ」

「私は文体分析にはそんなに深入りしませんわ。それであなた、ソロモン王のファンですの？」

「留保付きですね。彼が書いたことのなかには、どうも説得力がないものがたくさんあるような気がします」

どんより曇った冬の宵、部屋の中はとても暖かかった。エレーナ・ニコラエヴナはぼくの向かいの肘掛け椅子に足を組んで座っていた。ぼくには彼女の膝小僧が見え、それを見るたびに息苦しくせつない気持ちになった。ぼくは、事態が――ぼくの方から――無作法になりかけていると感じた。それで、なんとかして頭の中にいつものイメージを呼び起こそうとした――ちょうど他の人々が記憶術に頼るように、ぼくが常に頼ってきたイメージに。なぜか不適切だと思える感情や――いまみたいに――時機尚早と思える感情が、激しい勢いで自分を支配しそうなとき、ぼくは広大な雪原か、波打つ海面を思い浮かべることにしていて、それはほとんど常にぼくを救ってくれたのだ。今回ぼくは、目の前のエレーナ・ニコラエヴナがいるところに雪の平原を見ようと努めたが、思い浮かべた白さの向こうに、赤い唇をした彼女の動かぬ顔が、ますますはっきりと力強く浮かび上がるのだった。

ぼくはついに立ち上がり、おもてなしに感謝してから帰ろうとした。しかし、彼女が温かい手を差し出し、その手がぼくの指に触れるのを感じたとき、ぼくは帰ろうとしていた気持ちを一瞬で忘れてしまった。ちょうどあの夜、彼女と別れの挨拶をするとき、どこに住んでいるのか尋ねたり再会の機会を求めたりするまいと決心していたのを、一瞬で忘れたように。彼女を引き寄せて――ぼくがあまり強く彼女の手を握って知らないうちに痛みを与えたので、彼女は顔をしかめた――彼女を抱きしめたとき、ぼくは彼女の身体の表面を残らず感じ取った。ただ後で思い出すと、あの瞬間の感覚は空想の産物でしかあり得ないとわかった。彼女はとても厚手のベルベットのドレスを着ていたのだから。

いまの彼女のような状況になったら、どんな女性も同じ言葉を口にすることを、ぼくは知っていた。

「あなた、どうかなさったのね」

しかし、彼女はそう言わなかった。ぼくはまるで死ぬ直前の夢の中で彼女の顔に近づいているような気がした。彼女はひとつの動きもみせず抵抗もしなかったが、最後の瞬間に頭を左に傾けて首をぼくに向けた。彼女のドレスの背中には、とても硬くて滑りの悪いベルベットのボタンが一列に長く並んでいた。ぼくが上のボタンを二つはずしたとき、彼女は普段どおりの穏やかな、ただぼくの感じでは少し濁った声で、こう言った。

「ここじゃだめですわ、待ってちょうだい。ほんの少しのあいだ、私を離してくださいな」

ぼくが彼女の身体を離すと、彼女は別の部屋へ向かい、ぼくは後ろからついていった。ぼくたちが歩いたのはほんの数歩だったが、ぼくはその数秒間に、すべてはなんと思いがけない、それに実のところなんと不自然なスピードで起こったんだろうと考えた。初めの彼女との出会いといまの自分を隔てているのは、わずか八日間だ――でも、これはとても長くて大きな隔たりだった。たいてい自分の感情が、自分の主たる欠点となっているその未開人のような烈しさにもかかわらず、いつもひどくゆっくりとしか発達しないということを、ぼくは知っていた。しかし今回ぼくは八日のあいだずっと自分の感情の動きに支配され、それでもこのことがどんなに深く、しかも取り返しがつかないほど強くぼくの心を捉えたか、最後の瞬間までわかっていなかった。思うに、例によって説明しがたい感情の呼応のせいで、エレーナ・ニコラエヴナもだいたい同じことを経験しており、彼女の感覚はぼくの感覚と似ていた——ちょうど、凹レンズと凸レンズが互いに似ていて、同じカーブ、同じひとつの運動のもつ二重性の結果であるように。そこにもまた同じく理解しがたい性急さがみられた、ぼく以上に彼女に似つかわしくないと思える性急さが。こうした考えは、ぼくがあのとき感じた他のことと同様に、曖昧で不確かだったが、後になってやっと思い起こしたあげく、ようやくぼくの頭の中でほぼ明確な形をとったものである。あの短い数秒間にその形が定まるのは不可能だった。しかもあのときには、ぼくはそれらを全然大したことじゃないと思っていたのだ。

彼女はぼくを先に通して、それからドアを閉め、鍵穴の鍵を回した。二人が入ったのは小さな部屋だったが、そのときのぼくには部屋の見分けなどつかなかった。目に留まったのは、幅の広いソファ、その上方にある小さな青いシェードがついた壁灯、サイドテーブル、そこに載った灰皿と電話くらいだった。彼女はソファに腰を下ろし、ぼくが一瞬その前に立ち止まると、こう言った。

「さあ、いいわよ……」

激しい欲情にぼうっとなりながら、ぼくはついに彼女の身体を見た。その両腕の輝く肌の下の筋肉は堅く張りつめていた。彼女は仰向けに寝て、両手を頭の下で組み、これっぽっちも恥じらいを見せず、不可解なほど穏やかな眼でぼくの顔を見ていた――それはぼくには信じられないようなことに思えた。その後でぼくが――生まれてはじめて――純粋に精神的な感情と肉体的感覚、それも末端の筋肉まで含めた、文字どおりすべての筋肉を満たしている肉体感覚との、説明のつかない融合を味わったときにも、また彼女がこんなときに全然ふさわしくない緩慢な口調で「ねえ、ちょっと痛いわ」と――不平も抗議もまじえずに――言ったときにも、さらにもう少し後で彼女の身体が痙攣を起こしたように震えたときにも、彼女の眼はずっと同じで、まるで死んでいるように穏やかだった。ただ最後の瞬間にその眼が不意に虚ろになったようにぼくには思えた、ちょうど彼女の発するある種の声と同じように。

彼女がすばらしい情事の相手であるとは――少なくともぼくとの関係では――言えなかった。彼女の身体は反応が遅かったし、抱擁の最後の瞬間に彼女が身体の内部になにか痛みを感じることもしばしばあった――そんなとき彼女は眼を閉じて、無意識に顔をしかめた。しかし、彼女と他の女たちとの違いは、精神的な力も肉体的な力も含むすべての力を、極限まで、へとへとになるほどに、こちらに振り絞らせるところにあった――ぼくが思うに、彼女と親密でいるためには後もどりができないほど必死の力を絞り尽くすことが要求されるのを漠然と感じること、その予感がけっして誤りでないことにこそ、抗いがたい彼女の魅力があった。彼女との肉体的親密さをはじめて味わったときから、ぼくはもう寸分の誤解もありえぬほどはっきりと理解していた。ぼくはけっしてこれを忘れないだろう、ひょっとしたらこれが、ぼくが死ぬときに最後に思い出すことになるだろうと。ぼくはそれが前もってわかっていたから、たとえ自分の人生がどんなものになろうとも、これを惜しむ、どうしようもなく辛い気持ちからぼくを救ってくれるものがないこともわかっていた。なぜなら、いずれはこれも、死か時間か距離に呑み込まれて消え去るのだし、それに、この思い出がもつ眩しいほどの内的な力は、ぼくの中であまりに大きな精神的空間を占めることになり、まだこれからぼくが経験するはずの他のことに、場所を残しておかないだろうから。

もう深夜だった。エレーナ・ニコラエヴナは疲れを隠せなかった。ぼくは熱病にかかったみたいに眼が腫れて、まるで見えない火傷を負ったような感じがした。午前三時過ぎに彼女の家を出た。星が出ている寒い夜だった。ちょっとぶらつきたくて、人けのない通りを歩いていった——そのときぼくは、これも生まれてはじめて、このうえなく澄みきった幸福状態にあるのを感じた。これは錯覚かもしれないという思いも、妨げにはならなかった。ぼくは、歩いていく道沿いの家々を、冷たい冬の空気の味を、そして曲がり角の向こうから吹いてくる微風を、記憶に刻み込んだ——これらすべてが、ぼくの幸福感の道連れだった。ぼくが味わっていたのはまさに澄みきった幸福感だったが、数時間もあの冷静な眼を間近に見ていた後では、この感覚は格別思いがけない感じがした。ぼくにはあの眼を変えさせることができなかったので、あの眼の表情はぼくにとってなんだか屈辱的だったから。

翌日目が覚めたとき、ぼくの周囲にある慣れ親しんだもの、ぼくの生活が普段その中で過ぎてきた、人々や物の全世界——そのすべてが、すっかり変貌して別のものになったように、ぼくは感じた。まるで雨に打たれた後の森のように。

ぼくが彼女と別れたのは、もう夜が明ける頃だった——そしてその日の昼の一時には、ぼくはまた彼女のアパートの車寄せに向かって歩いていた。一晩でいったい何が変わったのか、ぼくには説明できそうになかったが、オクターヴ・フイエ通りも、アンリ・マルタン大通りも、彼女が住むアパートも、ぼくがそれまで一度も見たことのない姿をしていたのは確かだ。それらすべて——石壁、葉を落とした木々、家々の鎧戸、階段——ぼくがあんなによく、あんなに長く知ってきたすべてが、いまや新しい意味、これまで存在しなかった意味を得ていて、それらすべてがあたかも、人間の想像力がつくり得る唯一の、そしていうまでもなく最高の戯曲の舞台装置を務めているかのようだった。それはまさに舞台装置めいていた。それはさらに、いま始まろうとしている——やはり、いうまでもなく最高の——メロディーの視覚的な序曲のようでもあった。何百万人のなかでぼくだけに聞こえるメロディー、ぼくの目の前であの二階のドアが、他の何千のドアとまったく同じだが、やはり世界にひとつだけのドアが開くときに湧き起こるメロディーの。そのときのぼくには思えた——ぼくのすべての経験も、ぼくが知って見て理解してきたすべてのことも、裏切りや不幸やドラマのすべての歴史も、存在するもののすべての悲劇的なはかなさも、このことをいささかなりと破壊する力はもたないと。ぼくには思えた——ぼくがこれまでずっとむなしく待ち焦がれてきたことが起きたのだ。ぼく以外に誰もそれを理解できる者はない、なぜなら、誰もぼくのようには生きてこなかったし、誰も、ぼくの生存を特徴づけている事物の組み合わせを知らないからだ。ぼくには思えたのだ、もしもぼくの生の歴史に何かひとつでもディテールが欠けていたら、ぼくの幸福感と、幸福に関するぼくの理解は、こんなに完全なものではあり得なかっただろうと。ぼくにはすべてが、まったく確かなことであると同時にまったくあり得ないことに思えた。ヴィクトル・ユゴー通りを歩いているとき、不意に何もかもあり得ないことだという気持ちに襲われ、精神的な眩暈のようなものを感じた——まるでこれが、消える魔法の話が載っている子どもの童話の一ページであるかのように。

アニーは「奥様《マダム》はすぐにいらっしゃいます」と告げて、ぼくを食堂に通した。小さめのテーブルはすでにクロスが掛けられ、二人分の食器とワイングラスが置いてあった――グラスのひとつに、目に見えない透明な液体を注ぐように、細い光の筋がちらついていた。ぼくはそれを見て、冬のよく晴れた天気であることを思い出した。ぼくは肘掛椅子に腰を下ろして、タバコを吸った。タバコの灰が落ちて手を焦がし、袖口に入ってしまったとき、ぼくはやっと自分がタバコを吸っていることに気づいた。

エレーナ・ニコラエヴナは、アニーが給仕を始める数秒前に部屋に入ってきた。彼女は入浴したばかりで、身なりを整える手間を省いていた。バスローブを着て、髪を後ろに流し、それがはっきりした顔立ちをさらに目立たせると同時に、精神と肉体の心地よさを表す、思いがけなく快い表情も与えていた。彼女は声に皮肉っぽい優しさを込めて、よく眠れたか、食欲はあるかと尋ねた。ぼくは彼女から眼を逸らさずに、肯定の返事をした。ぼくの周りに見えるすべてのものと同じく、彼女もすっかり変貌して、その顔からは、ぼくがこれまで知っていたよそよそしさが消えていた。彼女がテーブルに身を屈めたとき、右の鎖骨の下の大きなほくろが見えた――すると、彼女への感謝と優しい気持ちが、暖かい波のようにぼくの中をさっと走りぬけた。そのときぼくは、彼女のじっと動かぬ眼差しを捉えた。

「何を考えてるの?」とぼくは訊いた。

「あなたとはつい最近知り合ったのに、私はこれまで、あなたほど自分に近い人を知らなかったってこと」

それから、彼女はこう付け加えた。

「私はこんなことをずっと言い続けるわけじゃないのよ。だから、慣れない方がいいわ」

彼女はグラスにワインを注いで——何か特別な、いい香りのする強いワインで、いかにワインのことがわからないぼくでも、すごく上等なものだと気づかないわけにいかなかった——それからこう言った。

「何に乾杯する?」

「ぼくたちが慣れてしまわないように」とぼくは答えた。

彼女はちょっと首を振り、二人は黙ってワインを飲んだ。これは実際には女性とともにする普通の食事だったにもかかわらず、またその女性は一週間前に出会って昨日ぼくの恋人になった人で、彼女がぼくの人生で初めての、あるいは唯一の恋人でなかったように、ぼくも彼女にとって初めての、あるいは唯一の恋人ではなかったにもかかわらず、それに外面的にはこのすべてに何も特別な、あるいは異常なことはなかったにもかかわらず、ぼくたちの言葉は、まるで人生で一度だけ、戦争に行くか永遠に別れるときに発せられる言葉のように、荘厳なまでの響きをもっていた。

食事の後でぼくたちはコーヒーを飲みながら、長いこと座っていた。窓から差し込む陽の光の中で、タバコの煙が渦巻いては消えていった。彼女はバスローブ姿のままだったので、ぼくがそれを指摘すると、笑みを浮かべてこう言った。

「きょうは誰も来ないから、誰かのために服を着なくていいの。あなたについて言えば、私がこのバスローブさえ着てない方がいいんじゃないかしら。だいたい予想はつくわ。いいえ、待って」ぼくが椅子から立ち上がりかけたのを見て、彼女は言った。「ちょっと待って、私はここにいるわ、どこへも行かない、あなたから離れたくないの。でも、あなたと話がしたかった。いままでどんなふうに生きてきたのか、誰を愛したのか、幸せだったのか、話してちょうだい」

「何から話を始めたらいいのか、わからないな」とぼくは言った。「複雑で長い、しかも矛盾だらけの話なんだ。ぼくは毎朝目を覚ますと、さあ今日から本当に新しい人生が始まるぞ、って思うし、自分は十六歳を過ぎたばかりで、あんなにたくさんの悲劇的で悲しい経験をしてきた男、昨夜このベッドで眠りについた男は、ぼくとはかけ離れた、ぼくとは無縁な存在で、彼の精神的な疲労も悲しみもぼくには理解できないって思う。でも毎晩寝るときには、眠りにつきながら、まるで自分が長い人生を歩いてきたように、そして自分がこの人生から引き出したのは嫌悪感と長年の重荷だけだったように感じる。一日が過ぎて、その日の終わりが近づくにつれて、精神的な疲労の毒がますます深くぼくの中に浸透するんだ。でも、これはもちろん、ぼくの人生の話じゃないな。いまの話は、君が試合のチケットを手に入れられなかった――幸運にもね――あの晩まで、ぼくが普段はずっとどんなふうに感じてたかってことさ」

「あなたは比較的若いし、私の意見では完全に健康よ」と彼女は言った。「あなたが何と言おうと、あなたの精神的な疲労って、私にはあまり信じられない。もしも何かの折に自分自身を見ることができたら、なぜ、疲労についてのあなたの話が本当らしくないか、自分でもわかるはずよ」

「ぼくが君に対して精神的な疲労を感じることがあり得るなんて、けっして言っていないよ。それに君に会うときは……」

「会うのが朝でも、そうなの?」

「会うのが朝でも、そうさ」

「でも、話が逸れてるわね」と彼女は言った。「あなたはどこで生まれて、どこで育って、どこへ向かって何のためにそこを離れたのかしら、それにあなたの苗字は何ていうの?——だって、私はまだあなたの名前しか知らないのよ。どこで教育を受けたの、そもそも教育は受けた?」

「うん、受けたよ」とぼくは言った。「たぶん無駄だったけどね。でも、長く教育を受けて、いろんなことを勉強した」

そしてぼくは彼女に自分のことを語りはじめた。ぼくにとって自分自身の運命がこんなに明らかになったことは、この日まで一度もなかったと、ぼくは思った。ぼくは思い出の中に、以前は気づかなかった多くのことを、抒情的なことまで含めて、発見した——そして話を続けながら漠然と感じたのだが、もしもエレーナ・ニコラエヴナがいなかったら、たぶんぼくは、思い出の中から不意に湧き起こってきた力や爽快さを味わうことはできなかっただろう。もしも彼女への思いがなかったら、それにもしもこの女性、滑らかに梳《と》かした髪と、遠くを見るようなもの思わしげな眼をした、バスローブ姿のこの女性が、ぼくの横に座っていなかったら、おそらくこの力と爽快さは存在もしなかっただろう。

「ぼくの話に、時間的な順序が厳密には正しくないことがあっても、許してくれるね?」とぼくは言った。

彼女はうなずいた。その日ぼくは多くのことを語った。戦争のこと、ロシアのこと、旅のこと、子ども時代のこと。ぼくが知っていたじつにさまざまな人々が、目の前に浮かんだ。教師、将校、兵士、役人、仲間たち——それにいくつもの国が、目の前を過ぎていった。ぼくは思い出した。亜熱帯の風景、四角形に区切られた平坦な褐色の大地、白っぽい狭い道路、そよとも動かぬ暑い空気の中で遠くまで聞こえていた粗末な木製の荷車の音、驢馬《ろば》と一緒に犂につながれていた小さくて骸骨のように痩せた牝牛の悲しそうな眼、その犂を押して堅い地面を耕していた、濃いグレーのラシャ地の長マントを着て白いフェルト帽をかぶったギリシア人の農民。さらに思い出した。トルコでは距離を時間で測っていたこと——どこそこまで何キロと言わずに、歩いて何時間と言うのだ——中部ロシアの身を切るような冷たい風と踏みしめる雪のはずむような軋り音、いくつもの海、川、ドナウ川の岸辺の野鴨たち、そして汽船と列車——ぼくの人生がわけもわからずたどってきた道程にあったすべてを。それからまた戦争の話に、ぼくが目にした数千の死体の話に戻り——そして不意に、ロシア語担当の先生が卒業式でしたスピーチを思い出した。

「これから諸君の生活が始まり、諸君はいわゆる生存競争に参加することになる。生存競争には大きく分けて三種類ある。敵をうち負かすための戦い、滅ぼすための戦い、そして和解するための戦いだ。諸君は若くて精力に満ちているから、当然、第一の戦いに惹きつけられる。しかし、常に覚えておいてほしいが、最も人道的で最も有益な戦い——それは和解するための戦いだ。もしも諸君が生涯これを原則にするなら、それは私たちが諸君になんとか伝えようとしてきた文化が跡形なく消えたわけではないこと、そして諸君が真の世界市民になったこと、したがって私たちもこの世で無駄に生きたのではなかったことを意味するだろう。なぜなら、もしそうでないとすれば、それは私たちが時間を無駄にしたにすぎないということだから。私たちは年老いて、これ以上新しい生活をつくり出す力がない。私たちに残された唯一の希望——それが諸君なんだ」

「あの先生は正しかったと思うよ」とぼくは言った。「でも残念ながらぼくたちは、常にベストとみなすたぐいの戦いを選べたわけじゃないけど」

「先生たちには良い思い出があるのね？」

ぼくらはソファに座り、ぼくは右腕で彼女を抱き、タオル地を通して彼女の身体の暖かさを感じていた。

ぼくは「いや、けっしてすべての先生ってわけじゃないな」と言ってから、にやりとした。中学の高学年になってから「神の法」を教えてくれた司祭のことを思い出したのだ。それは背が高くてそそっかしいところのある人で、薄紫色の絹の祭服を着ていた。彼は退屈そうな声で言ったものだ。

「神の存在についてはたくさんの証明がなされています。法的な証明もあれば、論理的証明、哲学的証明もある」

そしてちょっと考えてから、こう付け加えたのだ。

「数学的な証明さえ存在するんですが、私はそれは忘れました」

「大学は、どこで行ったの？　パリ？」

「そうだよ、なかなか簡単じゃなかったけどね」

そしてぼくは、かつてのロシア領事からある書類を受け取らねばならなかったときのことを話した。その書類は彼だけが発行できて、出生証明書の代わりになるものだった。元領事は小柄な怒りっぽい老人で、ものすごく大きな白い顎ひげを蓄えていた。彼が言った。

「あなたには何もあげられません。あなたがどういう人間か、どうして私にわかります？　ひょっとしたらプロの犯罪者かもしれないし、殺人者かギャングかもしれない。私があなたと会うのははじめてなんですからね。パリであなたを知ってる人がいますか？」

「いいえ、誰も」とぼくは答えた。「一緒に学んだ仲間が何人かいますが、彼らもみんな私と同じで、あなたが個人的にご存知の者はいません。彼らもプロの犯罪者か殺人者かもしれない、おまけにぼくの共犯者かもしれない。そう推測するのを妨げるものはありません」

「なぜ、書類が必要なのかな？」

「大学に行きたいんです」

「あなたが？　大学に？」

「ええ、あなたがぼくに書類をくださったら」

「そのためには中等教育を受けてなきゃなりませんよ」

「中等教育修了証書はもっています」

「ここではフランス語も知らなくては」

「フランス語は知っています」

「どこで勉強したのかな？」

「故国で、ロシアで」

「当てになりませんな」彼は疑わしそうに言った。「あなたはギャングではないかもしれませんが、私にははっきり断言できません。事実のデータがありませんからね。修了証書を見せてください」

彼はその書類をひと目見て、不意に尋ねた。

「なぜ代数と三角法の成績が、中程度なんです？　ええ？」

「ぼくはいわゆる精密科学に向いていないんです」

「よろしい、書類は差し上げよう。ただし、いいですね、責任は自分でとってもらいますよ」

「結構です」とぼくは言った。「もし逮捕されて監獄に入れられても、あなたのお名前は出さないと約束します」

ぼくがあの老人を思い出して笑うと、彼女も笑った。するとぼくは腕の皮膚全体で彼女の身体が揺れるのを感じた。それから彼女は立ち上がり、非難するような目つきで、とぼくは感じた、ぼくを見てブラインドを下ろしたので、部屋は暗いグレーになり、押し寄せた闇の中で上の階からの音楽だけが聞こえてきた。誰かが非常に明確な、非常にゆっくりしたタッチでピアノを弾いており、それはまるで巨大な音の粒が、ひと粒またひと粒と水ガラスの中に落ちていくような感じだった。

＊　＊　＊

ぼくは気づかないわけにいかなかったが、彼女との関係の主な特徴は、ぼくがたえず味わっている張りつめた感覚が、どうやら一瞬もやむことがないという点にあった。その感覚は、もしも彼女との親密さへの欲求でないとすれば優しさであり、優しさでないとすれば、他のさまざまな感情や精神状態の延々とした連なりで、ぼくはそれを定義する言葉も、そんな言葉を見つけだす手立ても知らないのだった。いずれにしても彼女の存在のおかげで、ぼくがこれまで知らなかった世界が開けた。女性との肉体的親密さが何を意味するのか、ぼくには想像できなかった――彼女とのことをぼくのこれまでのロマンスと比較するなんて、考えるだけで奇妙だった。ぼくは、どんな愛も本質的には世界に二つとないのだと知っていたが、それは非常に図式的で大雑把な主張だった。少しでも注意深くこの問題に向き合えば、類似点はいつだって発見できたし、唯一無二の特徴とは、なんらかの、たまさかのニュアンスやイントネーションの差にほかならなかった。だがいまのこれは、以前のものとは似たところのない、何か別ものであり、ぼくの精神的経験全体を振り返っても、現在の状態を連想させるものを何ひとつ探し出せなかった。この恋で破壊的に力を使った後は、ぼくには他のどんな感情も抱く力は残っていないだろう、そしておそらく、このくるおしい思い出と比較できるようなものは自分には何ひとつないだろうと、ぼくは思った。ぼくがどこにいようと、何をしていようと、数秒間だけもの思いに耽りさえすれば、遠くを見るような眼をした彼女の顔が、まるで全裸で立っているような無邪気な淫らさのある彼女の笑顔が、目に浮かんだ。しかし同時に、彼女に肉体的に惹かれる力の強さにもかかわらず、それは猛烈に激しい情欲とは異なっていた。なぜなら、この思いのうちには常に氷のような清らかさと、ぼくらしくない驚くべき無欲さが流れていたからだ。ぼくは自分がこんな感情を抱き得るとは知らなかった。しかし、ぼくが思うに、これらの感情は彼女との関係においてだけ生まれ得るものだった――そしてこの点にこそ、ぼくにとっての彼女のかけがえのなさとすばらしさがあった。

ぼくの人生ではいつもそうだが、何か新しいことが出現するたびに、いったい何がこれを非在から呼び起こしたのか、ぼくには言えなかった。実際、エレーナ・ニコラエヴナのもつ何が、ぼくの抵抗できない魅力をつくり出しているのか、答えは見つけ出せなかった。ぼくは彼女より美しい女性を知っていたし、彼女の声よりも耳に心地よい声を聞いたこともあった。表情が動かない彼女の顔や、人を見下したような落ち着いた眼は、むしろ重苦しい印象をぼくに与えるようにも思えた。彼女には、ぼくが大切にしている精神的な温かみがほとんど欠如していたし、優しさもなかった。もっと正確に言えば、優しさが現れるのは本当にまれで、それが現れるときは常に不本意ながらという感じがした。〈蠱惑《こわく》的な魅力〉はおよそ彼女にはなくて、彼女に似つかわしくもなかった。それでも、ぼくが思い浮かべる彼女は、まさに他と比べようのないすばらしい存在で、それを変えられるものは何もなかった。

彼女を秘密主義者とは呼べなかった。ただし、彼女のこれまでの人生はどんなものだったのか、彼女は何が好きか、何が嫌いか、何に興味があるか、出会う人々のどんなところを重要と思うか、といったことを知るためには、彼女と長く付き合うこと、もしくは肉体と精神の親密さが不可欠だった。とても長い間、ぼくはどんなものであれ、彼女の個性がはっきりと現れるような意見を聞けなかった。彼女とはじつに多様なテーマで話をしたのだが、彼女はいつも黙って聞いているか、きわめて簡単な応答をするだけだった。何週間も過ぎた後でも、ぼくが彼女について知っていることは、最初の数日よりほんの少し増えただけだった。しかも、彼女には何かをぼくに隠すべき理由など全然なく、これはただ彼女が生まれつきもつ自制心の所産にすぎなかったので、ぼくはそれを奇妙に思わざるを得なかった。何か訊いても答えたがらない彼女に驚いてばかりいると、彼女はこう言うのだ。

「あなたにはどうでもいいことじゃない？」

あるいは、

「そんなこと、どうして知りたいの？」

だがぼくは彼女に関することには何でも興味があり、ぼくと会うまでに何があったかを知りたかった。

彼女の特徴は精神の動きの独特な緩慢さにあったが、その緩慢さは、彼女の動作全体の速さと正確さ、敏捷な歩き方、肉体的反射の瞬間的な的確さと釣り合っていなかった。ただ、たとえば愛するときに、精神的なものと肉体的なものが玄妙なる結合をなしとげると、その結合の際にのみ、いつもは完璧な彼女の身体の調和が乱されるのだった。このたまさかのずれの内に、いつも彼女にとって苦しみに近いものがあった。彼女とはじめて会った夜にぼくが目に留めた、解剖学上のと言えそうな奇妙な不調和の印象、すなわち、非常に整った秀でた額と貪欲そうな微笑の結びつきがもたらす印象——あれは偶然ではなかったのだ。彼女の身体の存在のしかたと、そのしなやかな身体の後からゆっくりと遅れ気味についていく彼女の精神生活とのあいだには、歴然とした不調和があった。もしもこの二つを切り離し——さらにそれを忘れ去ることができたら、彼女は完全に幸福だったろう。彼女を愛するためには、たゆみない創造的努力が必要だった。彼女が何らかの印象を生み出すために努力することは、けっしてなかった。自分が発する言葉がどんな作用を及ぼすか、絶対に考えなかった。彼女は自立して存在しており、彼女が他人に対して抱く感情を決定するのは、眠気や食欲と同じくらい疑いようのない肉体的欲望か、何らかの情動だった。その情動は大部分の人の情動と似ているが、彼女は何があろうと自分が欲する以外の行動はとらないという違いがあった。他人の抱く願望が彼女にとって意味をもつのは、彼女自身の願望と一致するときだけ、あるいは一致するあいだだけだった。知り合ってほとんどまもない頃から、彼女の精神的な無頓着さ、相手が自分のことをどう考えているかまったく関心がないことに驚かされたものだ。しかし彼女は冷たく頑《かたく》なな愛し方で、危険で強い感覚を愛していたのだ。

彼女の本性は以上のようなものだった——そしてぼくが思うに、これを変えさせるのはきわめて困難だった。しかし、時間がたつにつれて、彼女の中にいくらか人間的な温かみが現れてきたことに、ぼくは気づいた。彼女はまるで少しずつ溶けてきたみたいだった。ぼくは長い時間をかけて彼女にあらゆることを尋ねたが、答えが返ってくることはむしろまれで、口数も少なかった。彼女の話によると、育ったのはシベリアの片田舎で、十五歳までそこで暮らした。生まれてはじめて見た町はムルマンスク*6だった。兄弟姉妹はおらず、両親は海で亡くなった。ロシアからスウェーデンに航行中に、乗っていた船が魚雷にやられたのだ。そのとき彼女は十七歳で、ムルマンスクに住んでいた。その後まもなく彼女はアメリカ人の技師と結婚した。彼女が一年前にロンドンで、急死したという知らせを受け取ったのは、まさにその人物のことだった。彼を気に入ったのは、白髪の巻き毛があったから、それにスキーとスケートが上手で、アメリカのことをとても面白く話してくれたからだと言う。彼女は彼と一緒にロシアを離れた。それは、ぼくがあの広大な国の別の端っこで、人を疲弊させる内戦の狂気の中、空高くにある太陽のもと、草が焼き尽くされる灼熱の南方のステップをさまよっていたのと、ほぼ同じ頃だっだ。彼女は世界一周の船旅について語った。彼女が乗った大西洋横断の汽船が夜間にボスポラス海峡*7を通り、マルマラ海、エーゲ海を航行したこと、とても暑かったこと、そしてフォックストロットを踊ったことを語った。ぼくはあのいくつもの夜と殊に暑かった暗闇を思い出した。ダーダネルス海峡*8の高い岸辺に何時間も座って、蒸し暑い暗闇からすぐ近くを通過するたくさんの巨大な汽船の灯りを見ていたときに、船のオーケストラの音楽が聞こえたことを思い出した。明々と照らされた船窓の列がゆっくりと遠ざかるのを目で追っているると、船が去っていくにつれてたくさんの灯りがひとつに溶け合い、最初は光り輝いていたその点が、しだいにくすんで、最後には靄にかすんだ明るい点になっていった。思うに、ひょっとしたらぼくは、彼女が乗った船を見て、目で追ったのかもしれない。外国に出た最初の数年間、ぼくが常に味わっていた、あの貪欲で盲目的な、はりつめた思いで。

彼女は何年間もおもしろい生活を送った。その生活は思いがけないできごと、旅、出会いに満ちて、彼女に言わせると「避けて通れなかった」いくつかのロマンスがあった。オーストリア、スイス、イタリア、フランス、アメリカに行き、どの国にもかなり長く滞在した。イギリスにはじめて行ったのは二年半前だった。

「その後は何もかも単純だったわ」と彼女は言った。

「単純って――つまり、パリ、オクターヴ・フイエ通り、ジョンソンとデュボワの試合などなどってことだね？　そういえば、君はチケットを持っていなかったのに、何を当てにしていたんだい？　ダフ屋かな？」

「ダフ屋――あるいは偶然ね。あなたも知っているように、その判断はまちがっていなかったわ」

「試合の結果は君の予想を上回ってた？」

「いくつかの点では――そうね」

ぼくは彼女を知るにつれて、彼女の大きな特徴である精神的活動と肉体的活動の不自然な分離に、しだいに慣れてきた。おそらくこの分離は常に彼女の中にあったのだろうが、いまやそこには何か病的な要素さえあったので、現在の彼女の生活より以前に、ぼくがまったく知らず、彼女の方は言及を避けている、何か衝撃的なできごとがあったに違いないという考えが、何度もぼくの頭に浮かんだ。彼女との生活には、二つの大いに異なるロマンスが含まれていた。ひとつは肉体的な親密さで、そこではすべてがおおむね自然なものであった。もうひとつは精神的な親密さで、これははるかに難しくて時間がかかり、まったく成立しないこともあり得た。何が起きているのかという最初の判断は――どんな男が彼女の恋人になろうとも――必ず誤たざるを得なかった。それらはまったく自然なだけに、いっそう確かな誤ちだった。ぼくは何度となく、そうした誤ちの順序について考えてみた。第一の誤ちは、その男が、状況がどう発展するかは自分しだいだと考える点にあるだろう。実際には、選択は常に彼女から行なわれている。いや選択だけではなく、ロマンスの始まりを決定し、多くの場合には以後に起こるすべてのことをも含んでいる、あのほんのちょっとした最初の動きさえも。しかし、もちろん、こういったことは彼女にかぎった特徴ではなかった。ぼくには常にわかっていたが、非常に多くの場合、ロマンスが始まるのも終わるのも女性しだいなのだ。第二の誤ちは、できごとを確定したものとみなす点にあるだろう。実際にはできごとは何も、あるいはほとんど何も意味しておらず、どんな瞬間にでもぱっと終わり得るものだった、ひとことの説明もなく、元に戻る可能性も皆無で。そして第三の、最も大きな誤ち――それは、長い時間がたってから、めったに起こらない幸運な偶然の一致があってはじめて、真のロマンスが始まるという点にあった。それは――外面的な兆候から判断するなら――ずっと前から既成事実になっているというのに。ぼくは長いことこの事態を言い表せる比喩を探しながら、見つけ出せないでいた。ひょっとしたら、これは、冷たい唇に触れるのに似ているかもしれない。唇はしだいに暖まって、その後でやっと失われていた熱い魅力を取り戻しはじめるか――さもなければ、まったくその魅力を回復することなく、いつまでも溶けぬ不満や、存在し得たのに結局存在しなかったものについての無益な慨嘆の思い出を残すのだ。しかし、彼女との関係でいちばん変わらなかったのは、自分のあらゆる精神的な力を無意識に、しかし不可避的に緊張させねばならないことだった。それがないと彼女との親密さは常に、偶発的でエピソード的なものになる。これはけっして彼女があまりに多くを要求するから起こるのではなく、彼女の希望とは無関係と思えるほど、ひとりでにそうなるのだ。とにかく、実際にそうだったし、おそらくそれ以外ではあり得なかった。彼女のいくつかの告白を聞くと、彼女を親しく知っていた人は、たぶん全員が、正確さに多少の差はあっても、そう考えていたと結論づけるのは難しくなかった。

ずっと後になってから、彼女との出会いや、すべてがどう始まったかを思い出すとき、眼を閉じた方が容易に再現できた。眼を閉じて、カフェでの初めての二人の会話の内容や雨降りの中の別れといった、総じて筋の通った話にまとめてしまいがちないろんなことがらを、意識的に、仮のこととしてそこから除外してしまうのだ。ぼくはこれまでの人生のどんなときよりもはっきりと感じたが、すべてはとどのつまり、盲目で暗黒の運動、視覚と聴覚のさまざまな印象の積み重なりにほかならず、そしてその印象群とともに無意識の肉体間の引力も高まっていったのだ。ジョンソンの上半身《トルソー》、崩れ落ちるデュボワ、彼女が車に乗るのを手伝った際のぼくの指と彼女の手の接触、総じて皮膚と筋肉が奏でる言葉なきメロディー、おそらく本人は自覚する暇さえなかったであろう、彼女の身体のちょっとした反応――まさにこれらこそ重要で、これらが以後の進展をあらかじめ決定づけたのだ。霧が立ち込めたあの二月の夜に彼女はぼくについて何を知っていたのか、なぜあの後一週間、ぼくからの電話を待ち続けたのか？　彼女があの貪欲そうな、とても思いがけない微笑をぼくにはじめて向けたとき、ぼくは彼女が自分のものになることをすでに知っていたが、彼女はぼくより前にそれを知っていたのだ。そしていうまでもなく、これに先立って、抽象的なものから成り立っている世界全体の崩壊が起きた。原始的で純粋に肉体的な概念がすべて無視され、物質主義的な要因が上位の意義をもつことをあらかじめ拒絶する独特の生の哲学がいかなる肉体の反応よりも重要とされる――そんな世界が、あの夜、言葉なき筋肉の運動のうちに一瞬にして溶け去ったのだ。あるときぼくがエレーナ・ニコラエヴナにそう言うと、彼女は微笑を浮かべてこう答えた。

「たぶんそれは、私たちは哲学がなくてもなんとか生きていくでしょうけれど、もしもそれとは別の、いまあなたが言ったようなものがなかったとしたら、人類はいずれにせよ消滅の危機にさらされてしまうからかもしれないわ」

　ぼくは彼女と一緒にいると不自由に感じることが度々あった。特に最初の頃はそうだった。いろんなできごとに対する彼女の反応は、他の大部分の女性とは違っていると、ぼくはかなり早いうちに確信した。たとえば、彼女を笑わせるために必要なのは、みんなを笑わせるのに必要なものとは違っていた。彼女に何らかの感情を呼び起こしたければ、最初にそのための特別な、普通の方法とはかけ離れた方法を探し出す必要があった。ぼくと彼女の親密な関係が進行している情緒的世界を複雑に組み変えるために、ぼくには多くの時間と多くの努力が必要だった。しかし、ぼくはいまこそついに、真の生活を生きていた。それは、その半分が――これまでいつもそうだったように——思い出や後悔、予感やぼんやりした期待から成り立っている世界ではなかった。

ぼくたちはよく長時間パリを散歩した。この街に関する彼女の知識は、表面的でお粗末なものだった。ぼくが彼女に見せたのは本物の街で、絵入り雑誌に描かれているパリとか、一年に一度、二週間だけここにやってくる外国人がイメージするおなじみのパリではなかった。ぼくが彼女に見せたのは、ひどく貧しい労働者街、都心から遠く離れた田舎っぽい通り、街はずれの工事現場、いくつかのセーヌ河岸の通り、午前四時のセバストポル大通りだった。彼女がどんなに驚きを込めてサン・ルイ・アン・リル通りを見たか、ぼくは覚えている——確かに、エトワール広場から延びるいくつもの大通り《アヴニュ》がある街に、かぎりなく古い、どんな文明も太刀打ちできない、一世紀にわたる腐臭が浸み込んでいる家々が両側に並ぶ、こんなに狭くて薄暗い小路があるなんて、想像するのも難しかった。もう晩春だった——長い冬の寒さと冬らしく侘しいいろんな風景を味わった後で、ぼくたちはどこへも出かけぬままに、違うパリを目にした。透き通った夜々、遠くのモンマルトルの上の赤い空焼け、ぼくたちがなぜか何度も続けて訪れたアラゴ通りにぎっしり並んだマロニエの木。歩くときぼくが彼女の腰に手を回すと、彼女は抗議のニュアンスはまったく含めないで、けだるい落ち着いた声で言った。

「ねえ、あなたって完全にチンピラみたいよ」

ぼくたちは時おり、家に帰る前に遅くまで開いているカフェやバーに立ち寄った。すると彼女は、どんな地区の店でも、ぼくがあらゆるウエイターや、カウンターのスツールに腰かけて次の客を待つ女性たちと顔見知りであることに驚いたものだ。彼女が呑むのは強い酒ばかりで、並はずれて酒が強かったが、ぼくが思うに、それは長い間の訓練とアングロサクソン系の国に滞在した経験によるものだった。かなりの量のアルコールを飲んだ後にようやく、彼女は普段と違う様子になり、決まって、行くべきではない場所に行きたがった。「バスティーユのダンスホール《バル・ミュゼット》に行きましょう。私、底辺の人たち《ジャン・ドゥ・ミリュー》を見たいの。ブロンデル通りに行きましょう。有名な売春宿に」「そりゃつまらないよ、レーノチカ」「パリで男色家たちが集まるのはどこ？　あなた、知ってるはずよ。知らなきゃ、ろくなジャーナリストじゃないわ。お願いだから、行きましょう。私、男色家の人たちが大好きなの」「そんなとこに行ったら、ぼくはナイフで刺されるよ。そうしたら、君はどうする？」「役にも立たない英雄ごっこはたくさんよ。あなたを刺す人なんかいない。そんなのは俗悪な文学だわ」時には彼女の頭にとんでもない考えが浮かぶことがあった。あるとき、夜中にどこでお菓子が買えるか、彼女にさんざん訊かれたのを覚えている。彼女の本当の意図に気づかず、ぼくは教えてやった。ぼくたちはタクシーに乗っていたが、彼女は運転手にそこへ行くように命じ、お菓子がいっぱい入った袋を両手に下げて、店から出てきた。

「そんなにたくさん、どうするんだい？」

「ねえ、あなた」と彼女は、全然彼女らしくない優しい声で言った。ぼくはその声を聞いて、彼女が完全に酔っていることに気づいた――そのときまで外見ではわからなかったのだ。「私、あなたにキスするし、あなたが望むことを何でもするわ。その代わり、あなたは私の小さなお願いを聞いてくれなくちゃ」

「なんだか、まずいな」ぼくの考えは声に出た。

「こんなに小さなお願いよ」と、彼女は小指の爪を見せながら言った。「あなた知ってるはずね。あなたなら知ってるはずよ、十歳から十五歳の子どもの売春婦がいるのは、パリの何区かしら」

「いや、ぼくはそれについては想像もつかないよ」

「私が運転手さんを質問攻めにしてもいいの？　そうしたら、あなたは馬鹿げた状況に陥るわよ」

「でも、なぜ君にその女の子たちが必要なんだい？」

「お菓子を配りたいの。わかるでしょう、その子たちは喜ぶわ」

ぼくは大いに苦労してやっと彼女を思い止まらせることができた。しかし、彼女は時にはひどく強情を張ったので、ぼくは彼女を力ずくで止めるか、それとも譲歩するか、選択を迫られた。こうしてぼくたちは、彼女が望む場所にはほとんどどこにでも出かけたが、これらの場所は彼女にとって実際はそれほど興味深いわけではないことに、ぼくは気づいた。彼女はただ何かしらにわかに湧いた願望のまま動いているだけで、その願望は、簡単に実現できそうになったとたんに、彼女にとって魅力の大半を失った。彼女は強烈な感覚を経験するためなら、何でもする用意があった。しかし、強烈な感覚は味わえず、そこに存在するのは、あるときは、ダンスホール《バル・ミュゼット》の入口を警備する警官をいんぎんに恐れている、明るいグレーのハンチング帽をかぶった娼婦のヒモたち、あるときは、萎びた身体に生気のない、動物的で愚鈍な眼をして、肌を露出した太った女たち、またあるときは、だらしない歩き方をする、いわく言いがたい精神的梅毒の兆候が顔に出ている、濃い化粧をした若者たちくらいのものだった。そして彼女は言った。

「あなたの言うとおりね、これって退屈だわ」

彼女は猛スピードで車を走らせるのが好きだった。あるとき、運転手は雇わずに車だけレンタルしてくれと彼女に頼まれて、二人で郊外に出かけ、信頼して彼女に運転を任せたことがあった。

そのとき彼女はすさまじいスピードで運転したので、二人がこのドライブから病院送りをまぬかれて家に帰れるのか、ぼくには確信がもてなくなった。彼女の運転の腕はすばらしかったが、それでもカーブや交差点に差し掛かるたびに、ぼくは何が起きているかを忘れるために眼をつぶりたくなった。三度目に奇蹟によって、とぼくには思われたのだが、事故を避けられたとき、とうとうぼくは言った。

「衝突の可能性が三回はあったよ」

彼女はスピードを落とさぬまま、左手をハンドルから離し、ぼくに人差し指を立ててみせて、こう答えた。

「一回だけよ」

「どうして？」

「だって、一回衝突したら先には行かないから、それ以上衝突する可能性はないでしょ」

しかしぼくは、帰り道では彼女に運転させるのを断固として拒否した。車が進むと彼女はぼくに言った。

「わからないなあ、あなたは私と同じくらいスピードを出してるわ。だったら、あなた、何が怖いわけ？　自分の方が運転が上手だと思ってるの？」

「いや」とぼくは言った。「そんな自信はないよ。だけど、ぼくは道を知ってる。どこの交差点は危険で、どこの交差点はそうじゃないかを知ってる。君の運転は当てずっぽうだもの」

彼女は眼に不思議な表情を浮かべて、こう言った。

「当てずっぽう？　その方がおもしろいと、私は思うわ。だいたい、何についてもね」

ちょうどこの頃、ぼくはついに不定期な上におもしろくない仕事から逃れて、文学関連の連載記事の注文を受けていた。あるときエレーナ・ニコラエヴナが昼間にぼくのところに来たが——これが最初の訪問だった——予告はなかったので、思いがけないベルの音でドアを開けたぼくは、彼女を見て大変驚いた。

「こんにちは」と、彼女はぼくの仕事部屋を見回しながら言った。「私、あなたが不意をつかれるところを見たかったの、誰かと抱き合ってたりしてね」

彼女は本棚の前に立ち、次から次にすばやく本を抜き出しては元に戻していた。それから不意にじっと動かぬ眼でぼくを見たが、そこにはぼくがまだ見たことのない表情が浮かんでいた。

「どうかした？」

「なんでもない。ただ、興味のある本が一冊あるの。ずっと読みたかったんだけど、どこでも見つけられなくて」

「どんな本？」

「『黄金の驢馬[*9]』よ」と彼女は言った。「貸してもらえるかしら」

ぼくは彼女がこんな本に感銘を受けたことに驚いた。

「もちろんさ」とぼくは言った。「でもあの本には際立った点はないよ」

「新婚旅行のとき、夫がプレゼントしてくれたの。私、読みはじめたのに、海に落としちゃって。それから、どこに行って尋ねても、なかった。もっとも、あれは英語訳だったけど、これはロシア語訳ね。いまあなたは何を書いてるの？」

ぼくが自分の仕事を見せると、彼女はひょっとして手伝えないかと訊いた。

「もちろん、いいよ。でも、本の山を掻き分けたり引用を書き抜いたりする仕事だから、退屈じゃないかな」

「いいえ、正反対よ。おもしろそうだわ」

彼女がどうしてもと言うので、ぼくは承知した。彼女の仕事は、文献でぼくがチェックしておいた箇所を筆写して翻訳することだった。それらの箇所の引用は記事の中で、ぼくが展開する何らかの文学状況の例証になるはずだった。彼女はまるで一生のあいだやってきたみたいに、すばやく、しかも楽々とこの仕事をやってのけた。そればかりか、彼女がもっているとは予想もしなかった知識を発揮した。特に英文学に詳しかった。

「どこから、こんな知識を得たんだい？」とぼくは尋ねた。「これまでずっと旅行とロマンスばかりだったと言ってたよね――いつ、こんなに読む暇があったの？」

「もしも、卑劣な政治家とか顔面を殴り合う連中とか、女性のバラバラ殺人なんかの記事があなたの邪魔にならなかったとすれば、どうしてロマンスが私の邪魔になり得るかしら？　たいていのロマンスは速攻よ――一、二、はい成立、だから」

彼女はそう言うと、手にしていた本から顔を上げて、からかうような表情でぼくを見た。

彼女はほとんど毎日ぼくを訪ねてくるようになった。一度ぼくが彼女を抱きしめると、彼女はぼくを押しのけて言った。

「キスは夜にね。いまは仕事よ」

彼女があまり真剣に仕事に取り組むので、ぼくは思わずおかしくなった。しかし、彼女のサポートは高く評価しないわけにいかなかった。ぼくの仕事は倍も早く進むようになった。時には彼女が朝やってきて、ぼくを起こすこともあった。ぼくは長年の習慣で寝るのも非常に遅ければ、起きるのも遅かったのだ。五月の末で、もう暑くなりかけていた。ぼくは昼間は彼女と仕事をして、夕方に一緒に食事して、その後はたいていどこかへ出かけてから、彼女を家に送り、だいたいそのまま残って、彼女が夜の身仕舞いをする場にいた。顔がいっそう白くなり、唇は口紅を落として色褪せて、彼女が浴室から出てくると、ぼくは彼女のガウンを脱がせてベッドに寝かせ、こう訊く。

「さあ、子守歌の時間かな?」

その後で深夜に彼女と別れ、通りに出て自分の家に向かうときには、自分の生活が本当らしくないような気がしてきた。ぼくはまだどうしても慣れることができなかったのだ。自分がもはやどんな悲劇も抱えておらず、自分でもおもしろいと思う仕事をしており、しかもこれまで愛したことのないような仕方で愛している女性がいるということに――しかもその女性は気が狂ってもいなければヒステリー女でもなくて、彼女が思いがけない激情や理解できない悪意の発作を起こしたり、抑えきれない無駄な涙をこぼしたりするのをびくびくして待ち受ける必要もなかった。これまでぼくの存在を成り立たせていたもの――後悔、不満、自分がしていることの明らかな無益さ――これらはすべて、はるか遠くの無縁なものに思えるようになったので、まるでずっと昔のことを考えているみたいだった。こうした消えゆくもの、薄れゆく思い出の中に、アレクサンドル・ヴォルフの思い出と彼の短篇小説『ステップの椿事』も含まれていた。彼の本はまだぼくの本棚にあったが、ぼくはもう長くそれを開いていなかった。

＊　＊　＊

あるとき彼女の住まいに入ると――ぼくは自分用の鍵をもらっていた――エレーナ・ニコラエヴナが歌っているのが聞こえた。ぼくは立ち止まった。彼女は小さな声でスペインのロマンス曲を歌っていた。それは南方でだけ生まれ得るメロディー、太陽の光がなくては生まれる可能性さえ想像できない、そんなたぐいのメロディーだった。そのメロディーは、玄妙なかたちで、内部に光を含んでいた。ちょうど、ある種のメロディーが内部に雪を含み、別のメロディーには夜が感じられるのと同様に。ぼくが部屋に入っていくと、彼女はにっこり笑って、こう言った。

「すごくおかしいのは、自分がこの歌を知っているなんて思ってもみなかったことなの。私はこの歌を四年くらい前にコンサートで聞いて、その後にどこかで一度蓄音機で聞いて――それから突然、この歌を覚えているってわかったの」

「もしかしたら、本当に」と、自分では彼女の考えに応えているつもりで、ぼくは言った。「結局すべてのことはそんなに悲惨ではなくて、肯定的なことがいつでも絶対に幻影だとはかぎらないのかもしれないな」

「あなたって人はだいたい温かくてふかふかしているわね」と、彼女は会話のはじまりとは関係のないことを言った。「それに皮肉を言わなければ、あなたの考えることも温かくてふかふかよ。思考能力がすごくあなたを邪魔しているのね。だって、そんな能力がなかったら、あなたは文句なく幸せなはずだから」

ぼくが何より興味をもったのは、パリに来る前の彼女に何があったのかというかねてからの問題だった。いったい何が、どんな感情が、こんなに長く彼女の眼を凍りつかせているのか、それに彼女のあの精神の冷気は、どこから来たのか？　だが、ぼくは長年の経験でわきまえていた、女性がぼくを惹きつけたり惑わせたりする力が存在するのは、彼女の中に何かわからない部分、未知の空間が残っているあいだだけだということを。未知の空間こそが繰り返し彼女の新しいイメージをつくり出し、ぼくが見たがっている姿、たぶん現実とは違う姿で彼女を見る可能性を──あるいは幻想を──もたらすのだ。ぼくは単純すぎる真実より嘘や作り話を好むところまでは行っていなかったけれど、あまりに深く知ることはまちがいなく危険を孕《はら》んでいた。読み終わってもう知っている本に戻りたくないのと同じで、その地点に戻りたくなかった。だが同時に、知りたいという欲望は常に感情と切り離せないものなので、どんな論拠をもってしてもその欲望を変えることはできなかった。こうした精神的なリスク、それもこんなにも明白なリスクがなかったら、きっと人生はぼくにとってあまりにつまらなく思えただろう。何かの影がエレーナの人生のある期間を覆っていたと、ぼくは確信していた。そしてぼくは知りたかった。いったい誰の眼が彼女の眼にじっと動かぬ像を残しているのか、誰の冷気が彼女の身体の奥深くまで浸み込んでいるのか──それに、これが肝心だが、どのようにして、そしてなぜ、それは起こったのか。

しかし、それを確かめたいという欲望がどんなに強くても、ぼくは焦らなかった。そのための時間はまだあると期待していた。ぼくがはじめてエレーナから精神的に信頼されているのかもしれないと感じたのは、彼女がぼくと一緒にソファに座っていて、不意になんだか自信のない、不慣れなような動作で両手をぼくの肩に置いたときだった。まるで彼女らしくないこの動作は、どんな言葉より雄弁だった。ちらりと顔を見ると、彼女の眼はその身体の動きについていくのが間に合わず、いつもの冷静な表情を留めていた。彼女はもう、しばらく前の彼女とは違う――それにたぶん、もう前の彼女には戻らないだろうと、ぼくは思った。彼女は時おり自分の人生のいろいろな時期について何かしら些細なことをぼくに語りながら、〈当時の私の恋人〉とか〈恋人だった男のひとり〉といった言い方をした。彼女の口から、しかも彼女自身のことで、そんな言葉が発せられるのを聞くと、ぼくはそのたびに不快になった。その種のことはあったに違いないし、どんなできごとも彼女の人生から勝手に削除できないのは、わかっていた。もしそんなことをしたら、彼女はぼくにとって存在しなくなる。これまでの彼女の恋人の数がひとり多くても少なくても、ぼくは彼女と出会っていなかっただろうから。そのうえ彼女は、まったく取るに足りない、しかも必ず臨時雇いの使用人を話題にするような調子で、恋人という言葉を口にするのだった。

ぼくは何度となく気づいた――そしてそのたびに驚いたのだが、女性たちはぼくに対してたいてい非常にあけっぴろげで、とりわけ好んでぼくに自分の人生を語った。ぼくはたくさんの打ち明け話を聞かされたが、なかにはこちらが恥ずかしくなるような話もあった。ぼくが最も不可解だと思ったのは、そんな話し相手の女性の大半は、そもそもぼくと何の関係もなく、ぼくと彼女たちはたんなる知り合いにすぎないことだった。ぼくは何度も自問した。このような外面的にも内面的にもいっさい何の理由もない打ち明け話が、そもそも何によって正当化されるのだろうか、と。だが、ぼくは結局このことにそれほど興味がなかったので、検討のために時間を過度に費やしたためしもなかった。ぼくはただ、自分に対しては女たちがあけすけになることに気づいていただけだが、それだけでも十分すぎるほどだった。時にはそのせいできまり悪い状況に陥ることもあったのだから。エレーナ・ニコラエヴナはその意味では例外的だった。彼女は確かに、〈うちの洗濯女〉とか〈うちの料理女〉と言うのと同じ調子で、〈私の昔の恋人〉とか〈当時の私の恋人〉と何度も繰り返すことができた——でも、それだけのことだった。ごくまれに彼女がほんの短い時間あけすけになることがあったが、そんなとき、ある種のことをもの語る彼女が、ぼくにとってにわかに残酷な存在になった——用いる表現が露骨で、何かしらあまりにリアルな細部に言及するせいで、ぼくは彼女に腹が立った。しかし、彼女がこれまで一度も、どんな状況でも語ったことがないのが、自分の精神生活のことだった。

ある晩、ぼくは彼女のところにいた。半ば引かれたカーテンを通して、球形の街灯の鈍い光が通りから部屋に差し込んでいた。ソファの上の方に壁灯がともっていた。ぼくは立ち上がって窓辺に近づいた。澄みきった星空だった。

「時々君がかわいそうになる」とぼくは言った。「ぼくの印象だけど、君は何度か欺かれたことがあるんじゃないかな。君は何か黙っていた方がいいことをしゃべって、あとからしゃべったことを後悔するはめになったんだろうと思う。君に言い寄ってきた人のなかに紳士とは呼べない連中がいた——それで君はいま、羹《あつもの》に懲《こ》りて膾《なます》を吹くって具合になっているんだ」

ぼくは振り返ってみた。彼女は黙り込んで、放心して遠くを見るような表情をしていた。

「もしかして」とぼくは続けた。「君には精神的な意味で気胸[*10]みたいな症状があったのかもしれないね。でも、どこの医者に、それを引き起こすような残酷な真似ができたんだろう?」

「二年前にロンドンで」と、彼女は持ち前の穏やかで気だるそうな声で言った。「私、ある男と知り合ったの」

彼女の声にあった、ほとんど気づかないほどの調子が、即座にぼくを緊張させた。ぼくは窓辺に立ち続けた。もしぼくが彼女に歩み寄るか、ソファの隣の肘掛け椅子に腰を下ろすか、とにかく室内を二、三歩動いたりすれば、その最初の動きで彼女は気分を害して、ぼくは彼女が伝えたかったことを知らないままになるような気がした。ぼくは彼女の方に頭を向けることさえしなかった——そんな緊張した不動の姿勢で、彼女の話を聞きはじめたのだ。このとき彼女は完全に無防備に、包み隠さず語った——ぼくが長い間粘り強く待っていたことが、ついに起こったのだ。

発端は彼女の知人の家で開かれたパーティーだった。その家の主人は五十歳で、妻は彼より二十歳年下だった。

主人夫妻の年齢に関する詳しい情報がこれからの話にどんな意味をもつのか、ぼくは訊きたかったが、口は挟まなかった。

たっぷりしたディナーの後で即興の演し物《だ》があった。客のひとりがまずまず上手に歌を歌い、もうひとりは詩の朗読、どこかのご婦人は大変かわいらしいダンスを披露した。最後に背の高い男性が出てきて、ピアノでスクリャービンの曲を弾いた。エレーナ・ニコラエヴナはその音楽にきわめて重苦しい印象を受け、その印象は知らず知らずのうちに演奏者にも及んだ。パーティーの半ばにその男性がダンスに誘ったとき、彼女はその誘いを断りたいという気持ちをかろうじて抑えつけなければならなかった。ところが彼はダンスが大変上手なうえに、彼女の言葉によれば、それまで会ったなかで最もすばらしい話し相手だった。青白い顔にきらきら輝く眼をした人物だった。話の内容は知的で信頼できて、なぜか常にそのとき演奏されているダンス音楽のリズムとぴったり合っていた。この男性は家の主人の友人で、その妻の愛人だった。エレーナは、その主人の妻の青い眼が自分のダンスの相手にひたと据えられて、片時も離れないのに気づいていた。

二人はアメリカやハリウッド、イタリアやパリの話をした。男はこれらの場所を熟知していて、まるでそのすべてに何年も住んだことがあるみたいだった。この数年に出た本は全部読んでおり、その方面ではとびぬけて博識だった。音楽には詳しかったが、絵画に関しては無知だった。パーティーが終わって、彼が別れの挨拶をしに近づいてきたときにはじめて、彼女は彼がそんなに若くないことに気づいて驚いた。この数分間に彼の顔に何か不思議な変化が起きたようだった。しかし、彼女がこの印象を思い出したのは、ずっと後のことである。

一週間が過ぎて、彼女は彼とレストランで会って――彼が電話をしてきたのだ――夜食をとった。彼はまた、パーティーで知り合ったときのようだった。ハンガリーのジプシー楽団が演奏していた――むせび泣くようなバイオリンの音色、お定まりの重苦しいが魅惑的な長々しいメロディー、それが不意に途切れてスピードのあるリズムが始まる。そのリズムは、想像上のどこか果てしない平原を疾走する馬たちを音で表現しているようだった。彼はじっと聞き入りながら言った。

「空間とはいったい何かを真に理解できる国が、ヨーロッパにひとつだけある――それはロシアですよ。でも、あなたは地理なんかお好きじゃないかもしれませんね、特にレストランでは。あなたは思いませんか、こうして起こっていることはすべて本当に奇蹟的だって」

「ちょうどそれと同じ文句を何度も耳にしてきたので、もう説得力を感じませんわ」

「でも、まさに真実ですよ。あなたのかわいそうな話し相手たちは正しかったんです」

「時には、正しいということくらい退屈なことはありませんわ」

「もちろんです。でも、もしもあなたが誰かの人生に起こることの一貫性をたどってみれば、それがほとんど常に奇蹟的だということを、あなたも認めるに違いない」

「ほとんどは、ただつまらない思いをするだけですわ。たいていの場合は、この人やあの人が、実際なぜこんなに不必要で無意味な人生を送ったのか、わからないのですもの」

「ぼくはある人の一生を知っています」と彼は言った。「ポーランド出身の貧しいユダヤ人の若者でね。乾物屋の家庭に生まれたんですが、仕立て屋になることを夢見ていました。戦争に行って、捕虜になったり、戦闘に参加して負傷したり、長い苦労の末にイギリスに落ち着いて、そこで仕立て屋になれたんです、ずっと夢見てたとおりに。彼はそれを夢見ていた、湿っぽい壍壕で、銃撃の音のもとで、軍病院でも、捕虜になったときも。そしてはじめて仕立ての注文を受けた後に肺炎にかかって、十日後に死んでしまいました。ごらんなさい、なんと恐るべき一貫性、なんと注目すべき最期か！」

「あなたはその結末を、なにか天の配剤のあらわれと見ていらっしゃるの？」

彼の顔は真剣になり、輝く眼は彼女をひたと見つめた。

「それは明らかだと思いませんか？　あれは死への疾走ですよ。彼は仕立て屋になることを夢見ていた、他の人が栄光や富を夢見るようにね。運命はまるで彼がまさにその目的を達成できるように、彼を守っていたみたいだ。前線で命を落とさず、捕虜になっても死なず、軍病院でも壊疽や血液感染で死ななかった。そしてついに夢が実現したときにわかったんです、夢の実現は死を孕んでいたことが。彼は死をめざしてずっと粘り強く走ってきたんですよ。どんな人の生涯であれ、それが理解されるのは――つまりその人の生涯の動きが、その生涯の特性が理解されるのは――まさに最後の瞬間を迎えたときしかありません。庭師と死に関するペルシアの伝説を知っていますか?」

「いいえ」

「あるときペルシアの王《シャー》のもとに彼の庭師が大慌てでやってきて、言いました。『あなたさまの馬のなかでいちばん足の速い馬を私にお与えください。私はできるだけ遠く、イスファハーンまで行きます。いましがたお庭で働いていて、自分の死を見たんです』王が馬を与えると、庭師はイスファハーンめざして駆け去りました。王が庭に出ると、そこに死が立っていました。王は言います。『おまえはなぜ、私の庭師をあんなに脅かしたのか。なぜ、彼の前に姿を見せたんだ?』死は答えました。『そうするつもりはなかったんですが、あなたの庭師をここで見かけて、驚いてしまって。私の本には、私が彼と会うのはきょうの夜中、ここから遠いイスファハーンだと書いてあるのに』」

それから彼は付け加えた。

「ぼくは、こんな動きの意味がいやがおうにも明白になるケースをたくさん知っています。仕立て屋の話はしましたね。もうひとつ例を挙げましょう。第一次大戦とその後の内戦に参加したロシアの将校の話です。彼は六年間も戦争の最前線にいた。同僚はほとんど全員、戦死しました。彼は何度か負傷し、あるときは身体に二発の銃弾を受けながら、銃撃戦の真っ只中を四キロ匍匐《ほふく》で進みました。何度も、死をまぬかれたのはただ奇蹟だというような目に遭ったんです。けれど、とにかく生き残った。そして戦争が終わり、彼は平和なギリシアにやってきて、もはや彼を脅かすものは何もないと思われた。到着の翌日、彼は深夜に小さなアジア風の町の外れを歩いていて、井戸に落ちて溺死しました。考えてもみてください、弱って気を失いそうになりながら、あんなに力を振り絞って、銃撃戦の中を匍匐前進する価値があったのでしょうか。あんなにも不屈の勇気とヒロイズムを発揮する価値があったのでしょうか、あらゆる危険が過ぎ去ったと思ったら、ある夜更けに井戸にはまって死ぬために？」

「それであなたは、全存在の意味は、死に至る運命論に行き着くと思うの？」

「これは運命論じゃなくて、生の方向性、あらゆる運動の意味ですよ。もっと正確に言うと、意味じゃなくて役割だな」

「どうやらあなたは、この問題の検討にたくさんの時間を費やしてきたみたいね。きっとあなたは考えたことがあるんでしょう、あなた自身の人生はいま、どの段階にあるのか……」

彼の顔は不意にいっそう暗くなった。バイオリンが格別せつなく甲高い音を立てていた。

「何年も前のことですが」と彼は言った。「ぼくは自分の死と出会いました。あのペルシアの庭師と同じように、ありありと見たんです。でも、すごい偶然のおかげで、死はぼくを見逃した。死の奴、しくじったんだ、他に言いようがない。ぼくは大変若くて、死に向かって飛ぶように、まっしぐらに進んでいた。ところが、さっき言った偶然が救ってくれた。いまのぼくはゆっくりと死に向かって歩いていますーー実際、ぼくは、死がどうやらページをまちがったことに感謝しなきゃならないな。だってあのまちがいがぼくに、あなたの眼を見つめながら、こんなふうに哲学めいた四方山話《よもやまばなし》をするチャンスをくれたんですから」

「あのときは、あらゆるものが私に向かってくるように思えたわ」とエレーナ・ニコラエヴナは言った。「夜も、音楽も、きらきら輝く眼をした彼の顔も。でも私にはまだそれに抵抗する力があったの。ただ、長くはもたなかったけれど」

彼女はほぼ週に一度彼と会った。レストランでの最初のデートの後、彼はしばらくのあいだ、当時彼が守っていた、彼女に言わせれば哲学的な流儀を改めた――彼は競馬や映画や本の話をして聞かせ、知れば知るほど、それまで彼女が出会った人々よりも頭ひとつ抜きんでていることが明らかになっていった。だが、どれもこれも賢明で確かな話ばかりで、それまで知らなかった世界が彼女の前に開けつつあったにもかかわらず――そのすべてに冷たく静かな絶望のニュアンスがあった。彼女は心の中でこれに抵抗するのを止めなかった。彼の考えに抗って何か別のものを提示することはできなかった。そんなことをしても、あまりに不均衡な、最初から負けが決まった論争にしかならなかっただろう。しかし、彼女の存在全体が抵抗を示していた。これは正しくないと彼女にはわかっていた。いや、もし正しいとしても、きっぱり忘れて二度と彼のもとに立ち返らないために、途方もない努力をする必要がある――そうする価値がある――ことが彼女にはわかっていた。

「恋愛はすべて、自分の運命を押しとどめようとする試みだ。ほんの短い間でも不死であろうとするナイーブな幻想さ」と、あるとき彼は言った。「いずれにしてもおそらくこれが、我々が知り得る最良のものなんだろう。でも恋愛のうちにだって、容易に死の緩やかな仕事を見て取ることができる。『望むことは心を焼きつくし、なし得ることは体をそこなう』[*11]――バルザックの『あら皮』にそう書かれているよ」

「いったい何が、この人に生きる力を与えてきたのかしら」と、彼女は自分に問うた。他の人が信じているものは、彼にとっては存在しなかった。本当にすばらしい最高のものであっても、彼が触れたとたんに魅力を失った。しかし、彼がもっている、人を惹きつける力には、抗いようがなかった。エレーナ・ニコラエヴナにはこれは避けられないことだとわかっていたので、彼と恋愛関係になったときには、ずっと前に起きたことを思い出しているような気がした。もうしばらくすると、この男がどうやって生存してこれたのか、死に向かう長い旅路で何が彼を支えてきたのか、彼女にはわかった。彼はモルヒネ中毒だったのだ。彼女はあるとき彼に訊いてみた。あれだけの知性と才能に恵まれ、自分が知っている誰よりも明らかに頭ひとつ抜きんでている彼が——こんな絶望的な状況に行き着くなんてことが、どうして起こり得たのか、と。

「そりゃ、ぼくが自分の死をやりすごしたからさ」と彼は答えた。

彼女と彼のロマンスは、もうひとつの悲劇的な事件で陰りができた。以前の彼の恋人、つまりエレーナ・ニコラエヴナがはじめてスクリャービンの音楽を聴いた家の女主人は、新しい事態を受け入れることができなかった。脅迫の手紙を書いてよこし、暴露してやると脅し、彼のアパートの入口に何時間も立っていた。これはわけのわからぬ女で、彼の表現では、何か愚にもつかないことを永遠に考え込んで人生を費やし、その後で彼に恋をして、それが彼女の全存在を満たしてしまったのだ。彼の方は彼女を愛していただろうか？　いや、それは長引いた誤解だった。しかし、その結末は悲劇的だった。彼女が服毒自殺をしたのだ。彼女は夫に詳しい手紙を残して、自分たちのロマンスの経過を語り、男がこれ以上彼女と生きることを望まないので命を絶つと説明していた。ナイーブな残酷さで彼女はこう付け加えていた。「私をこんなに愛してくれたあなたは、これがどういうことかわかってくれるわね」

彼はエレーナ・ニコラエヴナにモルヒネを教え込もうとした——実はこれが彼にできなかった唯一のことだった。はじめてモルヒネを試したとき、彼女は、自身の言葉によると氷のように冷たい、それまで経験したことのない、透き通るような感覚を覚えたが、それから気分が悪くなり、二度と試してみなかった。その他すべてのことで、自分は弱りつつあって結局滅びるだろうと、彼女は感じた。最初は興味深いこと、世界を新しく把握する可能性として受けとめたことが、しだいに当たり前に感じられるようになった。これまでずっと重要で本質的だと思ってきたことが、ものすごい勢いで、しかも取り返しのつかないようなかたちで、価値を失っていった。彼女は愛していたものを愛さなくなった。何もかもが衰えていき、残っているのは――時おり襲ってくる――破滅的な高揚感だけで、その後には空虚さしかないと、彼女は感じた。彼と出会ってからもう何年間もうんざりするような生活が続いたような気がして、つい最近までの自分、以前のレーノチカからはもう何も残っていないように思われた。性格さえも変わって、動作は緩慢になり、起こっていることに対する反応は鈍くなり、ひとことで言うと重い精神疾患に罹ったようだった。もしもこれがさらに続けば、虚無に行き着くか、冷たい深淵に落ちていくことになると、彼女は感じていた。彼の生活を変えるために彼女がやってみたことは――彼女はまちがいなく彼を愛していたから――何の結果ももたらさなかった。彼女の中にあった温かさは、しだいに弱って失われていった。

ガスに中毒しかかってほとんど意識を失いそうな人にも、窓まで這っていって窓を開ける力が残っているように、彼女には、ある朝目覚めると荷物を詰めて、駅へ、そこからパリへ向かう力が残っていた。しかし、そこに到るまでには、彼を多少なりとも正常な生活に引き戻すために、彼女はできるかぎりのことをした。彼との最後の会話について、彼女はぼくに語った。それは夕方、彼のアパートでのことだった。肘掛け椅子に座った彼は、疲れた顔に輝きが失せた眼をしていた。彼女は言った。

「あなたの生き方はなんだか人間ばなれしていて、ついていけないわ。私を愛してるって、あなた、言うわよね？」

彼はうなずいた。

「私に赤ちゃんができるかもって、あなた、想像できる？」

「想像できない」

「私だって他の女の人みたいに、母親になる権利があると思うの」

彼は肩をすくめた。

「私、あなたと結婚だってできる。でも、それが馬鹿げているってことは明白だわ。赤ちゃんも結婚もあり得ない。なぜかわかる？　あなたが、自分は死を運命づけられてると思ってるからよ。でもね、私たちはみんな死を運命づけられているのよ」

「状況が違うよ」

「どうして？」

「だって、他の人はみんな理論的に理解しているだけだけど、ぼくはそれがどういうことかを知っているからね。なぜかって？　説明はできないな。一日か二日という約束で囚人を監獄から町に釈放することがあるだろう。囚人たちは他のみんなと同じような格好をして、同じようにレストランで食事したり、劇場に行ったりする。でも、彼らはやっぱり他の人とは似ていない——そうじゃないかい？　ぼくはしばらくのあいだ釈放されてるんだから、みんなみたいに考えたり生活したりできない。だって、何が自分を待ち受けているか、知っているんだから」

「それは一種の狂気よ」

「そうかもしれない。でも、狂気って何だろう？」

「ねえ、とにかく、この状態はそのまま続きはしないわよ。私はこんなふうには生きていけないもの」

「いまの君には他のどんな生活も、おもしろみのない、魅力を失ったものに思えるはずだ。君はもう以前の君には戻れないよ」

「なぜ？」

「第一に、それはありそうにないから」

「第二は？」

「第二に、ぼくがそれを許さないから」

「あなた、自分が私を引き止めるって言いたいの？」

「そうさ」

「どうやって？」

「どうでもいい、何だってするさ」

もしもこの会話がなかったら、彼女はきっともうしばらくは彼のもとにいただろう。しかし、自分が何かを強制されるかもしれない、何か脅迫されて引き止められるかもしれないという考えは、彼女には耐えられないものだった。

彼のもとを去ってから、彼女は彼の言葉にかなりの真実が含まれていたことを悟った。彼女は彼との親密さに毒されていた、もしかしたら長いこと、もしかしたら永遠に。そしてどうやらいまようやく、何か月も何年もたってはじめて、たぶん、あれは取り返しのつかないことではなかったと感じていた。彼女はまさにこの表現を使った。

「私はいまようやく、あれは、たぶん、取り返しのつかないことじゃなかったんだって考えはじめてるの」

ぼくは窓辺を離れて、ソファの彼女の隣に腰を下ろした。

「あなた、なんて温かいんでしょう」と彼女は言った。

「彼はもちろん、君の居場所は知らないんだね？」

「ええ、彼が知ってるのは、私が彼のもとを去ったということだけ。彼が私を探し出せるとは思わないわ。私、横になってもいい？　あなたにこの話をして疲れてしまったわ。でも、私にはずっとわかっていた――いつか誰かに自分の人生の話をするだろうって。だって、その人は私にそれを訊くだろうし、そのとき私はその人を愛しているだろうから。わかるでしょう、私がどんなに長いこと、あなたを知っていたか」

「そうだね。それに君はいつの日か、ぼくのことを誰かに語るだろうね。君はこう言うのさ。『彼は死亡記事やスポーツ観戦記事、女性のバラバラ殺人の記事なんかを書いていたのよ』って――それから、何を話すのかな、レーノチカ？」

「それから――あなたは口に出すよりたくさんのことを理解しているってこと、それにあなたが話すときは、言葉よりもイントネーションの方が、表現力が豊かだっていうこと。でも、たぶん私はそのことは誰にも話さないわ」

＊　＊　＊

ぼくはまた人けのない深夜の通りを歩いて家へ帰った。眠くて何も考えたくなかったのに、エレーナ・ニコラエヴナが語った男についてあれこれ考えることから逃れられなかった。彼に何が起こったのか、彼の恐るべき精神の病を引き起こしたのは何だったのか？　どんな精神疾患でも、それが始まった出発点を探ることは、いつだってとても難しく、たいていは完全に無益であることをぼくは知っていた。それに、もしもこの問題に対して完璧に正しい答えを見つけ出したとしても、ぼくにはその答えを確かめるチャンスはまったくなかった。それに──実際、その男がぼくとどんな関係があるというのだ？　たえず繰り返される偶然のせいで、さらにおそらくはぼくが知らない何か別の理由のせいで、ぼくの恋愛には毎回必ず不必要な悲劇的要素があるが、それはほとんど常にぼく自身の責任ではないということを、ぼくはあらためて確信するばかりだった。たいていの場合、罪はぼくより前に恋人だった男たちのひとりにあり、やむなくぼくが彼の代わりに罰を受けるはめになるのだ。いくつかのケースでは、運命はぼくをひどく愚弄した。いまでも忘れられないが、多くの点ですばらしいのに、無闇《むやみ》に性格の悪い女に会ったことがある。ぼくは彼女と数年間つきあい、彼女に心から同情して、彼女の不幸が和らぐようにあらゆることをした。なぜなら、彼女自身が自分の欠点の第一の犠牲者だったから。精神的安定が長期間続いたことが、ついに彼女に有益に作用した──その後で彼女はぼくと別れたが、その際にぼくに悪い感情は抱いていないことをしきりに強調した。そのことでぼくが思いもよらない幸福を感じるだろうと、自分では意識していない単純さのせいで信じ込んでいたのだ。しばらくしてから、彼女の新しい恋人の、全体にとても感じの良い男が、ぼくに言ったものだ。彼女はぼくのことを非常にたくさん彼に話しており、それでぼくと知り合えてうれしく思っている。彼女は完全に理想的な性格を備えた驚くべき女性だが、これは彼によれば、現代のような神経質な時代には稀有なことだ、と。

総じて自分の役割は、大きな破綻が起きた後に登場することにあると、ぼくは思うようになった。ぼくと精神的に親密になる運命にある人はみんな、必ずその前に何らかの不幸の犠牲者になっていた。あるケースでは悲劇的な性格がより強く、別のケースではそれほどでもないという違いはあったが、それは常に辛いことだったし、ぼくが、どうしても逃れられない昔からの悪癖のせいで長々と考えてしまうために、いっそう複雑にもなった。ぼくはものごとをありのままに受けとめず、違う状況だったら起こり得たことに関して、役に立たない個人的な仮定の一大システムをつくろうとして、毎回長々とたえず考え込むのだった。ぼくは常に、あれこれの破綻を引き起こした原因を探求した——それでいまは、ぼくより前にエレーナの恋人だったロンドンの男、死の理念《イデー》を内含するすべてのものに不可解なほど強く惹きつけられていた男のことを考えた。あのような精神疾患の発症は、何によって説明できるだろうか？　それを判断するためのデータを、ぼくは何ひとつもっていなかった。しかし、この問題はさらに、純粋に理論的な面でもぼくの興味を惹いた——ちょうど任意の心理学上の問題がぼくの興味を惹くように。あの男の年齢から判断するに——エレーナ・ニコラエヴナはいつか、彼はぼくより十歳年上だと言っていた——彼は戦争に行ったことがあり、ひょっとしたら、それが彼に影響を与えたのではないか？　ぼくは自分自身の経験や多くの仲間たちの例から、戦争への参加がほとんどすべての人に回復不能な破壊的作用を及ぼすことを知っていた。たえず死を身近に感じること、戦死者や負傷者や瀕死の人や、絞殺されたり銃殺されたりした人の姿を見ること、冬の夜の凍りつく大気の中の赤い炎、その下の焼け焦げた木々、自分が乗っていた馬の死体、そして一連の音の印象——警鐘、砲弾の炸裂音、銃弾の飛翔音、誰のものか知れない絶望的な叫び声——これらすべてはけっして悪い影響をもたらさずにはすまない。戦争を潜り抜けてきた人たちの大部分が、言葉にならない、ほとんど無意識の戦争の記憶に付きまとわれていること、彼らの中に何か壊れて取り返しのつかぬものがあることを、ぼくは知っている。ぼくは身をもって知ったのだが、人生の価値について、あるいは基本的な道徳の原則——殺してはならない、盗んではならない、強姦してはならない、憐みをもて——の必要性についての、正常な人間らしい認識はすべて、戦争の後でゆっくりとわが身に甦ってきたものの、以前の確信は失われて、たんに理論的なモラルのシステム、すなわちその相対的な正しさや必然性に関して、自分が原則的に賛成せざるを得ないものにすぎなくなっていた。ぼくの中に存在していたはずの感情、これらの道徳の原則が生じる前提条件になっていたはずの感情は、戦争で焼き尽くされて、もはや存在せず、それに代わるものも何もなかった。

もちろん例の男もこうしたことについて、ぼくが知っているすべてを知らないはずはなかった。しかし、別の面からいえば、何十万もの人が同じ経験をしてきたが、それでも狂人にはならなかったのだ。いや、彼の人生にはエレーナ・ニコラエヴナさえ知らない何か特別な事件が起きて、それが彼の現在の状況を決定づけた、と考える方が、もちろんはるかに自然だ。たとえば、彼が言った「死の奴、しくじったんだ」という言葉は、何を意味するのか？　とにかく彼女の眼には、じっと動かぬ不自然なほど平静な表情が、まるで鏡の中の忘れられた像のように、永久に凍りついている——このことはもはやぼくと直接関わっていたが、その関わり方は他のすべてとは違っていた。他のすべてのことも、残念ながらぼくと関わりはあったのだが。さまざまな物や思考や思い出から成り立っていて、その言葉なき無秩序な動きがぼくの人生にずっと付き添っている世界があり、その世界からどうしても逃れられないことに、ぼくは時おりひどく苛立ったが、とりわけこの夜、帰宅の途次に、それを強く感じた。時には、自分について多くのことを保存している記憶を呪いたくなった。この記憶がなければ、もっと楽に生きられただろうから。しかし、この事態を変えることは不可能だった——ただごくまれに、ぼくの生活に最大限の精神的緊張が要求される時期があり、そんなときには、こうしたすべてがしばらくのあいだぼくから離れていった——後で再び戻ってはきたが。

ぼくは道のりの半分を歩いてからタクシーを拾って家に帰り、死んだように眠った。

次の日はすばらしい天気で、日が照って空は青く、白い羽のような雲が浮かんでいたのを覚えている。ぼくは仕事が大いに捗《はかど》って、数時間で長い記事を書き上げた。もはや犯罪や破産の記事ではなくて、モーパッサンのいくつかの特徴がテーマだった。夕方エレーナ・ニコラエヴナのところに行くと、彼女は何歳か若返ったような気がすると言った。どうやら再び彼女は、ぼくもそうだったが、ぼくがはじめて彼女を訪問した日とそれに先立つ一週間と同じように、例の無意識の動きに従っているようだった。

あるとき彼女はぼくと半日仕事をした後で、今夜は芝居に招待されているから、ぼくと次に会うのは明日の朝になると告げた。帰り際には「夜が明けるか明けないかのうちに、あなたを起こすわよ」と言った。彼女の観劇の道連れがパリで偶然に再会した古くからの女友だちだということを、ぼくは知っていた。ぼくはその人と二、三回会っていたが、ふくよかでかなり美しい人だった。ぼくは彼女を見るたびになぜか、それが何時だろうと、食欲が湧いた。たっぷりした朝食の直後でも、彼女を見ると必ず食べ物のイメージが呼び起こされ、眼を閉じると、豚の腿肉やチョウザメ、サーモン、ロブスターのぼんやりした像が脳裏に浮かぶ。この女性は自分では知らないうちに、自分が喚起するおいしい食べ物の幻影がつくる一大世界を身に負っていた。なぜこんなことが起きるのかについて、ぼくはその分析をとことん突き詰めることはできなかった。ぼくと彼女には共通の知り合いがいなかったので、他の人もこの連想を共有しているのか、それともこれはぼくの個人的な、他人には不可解な異常性の所産なのかさえ、わからずじまいだった。彼女はフランス人の、非常に感じの良い、平凡な男と結婚していた。

「よかったら、うちに来ていれば。アニーが食事を出すわよ」とエレーナ・ニコラエヴナは言った。

しかし、ぼくは断った——そして夜九時半にロシア料理店に出かけた。店のあたりまで来ると、ふとジプシー歌謡と例のヴォズネセンスキーのことを思い出した。店に入るとすぐに彼の姿が目に入った。彼はひとりではなく、同じテーブルに明るいグレーのスーツを着た男が、こちらに背を向けて座っていた。男のブロンドの髪は禿げはじめた頭を履いきれていなかった。ヴォズネセンスキーはぼくに手を振り、席から立ち上がって手招きした。ぼくが寄っていくと、彼は言った。

「お会いできて、じつにうれしいですよ。早速、紹介させてください。こちらがサーシャ・ヴォルフその人、名と父称はアレクサンドル・アンドレーヴィチ、ロンドンから着いたばかりです。お嬢さん、デカンタをもうひとつ頼む」彼は、ぼくと一緒にテーブルまで来ていたウエイトレスに言った。「悪いね、お嬢さん」

アレクサンドル・ヴォルフがこちらを向いたので、彼の顔が見えた。彼はまだハンサムで、見たところ四十歳くらいだった。これが彼だと知らなかったら、たぶんぼくは特別な注意は向けなかっただろう。しかし、ヴォルフのことを知っていたので、自分がずっと前から非常によく知っている顔、何年もその思い出に付きまとわれてきた、まさにその顔がいま、まちがいなく自分の目の前にあるのだと、ぼくは思った。彼はとても白い肌と灰色の据わった眼をしていた。

「こいつにあなたの話をしましたよ」とヴォズネセンスキーは言った。「本当にこの方がいなかったら、君があの本に何を書いたか知らないところだったよ、サーシャ。さあ、友よ、お掛けください。一杯飲みましょう。ありがたいことに、我々は正教徒なんですから」

ぼくはヴォルフと話すきっかけの言葉が見つからなかった。あまりに長く彼と会うことを考えてきて、あまりにたくさん彼に言いたいことがあって、何から始めていいかわからなかった。それに、ヴォズネセンスキーの存在やレストランの雰囲気、ウォトカを呑んだことも、ぼくが何度も考えてきた会話のためには適当でなかった。アレクサンドル・ヴォルフはあまりしゃべらず、短い返事だけしていた。その代わり、ヴォズネセンスキーは口を閉じることがなかった。ぼくがテーブルに着くとすぐに彼はウォトカを一杯呑み干して、酔った眼でじっとヴォルフを見て言った。

「サーシャ、わが友よ」と彼はこのうえなく感情豊かに言った。「考えてごらん、私にとって君がどんな人間か。私には君以上の友だちはいない。だって、ほら、私たちが君を、罰当たりな君を、死んだような状態で抱き上げて、そして病院で医者に手当てしてもらっただろう、そうじゃなかったか？　それでもって次には、あのマリーナは私を捨てて誰のところに向かったんだっけ？　ええ？　なんて娘だっただろうね、サーシャ！　彼女以上の女はいなかっただろう？」

「いたよ」と、ヴォルフは思いがけずはっきりと言った。

「嘘だね、あり得ないよ、サーシャ。ぼくはマリーナよりいい女はこれまで知らなかったし、これからも知らないだろうよ。なぜ、彼女のことを書かないんだい、せめて英語でもさ。彼女は何語でも使えたぜ。書けよ、サーシャ、お願いだから」

ヴォルフは笑いもせずに彼を見て、それからぼくに視線を向けた。

「ぼくはあなたの短篇『ステップの椿事』に興味をもちました」とぼくは言った。「その理由は、お許しいただけるなら、もっと適当な環境であなたに申し上げたい。そもそもぼくは、いくつかの重要な――ぼくの観点からですが――ことについて、あなたとお話ししたいんです」

「よろこんで」と彼は答えた。「なんならこの店で、明後日の五時頃にお会いしましょう。ヴラジーミル・ペトローヴィチがあなたと話したことを伝えてくれましたよ」

「結構です」とぼくは言った。「それでは明後日の五時に、この店で」

ぼくはその後すぐには立ち去らなかった。機会が訪れるたびに、ぼくはむさぼるような張りつめた眼でヴォルフをじっと観察した。そうした緊張はぼくのヴォルフへの態度全体の特徴だったが、最近はようやく、より強い他の感情がぼくを支配するようになったせいで、弱まってきていたのだった。ぼくは、もしも彼のことを何も知らなければ見えるであろう姿で、彼を見ようと努めた。あまりに長くぼくの想像に付きまとってきて、この瞬間もぼくの邪魔をしている、頭にこびりついたイメージを退けようとしたのだ。ただ、それがどの程度うまくいったか、確信をもって言うことはできない。ヴォルフの顔には、ぼくが見てきた他の人たちの顔とは大きく違うところがあるように思えた。それは定義するのが難しい、何かしら死者の威厳にも比すべき表情——生きている人間の顔に浮かぶのはあり得ないような表情だった。ぼくのように注意深く彼の本を読んできた者には、眼が据わって、いわく言いがたい表情をしたこの男が、あんなにスピード感のあるしなやかな散文を書いたことや、じっと動かぬ眼であんなに多くのものごとを見てきたことが、とんでもなく奇妙に思えた。

「私の足元に、こめかみに矢が突き刺さった私の死体が横たわっていた」——ぼくは不意に『ステップの椿事』のエピグラフを思い出した。そうだ、ヴォルフについて肝心なのは——彼が本当に亡霊みたいだったということだ。どうしてぼくは、最初からそれがわからなかったんだろう？　ぼくは不意に何秒間か寒気を覚えた。また蓄音機の声が、ヴォズネセンスキーの好きなロマンス曲を歌っていた。

なんにも要らない
遅すぎる後悔も……

そしてぼくは、ずっと前から想像してきたのがまさにいまの光景であることに気づいた。レストラン、音楽、そして——酔ったジプシーの悲しみの歌の向こうに——『私は明日到着する』の見知らぬ作者の死んだような顔。眼を閉じると、いろんな思考、思い出、感情がひとつになって、怪しい渦をなして湧き上がってきた。その全体にはいくつかのモチーフと、ヴォルフの伴奏でマリーナが歌うところを想像するときにぼくがいつも思い浮かべる想像上のメロディーが伴っていた。その後で異常なほどくっきりと見えたのは、まるで夢の中のようにぼくの右眼の前で揺れる、拳銃の銃身の先端にある照準器だった。ぼくは悪寒がして、譫妄が始まったような気がした。

ぼくはついに立ち上がり、ヴォズネセンスキーの騒々しい抗議をはねのけて、その場を去った。彼はぼくにウォトカのショットグラスを離さぬままの手を差し伸べて、最初はもう少しこの店にいるように、次にはどこか別の店に行こうと言って、ぼくを説得しようとした。彼のしつこい誘いをきっぱり断るのはひどく難しいことになったかもしれないが、ぼくは急ぎの仕事を口実にしてしのいだ。彼にとって文学やジャーナリズムに関係することはすべて、神聖ともいえる意味をもっており、どれほどの酔いであっても、それを変えるまでの力はなかったのだ。

「そういうことなら、お引き止めしませんよ、わが友」と彼は言った。「お仕事の成功を祈っておりますぞ」

ぼくはレストランを出た。すぐには家に帰りたくなかった。コンヴァンシオン通りをセーヌ川の方へ歩きだした。時刻は十一時半頃で、暖かだった。芽吹いたばかりでまだ夏のように萎れて埃っぽい様子になっていない、若い木の葉が、さやさやと風にそよいでいた。ヴォルフと会ったことがぼくを落ち着かせず、ぼくはもう百回も、彼と結びつくすべての記憶を掘り起こしていた──彼が道を横切るように倒れていた瞬間から、彼が書いた本のこと、彼に対してあれほどまでに恐ろしい憎悪を抱いているロンドンの出版者と会ったことまで。思うに、ぼくにとってヴォルフは──彼自身がというより、彼に関する思念のすべてが──ぼくの人生の中の死に関係するもの、悲しいもののすべてを無意識に具象化したものになっていた。この考えに、さらにぼく自身の罪の意識が加わった。ぼくは自分が、犠牲者の死体の傍らで犯したばかりの罪に震えている殺人者であるように感じた。ぼくは殺人者ではなかったし、ヴォルフは死体になってはいなかったが、ぼくはそんな心象から逃れられなかった。「いったいぼくが彼にどんな罪を犯したというのか?」とぼくは自問した。どんな裁判所もおそらく、ぼくを無罪にするだろう――軍事裁判所なら、殺人は戦争の法でもあれば意味でもあるという理由で、一般の裁判所なら、ぼくが身を護るべき状況にあったという理由で――それでも、このこと全体にかぎりなく重苦しいものが残った。ぼくは一度も彼を殺そうと思ったことはなく、ぼくが彼を見たのは銃を発射する寸前のことだった。それなのになぜ、彼に関する思いの中に、こんな取り返しのつかない後悔、克服できない悲しみが含まれているのか?

三十分前にレストランで、ぼくは何がヴォルフを他の人たちとまるで似ていない存在にしたのかを、不意に理解した――まさに彼を亡霊のように捉えるぼくのイメージがまずあって、偶然にも彼の外見がそのイメージと合致したのだ――そしていま、それと同様に不意に、自分が犯してもいない罪の自覚をもつに到った理由が、ぼくには明らかになった。その理由とは、何度も何度も有無を言わせぬ激しさでぼくの頭をいっぱいにしてきた、殺人の理念そのものだった。その理念は、ことによると消えゆく炎の最後の残光、古《いにしえ》の本能への一瞬の立ち返りにも似ていたかもしれない。またもや推論になるが、これは遺伝の法則が独特に発現したものだった。自分の先祖の多くの世代にとって、殺人と復讐は揺るぎない必須の伝統であったことを、ぼくは知っていた。この誘惑と嫌悪の結びつき、犯罪行為への確固とした覚悟が、どうやら常にぼくの中に存在していたもので、それを理解したことが、いうまでもなく、ぼくがいま味わっている重苦しい後悔の対象だったのだ。ヴォルフについて考えることは、この特性を、すなわち、ぼくの精神的経歴にある理論的に犯した罪の細部《ディテール》を、きわめて強く想起することにほかならなかった。もしもヴォルフがいなかったら、そうした要素はぼくの想像の領域に留まって、すべてはぼくの空想の産物にすぎないという、ほっとするような幻想が生じたかもしれない。それに、たとえこれが現実に起こらなければならないにしても、最後の取り返しのつかない一歩を踏みとどまるのに必要な精神力を、自分の内に見いだせるという幻想も生じただろう。ヴォルフの存在は、ぼくからそんなむなしい幻想を奪った。それだけではない、ぼくにとってあの銃の一発がこんなに高くついたからには、あの一発の結果は、きっとヴォルフの全人生にも反映しなかったはずはない。ヴォズネセンスキーがヴォルフについて語ったことと、『私は明日到着する』の作者の外貌とをもう一度並べてみて、ぼくは思った。ひょっとして、あの殺人未遂がなかったら、サーシャ・ヴォルフには幸福な人生が待っていて、アレクサンドル・ヴォルフの本に書かれた陰鬱なことは知られずに終わったかもしれない。ぼくはこのことを深く考えて——これで何度めだろう——エレーナ・ニコラエヴナのロンドンの恋人が言った言葉を思い出した。

「どんな人間であれ、その生涯に起こるできごとの一貫性は奇蹟的だ」

そうだ、そのとおりだ。こんなにもさまざまな、同時発生的な現象の複雑な総体に、よく知られた因果の法則をぼくが説明要素として導入したら、起きていることの奇蹟性はさらに明らかになり、まるでぼくのしたひとつの動作から全世界が発生したかのようなことになる。もしもできごとの長い連鎖のはじまりが、拳銃を持って伸ばしたぼくの手と、ヴォルフの胸を貫いた銃弾だったとしたら、一発の銃弾が発射される短い時間の断片から、複雑な運動が、どんな人間の知恵にも、どんなに力強い怪物的な想像力にも予見したり見積もったりできない、複雑な運動が生まれたことになる。そもそも銃弾が回転しながら飛んでいく一瞬の内に、ドニエプル河畔の町、言葉に言い表せないマリーナの魅力、彼女のブレスレット、彼女の歌、彼女の裏切り、彼女の失踪、そしてヴォズネセンスキーの人生、汽船の船倉、コンスタンティノープル、ロンドン、パリ、『私は明日到着する』という本、そしてこめかみに矢が突き刺さった死体に関するエピグラフが含まれていようとは、はたして誰が知り得ただろうか？

＊　＊　＊

翌日の夜、エレーナ・ニコラエヴナの家を出るとき、ぼくは彼女に言った。

「ぼくは明日何時にここに来るか、だいたい来るかどうかも、わからないな。電話するよ」

「何かあった？」

「いや、人と会う、とても大事な約束があるんだ」

「相手は男性、それとも女性？」

「亡霊さ」とぼくは言った。「あとで話すよ」

ぼくが着いたとき、レストランにはほろ酔い加減のタクシー運転手しかいなかった。彼は給仕をしているウエイトレスの手にのべつ口づけをして、彼女に自分の体験を話していた。ぼくが店に入ったのは五時十分前だった。ヴォルフはまだ来ていなかったので、ぼくはタクシー運転手が何を話しているのか、聞くことができた。それは非常に紳士的な、そうとしか言いようのない、騎兵あがりの男で、非常に愛想がよく――少なくとも酔っているときは――田舎風とはいえ、びっくりするほど上流社会の雰囲気があった。

ぼくが座ってコーヒーを飲んでいると、彼の言葉が聞こえてきた。

「そのとき、私は彼女に手紙を書いたんだよ。こう書いた――どうしようもありません、愛しき人よ、二人の道は別々になってしまいましたって。でも、ここである文句を付け加えたね、彼女がきっと、いつまでも忘れられない文句をさ」

「どんな文句だったの？」とウエイトレスは訊いた。

「書いたとおりに言うとね。『ぼくは君をいと高き台座に据えた――そして君は自分でそこから降りた』」

そのときレストランにヴォルフが入ってきた。彼は前とは別の、濃いグレーのスーツを着ていた。ぼくは彼と握手した。彼はコーヒーを頼むと、落ち着いた、何かを待つような眼でぼくを見た。どんなふうに話を切り出すか、それから何を話すか、ぼくは何度も考えてきたが、すべてが想定したようには進まなかった。しかし、もちろん、そんなことは重要ではなかった。

「数か月前に」とぼくは始めた。「まさにこのテーブルで、ヴラジーミル・ペトローヴィチがあなたとの交友を語ってくれました。それは、あなたについて何か知るためにぼくが行なった最初の試みが――これについては、よろしければ後でお話しします――まったく予想外に頓挫してしまった後のことでした」

「いったいどうして、あなたは私にそんな興味をもたれたんでしょう？」と彼は尋ねた。ぼくはまたもや彼の声に、非常に平坦で一本調子で、急な抑揚の変化もいっさいない声に、注意を向けずにはいられなかった。

ぼくは鞄から彼の著書を取り出し、『ステップの椿事』が始まるページを開いて言った。

「覚えておられるでしょう、この短篇は、黙示録的な美しさをもつ白馬に乗って、主人公が死に向かって駆ける場面で始まっています。その後にいくつかのできごとが描かれてから、主人公は自分に問いかける。彼、つまり主人公が心臓の少し上を銃弾で撃たれて、道を横切るように倒れて死にかけているあいだに、彼を撃ってからあの馬に乗って死への疾走を続けた男は、いったいどうなっただろう、と。そうでしたね？」

ヴォルフは動きのない眼をかすかに細めて、ぼくを凝視した。

「そのとおりです。それが何か？」

「ぼくはこの質問に答えることができるんです」とぼくは言った。

彼の表情は変わらず、ただ眼が少し見開かれた。

「あなたがこの質問に答えられる？」

ぼくは呼吸が苦しくなり、異常な胸苦しさを感じた。

「ぼくはあのことを、まるで昨日のことみたいによく覚えています」とぼくは言った。「あなたを撃ったのは、ぼくなんです」

彼は突然立ち上がり、まるで何かしようとしているみたいに、そのままちょっとだけ立っていた。一瞬にして頭ひとつ分背が高くなったように、ぼくには思えた。そのとき、あいかわらず見開かれたまま動かない彼の眼に、何か本当に恐ろしいものが現れ、そして消えていくのが見えた——その瞬間にぼくは理解した。『私は明日到着する』の作者の内には、ほとんど忘れられたもの、ほとんど死に絶えたもの、しかし以前にはヴォズネセンスキーがよく知っていたものが、やはり残っていたのだ。ぼくがあのときそれを抑え込んだのだが——なぜかといえば、ぼくが拳銃を持っていたから、そしてぼくに殺人者になる能力があったからにすぎない。しかし、ヴォルフはすぐにまた腰を下ろして、言った。

「どうもすみません。お続けください」

「あなたが落馬した後にご自分の上に見たのは、ぼくの顔なんですよ。あなたの描写はまちがっていません。ぼくはあのとき、十六歳でした。それにきっと眠そうな顔もしていたでしょう、それまで三十時間ばかり寝ていませんでしたから。あなたの馬に乗っていったのは、ぼくです。あなたが最初の一発でぼくの黒い牝馬を殺してしまいましたから。あなたの上にかがみ込むように立っていたのは、ぼくです。ぼくが急いで馬に乗って立ち去ったのは、遠くから馬の蹄の音が風にのって聞こえてきたからでした。最近ヴラジーミル・ペトローヴィチと話していてわかったんですが、あれはあの方と二人の仲間が馬であなたを探しにきた音だったんですね」

ヴォルフは黙っていた。完全に酔っぱらったタクシー運転手がまた自分が書いた手紙の話をしていたが、相手はもう別のウエイトレスだった。

「……いと高き台座に——ところが君は自分で降りた……」

「つまり、あれはあなただったんだ」と、ヴォルフは確認する調子で言った。

「不幸なことに」とぼくは答えた。「あれ以来ずっと、あの思い出がぼくから離れることはありませんでした。あの一発の射撃に対して、ぼくはすごく高い代償を払った。ぼくが経験したあらゆる感情、たとえそれがとても良い感情であっても、その中にはいつも暗くて虚ろな空間があって、そこには必ずいつも同じ、あなたを殺したことへの激しい後悔の念があったのです。ですから、あなたの作品を読んで、あなたが生きていたことを知ったとき、ぼくがどんなにうれしかったか、あなたはきっとわかってくださると思います。こういうわけなので、『私は明日到着する』の作者に対するぼくの非礼は、お許しいただけるものと期待しています」

ぼくは彼の返事を待っていた。彼は沈黙していた。それからひとつ息をついたが、そのときぼくは、相手がぼくに劣らず興奮しているのに気づいた――そして彼は言った。

「じつに思いがけないな。ぼくはあなたのことをまったく違うふうに想像していて、あなたはもうとっくの昔に死んでいると考えることにすっかり慣れていましたから……」

ドアのところにヴォズネセンスキーの姿が見えた。ヴォルフは早口でぼくに言った。

「この話は、明日ここでいたしましょう、この時間に。よろしいですか?」

ぼくはうなずいた。

ヴォズネセンスキーはこの夜、特に愛想がよかった。彼はヴォルフの肩を叩き、私と握手してから、席に着いた。ウエイトレスがテーブルをセットして、ウォトカのデカンタを持ってくると、彼は三つのショットグラスに注いでから言った。

「さあサーシャ、ご健勝を祈るよ。あなたにもね、わが友よ。未来に何が私たちを待っているか、誰にもわからないから」

ヴォルフはぼんやりしていて、何も言わなかった。

「イギリス、いやイギリスじゃなかったか」四杯目のグラスを空けた後でヴォズネセンスキーは言った。「あの国の人は呑みっぷりがいいって話ですね。喜んで認めましょう。だが私は慎ましいロシアの人間ですが、イギリスの話なんかには驚きません。どんなイギリス人だろうが、一緒に呑んでみせますよ――結果を御覧《ごろう》じろってなもんです」

それから彼は咎めるような眼でぼくを見た。

「そこへいくと我らのご友人は、どうもつまみばかりお召し上がりのようだ。もちろんレストランに来て、飢え死にするにはおよびません。しかし、やっぱり肝心なのは呑む方ですよ」

蓄音機の音楽が始まると、あらゆるロマンス曲を知っているヴォズネセンスキーは、低い声で一緒に歌った。六枚目のレコードになったとき、ヴォルフが言った。

「疲れ知らずだな、ヴォロージャ。ちょっと休んだらどうだ」

「わが友よ」ヴォズネセンスキーは肩をすくめた。「なんで休むんだ？　私はね、兄弟、自分の出自を忘れないのさ。私の祖先は何世代も大声を張り上げてきたんだから、これくらいへっちゃらさ」

食事が終わったとき、ぼくは少し耳鳴りがするような気がした。そんなに酒は呑んでいなかったのだが。ヴォズネセンスキーは、彼の言い方では「ちょっとぶらつく」ことを提案したが、通りに出たとたんにやってきたタクシーをつかまえて、皆でモンマルトルへ繰り出すことになった。そこであちこちの店めぐりが始まり、それが終わる頃にはぼくは頭がごちゃごちゃになった。ぼくが後で覚えていたのは、裸の混血女《ムラートカ》たちがいたこと、彼女たちの喉声のおしゃべりがおぼろげに聞こえたこと、それから他の、服を着ていたり着ていなかったりの女たちがいたことだ。南方系で肌の浅黒い若者たちのギター演奏があり、黒人の歌と耳を聾するようなジャズバンドの演奏があった。巨大な黒人女がとびぬけたテクニックでベリーダンスを踊っていた。ぼくはそれを見て、その女の全身が弾力のある黒い肉の各部分からできていて、個々の部分が互いに関係なく動いているような気がした。それはまるで、あのおぞましい解剖劇場*12が突如甦ったかのような光景だった。その後で再び音楽、ウクレレの演奏があって、ヴォズネセンスキーは白っぽい緑色の液体が入ったグラスを片手に、こう言った。

「一度タヒチに行った者は、必ずあそこに帰っていくんだ、あそこで死ぬためにね」

彼は音楽に合わせて太いバリトンで歌いだし、こう付け加えた。

「北方の女とは何か？　氷に映った太陽のきらめきさ」

酔っぱらった彼は愛想のよい好色漢だった。短い間ではあっても自分の話し相手になってくれたすべての女たちの健康を祈って乾杯し、見たところ非常に幸福そうだった。

こうしたエキゾチックな光景はその後で、もっとヨーロッパ風の娯楽に代わった——ハンガリーのジプシーたちが歌い、フランスの男優や女優たちの演し物があった。ぼくたちがロシュシュアール大通り付近のキャバレーから出てくると、なんだかいかがわしい連中が喧嘩しており、女たちも加わって甲高い激しい声で叫んでいた。ぼくはヴォルフの隣に立っていた。街灯に煌々と照らされた彼の白い顔には、平然たる絶望とぼくが感じた表情が浮かんでいた。ぼくはまるで、離れたところから遠くを見る眼で、自分とは関係のない、野蛮な群衆を見ているように感じ、自分の知らない言葉で意味不明なことを叫ぶのを聞いているような気さえした。もちろんぼくは、娼婦とヒモの隠語に関しては言葉自体もニュアンスもすべて知っていたのだが。ぼくはうんざりするような嫌悪感を覚えていたが、その感覚は不可解にも、大乱闘への強い興味と結びついていた。だが、まもなく乱闘は警官隊によって鎮められ、警官たちは、血まみれになった男女二十人を三台の大きなトラックに乗せると、すぐに行ってしまった。歩道には半ば踏みつぶされたハンチング帽がいくつか、それになぜそんなものを落としたのか、路上の戦いに参加した女たちのひとりのピンクのブラジャーがころがっていた。こうした細部がぼくが目撃したすべてのことに強い現実味を与えているようだったが、ぼくはこの真夜中の散歩は明らかに幻想的だという思いから逃れられなかった。まるで、なじみ深い無言の想像世界で、はてしなく続く切れ目のない夢の亡霊とともに、自分とは無縁の知らない町を歩いているような気がした。

もう夜が明けかけて、ぼくたちは歩いて家に帰るところだった。街灯の明かりと夜明けの光がぼんやりと混じり合うなか、モンマルトルから急勾配で下《くだ》る通りをぼくたちは歩いていった。騒々しくてうんざりするような一夜の後で、ヴォルフがそのときしゃべっていたことについていくのは、ぼくには難しかった。しかし、いくつかのことは覚えている。彼は話し相手としておもしろい人物で、多くのことを知り、あらゆることにきわめて独特な見解をもっていた——それでぼくは、なぜほかならぬこの男にあの本が書けたのかを理解した。この夜ぼくは、彼は本質的にこの世のいっさいに無関心だという印象を受けた。すべてのことについて、自分自身にはおよそ関係のないことのように話した。彼の哲学には、幻想の欠如という特徴があった。個人の運命なんて大したものじゃなくて、我々は常に死——つまり、慣れ親しんだリズムの停止、それもたいていは瞬時における停止を、わが身にたずさえている。毎日毎日、何十もの惑星が生まれては他の何十もの惑星が死滅して、我々はこの目には見えぬ宇宙的大惨事を通り抜けながら、自分たちが目にしている小さな空間のかけらが世界全体の再生なのだと、誤った考えを抱いているというのが、彼の哲学だった。それでも彼は、共通の法則が構成する、何らかの定義しがたい体系があることは信じていたが、それは牧歌的な調和とはほど遠い体系だった。我々には自然発生的な偶然と思われるものでも、それはたいてい不可避だというのだ。仮想的かつ恣意的な、ほとんど数学の世界のような体系の外には、論理というものは存在しないと彼は考えていた。また死と幸福は、どちらもそれ自体のうちに静止の理念を含んでいるので、同じ範疇に属するものだとも考えていた。

「でも、幸せに生きている人はいくらでもいるでしょう?」

「そう、それは眼の見えない子犬みたいに生きている人々ですよ」

「必ずしもそうとはかぎらない。違うことだってあり得ますよ」

「もしも私たちが、人にちゃんと眼を開けて生きるようにさせる、冷酷かつ悲愴な勇気をもっていたら、果たして幸福でいられるでしょうか? 私たちが最高に優れた人物とみなす人々が幸福であるなんて、想像できませんよ。シェイクスピアが幸福だったなんてあり得ない。ミケランジェロも幸福ではあり得なかった」

「では、アッシジの聖フランチェスコは?」

ぼくたちはセーヌ川にかかる橋を渡っていた。川面に早朝の靄がかかり、その向こうに半ば幻影のような街が浮かんでいた。

「フランチェスコは、人々が幼い子どもたちを愛するように、世界を愛していました」とヴォルフは言った。「でも彼が幸福だったかどうか、私は確信がもてません。思い出してください、キリストはいつも悲しみに沈んでいた。この悲しみを抜きにしては、そもそもキリスト教は考えられませんよ」

それから彼は口調を変えて付け加えた。

「私はいつも思うんですよ、人生は汽車の旅に似たところがあるって——個人という存在が疾走する外の動きの中に閉じ込められて、ゆっくり進むこととか、見かけの安全性、ずっと続くという幻想とかね。その後で、ある予期せぬ瞬間に——橋が崩壊するとかレールのねじが緩むとか、我々が死と呼んでいる、あのリズムの停止が起こるんです」

「あなたは、死とはまさにそんなものだと考えているんですか?」

「あなたは違うふうに見ているんですか?」

「わかりません。でも、もし、あなたが言われた強制的なリズムの停止というものがなかったら、他の事態があり得ますね。ゆるやかな退去、じわじわとした冷却があって、ほとんど気づかぬうちに、ほとんど痛みもなく、たぶん〈リズム〉という言葉がもはや意味をもたない場所へ滑るように移動するのかもしれない」

「もちろん、人にはそれぞれ自分の、固有の死があります。まあ、その想像もまちがっているかもしれませんが。たとえば私は、自分がまさにああいう死に方をするんだろうと確信しています——強制的かつ瞬間的に、私とあなたがはじめて会ったときとほぼ同じように。それをほとんど信じているんです。いまの私の生活の平和で安穏な状況からすると、ほぼあり得ないことに思えますが」

ぼくはついにヴォルフと別れて、家に帰った。午後三時には彼とレストランで会わねばならなかった——肝心のこと、つまり、あの『ステップの椿事』についてまだ話をしていなかったからだ。

＊　＊　＊

その午後ヴォルフと会ったとき、ぼくには彼がこれまでより少し活発で、歩き方もこれまでより滑らかなように感じられ、その眼にも、いつもの遠くを見るような表情が認められなかった。ただ声は、いつもどおり抑揚がなくて表現力に乏しかった。

ぼくは、ヴォルフについて興味を覚えたことを確かめようとして失敗した経緯を語った――特にロンドンの出版社社長を訪問したときのことを。社長が最後に口にした言葉に驚かされたことを、語らないわけにはいかなかった。

「白状しなきゃなりませんが」とヴォルフは言った。「彼がそんなことを言うにはそれなりの根拠があるのです。彼は非常に悲劇的な事件を経験して、その責任がこの私にあると思っています。残念ながら詳細は申し上げられません。私にはその権利がないので。私に関する社長の判断は全体としてまちがっていますが、彼の言いたいことはわかります」

「この問題のもつある側面がぼくをそっとしておいてくれないんですよ」とぼくは言った。「こう言ってよければ、純粋に心理的に説明の難しいことでしてね。ヴラジーミル・ペトローヴィチが描き出してみせたサーシャ・ヴォルフの像が現実と合致することを、ぼくは疑っていません。でもそれじゃどうして、パルチザンで冒険者だったあのサーシャ・ヴォルフに『私は明日到着する』が書けたんでしょう？」

彼は唇だけで、ひどく苦々しげな笑みを浮かべた。

「もちろんサーシャ・ヴォルフは、『私は明日到着する』は書かなかったでしょうね。だいたい彼は何も書かなかっただろうと思いますよ。ただし、彼はずっと前から存在していなくて、あの本を書いたのは別の人間なんです。私は、運命は信じるべきだと思っています。もし運命を信じるなら、自分を運命の道具とみなす――やはり古典的な素朴さで――必要があります。そうすると、すべてが合致するんです。偶然の出会い、銃の発射、十六歳というあなたの年齢、若いあなたによる目測、そしてほら、この――彼はぼくの上腕を触った――腕が震えなかったことも」

彼の声はなんと荒々しく響くのだろうと、ぼくは無意識に考えた。ぼくたちはロシア料理店にいて、厨房からは食器のがちゃがちゃいう音とシェフの苛立った声が聞こえてきた。

「おれは彼女に言ったんだ――シュニッツェルが大事です、シュニッツェルを中心にしなきゃって」

「あなたはすべてを昨日のことみたいに覚えているとおっしゃる。私もすべて覚えています。私が思うに、あなたは一度倒れてから立ち上がったとき、恐怖で固まったみたいに立ち尽くしていた。あなたはあのとき、脅えきっていたんじゃありませんか？」

「おそらく、そうではありませんでした。最初は耳がガーンとして、その後は何が起こっているのか、はっきりとは理解していなかった。ぼくはとにかく死ぬほど眠くて、眠気との闘いに全力を注いでいました。それでなくても、ぼくは概して死を恐れていません。もっと正確に言うと、命を特に価値あるものと感じたことがないんです」

「ところが実は、命は私たちが知るべく与えられた唯一の価値ですよ」

ぼくはびっくりしてヴォルフを見た。いまの文句は彼の口から出ると、ことさら思いがけなかった。

「私は瀕死の状態で道路に倒れていたとき、それを悟りました。あのとき、それは私にとって明らかだった、まばゆいばかりに明らかでした。しかし、その後は一度もあの感覚を取り戻せなかった――あれを取り戻せなかったから、私はあの本の作者になったんです。私はこれまでずっと、何かまったく予見できないこと、信じられない衝撃が、急に起こるのを待っていました。そして以前にあんなに愛していたもの、私が失ってしまった温かい感覚的な世界を再び目にすることができるのを待っていました。なぜあの世界を失ってしまったのかは、わかりません。でも、それはまさにあのときに起きたんです。それがどんなに恐ろしかったか、私には言えませんよ。私の命を取り巻いていたすべてが消えた――あの道路も、あの太陽も、私を見下ろしていたあなたの眠そうな眼も。あなたはとっくの昔に死んだと思っていましたよ。あなたのことがかわいそうだった。あなたはぼくの道連れだった――それなのに歳月と距離の途中にあったどこかの深淵に落ちてしまって、この私があなたの出立を見た唯一の人間になった。もしもあのとき口がきけたら、あなたに叫びたかった。立ち止まるんだ。あいつがあなたを待ちかまえている、私を待ちかまえていたように。あいつは二度目にはしくじらない、と。それがどうです、私はまちがっていたんですね。私がどんなに繰り返しあなたを思い出したか、あなたが知っていたら！　私は時間を巻き戻したかった。あなたの死が私の良心の呵責にならないように、私があなたを殺人者にさせないようにしたかった」

「ぼくもあなたのことを思いましたよ」とぼくは言った。「こんなにも長い歳月、あなたの亡霊に付きまとわれずにすんだなら、ぼくはどんな高い代償も払ったでしょうに」

「まったく約束ごとめいてますね！」とヴォルフは言った。「あなたは私を殺したと確信し、私はあなたが結局は自分のせいで死んだと信じ込み、そして二人とも正しくなかった。正しいか正しくないかということにどんな意味があるのかと、私は言いたい。だって、あなたは何年も無益な後悔を続け、私は時間が戻る奇蹟を願っていたんですよ？　誰が我々にこの時間を返してくれるでしょう、誰があなたなり私なりの運命を変えてくれるでしょう？　こんなことがあったのに、何か素朴な幻想を信じられるものでしょうか？」

「あらゆる幻想は無益で、結局慰めなんてないんだとわかりますね。でも、第一に、それを知っても何の助けにもならないし、第二に、ぼくらがたったひとつの、本当に小さな幻想も抱けないとしたら、ぼくらに残されているのは、あなたのおっしゃる〈リズムの停止〉だけということになる。でもぼくたちがまだ存在している以上、すべてが失われたわけではないかもしれません」

ヴォルフは前に垂れた頭を両手で支えて、しばらく黙っていた、まるで難問を解いている生徒のように。眼を上げてぼくを見たとき、そこには、彼を撃ったのは自分だとぼくが告げたときにはじめて現れた、あの恐ろしい表情が再び浮かんでいた。だが、彼がぼくに向けた言葉は、奇妙にもそれとは関係がなかった。

「わが友よ」彼は言った。「なぜ私がパリに来たか、わかりますか？」

この男はさらにどんな告白をしようというのか。

「私のパリ滞在には、ある心理的に複雑な問題の解決がかかっているんです。その問題には二重の関心が絡んでいて、そのひとつは何より重要な個人的な関心、もうひとつは抽象的な関心で、これも意義がないわけではありません」

「立ち入った質問をお許し願いますが、その問題は、どの程度あなたしだいで解決できるんですか？」

「完全に私しだいです」

「それなら問題ではありませんね」

「良心の問題ですよ、言うなれば。まあ、何があっても立ち止まらないで、事態を自分の望みどおりに進行させるという誘惑ほど大きな誘惑はありませんよ」

「もしもそれが不可能だとわかったら？……」

「そのときは事態を引き起こしている原因を根絶するしかありません。実際、それがひとつの解決法ですね、もっとも、望ましいものではありませんが」

ぼくは彼に続いてすぐにレストランを出た。彼がタクシーを停めて乗り込むのが見え、タクシーのドアがすすり泣くような音を立ててそっと閉まるのが聞こえた。五月の暖かい一日で、日が差していた。時刻は午後の五時頃だった。

ぼくは家に帰って机に向かったが、仕事はできなかった。眼を閉じた――すると、ロンドンの出版者の形相の変わった顔が浮かんだ。「もちろん、特殊な状況だったことや当時のあなたの年齢は考慮しなくちゃなりません。しかし、あなたがもっと正確に撃っていたら……」「私の足元に、こめかみに矢が突き刺さった私の死体が横たわっていた」……ぼくにはまたもや異常なほどはっきりとあの道路と森が見えた。それはここ、ぼくの部屋にあった。その瞬間にぼくとはるか遠くの南ロシアを隔てていた空間を克服して、ぼくのところに到達したのだ。ぼくはヴォルフを心からかわいそうに思った。あの「なぜかはわからないが、私が失ってしまったあの世界」という言葉。そして、あの慰安の哲学。すなわち、我々は毎日、宇宙的な破局を経験している――しかし、不幸は、我々がそうした破局に無関心のままでいる一方で、自分たちのごくつまらない人生のほんの小さな変化には、痛みや悔いをかきたてられる点にあるのだが、それはどうしようもないことだ、という哲学。「誰が我々にこの時間を返してくれるでしょう？」もちろん、誰も返してくれない。しかし、もしそんな奇蹟が起きたとしたら、ぼくたちは誰か他人の、自分とはかけ離れた生の中にいることになり、そんな生がぼくたちの生より良いかどうかはわからない。もっとも、「より良い」とは何を意味するだろう？　ぼくたちに運命づけられた生は、別のものではあり得ず、いかなる力も、死の概念と同じ範疇にある幸福であっても、自らの内に静止の理念を含んでいるから、生を変えることはできない。静止を抜きにした幸福は存在しない――どこかの東方の支配者が〈賢者の書物にも、馬の背中にも、女の乳房にも〉見つけ出せなかったという幸福は。レーノチカなら、「あなたと別れた後に、私に新しい恋人ができたら……」と言うかもしれない。もしかしたら、彼女は新しい恋人にぼくのことは何も話さないかもしれないし、もしかしたら、そっけなく「そのころ私、ある人と恋愛してたの」と言うかもしれない――そしてそんなひとことに収まってしまうのだ、彼女がぼくのものだったすべての夜と、赤く火照った彼女の顔、ぼくの抱擁で押しつぶされた彼女の乳房、最後の瞬間の彼女の苦しそうな顔、そこに到るまでのすべてのことが――それからまた他の男との抱擁があり、同じ声が同じイントネーションで響くだろう。その声のイントネーションは、そもそもが、ほぼ相手を択ばぬものだった。だって彼女はぼくと、その前は他の男たちと、そのイントネーションで話したが、おそらくそれはいつも誠実に響いていたのだから。感情にはなんと豊かな可能性があり、そしてその表現はなんと貧しかったことか！　そうだ、いうまでもなく、どんなに美しい娘も、自分がもっている以上のものを与えることはできない。そしてたいていの場合、娘がもっているものの量は、ぼくたちの精神力がつくり上げたり思い描いたりできる量と同じだ——だからこそドン・キホーテの思い描くドゥルシネアは比類なき存在だったのだ。ここにもまた欺瞞がある——もしも、現実が想像よりも正しいとみなすなら。それにレーノチカは、たぶん、ぼくから非難されるには当たらない。いったい何が、ぼくがこう考えるのを妨げるのだろう——彼女はいつまでもぼくだけのものであり、ぼく以外には誰も愛したことはない、もしも彼女が、自分は誰か他の人を愛したことがあるとか、これから他の人を愛するだろうと考えるなら、たとえ本人がわかっていなくても、それは明らかにひどいまちがいなのだ、と。たとえ別れや心変わりが避けられないとしても、彼女の本質を形づくっているものは、ある期間にはすべてぼくのものであり、そのことこそ重要で、その後には他の連中も手に入れられる断片があるだけだから、他の連中は、彼女がぼくにくれたもの、ぼくが恩恵のように彼女から受け取った精神と肉体の富のすべてを知ることはけっしてない——それにあの後で、いったい何が彼女に残り得ただろう？　ぼくは不意に彼女を大変近く感じたので、振り向いて、そこに彼女がいるのではないか見てみたいという馬鹿げた衝動に駆られた。彼女の香水の香りやドレスの下の身体の動きをありありと感じたので、まるで彼女の眼が見え、急に低くなる彼女の声、感謝に満ちたぼくの記憶が永遠に留めているあの声が聞こえるような気がした。ぼくは彼女のことを、これまで他の人をそんなに愛したことがなかったほどに強く、そしてもちろん自分自身よりも強く愛し、人生で一度だけ、この貪欲な感情のおかげで、福音書的な理想に近づいた――もしも福音書がこのような愛について語っているのならば。「思い出してください、キリストはいつも悲しみに沈んでいた」そして再び、アレクサンドル・ヴォルフの亡霊が浮かび上がる。『私は明日到着する』の作者には、どこかしらぼくの注目したくないものがあった。しかし、それでもとことん突き止めなくてはならない。ぼくは彼に対して無限の罪を感じてきた。そうだ、それは確かだ。だが、それでもぼくが彼の眼にあの恐ろしい表情を認めたことが二度あった。最初は、このぼくが彼を撃ったのだと知ってテーブルから立ち上がったとき、次は彼がぼくに〈わが友よ〉と言ったときだ。結局、あのときロシアで、白馬に乗ってぼくを追ってきたのは彼であり、実際、犠牲者になるべきだったのはぼくであって、彼ではなかった。それに彼が会話の際にしきりに、瞬間的で強制的な、必ず瞬間的で強制的なリズムの停止に話を戻していたのは、理由のないことではなかった。

そうだ、いうまでもない。彼こそ、あの根絶できない不滅の理念全体の担い手だった。イギリスの作家にして〈あの本〉の作者、アレクサンドル・ヴォルフの亡霊、黙示録に出てくるような白馬に乗っていた人物、あのときぼくが発砲した後で道に倒れていた人物――あの男は人殺しだったのだ。彼はそれを望まなかったかもしれない。それを望むには、賢すぎて教養がありすぎたように思える。しかし、彼は相手を択ばぬ殺人への誘惑を知らないではすまされなかった。その誘惑は、距離をおいた理論的なかたちではあるがぼくも知っていたし、世界の歴史はそれから始まったのだ――カインが弟を殺した日に。だからこそあれ以来の長い年月、ぼくの想像はあんなに執拗にヴォルフに立ち返った。彼についての思い出は必ず、殺人という概念、それからは逃れられないためにいっそう悲劇的な概念と結びついていた。というのも、この概念が二者択一の形を運命づけられていたからだ――自分で死を担っていくか死に立ち向かっていくか、殺すか殺されるか、それ以外に、アレクサンドル・ヴォルフが体現している盲目的な運動を押しとどめる手段はなかった。総じてこれは、問いと答えを同時に含む、鉄壁の概念のひとつだった。なぜなら、人々はあらゆる時代に殺人には殺人で応えてきたからだ。それが戦争だろうと陪審裁判だろうと、感情や利害の衝突だろうと、復讐だろうと正義だろうと、攻撃だろうと防御だろうと。

　ほかならぬこの形の犯罪がもっている誘惑的な力はどんなところに存するのだろうか？――それはその犯罪がどのように理解されるかとか、いかなる外的な原因や動機がその犯罪を呼び起こすのかとは関係ない。強制的に誰かの生命を絶つ数秒間には、信じられないほどの、ほとんど人間のものとは思えないような力の理念が含まれていた。顕微鏡で見た水滴のひと粒ひと粒が完全な世界であるとすれば、各人の生命は自分のうちに、一時的で偶然の外皮の下に、巨大な宇宙を含んでいる。たとえこうした誇張的な――顕微鏡で拡大するような――考えを拒否するとしても、別の明白な事実はやはり残る。どんな人間の存在も他の人々の存在と結びついている。他の人々の存在はまた次の人々の存在と結びつき、こうして続く相互関係の連鎖を論理上果てまでたどると、地球上の広大な面積に居住する人間の総体に近づくことになる。一人ひとりの人間に、一つひとつの人生に、たえず死の脅威が無限に多様なかたちで迫っている。大惨事、列車の転覆、地震、嵐、戦争、病気、事故――盲目的で無慈悲な力のさまざまなあらわれ。そのあらわれの特徴は、それを、つまり世界の歴史がただちに中断される瞬間を、我々がけっして前もって確定できないという点にある。「なぜなら、その日その時を知ることはできないからだ……」[*13] ただし我々のうちで、恐るべき抵抗にうち克って自分の業をなしとげようとするだけの精神力をもつ者には、突然ごく短い間だけ、運命や偶然、地震や嵐よりも強くなり、そして、さまざまな感情、思考、存在の複雑で長期にわたる進化を、またひたすら前進する運動の中で彼を押しつぶすかもしれない多様な生の運動を、自分が何らかの瞬間に停止させるということを、正確に知る可能性が与えられるのだ。愛、憎悪、恐怖、同情、後悔、意志、情熱――どんな感情も、どんな感情の集積も、どんな法も、どんな法の集積も――すべてが、殺人行為のもつ瞬間的な権力の前には無力だ。殺人の権力は私に属し、私はまたその犠牲者にもなり得る。私がこの権力の魅惑を経験したら、その他のもの、この認識の境界の外側にあるすべてが、私には幻想的で非本質的な、つまらないものに思える。そして私はもはや、数百万人の生の意味を構成しているたくさんの取るに足りないものへの関心を共有できない。これを知るようになった瞬間から、世界は私にとって別のものになり、私は他の人々のようには生きられなくなっている。この権力をもたない人々、これを理解していない人々、すべてがとんでもなく脆いことを認識せず、氷のような死が常に自分の隣にあることを感じていない人々のようには。

これは、ヴォルフが断片的にぼくに語った独自の哲学の単純な論理的帰結であり、あの静止の理念のあらわれだった。その理念はぼくにはまったく受け入れられないが、それと闘うには相手自身の武器を使うしかなかった。そしてこの方法を使うことは、あの不吉な死せる世界、その亡霊がこんなにも長くぼくを追いかけてきた世界を、いつのまにかぼくに近づけることになった。この哲学にいまだ対置し得るものは何か、それに、その哲学の一つひとつの言葉がぼくの内部に常に変わらぬ抗議を呼び起こしてきたのはなぜなのか？　ぼくはいわゆる肯定的な理念の脆さも知っていたし、感じてきた。それに死とは何かも知っていたが、死への恐怖も感じなければ死の引力も感じなかった。究極的な真理の理解というこの困難な領域においてぼくが最後まで突き進むのを妨げる、何か定義しがたいものがあった。そのことをあまりに突き詰めて考えたあげく、ついにはまるで何かのざわめきが近づいてくるのが聞こえるような、あたかもそのざわめきがしだいに強まって、ぼくに届くはずだという気がしはじめた。ぼくはこの問いに対する答えを知っているし、これまでもずっと知っていた。その答えはあまりに明白で自然なので、それがどのようなものであるべきかについての疑いは、けっして——最後の瞬間まで——起こるはずがないと、そんなふうに思えたのだ。しかし、いま、きょうという日のこの瞬間——ぼくはその答えを見つけ出せなかった。

タバコを取り出してマッチを擦ると、マッチの火はぱっと燃え上がったまますぐに消えて、燃焼しきれなかった燐の匂いが残った。そのときぼくの眼前に、赤銅色の月光を浴びた庭園の木々と、中学の先生の白髪頭がまざまざと浮かんだ。先生は曲木のベンチでぼくの隣に座っていた。秋の初めの夜更けのことだった。翌日の朝、卒業試験が始まることになっていた。ぼくは夕方からずっと勉強して、その後で庭園に出た。中学の長い廊下を歩いていくと、向こうから来た仲間たちが、一時間前にぼくたちの中学の教師である二十四歳の若い女性が自殺をしたと告げた。庭園に行くと、ベンチに座っている先生の姿が見えた。ぼくは彼の隣に座ると、タバコを取り出してマッチを擦った——するとちょうどいまみたいに、マッチの火はすぐに消えて、いまと同じ匂いがしたのだ。

ぼくは先生に、この女性の死をどう思うか、それに、もしも運命や死といった概念に我々が使い慣れた「無慈悲な」「悲しい」「不当な」といった言葉を用いることができるとすれば、無慈悲で不当な彼女の運命をどう思うか、訊いてみた。彼は非常に頭の良い人で、たぶんぼくが知っているなかでいちばん頭が良く、申し分のない話し相手だった。どんなに内向的な人や怒りっぽい人でも、彼には並々ならぬ信頼感を抱いていた。彼は自分が他の人より——精神も教養も——はるかにすぐれていることを、絶対に少しも悪用しなかった。だから、彼と話すのは本当に気が楽だった。

彼はそのとき、ぼくにこんな話をした。

「反論する余地もなく、これは正しいと証明できる戒律は、もちろんひとつもないよ。絶対に必然だと言える道徳的な法がないのと同じでね。だいたい倫理ってものは、私たちがそれを受け入れることに同意するかぎりにおいて存在するんだ。君は私に、死について尋ねるんだね。私だったら——死とその無数のあらわれについて、と言うところだな。私は死と生を、仮に二つの対立概念として捉えている。私たちが見たり感じたり理解しようとしたりするほぼすべてのものに関係する、二つの対立概念としてね。わかってると思うけれど、こういう対置法というのは絶対命令のようなものでね。私たちは一般化や対置抜きでは、ほとんど思考できないんだよ」

その話は、彼が教室で話すこととは違っていた。ぼくはひとことも聞き漏らすまいと、じっと聴いていた。

「きょうは疲れたな」と彼は言った。「寝に行かなきゃ。君は試験に備えて勉強していたんだろう？　君と入れ替わりたいくらいだよ」

彼はベンチから立ち上がり、ぼくも立ち上がった。木々の葉はそよがず、庭園には静寂が立ち込めていた。

「ディケンズがどこかですばらしいことを書いていたよ」と彼は言った。「覚えておきたまえ、その価値があるから。私も文字どおりには覚えていないんだが、意味はこうだ。『私たちが命をさずかるには、最後の一息まで勇敢にその命を守ること、という必須条件がついている』おやすみ」

そしてぼくはいま、あのとき彼と並んで座っていたベンチから立ち上がったように、肘掛け椅子から立ち上がり、なぜかいまは特に意義深く感じられるフレーズを口ずさんだ。

「私たちが命をさずかるには、最後の一息まで勇敢にその命を守ること、という必須条件がついている」

＊　＊　＊

そのとき電話が鳴った。ぼくは受話器を取った。エレーナ・ニコラエヴナの声が尋ねた。

「どこに雲隠れしてたの？　あなたがいなくて寂しかったわ。いま、何をしてるところ？」

いつものように電話を通すと変わって聞こえる彼女の声の最初の音を聞いたとたんに、ぼくはたったいま考えていたことをすべて忘れた——まるでそんなものはいっさい存在しなかったみたいに、一瞬にして完全に。

「ぼくは肘掛け椅子から立ち上がるところさ」とぼくは言った。「左手には受話器を持っている。右手でマッチとタバコを背広のポケットに入れている。それから時計を見ている。いまは六時五分前だね。六時十五分には君のところに行くよ」

ぼくたちは早めに、七時ごろディナーを終えた。彼女は軽やかなサマードレスを着ており、ぼくたちは彼女の部屋でお茶を飲み、アニーが作った非常においしいチョコレートケーキを食べていた。ケーキはサクッと音を立てて口の中で溶け、かすかにぴりりとする快い隠し味があった。

「このケーキ、どうかしら?」

「すばらしいよ」とぼくは答えた。「でも、なんだか黒人的なところがあるな。といっても、遠くから聞こえる黒人歌の響きみたいに、快いものだけど」

「あなたって、ごくかぎられた状況でだけ抒情的になるのね」

「それがどんな状況か、教えてくれるかな」

「あら、簡単よ。あなたがどんなときも無関心じゃいられないことが二つある。一番目が食べ物で、二番目が女ね」

「光栄なお言葉、痛み入ります。それじゃあ、君がぼくを選んだことに同情を表明しなきゃならないな」

「悪い特徴だと思うとは言ってないわよ」

ぼくは彼女の存在に酔っており、たぶんそれがぼくの眼に表れていたのだろう。なぜなら彼女はこう言ったからだ。

「あなたって、なんてせっかちで、なんて貪欲なの! どうしても、片手でぐるっと私の身体を抱いて、私の肋骨を押しつぶさないと気がすまないの?」

「ぼくが六十歳になったら、レーノチカ、あらゆる地上的なものの空虚さとか感情の不確かさについて考えることにするよ。いまだって時々は考えてるけどね」

「きっとそれは、あなたの抒情性への嗜好が顔を出す状況じゃないときでしょうね」

ぼくは彼女の中に、親しくなった当初はなかった新しい特徴を認めた。彼女はしきりにぼくをからかったが、いつも仲間みたいなからかい方で、何か本当にいやなことを言ってやろうという気持ちは全然見られなかった。たぶん、多くのことに対するぼくの皮肉っぽい態度が伝染して、彼女は知らぬ間にこんな調子になってしまったのだろう。それ以外にも、彼女が精神的自由や素直さを少しずつ身につけてきているのは確かだと、ぼくは思った。それらは以前の彼女には明らかに欠如していた。

ぼくが彼女に何日か街を出ようと提案すると、彼女は即座に承諾した。翌日の朝、ぼくたちは車でパリを出発し、それから一週間、目的地を定めずに、パリから百キロ－百五十キロのあたりを旅行した。あるとき、思いがけず車のタンクにガソリンが残っていなくて、ぼくたちは森に停めた車の中で夜を過ごすはめになった。土砂降りの雨に雷が伴って稲妻が光ると、雨しぶきを浴びた車の窓ガラス越しに、四方八方から車を取り巻いている木々が見えた。エレーナ・ニコラエヴナは座席で身体を縮め、暖かくて重たい頭をぼくの膝に載せて眠っていた。ぼくは座ってタバコを吸っていた。タバコの灰を落とすためにほんの少しのあいだだけ窓を開けると、無数の雨滴が木の葉を打つざわめきが耳にとび込んできた。地面が匂い、濡れた木の幹が匂った。どこか近くで湿っぽい音を立てて小枝が折れ、その後で少しだけ雨が小止みになり、それからまた稲妻が光って雷が鳴り響き、降り注ぐ雨が前と同じ強さで車の屋根を叩きはじめた。エレーナ・ニコラエヴナを起こさないように身動きを控えていると、眼がくっつき、頭ががくっと後ろに傾いた。ぼくは寝ついてはすぐに目覚めるのを繰り返しながら、一度にたくさんのことを考えていた。なかでも真っ先に考えたのは、これからぼくの人生がどうなろうと、どんなことが起きようと、ぼくはこの夜を、ぼくの膝に載った女性の頭を、この雨を、そしてぼくがそのとき半睡状態で感じていた幸福を、いつまでも覚えているだろうということだった。自分が抱く感情の一つひとつを押しとどめてそれをしっかり理解しようとする昔からの習慣に従って、ぼくがずっと探求してきたのは、自分がいつかこの幸福を味わうことを、そしてこの幸福には予想外のことは何もなく、これこそいつもぼくに運命づけられていた、自然で正当なものだということを、ぼくはどこから、そしてなぜ、ずっと前から盲目的に知っていたのかということだった。そのとき次のような考えが浮かんだ。もしもぼくがこれをすべて理解したくなり、これの発端になったと考えられる瞬間をどこかはるかな空間に見つけ出そうとしたら、そしてもしも、これがどのように起こったのか、なぜこれが可能になったか、どうやっていまぼくはひとりの女性、つい数か月前まで存在すら知らなかった、でもいまは彼女のいない人生を想像もできない女性と、夏の深夜の森で雨の中にいることになったのか、これらの点をとことん明らかにしたいと思ったら、何年も努力してうんざりするほど記憶を働かせることが必要になり、たぶんこのことに関する本を何冊も書けることだろう。この穏やかな雨音、ぼくの膝に載った彼女の頭の感触――ぼくの筋肉はもう、いま味わっている丸くて優しい重さの痕跡に慣れはじめている――ぼくが暗闇の中で身を屈めて、まるで自分自身の運命を見つめるように眺めている彼女の顔、そして最高の充足を味わった忘れられぬ感覚――結局、これらはどのようにして可能になったのか？　ぼくはこれまでの人生であまりに多くの悲劇的なことや胸の悪くなるようなことを見てきて、またあまりに多くの裏切り、怯懦《きょうだ》、変節、強欲さ、愚劣さ、悪業を見てきて、そのすべてによってあまりに損なわれてしまったので、もはや完全さというものは、たとえほんの束の間の、かすかな反映としてさえ、いっさい感じ取れなくなっていたようだ。このときのぼくは、普段は頭から離れない懐疑や、変わらぬ悲しみの感覚や、嘲笑から――総じて、自分の身に起こるすべてに対してぼくが常に示す態度の本質を構成していることから――遠く離れていた。もしもいまここに存在しているものがなかったとしたら、ぼくは人生を無駄に過ごしたことになるという気がした。それにこれからは、たとえ何が起きようと、ずっとこうだろうとも思った。

ぼくはその夜ほどはっきりとこのことを感じたことはなかった。ここまで際立った五感の澄明さは、ぼくの人生にはなかったと、悟らないわけにいかなかった。あらゆることが――この時間の空隙《くうげき》においては――たったひとつの考えに集中していた。その考えには、ぼくが知ったり考えたりしていたことのすべて、そしてこの時間の空隙以前に起きたことのすべてが含まれており、もちろん、ヴォルフが語っていた静止の要素も含まれていた。結局、ヴォルフは正しいのかもしれない。もしも我々が死について知らなければ、幸福についても知らないだろう。なぜなら、死について知らなければ、我々の最良の感情の価値を想像すらできず、それらの感情のなかには二度と繰り返されないものがあることも、それらの感情を完璧に理解できるのはいまだけであることも知らなかっただろうから。いま以前にはそれは我々には不可能だったし、後になってからでは手遅れだからだ。

特にこのことがひとつの理由となって、ぼくはヴォルフのことをエレーナ・ニコラエヴナに話さなかった。彼女に隠そうなどと思ってはいなくて、それどころか何度もどんなふうに話そうかと考えてみた。しかし、当時のぼくは、二人が生きている世界に何か敵意に満ちた無関係なものが入ってくるのがいやだった。エレーナ・ニコラエヴナも同じように考えていると、ぼくは思った。なぜなら、この一週間、彼女はぼくが告げた〈亡霊との会見〉のことを思い出さなかったからだ。

ぼくは何度も思ったが、もしぼくがこの旅行中のエレーナ・ニコラエヴナとの会話をすべて書き留めていたら、何やらわけのわからない、思考の欠如ゆえに癪にさわるような、くだらないものができ上がっただろう。それには刻々と移り変わる感情が伴っていたが、感情の変化はこの時期に特徴的で、それなしではぼくたちのあいだには何も存在しなかった。そして周囲のあらゆるものが――泊まったホテルの壁紙の模様も、女中や女主人たちの顔も、食事のメニューも、周りのテーブルの客たちの服装も、彼らの関心を惹いている、ごくつまらないものたちも――滑稽でおもしろいものに感じられたが、それは、唯一の、本当に重要な意味をもつものを知っているのはぼくたち二人だけで、ぼくたち以外には誰も知らなかったからだ。

ぼくたちはちょうど一週間後にパリに帰ってきた。急ぎの仕事がぼくを待っていて、エレーナ・ニコラエヴナがいつものように熱心に手伝ってくれた。一日目は普段どおりに過ぎた。だが、翌日の朝に彼女が起こしてくれたとき、その不安げな顔つきにぼくは驚いた。彼女の眼に何度かその表情が浮かんだような気がした。その後で彼女はぼくにとんちんかんな返事をした――いままで一度もなかったことだ。

「君、どうしたの」

「別に」と彼女は答えた。「馬鹿らしいかもしれないけど、あなたに訊きたいことがひとつあるの」

「なんだい?」

「あなた、本当に私を愛してる?」

「そう思うな」

「それをはっきりさせたかったのよ」

「君、何歳になる?」

「じゃなくって、本当に知っておく必要があるの」

ぼくはいつものように夜遅く彼女と別れたが、彼女は疲れたと言って、明日は午後四時まではぼくのところには来られないと言った。

「わかったよ」とぼくは言った。「君には休息が必要だ」

＊　＊　＊

ぼくはすぐに深い眠りについたが、あっという間に目が覚めた。その後でまたとろとろと寝て――一時間後に再び眼を開けた。自分がどうしたのかわからず、何か食べ物に中《あた》ったんじゃないかとさえ考えた。理由のない不安のようなものを感じていたが、それは何も根拠がないと思えるだけにいっそうわけのわからない不安だった。だが、眠りが去ったのは確かだったので、ぼくは朝の五時過ぎに起きた。長年、こんなことはなかった。

もう眠りは来ないと確信したので、ぼくはブラックコーヒーを一杯飲むと、入浴して、ひげを剃りはじめた。鏡の中からぼくの顔がぼくを見ていた。ぼくはこれまでの人生で毎日この顔を見ているのだが、その際立った醜さにどうしても慣れきれないでいる。自分の眼の、まるで他人のような荒々しい眼差しに慣れることができないのと同様に。自分のことを考え、自分が味わう感情のことや、自分がとてもよく理解していると思うことについて考えるとき、ぼくは自分をほとんど抽象的なものとして思い描いた。なぜなら、それ以外の視覚的な想起は、ぼくにとって苦しくて不快だったからだ。このうえなくすてきな、最も抒情的ですばらしい幻影は、ぼくが自分の容貌を思い出すと同時に消え失せる——ぼくの容貌と、ぼくが想像する光り輝く架空の世界は、おぞましいほどに不釣り合いだった。ぼくの精神生活とぼくの外見とのコントラストは、これ以上ないほど強烈だとぼくには思え、時には自分が誰か他人の、忌まわしい外皮をまとっているような気がした。本質的にはごく普通の、自分の裸体の見た目にだったら、ぼくは穏やかに耐えてきた。その身体の筋肉はすべて規則正しく従順に動き、あるべき姿で配置されていた。過剰に痩せてもいなければ余分な脂肪もついていない、よくある、ぱっとしない身体だった。ところがこの身体は、顔に移るところで、そうあるべく思われる姿とは正反対のものに移行するので、ぼくはあの他人のような眼差しを鏡から逸らして、このことは考えまいと努める。そして不眠の一夜を過ごしたいま、この不快な感覚は普段より強かった。

服を着てから、座って仕事に取り掛かろうとしたとたんに、部屋の電話が鳴った。驚いて時計に目をやると、六時二十分前だった。いったい誰がこんなに朝早く電話してきたのかわからなかった。ちょっとためらってから受話器を取った。完全に酔っぱらった声が、とはいえどこかなじみの口調が聞きとれる声が、こう言った。

「おはよう、ダーリン」

「いったい何のまねだ？」

「私がわからないの？」

それは女性だと思われたがっている男性の声だった――そのときぼくはこの声が誰だか、はっきりわかった。新聞の仕事仲間のひとりで、じつにいい奴だが、およそ分別のない男だった。彼は時おり文字どおり理性を失うまで大酒を呑み、それにはたいてい事実と思えないようなエピソードがくっついていた。ちょっと前に彼を招いてくれたとかいうどこかの元老院議員を真夜中に訪問しようとしたり、ブルス広場の通信局に行って、〈流布している噂と違って〉自分はすこぶる元気だとリヨンのおばさんに電報を打ったりした。

「たぶん君には察しがついてるだろうけど」と彼は、少しは脈絡のある話をした。「ぼくはある人物に会ったんだ、招かれてね……。オデット、引っぱらないでくれよ。ぼくは完全に素面《しらふ》だよ」

オデットは彼の妻で、非常に冷静で賢明な女性だった。ちょっと間をおいて彼女の声が聞こえた――彼女はどうやら、夫から受話器を取り上げたのだ。

「失礼します」と彼女は言った。「この酔っぱらいのお馬鹿さんは、用事があってあなたに電話したんです」

「これはすごいネタだって、彼に言ってくれ」

「実は、あなたが目をかけているあの〈巻き毛のピエロ〉がいまにも逮捕されそうなの。フィリップが取り調べで何もかも吐いたの。アンドレ――それが彼女の夫の名前だった――はへべれけで、何の役にも立たないわ。本当にすごいネタなのよ。あなたがギャングの話やメロドラマを好まないことは知っているわ。そういうのは低俗な文学だっていうんでしょう？　だから、あなたを煩わせたくはないんだけれど、私たちがよく知ってる人のことだから。ジャンのところへ行ってちょうだい。私だったら拳銃を持っていくわ。そう、万一のために」

「ありがとう、オデット」とぼくは言った。「あなたたちに借りができたよ。行ってみる」

「よかったわ」と彼女は言って、電話は切れた。

ぼくが訪ねなければならないジャンは警視だが、彼のことはかなり前から知っていて、ぼくたちの関係は良かった。彼には驚くべき変身の才能があった――あるいは、より正確に言うと、独特な人格分裂症を病んでいた。職務の遂行中、たとえば担当の容疑者を尋問するときは、必ず帽子を後ろにずらして、口の端にタバコをくわえ、ごく短い言葉でぶつぶつ区切りながら隠語だけでしゃべった。だが取調官や記者が相手のときは、一瞬で姿を変えて、明らかに上流階級的な物腰の男に変身して、「もしあなたがこれらの資料のいくつかを、何と申しましょうか、あらかじめ分析してみようと思われるなら……」などと言った。巻き毛のピエロの腹心の部下であるフィリップを尋問したのは、まさにこのジャンに違いない。あらゆる点から判断して、あと少ししたら警察の車がピエロの潜んでいるセーヴルに出発し、今度という今度はピエロも逃げられないだろう。ぼくはちょっと考えてから、受話器を取って電話した。電話機はピエロの枕元にあったことを覚えていた。すぐに怒った女の声がした。

「いったい何？」

「ピエロをお願いします」とぼくは答えた。「ラファイエット通りから電話だと言ってください」

これがぼくたちの合言葉だった。

「ピエロはいないわ。まだ帰ってきてないの。フィリップは一昨日の朝から姿をくらましてるし、どう考えていいのかわからないのよ」

「フィリップが全部ばらした」とぼくは言った。「ピエロがどこに行ったにしろ、なんとしても彼を探し出して、警告してやらなきゃ。家には帰るなと伝えるんだ。一時間後では手遅れだ」

ぼくは受話器を置き、それから机の引き出しから拳銃を取り出して、装塡してあるか確認して——装塡してあった——それを上着のポケットに入れて家を出た。タクシーを停めて、ジャンのところへ行った。

こうしたことが、ぼくがそのとき感じていた精神的不安から注意を逸らしてくれて、いまやぼくは車の中で〈巻き毛のピエロ〉"Pierrot le frise"の運命について考えていた。ぼくは彼をよく知っており、彼のことが気の毒だった。ただ正統的な司法の見地からは、彼はたぶんどんな同情にも値しなかっただろう。彼はプロの強盗で、何人もの命を奪っていた。ぼくは六年ほど前、彼が最初の犠牲者である元ボクサーのアルベールを撃ち殺した後に、彼と知り合った。ぼくがそのとき偶然入った——午前四時のことだった——カフェに、ピエロの秘密の拠点が置かれていたのだが、ぼくはそのことをまったく知らなかった。ぼくはテーブル席に座って書き物をしていた。カウンターでは酔った連中が大声を出して口論していたが、突然しんと静まり返って、誰かが——そのときぼくは彼のことを何も知らなかった——ひどく意味深長に、しかもたけり狂った獣たちの咆哮にも似た荒々しいどなり合いの後では思いがけなく人間的な口調で言った。

「おまえ、アルベールと同じ目に遭《あ》いたいのか?」

誰も答えなかった。ぼくは頭を上げずに書き続けた。カフェは人けがなくなっていた。

「あいつら、びびったな」と同じ声が言った。「そいで、こいつは誰だ？」

これはぼくのことを訊いていたのだ。

「知りませんよ」とカフェの主人が答えた。「初めての客でさ」

自分のテーブルに近づいてくる足音を聞いて、ぼくが頭を上げると、男の姿が見えた。中背で非常にがっしりした体格、ひげを剃った顔は陰鬱で、明るいグレーのスーツに青いシャツを着て派手な黄色いネクタイを締めていた。その眼の悲しげな表情がぼくを驚かせたが、どうやらそれは酔っているせいらしかった。彼はぼくの視線を受けとめると、いきなり質問してきた。

「おまえ、ここで何をしている？」

「書いている」

「え？　何を書いているんだ？」

「評論だ」

「評論だと？」

「そうだ」

これは彼を驚かせたようだ。

「つまり、おまえは警察じゃないのか？」

「いいや、新聞記者だ」

「おまえ、おれを知っているか？」

「いや」

「おれは巻き毛のピエロっていうんだ」

ぼくはそのとき、数日前に二つの新聞に、ボクサーのアルベールの死に関する小さな記事が出たことを思い出した。アルベールは十四回も裁判にかけられ、いろいろな監獄を渡り歩いた男である。二つの記事は〈犯罪者たちのドラマ〉とか〈清算〉と見出しがつけられ、この事件の原因になったらしい女性のことも書かれていた。「警察は、この事件の犯人はほぼまちがいなくピエール・デュドネ、通称〈巻き毛のピエロ〉とみて、現在懸命に捜索中である。最新情報によれば、ピエロはうまくパリを抜け出して、現在はおそらくリヴィエラにいるとのことである」

まさにこのピエロがサン・ドニ通りのカフェで、ぼくの前に立っていたのだ。

「つまり、あんたはリヴィエラには行ってないってことか?」

「そうさ」

それから彼はぼくの向かいに腰かけて、考え込んでいた。数分してから彼は尋ねた。

「そもそも、おまえ、何について書いているんだ?」

「成り行きしだいで、ずいぶんいろいろなことを書くよ」

「小説は書いていないのか?」

「いままで書いたことはないが、ひょっとしたらそのうち書くかもしれないな。なぜ、そんなことに興味があるんだ?」

ぼくたちはまるで長く友情で結びつけられてきたみたいに語り合った。おまえの苗字は何だ、それにどんな新聞に書いているのかと、彼は尋ねた。それから、機会があればたくさんおもしろい話をしてやれると言って、そのうちまたこのカフェに寄るように勧め、そしてぼくたちは別れた。

その後、ぼくは何度も彼と会い、彼は確かにおもしろい話をしてくれた。彼はある種の領域では大変な事情通で、オープンにしゃべってくれるので、警察ももっていない情報をぼくが手に入れることも時々あった。彼は明らかに只者《ただもの》ではなくて、生まれもった知性があり、そのために、たいていは明らかな愚鈍さを特徴とする〈仲間〉のうちではひときわ目立っていた。彼も多くの仕事仲間と同様に、向こう見ずに競馬に大金を賭け、新聞は毎日「幸運《ヴェーヌ》」を読み、時にはそれ以外に本を、特にデコブラ[*14]の小説を読むこともあった。この作家の小説が大好きだった。

「うまく書くもんだよな！」と彼はぼくに言った。「ええ？　おまえはどう思う？」

ぼくはいつも、彼の人生は悲惨な終わり方をするだろうと思っていた――彼の職業がひどく危険なものだからというだけでなく、別の理由もあった。彼はいつも、明らかに彼にとって真っ当ではないことに惹かれていた。そして自分が生きるうえでの関心事と、自分とはきわめて縁遠い他の人たちの関心事との違いを理解していた。

あるとき彼は真っ赤な〈ブガッティ〉に乗ってやってきた。新調のベージュのスーツにお気に入りの黄色いネクタイを締めて、手にはいつものようにいくつもの指輪を光らせていた。

「全体としてどう思う？」と彼はぼくに尋ねた。「こんな格好なら、おれも新聞に書かれてる連中みたいに、大使館のレセプションに行けるよな？　どうだ？　『記者の目に留まったのは……』ってやつさ」

ぼくが首を横に振ると、彼は驚いた。

「おれの格好はなってないと思うのか？」

「ああ、そうだ」

「これでもか？　このスーツにいくら払ったか、わかるか？」

「ぼくにはわからないよ、でもそれは重要じゃない」

服装に対するぼくの否定的な評価が彼をこんなにがっかりさせるなんて、思ってもみなかった。

彼はぼくの向かいに腰かけて、こう言った。

「説明してくれ、おまえはなぜ、おれがちゃんとした格好をしていないと思うのか」

ぼくはできるだけの説明をした。彼は非常に当惑した。ぼくは付け加えた。

「しかも、君の格好を見ただけで、簡単に君を識別できる。ある程度の経験を積んだ人間なら誰だって、いいかい、君の顔を識別したり君の証明書類を提示させたりする必要はない。君のスーツとネクタイと指輪を見ただけで、自分が相手にしてるのはどんな人物かわかるのさ」

「じゃあ、おれの車はどうだ？」

「あれはスポーツカーだろう。なぜ、街にいるのにあの車が必要なんだ？　あれは珍しい、ざらにない車だ。地味な色の中型車なら、誰も注目しないだろう」

彼は片手で頭を支えて、黙って座っていた。

「君、どうした？」

「おまえがそんな話をすると、おれは頭の中がひっくり返っちまう」と彼は言った。「おれにはわかる必要のないことがわかってくるんだ。おれが気に入っている本を、おまえは悪い本だという。これについては、おまえはおれよりよく知っている。おれは教養がないから、おまえと対等にはしゃべれない。おれは下等な人間だ、おれは下等な人間だ《ジュ・スイ・アナンフェリウル》、そういうことだ。しかも、おれはギャングだ。だから他の連中はおれより上なのさ」

ぼくは肩をすくめた。彼はじっとぼくを見てから、尋ねた。

「はっきり言ってくれ。おまえはおれと同じ考えか？」

「いいや」とぼくは言った。

「なぜだ？」

「いうまでもなく、君はギャングだ」とぼくは言った。「君は、普通はこうだろうという、まともな服装をしていないし、一定の教養もない。これは全部、そのとおりさ。でも君が、新聞に載るような有名人たち、銀行家や大臣や元老院議員なんかの方が自分より上だと考えるなら、それはまちがいだ。そういう人間はまともに働いていて、何と言っても――君ほど危険なことをしない。周囲からは〈議長閣下〉とか〈大臣閣下〉と呼びかけられる。君とは違う服を――もっといいやつを――着て、もちろんある程度の教養がある。けっして、みんながみんなじゃないけどね。でも、人間としては君より優れてるわけじゃない、だから君は心配しなくていい。君の慰めになるかはわからないけど、ぼくはそう思うよ」

ピエロは大変な女好きだった。悲劇的な結果に終わった彼の〈清算〉の大半は、まさに女が原因だった。

「たぶん、君はいつか女のせいで破滅しさえするかもしれない、たぶん、君はいつか女のせい《プテトル・ビアン・テュ・》で破滅しさえするかもしれない《ムラ・パル・レ・ファム》」ぼくは彼に言った。「肝心なのは、そんな価値もない女のせいでってことだよ」

そう予測するのは難しくなかった。ぼくがこうしてタクシーでジャンの執務室に急いでいるいま、ピエロの居場所は、絶対にそれを隠さねばならない連中に知られてしまっていた――それも女が原因だった。

ピエロは絶体絶命の状況にあった。最近はとくに活動が過激化し、次々と強盗事件を起こしていたので、警察はついに、ピエロの件で役に立ちそうな人間をすべて駆り出すことにした。こんな事態に到る原因をつくった女性は、ピエロの右腕であるフィリップの女房だった。フィリップはものすごい大男、ヘラクレスそのもので、本人の話では、この世で何も、誰も怖くないが、唯一の例外が、射撃で絶対にミスをしないので有名な、自分のボスだとのことだった。

このフィリップの女房が最近ピエロの愛人になったのだが――それだからジャン警視は、フィリップの供述を引き出せたのだと思う――ぼくは彼女を何度か見たことがあった。彼女が属する社会全体に特有の、永遠の悪趣味に基づいて、女豹《パンサー》というあだ名をつけられていた。すごく大きくて野性的なブルーの眼、やはりブルーのまつ毛、きつく縮れて髪型を整える必要のない黒髪、いつも濃い口紅を塗った非常に大きな口、小さな胸、そしてしなやかな身体をしていた――ぼくは彼女ほど凶暴な人間を見たことがない。愛人たちに噛みついて出血させ、金切り声を上げ、爪で引っ掻いた。おそらく誰ひとり、彼女が穏やかな声で話すのを聞いたことはないだろう。彼女は三週間ほど前にフィリップを捨てて、ピエロのもとに走った――だから、ぼくがジャン警視のところへ行く前にセーヴルに電話したとき、電話に出たのは彼女だったのだ。

ぼくがジャンの執務室に入っていくと、彼は帽子を後ろにずらして椅子に座っていた。その向かいに、両方の肘を膝についた格好で、手錠をかけられたフィリップが座っていた。彼の顔は青ざめ、流れた汗の乾いた跡で汚れていた。全体に彼は強烈に汗臭かった。彼は非常に鈍重な感じがして、室内は蒸し暑かった。ジャンはフィリップに言った。

「今回はこれで十分だ。おまえは全部しゃべって、いいことをしたんだぞ。もし黙っていたら、おれはちょっと手荒い真似をするところだった。これから少しばかり監獄にいてもらうが、それ以上は何もない。おまえみたいに頑健な人間ならへっちゃらさ」

ぼくがフィリップの方を見ると、彼は眼を伏せた。二人の警官が彼を連れ出した。

「私はある推測をしていて」とジャンはぼくに向かって言った。「あなたもこの推測を共有しているものと思って、得意になっているんだが……。ピエロはいまごろ『心義《ただ》しき者の眠り』をむさぼっているだろうと、私は推測してるんですよ。決まり文句というのは、常に空々しいものですな！　我々の共通の友人が電話してきて、あなたが我々と同行したがっていると言ってました。まちがいないですか？」

「ええ」とぼくは言った。「タクシーを待たせています」

「我々は五分後に出発します」

ピエロが住む小さな一軒家から数メートル離れた場所に、警察車両が停まったとき、時刻は朝の七時頃だった。家の窓の鎧戸は閉まっていた。朝の太陽が早くも熱い光で狭い通りを照らしている。まだ早い時間で、とても静かだった。

ぼくは警察車両の後ろにタクシーを停めて、ドアをぱたんと閉めて外へ出た。ぼくはけだるくて重苦しい憂愁に押しつぶされそうだった。逃げ出すことのできない閉ざされた暗い家にピエロがひとりでいるところを――なぜなら、彼が愛人の助けを当てにすることなど、もちろん、ありえなかったから――ぼくは想像した。側面のあまり高くない窓から家にくっついた小さな庭に跳び下りることは、確かに可能だったが、その庭の柵には警官が張りついていた。こんな条件ではどんな逃亡も不可能だった。

警官は六人いた。彼ら全員の顔に、陰鬱さといや気の入り混じった表情が浮かんでいた。自分の顔も同じ表情を浮かべているように、ぼくは感じた。

警官のひとりがドアをノックして、開けるよう大声で言った。

「脇にどくんだ」とジャンが言った。「奴は撃ってくるかもしれん」

しかし、銃撃はなかった。ひょっとしたらピエロへの警告が間に合ったのかもしれないと、ぼくは期待しはじめた。警視の言葉の後に張りつめた静けさが訪れ、その静けさの向こうにある暗い家の中で、危険な拳銃をたずさえた男が息を潜めているのが感じられた。その男の射撃の腕の評判は、全警官に伝わっていた。

「ピエロ」とジャンは呼びかけた。「降伏した方がいいぞ。おまえ、おれたちに辛い仕事はさせないよな。もう逃げられないことはわかっているだろう」

返事はなかった。さらに一分、息詰まる沈黙が続いた。

「もう一度言うぞ、ピエロ」とジャンは言った。「降伏しろ」

そのときこの静けさの中にひとつの声が響いた。その最初の音を聞いてぼくは背筋が凍った。信じられないほど落ち着きはらった、人間らしく感情豊かなピエロの声だった。ぼくが大変よく知っているその声が、いまは特に恐ろしく感じられた。なぜなら、あと数分したら――奇蹟が起こらないかぎり――この声は永遠に沈黙してしまうのだから。この声には若い健康な男の潑剌とした力が聞き取れ、そのことが耐えがたいほど重苦しく感じられた。

「どっちでも同じさ」と彼は言った。「もし降伏したら、おれを待ってるのはギロチンだ。おれはそれとは違う死に方をしたいんだ、おれはそれとは違う死に方をしたいんだ《ジュ・ヴドレ・ムリール・オトルマン》」

その後のできごとは、あり得ないほどのスピードで起こった。庭の木の枝がぱきぱきと折れる音が聞こえ、その後に一発の銃声が響いて、柵のところに立っていた警官たちのひとりがどさりと地面に倒れた。見る間にピエロが柵によじ登り――手に持った拳銃が邪魔していた――そこから通りに跳び下りたが、その瞬間にあらゆる方向から銃が発射されたのだった。柵の脇で殺されたひとりを除いて、負傷した警官はいなかったが、それはぼくには驚くべきことに思えた。警官全員がピエロの倒れた場所に突進した。ぼくは後で、なぜ警官がひとりも負傷しなかったのかを理解した。最初の弾が拳銃を握っていたピエロの手に当たって、彼の指を砕いたのだ。彼は文字どおり血溜まりの中に倒れていた。人間の中にあんなにたくさんの血があるなんて、ぼくは考えたこともなかった。しかし、彼はまだ喘いでいた。警官たちが彼を取り囲んでいた。ぼくはすぐそばまで近寄った。ピエロの喉とも肺ともつかぬところがごぼごぼと鳴っていた。それからその音が途絶えた。ピエロの眼がぼくの視線を捉えたとき、彼のかすれた声が聞こえた。

「ありがとうよ。遅すぎたがな」

どうして彼にこれを言う力が残っていたのか、ぼくにはわからない。ぼくは立ち尽くしたまま、無力な興奮と怒り、それに体内の耐えがたい冷たさのせいで、自分の歯がかちかち鳴るのを聞いていた。

「あなた、彼に警告してやったんですか?」と、ジャンがぼくに尋ねた。

ぼくは何秒か黙っていた。ピエロは最後に一度痙攣して、死んだ。そのときぼくは言った。

「彼はうわごとを言ったんだと思いますよ」

＊　＊　＊

ピエロの遺体は運び去られた。警官たちは立ち去った。作業服を着た二人の男が砂を積んだ手押し車を押してきて、舗道の血溜まりに砂をかけた。太陽はもう高く昇っていた。ぼくはタクシーの運転手に勘定をすませて、パリの方向に歩きだした。

精神的な吐き気と鈍い悲しみがずっとぼくを離れなかった。その日は暑いくらいだったのに、ぼくは時おり悪寒がした。翌朝、ピエロについての記事が新聞に載るはずだ、〈巻き毛のピエロの悲劇的な最期〉。編集者の姿といつも興奮しているその顔を思い浮かべると、勢い込んでしゃべる彼のしゃがれ声が耳に甦った。「記事の成功の半分は、見出しにかかっているんだ。見出しで読者をぐいっとつかまえる。それから最後まで読者を離さないのは、もうおまえさんの仕事だ。文学はいっさいなし。わかったか？」初めのうち、まだ彼をよく知らぬまま、彼の言いなりになっていた頃は、ぼくはこう言われると腹が立って、肩をすくめたものだ。その後、彼の言うことはそれなりに正しく、新聞記事には文学は確かに場違いだと悟った。

ぼくは普段よくやっていたように、最初に目についた比較的きちんとしたカフェに入り、用箋とコーヒーを頼み、次から次へとタバコを吸いながら、ピエロについての記事を書きはじめた。もちろん、書きたかったとおりには書けず、言いたかったことは言えなかった。ぼくはその代わりに、平和なパリ近郊の晴れた朝や、静かな通りに立ち並ぶお屋敷、嵐のようなピエロの人生の最後にあった思いがけないドラマを詳しく描写した。もちろんあの女豹《パンサー》について数行書かないわけにはいかなかったが、彼女を思い出すと、引き起こされるのは嫌悪感以外に何もなかった。フィリップのことや、サン・ドニ通りのバーのこと、それに、ひっきりなしに「おまえ、想像できるかい？」という文句を挿みつつピエロが語ってくれた彼の経歴について、ぼくは書いた。

それからぼくは電話室に入って、ジャン警視に電話した。

「何か新しい情報はありませんか？」

「特にないな。ただ女豹《パンサー》が、今朝早く誰かが電話してきて、ピエロに警告するように言ったと証言しているよ」

「なぜ彼女はそうしなかったんです？」

「ピエロが帰ってきたのは、ちょうど我々があそこに着く、文字どおり一分前だったと、彼女は言ってる」

「それはぼくには嘘くさく思えるな。あんまりタイミングが良すぎますよ。それを記事に入れる価値があるかもわからないな。それはそうと、あなたの役割が大きかったことは、記事では特に強調してますよ。いやいや、それを書かずに済ますことは無理でした」

ぼくは受話器を置いて数分間考えてから、嫌悪感を押し殺して、〈謎の電話〉に関して四行書き加えた。

記事を書き終えて編集局に届けたときは、もう昼の十二時頃になっていた。ぼくは気分が最悪で、昨夜眠れなかったときに感じた鬱状態が非常に強くなったので、周囲で起こっていることにほとんど気がつかなかった。ぼくはこの重苦しい感覚のこと以外は何も考えられず、ただ習慣に従ってモンマルトル大通りにほど近い小さなレストランに入った。しかし、肉を一切れ口に運んだとたんに、目の前にピエロの死体が浮かび上がり、その瞬間に、取り調べの最後にフィリップの身体から発していた強烈な汗の匂いがまさにぼくの鼻を直撃した。並々ならぬ力を込めて、襲ってきた吐き気をこらえた。その後でぼくは水を少し飲み、驚いている女主人に、気分が悪くて胃痙攣が起こったと告げて、レストランを出た。

暑い日で、通りは人でいっぱいだった。ぼくは酔っぱらいみたいに歩いていた。耐えがたい憂愁と、どうしても通り抜けられない感覚上の靄を追い払おうと、空しい努力をしながら。周囲の喧騒を無意識に自分の内に取り込み、その正確な意味を理解できぬまま、足を運んでいた。時おり喉元にまた吐き気が込み上げて、そのときには、晴れた真昼にパリの大通りを埋めている群衆と、そしていま起こっているすべてのこと以上に悲劇的なことはないと感じ、自分が随分前から死ぬほど疲れていることを、いまやっと理解した気がした。いますぐ横になって眠りにつき――そしてぼくに安らぎを与えないこれらのできごとや感情の彼岸で目覚めるのだったらいいのにと考えた。

ぼくは不意に、四時にエレーナ・ニコラエヴナがぼくの部屋に来ることになっているのを思い出した。彼女ただひとりが、いまぼくが会いたいと思う人だった。それでぼくは彼女を待たずに、自分から行くことに決めた。しかし、彼女のアパートの階段を上っていても、あの重苦しく鈍い憂愁の感覚は去らなかった。ぼくはとうとう彼女の家に着いて、鍵を取り出し、不安な気持ちでドアを開けた。なぜ強い不安を感じるのかわかっていなかったが、ドアを開けたとたんに理解した。エレーナ・ニコラエヴナの部屋から非常に語気の荒い話し声が聞こえていたのだ。なぜそんな感覚が引き出されたのか考える間もなく、ぼくは漠とした恐怖を覚えた。しかし、もう考える時間はなかった。エレーナ・ニコラエヴナの絶望的な叫び声、彼女の声とは思えない恐ろしい叫びが聞こえてきた。

「絶対に、いいこと、絶対にだめよ!」

まるで夢を見ているみたいにぼくは彼女の部屋へと廊下を走った。片隅に恐怖のあまり色を失ったアニーの顔が見えたが、それを思い出したのは後からだった。その瞬間には、さっきからずっと拳銃を握っていたのを自覚していなかったと思う。突然、轟音とガラスの割れる音がした。それに続いて発砲音と第二の叫び声がした。叫び声は言葉にならず、切れ切れに息を吸い込むように「あー、あー、あー」と言っていた。だが、ぼくはもう半ば開いたガラス戸にたどり着いて、その敷居から窓辺に立つエレーナ・ニコラエヴナの姿と、ぼくと同じく拳銃を握って半ば横向きに彼女に対している男のシルエットを目にした。ぼくは腕を上げもせず狙いもつけずに――この距離で打ち損じることはあり得なかった――続けざまに二発その男を撃った。彼はその場で振り返り、それから身体を硬直させて、床にどさりと倒れた。

ぼくは数秒間身じろぎもせずに立ち尽くし、すべてがぼんやりとぼくの目の前で揺れていた。ただエレーナ・ニコラエヴナの白いドレスに血がついていることには気づいた。彼女は左の肩を負傷していた。後でわかったのだが、彼女は自分の身を護るため、彼が引き金を引くのとほぼ同時にガラス製の花瓶を彼に投げつけたのだ。彼の銃弾が逸れたのは、そのせいだった。

彼はいまや両手を投げ出して、長々と横たわっていた。彼の頭は彼女の足元に届きそうだった。ぼくは一歩前に出て、彼の上にかがみ込んだ。すると突然、時間が渦巻いて消えてしまったような気がした――目にも留まらぬほどの急激な動きの中で、ぼくの人生の長い年月を運び去りながら。

部屋の床を覆うグレーの絨毯からぼくを見ているのは、アレクサンドル・ヴォルフの死んだ眼だった。

訳註

クレールとの夕べ

1　プーシキンの韻文小説『エヴゲーニイ・オネーギン』（一八二五―三二）第三章より。
2　この肖像写真は当時よく知られていた作家ジェイムズ・ジョイスのものと推定されている。
3　ドイツの靴メーカー、サラマンダーの広告。同社の靴を買った人には、丁寧なサービスが提供されるという意味。
4　十七世紀ロシア教会の典礼改革に反対して離脱した古儀式派（分離派）の指導者で、数々の迫害の末、火刑に処された。
5　ヴィルヘルム・ハウフ（一八〇二―一八二七）ドイツの作家。イスラム世界を描いた童話集『隊商』などで知られる。
6　高地にいる大型の野生ヤギ。雄は大きな角をもつ。
7　ロシアの距離単位。約一〇六七メートル。
8　ドイツの動物学者・作家アルフレート・ブレーム（一八二九―一八八四）の代表作で『ブレーム動物事典』の名でも知られる。多くの言語に翻訳されて世界中で読まれた。
9　瀆神《とくしん》的な誓言の罰として永遠に海をさまよう宿命となった北欧伝説の幽霊船のオランダ人船長、または彼の船。

10 ロシアの古い重量単位。一フントは約四〇〇グラム。

11 ロシア風パイ。

12 黒海北岸クリミア半島南西部の港湾都市。

13 レールモントフの叙事詩『悪魔』（一八二九―四一）とプーシキン『エヴゲーニイ・オネーギン』。

14 アナスタシヤ・ヴェルビーツカヤ（一八六一―一九二八）帝政ロシア末期の女性作家。アルツィバーシェフらとともにニーチェ主義の影響下で性的欲望を主題とする作品を書いた。

15 デカダンス時代の人間模様を描いたミハイル・アルツィバーシェフの小説（一九一四）。

16 ロシアでは、名前に父称（父親の名前から派生する）をつけるのが、丁寧な呼びかけになる。

17 ロシア語で、名詞や形容詞に「小さい」というニュアンスを表す接尾辞をつけて、愛情や親近感、時には軽蔑を表現する形。

18 帝政ロシアの学校の教科名で、正教について学んだ。

19 十四世紀にリトアニアで活躍したドイツ騎士団長。ポーランドの詩人ミツキエヴィチが叙事詩『コンラット・ヴァレンロット』（一八二八）を書いた。

20 一九〇四年八月から翌年一月一日まで続いた、日露戦争中の旅順包囲戦のこと。イギリスが旅順港をポート・アーサーと名づけ、ロシア帝国でもその呼び方を踏襲していた。

21 一八六四年出版のフランスの児童向け物語。作者セギュール夫人はペテルブルグ生まれで、父は対ナポレオン戦争時にモスクワ総督だったフョードル・ロストプチン伯爵。

22 コーカサスの山岳民族やコサックが着る、襟なしでウエストが締まった長上衣。

23 現ロシア連邦スタヴロポリ地方の都市。

24 鉱泉保養地として有名なキスロヴォツクにあった大型娯楽施設で、一八九五年にオープン。レストランやコンサートホールがあった。

25 キスロヴォツク名産のミネラルウォーター。
26 スコットランドの哲学者デイヴィッド・ヒューム（一七一一―一七七六）が人間精神の能力や性質を論じた著作のひとつ。
27 町人階級の生活を題材にした作品で、地方の平民のあいだで人気を博した作家（一八七四―一九五二）。
28 革命後は、敬称として姓や肩書の前に同志《タワリシチ》という語を添えるようになった。
29 クレールはフランス語の **clair**（「明るい」という意味）から来ている。
30 男子の中学（実業系でない、古典中学）は七年制で一部八年制、女子中学は七年制だった。
31 ギリシア神話でゼウスが白鳥に変身してレダを誘惑する場面。
32 イギリス海軍のネルソン提督の愛人だった女性。
33 ハウプトマンの戯曲『沈鐘』（一八九六）の登場人物。
34 ドイツ南西部の山林地帯。
35 立憲民主党（二十世紀初頭のロシアの自由主義政党）の党員。
36 ロシア語の「娘《ジェーヴシュカ》」という単語には、年頃の娘のほかに処女の意味もある。
37 スペイン語で「征服者」の意。十五－十六世紀にアメリカ大陸の諸王国を侵略したスペインやポルトガルの探検家たち。
38 神聖ローマ皇帝フリードリヒ一世（一一二〇―一一九〇）の呼び名。イタリア語で「赤ひげ」の意。
39 フリードリヒ一世は第三回十字軍遠征に参加して、小アジアの川で溺死した。意外な死に方が、彼は生きているという伝説を生んだ。
40 イタリアのエンリコ・トセリ（一八八三―一九二六）が作曲した、「嘆きのセレナーデ」と呼ばれる作品。

41 空想的社会主義者シャルル・フーリエ（一七七二―一八三七）のこと。

42 ドイツの神秘主義思想家ヤーコプ・ベーメ（一五七五―一六二四）を指す。

43 一八一二年の対ナポレオン祖国戦争の際のモスクワ大火を歌った歌で、もとの詩は燃えるモスクワを目にするナポレオンをモチーフとしたニコライ・ソコロフ作「彼の人」。

44 ワシーリー・トレジアコフスキー（一七〇三―一七六八）十八世紀ロシアの詩人で、従来の音節詩法に代えて、ロシア語の特性を生かした音節アクセント詩法を提唱した。

45 ガヴリーラ・デルジャーヴィン（一七四三―一八一六）下級貴族出身の詩人。女帝エカテリーナ二世を讃えた詩『フェリーツァ』で認められ、桂冠詩人の名誉を得た。

46 内戦時代にウクライナでは、ソヴィエト軍（ボリシェヴィキ）と白軍以外にも多くの勢力が戦った。全ウクライナのヘーチマン（頭領）を名乗るスコロパツキー（スコロパツィキー）の政権は、一九一八年四月‐十月に優勢だった。

47 聖母が地獄で「旅芸人や踊り手」を含む罪人たちの苦しみを見て泣いたという、民衆の宗教伝説。

48 トルストイが幼い頃、彼の長兄が考え出して兄弟で熱中した遊び。ある秘密を発見すると、万人が互いに愛し合う「蟻の兄弟」になれると、トルストイ兄弟は信じた。

49 フランスの宗教史家エルネスト・ルナン（一八二三―一八九二）が合理主義的観点から書いた人間としてのイエスの生涯で、聖書研究の画期をなすとともにスキャンダルを巻き起こした。

50 十月革命後の内戦で、反革命側の白軍は、南ロシアでは義勇軍と名乗った。

51 旧ロシア帝国軍の将校の多くが、反革命軍に参加した。

52 ロマノフ朝第二代皇帝（在位一六四五―一六七六）。王朝交代期の動乱を克服し、政権安定期の開始のシンボルとされる。

53 ロシア帝国の軍人アレクサンドル・コルチャーク（一八七三―一九二〇）がロシア革命後、ウラル山脈以東の反ボリシェヴィキ勢力の最高執政官として率いた軍。

54 ルドルフ・シュタイナー（一八六一―一九二五）人智学の理念のもとに独特な教育システムを構築したドイツの思想家。ピョートル・クロポトキン（一八四二―一九二一）相互扶助論をとなえたロシアの無政府主義者。

55 東ウクライナの町、スィネーリヌィコヴェ。ハルキウ（ハリコフ）から南西に約二四〇キロメートル。

56 ロシアの古い重さの単位で、一プードは一六・三八キログラム。

57 ロシアの古い長さの単位で、一サージェンは二・一三メートル。

58 ウクライナの無政府主義者ネストル・マフノ（一八八八―一九三四）が編成した農民軍。はじめ革命軍の一部として白軍と戦ったが、のちにボリシェヴィキ派と対立、赤軍に撃破された。

59 一九一八年、ウクライナ国家のヘーチマン（頭領・元主）に選ばれた人民共和国軍の将軍パウロ・スコロパツキー（スコロパツィキー、一八七三―一九四五）。

60 シモン・ペトリューラ（一八七九―一九二六）ウクライナ民族主義の立場から中央ラーダの軍事委員長となり、前出のスコロパツキー（スコロパツィキー）政権の崩壊後ウクライナ人民共和国執政内閣の長となるが、赤軍によって追われた。

61 ドニプロ川。ロシア西部に発し、ベラルーシ、ウクライナを流れて黒海にそそぐヨーロッパ第三の大河で、古来、交通・水運・産業・軍事に大きな意味をもった。東西ウクライナの境界をなし、首都キーウ（キエフ）もこの川に面している。

62 夜空に乳白色に光る「天の川」を表すロシア語 **млечный путь** は、英語のミルキー・ウェイと同じく、直訳すると「乳の道」となる。

63 「～の後から」を意味する前置詞 **за** は「～を取りに」という目的をも示す。「水を汲みに行く」という普通の表現。

64 現ウクライナ南部の都市ザポリッジャの旧名。
65 アレクサンドロフスクの南方、アゾフ海に注ぐモロチナヤ川岸の町。
66 クリミア半島北部の町。
67 アゾフ海の西側、本土とクリミア半島のあいだにある潟湖。クリミア・タタール語でスィヴァシュ（泥）、腐海とも呼ばれる。
68 タヴリヤ（タヴリダ）はクリミア半島の古称だが、二十世紀初頭には広くウクライナ南部も含めてこの名で呼ばれた。本作ではタヴリヤ（＝南ウクライナ）とクリミア（半島）の両語が使い分けられている。
69 沼など水の中に住む妖怪で、人魚に似た女性の姿をしていることが多い。
70 ウラジーミル・コロレンコ（一八五三―一九二一）ウクライナ出身のナロードニキ系作家。
71 アレクサンドル・クプリーン（一八七〇―一九三八）十九世紀末から二十世紀初頭のロシアの世相を批判的に描いた作家。
72 フセヴォロド・ガルシン（一八五五―一八八八）露土戦争をもとにした『四日間』などで有名な短篇作家。精神を病み自殺を図って死んだ。
73 ひき肉の入った揚げパイ。クリミア・タタールの伝統料理。
74 ロシア帝国の国歌。
75 セミョーン・ブジョーンヌイ（一八八三―一九七三）内戦における赤軍の英雄。騎兵軍を率いて、南部戦線で重要な勝利を収め、一九二〇年にクリミア半島で最終的に白軍を撃退した。
76 クリミア半島東部の港湾都市。
77 ウクライナ南部にあったロシア帝国の県。県都はエカテリノスラフ（現ドニプロ）。

アレクサンドル・ヴォルフの亡霊

1 ステップは樹木のない半乾燥草原地帯。ここでは広いユーラシア・ステップのウクライナの部分が含意されている。

2 エドガー・ポーの小説『鋸山奇譚』の一節。

3 ロシア語では、「ジプシー女《ツィガーンカ》」に対する「ジプシーの女の子《ツィガーノチカ》」など、小さくかわいらしいものであることを示す、指小形と呼ばれる表現が発達している。

4 ロシアの女性歌手ワルワーラ・パーニナ（一八七二―一九一一）のロマンス曲の一節。

5 このニックネームはフランスのカトリック司教・思想家で、説教や追悼文の分野で名をはせたジャック＝ベニーニュ・ボシュエ（一六二七―一七〇四）を踏まえている。

6 ヨーロッパ・ロシアの最北部のコラ半島にある港湾都市。フィンランド、ノルウェーに近い。

7 トルコ北西部、黒海とマルマラ海を結び、後出のダーダネルス海峡とともにアジアとヨーロッパの分岐点といわれる海峡。

8 マルマラ海とエーゲ海を結ぶ海峡。ガズダーノフはロシア撤退後の白軍の一員として、一時この海峡に臨むガリポリ（ゲリボル）半島に駐留した。

9 ローマ時代（二世紀）にアプレイウスが著した小説。

10 肺が破れて胸痛、呼吸困難が起きる病気。

11 バルザック『あら皮』（一八三一）の引用は中山真彦訳（世界文学全集17、一九七〇年、筑摩書房、三一一頁）を用いた。

12 近世ヨーロッパのいくつかの大学で医学教育のために公開解剖を行なった、すりばち状の施設。

13 マタイによる福音書25章13節、マルコによる福音書13章33節参照。

14　一九二〇－三〇年代に人気を博したフランス大衆文学の作家。

訳者あとがき

望月恒子

本書には、二十世紀に生きた作家ガイト・ガズダーノフ（一九〇三―一九七一）の作品のなかから、二つの長篇小説『クレールとの夕べ』（一九三〇）と『アレクサンドル・ヴォルフの亡霊』（一九四七―四八）を収録した。本書はこの作家の初めての日本語訳となる。ガイトという聞きなれないファーストネームをもつ作家はロシア人ではなかったが、母語はロシア語で、文学作品はすべてロシア語で書いた。ロシア帝国で生まれ育ったが、成人してからの人生のほとんどをパリで過ごし、作品はパリと深く結びついていた。複雑なアイデンティティをもつ作家について、まずその人生を紹介しよう。

ガズダーノフの生涯――オセット人のロシア語作家

ガイト・ガズダーノフは一九〇三年に、ロシア帝国の首都サンクト・ペテルブルグで、オセット人の両親のもとに生まれた。オセット人は、黒海とカスピ海のあいだにあるコーカサス地方の山岳地帯に住む民族である。現在の人口は約六十万人で、主な居住地は、北オセチア共和国と南オセチアの二つに分かれる（北オセチア共和国はロシア連邦に含まれる。一方、一九九一年末にジョージア［グルジア］からの独立を宣言した南オセチアは、独立を認めないジョージアと係争中である）。オセット人は十八世紀後半にロシア帝国の支配下に入った。ガズダーノフの自伝的な要素を多く含む作品『クレールとの夕べ』には、オセチアがロシアに併合された時代に山岳民族らしくたくましく生きた父方の祖父の像が、鮮やかに描かれている。だが、一族は作家の両親の代にすでにロシア社会に同化していた。ガイトという民族名の他にゲオルギーというロシア名をもつ少年は、ロシア的な教育を受け、オセット語を身につけることはなかった。

ガイトが八歳のとき父親が死去、相次いで妹たちも亡くなり、家族は母と二人きりになった。ウクライナの小都市ポルタヴァの陸軍幼年学校に入学したが、軍人教育になじめずにハリコフ［ハルキウ］の中学に転じた。一九一七年にペテルブルグで十月革命が勃発、激しい内戦が全土に広がったとき、ガイトは反革命側の白軍に志願することを決意する。「戦争とは何なのかを知りたかった」、「ぼくが白軍に入ろうと思ったのは、そのとき自分が白軍のテリトリーにいて、そうするのが自然だったからだ」（本書一〇九頁）――『クレールとの夕べ』の主人公の言葉には、作家自身の心情が反映されているだろう。こんな偶然とも思える決断が、十六歳での母との別れに、そしてロシアとの別れにつながった。ヴランゲリが率いる白軍に入隊した少年は、約一年間旧ロシア帝国の南部を装甲列車で転戦した。一九二〇年末、ウクライナ本土とクリミア半島を結ぶペレコープ地峡で白軍が赤軍に大敗して、シベリア以外の地域で内戦が終結する。このとき総勢十万人にも上る白軍の残存部隊が黒海を渡って国外に出たが、ガイトもそのなかに含まれていた。

白軍はトルコやギリシアなどの辺地や島に残存部隊を駐留させた。ガズダーノフの隊はトルコのガリポリ半島に駐留したが、彼はまもなく軍を脱走して、ロシアからの難民が溢れるコンスタンティノープル［イスタンブール］で、難民の子どもたちのために開かれた中学に入学した。白軍への入隊で中断していた教育を再開したのである。学校の移転に伴ってブルガリアのシューメンに移り、そこで中学を卒業した。中等教育修了証を手に、亡命ロシア人が多く集まっていたパリに到着したのは、一九二三年の暮れ、二十歳になった頃である。肉体は丈夫だが、庇護してくれる身内も知人もいない若者は、最初の五年間、セーヌの運河での港湾労働者、自動車工場の工員、家庭教師などさまざまな仕事を経験した。仕事が見つからずにホームレスになったこともある。一九二八年に夜間専門のタクシー運転手になり、ようやく生活が安定した。フランス在住の亡命ロシア人のあいだで、パリのタクシー運転手という職業は、人気が高かった。*労働時間中はボスがいなくて、ある程度の自由と独立が保障されることがメリットだったし、亡命者コミュニティもさまざまなかたちで就労を支援した。ガズダーノフは戦後の一九五二年までこの職業を続けた。一九二六年から始まったガズダーノフの創作活動が途絶えることなく続いたのは、経済的に貧窮せず、昼間は執筆に専念する生活を維持できたからだろう。また、二〇年代末にはソルボンヌ大学に入学、四年間文学史や社会学を学んだが、卒業はしなかった。

一九三九年に第二次世界大戦が開戦、翌年パリがドイツ軍に占領されると、ロシア語定期刊行物の発行は残らず中断された。多くの亡命者がヨーロッパからアメリカに移住し、亡命ロシア文学の中心地も、戦後はパリからアメリカに移った。ガズダーノフの小説も、アメリカのロシア語雑誌に

＊大戦間期の世界で、亡命ロシア人・白系ロシア人と呼ばれたのは、狭義のロシア民族だけではなく、国外に出た旧ロシア帝国の出身者一般だった。ガズダーノフは民族としてはオセット人だったが、タクシー運転手時代の身分証明書の国籍欄には、「ロシア難民」と記されていた。

発表されるようになった。

戦時中にガズダーノフは対独レジスタンス運動に参加した。ドイツ軍の捕虜収容所から脱走して、フランスでパルチザンとして戦うソ連兵士にロシア語で情報を伝えるパンフレットを作成・配布したのである。この経験については、一九四六年に発表されたドキュメンタリー風の作品『フランスの地にて』（初出フランス語）に描かれている。一九五三年に、アメリカが資金提供するラジオ・リバティーに文学部門のスタッフとして就職し、ミュンヘンとパリで勤務した。鉄のカーテンの向こう側のソ連・東欧に短波放送で呼びかける、冷戦時代らしい仕事だった。一九七一年にミュンヘンで没し、パリのロシア人墓地に埋葬された。

もうひとつ、ガズダーノフの生涯を語るのに不可欠の要素は、フリーメイソンである。十八世紀初頭のイギリスに生まれた国際的友愛結社フリーメイソンは、やがてロシアにも伝わって啓蒙活動の母体となり、一七九二年にはエカテリーナ二世が国内での活動禁止令を出すまでになった。トルストイの『戦争と平和』にも描かれたように、十九世紀初めのアレクサンドル一世時代にも政界や言論界に広まったが、一八二二年に秘密結社が禁じられて以降、活動が停止していた。しかし、一九〇五年に禁止令が解かれてから、十月革命後にボリシェヴィキ政権が再び禁止するまでの十数年間、ロシアで再度活発な活動がみられた。二月革命によって成立した臨時政府の閣僚のなかにも、ケレンスキーやコノヴァロフなど何人ものフリーメイソンがいたことが知られている。彼らがボリシェヴィキとの闘争に敗れて亡命したために、ロシアのフリーメイソンの伝統は、革命後に国外で受け継がれることになった。一九三二年に「北方の星」ロッジ（支部）に入会したガズダーノフは終生このロッジに所属して、最高位である親方《マスター》の階級にまで上った。彼が第二次大戦後に書いた作品には、フリーメイソン思想の顕著な痕跡を読み取ることができる。

オセット人にしてロシア帝国臣民だったガズダーノフは、白軍に入隊して、ペレコープにおける激戦とヴランゲリ軍の国外大脱出とガリポリ駐留を経験した。パリでは労働者、タクシー運転手、学生、亡命ロシア文学の作家、そしてフリーメイソンとして生きた。第二次大戦では対独レジスタンスに参加し、戦後は冷戦下のミュンヘンで共産圏向けのラジオ放送に関わった。きわめて多層的だったガズダーノフの人生は、ソ連文学の枠内では創造され得なかった彼の文学の直接的な基盤となった。

大戦間期ヨーロッパの亡命ロシア文学——古い世代と若い世代の作家たち

十月革命とその後の内戦は、ロシアの国内状況をきわめて不安定にして、大量の出国者を生んだ。出国者数は、かつては約二百万人とみなされ、現在ではそれより少なかったとする説もあるが、当時の世界にとって未曽有の規模の難民現象だったことはまちがいない。一九二〇年代前半にはソ連を承認する国が増加して、当初の予想よりは外国生活が長く続くことを覚悟した亡命者のなかに、それまで住んでいたベルリンやロシア国境に近い地域から、パリに再移動する動きが出てきた。そして同じ一九二〇年代半ばには、人口においても、政治的・文化的重要度においても、パリが亡命ロシアの中心地となっていく。

亡命者のなかにはイワン・ブーニン、アレクセイ・レーミゾフ、ドミートリー・メレシコフスキー、ジナイーダ・ギッピウス、ナジェージダ・テッフィなど多彩な詩人や作家がいたが、彼らのなかには祖国と切り離されても意気消沈せずに、ロシアをテーマに創作を続けた者がいた。その代表というべきブーニンが一九三三年にノーベル文学賞を受賞したことは、亡命ロシア文学の存在と意義が世界に認められた証として、亡命者たちを大いに喜ばせた。

亡命ロシア文学界に新顔が現れたのは、一九二〇年代後半のことである。十代で出国した若者たちが、作品を発表しはじめたのだ。シーリンというペンネームを使っていたヴラジーミル・ナボコフ、詩人ボリス・ポプラフスキー、そして本書のガズダーノフなどが、その若い世代を代表する。ナボコフはベルリンの、ガズダーノフはチェコのロシア語雑誌で、それぞれ若手に好意的な編集長のもとで才能を伸ばしてから、亡命者間で最も権威のあったパリの雑誌『現代雑記』に登場して、すぐにその有力な寄稿者となった。

古い世代は、革命で断ち切られたロシアの伝統を保持することを自分たちのミッションと考えて、外国暮らしが長くなっても昔日のロシアやロシア人を描き続けた。それに対して若い世代は、現在の自分たち、亡命先での自分たちの心情や生活を書いた。祖国と切り離されて読者数はきわめて限られていたが、ソヴィエト文学とはまるで異質な芸術観をもつロシア語文学が国外で構築され、その第二世代まで出現したのであった。ソ連で社会主義リアリズムが創作の基本的方法であると正式に認定された時代に、国外ではイデオロギーに左右されずに自己の文学を追求する作家たちが、芸術を生きがいとして書き続けた。ブーニンは、革命前のロシアの片田舎の地主屋敷で詩人として成長する少年の姿を、長篇小説『アルセーニエフの人生』で抒情豊かに描き出した。それと同じ頃、若い世代の作家たちは、ソ連では受け入れられなかったカフカやジョイスなど、当時のヨーロッパの実験的文学を直接的に吸収して、それを生かした作品を書いていった。その結果、二十世紀のロシア語文学は、ソ連文学と亡命文学の二つに大きく枝分かれした樹木のようなかたちで成長することになった。両大戦間期の亡命文学は、そうしたかたちでロシア文学の大きな構成要素となったのである。

次の世界戦争の脅威が迫りくるヨーロッパで亡命者が置かれた状況は、苛酷さを増すばかりだった。外国人・難民という身分の不安定さや経済的困窮が、その第一要因だったと想像できるが、この時期にガズダーノフが発表した評論『若い亡命文学について』(一九三六)を読むと、ある意味ではそれらよりずっと深く、若い世代の作家たちを苦しめた問題があったことが読み取れる。彼はそこで、自分たちの境遇について、「野蛮になったヨーロッパに住み、物質的に絶望的な状態にあり、文化的生活に参加したり勉強したりするチャンスをもたず、長年の試練のあいだに生き生きした直接的な感受性をすべて失い、何か新しい真実を信じることも、自分が存在する世界を全力で否定することもできなくなった」と総括している。そしてその分析をベースに、「若い世代の文学は破滅する運命にある」という結論を導いているのだ。きわめて悲観的な結論だが、この世代の他の作家たちも共有する認識だったに違いない。

ナチス・ドイツの勢力拡大につれて、亡命ロシア人たちがヨーロッパからアメリカに移る動きが出てきた。ユダヤ系の妻をもつナボコフは一九三七年にベルリンからパリに、さらに一九四〇年にアメリカに移った。この短いパリ時代にロシア語による最後の長篇小説『賜物』(一九三八)が発表され、英語による最初の長篇小説『セバスチャン・ナイトの真実の生涯』が執筆された(発表は渡米後の一九四一年)。デビュー作『マーシェンカ』(一九二六)以来、ロシア語で八篇の長篇と多くの短篇を書いて、その清新な才能で読者を惹きつけてきた作家が、四十代で創作言語を変えたのだ。彼はこんな思いきった手段をとって、狭くて閉塞的な亡命ロシア文学界から出ていった。一方ガズダーノフは、ロシア語による自分たちの文学が破滅する運命にあることを強く認識しつつ、そこに留まった。ナボコフを真似ることが、たとえ望んでも容易にできることでないのは確かだが、ガズダーノフが書きたかったことは、彼にとってロシア語でこそ真に表現できることであり、亡命ロシア人こそ真に理解できることだったのではないか。

ソ連ではスターリン時代が終わると、亡命作家の作品が紹介され、作家・作品研究も進められたが、それは長いこと、ブーニンら古い世代に限られていた。一九五六年にアメリカで『見落とされた世代』という題の本が刊行された。著者ヴラジーミル・ワルシャフスキー（一九〇六―一九七八）は、自分もその一員である亡命ロシアの若い世代を「見落とされた世代」と名づけて、この世代について論じたのである。革命前にすでに名を成していた古い世代と違って、若い世代は、ソ連でも亡命ロシアでもほとんど名を知られることがなく、その存在は見落とされてきたというのだ。状況が変わってきたのはソ連邦解体の前後からである。ガズダーノフに関しては一九九〇年から短篇を集めた単行本の刊行が始まり、一九九六年に全三巻、二〇〇八年に全五巻の作品集が出版されて、すべての作品を容易に読めるようになった。これは作家の存命中にはなかったことである。

世界は自分たちに気づいていないという苦しい自己認識の中で書かれた若い世代の作品は、移民、難民、亡命など、越境する行為がきわめて広汎かつ大量に行なわれるようになった現代にこそ、真の理解者を見いだす可能性があるだろう。

ガズダーノフの創作

ガズダーノフは生涯に九篇の長篇小説と約四十篇の短篇小説を書いた。『クレールとの夕べ』の成功の後、長篇『ある旅の話』（一九三四―三五）や『飛行』（一九三九）など、作家自身の境遇とはかけ離れた、富裕な成功者たちを描いた作品を発表したが、概して作家の実体験に基づく作品が高く評価されている。亡命ロシア人の若者の孤独を描いた短篇に、『水の牢獄』（一九三〇）、『ブラック・スワン』（一九三〇）、『街灯』（一九三一）などの佳作がある。タクシー運転手の視点から夜のパリを描いた一人称による長篇小説『夜の道路』（一九五二）も、彼の最良の作品のひとつとされる。

第二次大戦後に、本書で訳した『アレクサンドル・ヴォルフの幽霊』、続いて『仏陀の帰還』（一九四九―五〇）の二長篇が書かれた。これらは殺人や盗難事件を含んで一種のミステリー仕立てになっており、ガズダーノフには珍しくメリハリのある筋書きをもつ小説であった。ラジオ・リバティーに就職してから、『巡礼』（一九五三―五四）、『覚醒』（一九六五―六六）、『エヴェリナと彼女の友人たち』（一九六八―七一）の三長篇が書かれた。『巡礼』と『覚醒』に色濃く現れた道徳的な姿勢が、後期ガズダーノフの特徴である。どちらの作品でも主人公は与えられた苛酷な運命を甘受せず、自分の意志で運命を変えようと決意し、それに成功する。前期作品には見られなかったこの特徴は、ガズダーノフが、熱心なフリーメイソンであったことと関係しているだろう。作家は、本書の主人公のひとりアレクサンドル・ヴォルフと同じく、内戦によるトラウマや精神的虚無を抱えたまま、異郷で生き抜かなければならなかった。そのために必要だった精神的支柱や仲間を、フリーメイソンの活動が与えてくれたのではなかったか。彼の後期作品は、アメリカの亡命系ロシア語雑誌に掲載されたが、どれも論評されなかった。これらの作品を理解する鍵は、フリーメイソン思想の中にあるのかもしれない。

『クレールとの夕べ』**Вечер у Клэр**

一九三〇年にパリのポヴォロツキー出版から、亡命ロシア文学を盛り立てるための出版事業の一環として単行本で出版された。名だたる批評家や作家たちに称賛され、ガズダーノフはこの一作で、若い世代の代表としてナボコフと並び称されるようになった。

作者自身を思わせる一人称の語り手＝主人公が、十月革命前のロシア帝国南部（現ウクライナ）

で知り合ったフランス人女性クレールと、パリで十年ぶりに再会して、ある夜ついに結ばれる。その夜、彼は、ベッドでまどろむ彼女の横でこれまでの自分の人生を振り返る。主人公のその夜のもの思いが作品の中心テーマということになる。

この作品が亡命ロシアで注目されたのは、まず語られる内容の新鮮さ、ユニークさにあった。装甲列車で転戦する白軍の少年兵が見た激烈な内戦、赤軍に大敗した白軍の残存部隊の十万人もの将兵が一斉に黒海を渡って出国した一九二〇年末の大脱出《エクソダス》——題材も語り手の視点設定もソ連文学の規範とはまったく違う、敗者・難民の立場からのロシア革命史が、ちょっと早熟で内省的な少年の個人的な体験として描かれていたのだ。

語り手が無意識的な記憶の深部まで掘り起こして、自分の過去を再構築していく手法や、意識の流れを忠実に追って詳細な内的独白を連ねていく文体もまた、ロシア文学にとって新奇なものだった。本作に関する書評のほとんどがプルーストの影響に言及したように、作家たちが外的な事件よりも自己の内部に大きな関心を向けた二十世紀ヨーロッパ文学、具体的にはプルーストやジョイスの影響が、この作品には明らかに感じられる。

当時のソ連文学が国家の文化政策に従って、「社会主義リアリズム」という独自の路線を歩みはじめていたのに対して、亡命者たち、特に若い世代は新しいヨーロッパ文学に直接触れる環境に身を置いていた。『クレールとの夕べ』は、白軍兵士の目から見た内戦などの新しい素材だけでなく、その描き方、意識の流れの技法をも、ロシア文学にもち込んだのだった。

本作では、パリの地名や通りの名について、улица Raynouard（レヌアール通り）、площадь St. Michel（サン・ミシェル広場）（本書七頁）など、ロシア語の普通名詞とフランス語の固有名詞を組み合わせた独特の表記がなされている。また、フランス人女性クレール（彼女の名は一貫してロシア語で、ただし語尾変化なしで表記される）は、ロシア語でもフランス語でも自在に話すが、原則としてロシア語で話す部分はロシア語で、フランス語で話す部分はフランス語で書かれる。作家も読者も多重な言語環境で生きていた大戦間期ヨーロッパの亡命ロシア文学にとって、これが最も自然な表記だったのだろう。

本書では原作で行なわれているロシア語と外国語（フランス語や英語）の微細な表記の使い分けは、厳密には踏襲しなかった。縦書きの日本語でたびたびゴチック体やイタリック体を用いて使用言語の差異を示すのは、読みにくさにつながると判断したためである。ロシア語の普通名詞のように頻繁に使われているフランス語については、「陸軍士官学校《エコール・ミリテール》」「旦那様《ムッシュー》」のように、日本語に片仮名でルビを添えた。また、フランス語の会話部分は、「まあ、あなた、どうかなさったの」、「あら、なんて単純な人でしょう！」（本書一〇一―一一一頁）のように、ゴチック体で表した。

『アレクサンドル・ヴォルフの亡霊』**Призрак Александра Вольфа**

現在でもニューヨークで発行されているロシア語雑誌『新しい雑誌』に、一九四七‐四八年に発表された。内戦期にステップで起きたあるできごとがきっかけで、死を意識した生き方しかできなくなったヴォルフという人物に関する謎をめぐって筋書きが進展する。従来のガズダーノフの作品にはほとんど見られなかった物語性が特徴になっている。

作品の主な舞台はパリである。亡命者である新聞記者の目を通して、両大戦間期のパリが描かれるが、その暮らしは、ヴォルフと記者が関わった内戦期のできごとのわずか十数年後とは思えないくらい、現代と似通っている。ボクシングやサッカーなどのスポーツが盛んで、自動車が普及して人々は街や郊外のドライブを楽しみ、夜にはレストランやバー、カフェが大いに賑わう。一九二〇年代のヨーロッパには現代につながる本格的な消費社会、大衆社会が出現したが、その中心地であるパリの様子をこの作品にうかがうことができる。ヴォルフ、ヴォズネセンスキー、エレーナなど亡命ロシア人だけでなく、同僚記者、二人のボクサー、パリの裏世界に君臨するギャングなど、端役的な人物たちまでが綿密に書き込まれているのも、パリの雰囲気を鮮やかに伝えるのに一役買っている。

主人公の姓ヴォルフは、ロシア語表記ではヴォリフ、英語の小説の作者としてはヴォルフとなり、原作ではきっちりと使い分けられているが、日本語訳では原作の使い分けは踏襲せずに、「ヴォルフ」とした。

本書はロシアで出版された全五巻ガズダーノフ作品集のうち第一巻および第三巻（二〇〇九年、エリス・ラク社刊）を底本にした。Гайто Газданов. Собрание сочинений в пяти томах. Т. 1 и 3. Москва: Эллис Лак, 2009.

訳者はもともとブーニンをはじめ亡命ロシアの古い世代の作家に関心を向けてきたのだが、ソ連崩壊後のロシアで若い世代の紹介が始まって以来、特にガズダーノフが気になって、彼の作品を読んでは、それに関する論文を大学の紀要などに発表するようになった。主人公である亡命者が味わう孤独感は非常に鮮烈で、彼が見つめるパリの底辺は、当時のパリを描いた幾多の表象と比べ得る、すぐれた表象であると感じたのだ。

専門家向けの地味な論文に目を留めてくださった白水社編集部の栗本麻央さんのおかげで、ガズダーノフの初の日本語訳を手掛けることができた。深く感謝申し上げる。ロシア文学を新たな視点で見ようとする白水社の新シリーズ「ロシア語文学のミノタウロスたち」が、非ロシア人によってロシア国外で書かれた作品で幕を開けることは、私にとって望外の喜びである。ガズダーノフの作品が現代の読者の心に届くことを願っている。

＊

追記

訳者望月恒子は以前から、ガズダーノフを評して難民作家という言葉を使っていました。十七歳で国を追われ、職業も暮らしの場も自力で獲得しながら、精神の支柱を文学創作に見いだしていったこの作家への慈しむような思い入れが、そこに感じられたものです。そのガズダーノフを含む亡命世界の新世代の作品について、訳者は、「移民、難民、亡命など、越境する行為がきわめて広汎かつ大量に行なわれるようになった現代にこそ、真の理解者を見いだす可能性があるだろう」と書いています。

進行中のウクライナ戦争の状況を見ると、ここに一般的な推測や連想のようなかたちで書かれたことがらが、実はまぎれもない現実だという感覚が胸に迫ってきます。『クレールとの夕べ』の主人公が少年期を過ごした多くの場所も、内戦時代に白軍兵士として転戦したいろんな町や村も、『アレクサンドル・ヴォルフの亡霊』の主人公たちの数奇な体験の現場となったステップも、そして彼らの国外脱出の出発点となった港も――大半が、いま行なわれている悲惨な戦争の地図に含まれます。そして作品に書かれた時代から百年たったいまも、そこからたくさんの難民や亡命者が生まれています。兵器の質や報道の形が変わりこそすれ、一世紀前の出来事の描写が現在の状況と重なることは、先入観なしに読んでも感じないわけにいきません。『アレクサンドル・ヴォルフの亡霊』の主人公たちが抱えるトラウマ――あまりにも多くの死に接することによって、モラルを支える感情が崩壊してしまう現象――も、パンデミックと戦争がオーバーラップする現代にあって、とてもアクチュアルなテーマだと感じられます。

今回のロシア軍の「侵攻」が始まったのは、訳者が翻訳を終えてあとがきの原稿もほぼ書き上げ、いよいよ仕上げの校正作業に取り掛かろうとしていたときでした。それはいま思えば、四年ほど前に肺がんと診断されて始まった彼女の闘病生活の末期にあたっていたわけですが、それは別にしても、訳者がこの戦争に深く心を痛めていたことは、はたからもうかがえました。直接の心労の種は、どちらの国にもいる知人・友人たちの身の上であり、なかには祖国や肉親とのつながりを絶たれたような状況に置かれた在日のロシア人やウクライナ人もいます。しかしそれだけでなく、砲弾が町を破壊し、普通に暮らしている人々の命と生活の場を奪い、難民の境遇に追いやっていく光景そのものが、見るに堪えないものだったと思われます。

この戦争の進行と時を同じくして訳者の病状が急激に悪化し、校正以降の作業ができない状態になったため、本人の依頼により夫である望月哲男が編集者栗本麻央さんのバックアップを受けて、その部分を代行しました。また訳者本人との何度かの会話の内容に基づいて、今回の戦争と作品世界との憂うべき符合についても、若干の補足の文章を付け加えさせていただきました。訳者自身が出版を待たずに、この四月に亡くなったことは深く悔やまれますが、本書のあとがきに書かれているとおり、非ロシア人の亡命ロシア語作家という複雑なアイデンティティをもつガズダーノフによる本邦初訳の二作品が、ロシア文学を新たな視点で見る契機となれば、訳者にとってそれ以上の幸せはないと思います。

二〇二二年六月

望月哲男

ガイト・ガズダーノフ
ГАЙТО ГАЗДАНОВ
1903-1971
サンクト・ペテルブルグでオセット人の両親のもとに生まれる。ハルキウ（ハリコフ）の中学在学時に革命が勃発。16歳で白軍に入隊し、ペレコープ地峡での激戦を経験。ブルガリアで中学を修了し、1923年の暮れに、亡命ロシア人が集まっていたパリに到着する。パリでは肉体労働者や夜間のタクシー運転手、学生、フリーメイソンとして生きるかたわら、1930年に第一長篇『クレールとの夕べ』を発表。同地の亡命文壇で有望な新人と目される。第二次大戦では対独レジスタンスに参加、戦後は冷戦下のミュンヘンで共産圏向けのラジオ放送に関わった。代表作に長篇『夜の道路』(1952)など。

訳者　望月恒子
Tsuneko Mochizuki
北海道大学名誉教授。専門は亡命ロシア文学。著書に『チェーホフの『谷間』を読む』(ナウカ出版)、訳書にブーニン『アルセーニエフの人生　青春』(群像社）など。ガズダーノフに関する論文に「ガイト・ガズダーノフ『夜の道路』について——1930年代の亡命ロシア文学とパリ」がある。

本作品中には、今日的な観点からは適切でない表現・表記を含む文章がありますが、作品が書かれた時代的・社会的状況に鑑み、また、文学作品としてのテクストを尊重する立場から、原文のまま訳出しています。
編集部

ロシア語文学のミノタウロスたち
クレールとの夕べ／アレクサンドル・ヴォルフの亡霊

2022 年 7 月 15 日　印刷
2022 年 8 月 10 日　発行

著　者　ガイト・ガズダーノフ
訳　者 © 望　月　恒　子
装幀者　仁　木　順　平
発行者　及　川　直　志
印刷所　株式会社　精　興　社

発行所　〒101-0052 東京都千代田区神田小川町 3 の 24
電話 03-3291-7811（営業部），7821（編集部）
www.hakusuisha.co.jp
株式会社　白　水　社

乱丁・落丁本は，送料小社負担にてお取り替えいたします．

振替　00190-5-33228
株式会社松岳社

ISBN978-4-560-09443-3
Printed in Japan

白水uブックス

海外小説 永遠の本棚

南十字星共和国

ワレリイ・ブリューソフ 著　草鹿外吉 訳

南極大陸に建設された新国家の滅亡記。地下牢に繋がれた姫君……。ロシア象徴派作家が描く終末の幻想、夢と現実、狂気と倒錯の物語集。

旅に出る時ほほえみを

ナターリヤ・ソコローワ 著　草鹿外吉 訳

地下探査の金属製怪獣17Pを発明した科学者に、独裁体制を確立し科学アカデミーを掌握した国家総統が与えた運命とは？ 現代の寓話。

劇　場

ミハイル・ブルガーコフ 著　水野忠夫 訳

独立劇場のために戯曲を執筆したマクスードフだが、様々な障害によって上演は先延ばしに。劇場の複雑な機構に翻弄される作家の悲喜劇。

小悪魔

フョードル・ソログープ 著　青山太郎 訳

地方都市の学校教師ペレドーノフは出世主義の俗物で、やがて疑心暗鬼に陥り奇怪な妄想に取り憑かれていく。ロシア・デカダン派の傑作。

ナターシャの踊り

オーランドー・ファイジズ 著　鳥山祐介、巽由樹子、中野幸男 訳

ロシア文化史（上・下）

数々の政治的大転換にもかかわらず、脈々と受け継がれる「ロシア」。その「ロシア」という神話が生んだ、豊穣な文化の歴史絵巻。